古體小説叢刊

獨異志校證

〔唐〕李伉 撰
李劍國 校證

中華書局

圖書在版編目(CIP)數據

獨異志校證/(唐)李伉撰;李劍國校證. —北京:中華書局,2023.4(2025.7 重印)
(古體小説叢刊)
ISBN 978-7-101-15842-7

Ⅰ.獨… Ⅱ.①李…②李… Ⅲ.志怪小説-小説集-中國-唐代 Ⅳ.I242.1

中國版本圖書館 CIP 數據核字(2022)第 139347 號

責任編輯:許慶江
責任印製:陳麗娜

古體小説叢刊
獨異志校證
〔唐〕李 伉 撰
李劍國 校證

*

中 華 書 局 出 版 發 行
(北京市豐臺區太平橋西里 38 號 100073)
http://www.zhbc.com.cn
E-mail:zhbc@zhbc.com.cn
三河市鑫金馬印裝有限公司印刷

*

850×1168 毫米 1/32 · 16 印張 · 2 插頁 · 340 千字
2023 年 4 月第 1 版 2025 年 7 月第 2 次印刷
印數:2001-2600 册 定價:68.00 元

ISBN 978-7-101-15842-7

《古體小説叢刊》出版説明

中國古代小説的概念非常寬泛，内涵很廣，類别很多，又是隨着歷史的發展而不斷演化的。古代小説的界限和分類，在目録學上是一個有待研究討論的問題。古人所謂的小説家言，如《四庫全書》所列小説家雜事之屬的作品，今人多視爲偏重史料性的筆記，我局已擇要編入「歷代史料筆記叢刊」，陸續出版。現將偏重文學性的作品，另編爲《古體小説叢刊》，分批付印，以供文史研究者參考。所謂古體小説，相當於古代的文言小説。爲了便於對舉，參照古代詩體的發展，把文言小説稱爲古體，把「五四」之前的白話小説稱爲近體，這是一種粗略概括的分法。本叢刊選收歷代比較重要或比較罕見的作品，採用所能得到的善本，加以標點校勘，如有新校新注的版本則優先録用。個别已經散佚的書，也擇要作新的輯本。古體小説的情況各不相同，整理的方法也因書而異，不求一律，詳見各書的前言。編輯出版工作中不够完善之處，誠希讀者批評指正。

中華書局編輯部

二〇〇五年四月

前言

一、《獨異志》作者考

《獨異志》作者乃李伉，或作李亢、李元，今存明鈔本《獨異志》題「前明州刺史、賜紫、金魚袋李冗纂」（見後），又作李冗，均爲李伉之譌，伉、亢音同而譌作「亢」，元、冗又爲亢字之形譌。南宋陳思《寶刻叢編》卷一〇著録坊州《唐修秦文公廟記》，引《集古録目》曰：

> 唐前夏州等節度掌書記李伉撰并書篆額。坊州之南有秦故鄜畤祠，秦文公夢龍自天下屬于地，立畤以祠之。世久相傳，謂之衙龍神。刺史崔駢改其廟像，以爲文公祠。開成五年立此碑。

佚名《寶刻類編》卷五亦著録坊州《修秦文公廟記》，云「李抗掌書記撰并書篆額，開成五年立」，「抗」字譌。是知李伉開成五年（八四〇）前曾爲夏州節度掌書記。據《舊唐書》卷一七下《文宗紀下》，開成三年十月「壬辰，以右金吾衛將軍高霞寓爲夏綏銀宥節度使」。

疑李伉開成三、四年在高霞寓夏州幕任職。開成五年李伉罷夏州掌書記職，然猶未獲新職，故題前也。

南宋羅濬等《寶慶四明志》卷一《郡守》云：「李伉，咸通六年刺史，建五龍堂。」元袁桷等《延祐四明志》卷二《職官攷·刺史》亦載，文同。又《寶慶四明志》卷一一《敘祠·神廟·五龍堂》載：

唐刺史李伉，以天壽院天井歲旱禱雨必應，有金線蜥蜴出而赴感，乃即開元宫建五龍堂，俾郡人咸便香火，且爲記以著靈異。其略曰：在天莫如龍，龍之德，佐天地，養萬物，百穀賴以生，四海所共尊者也。社祭土，稷祈穀，國之重典也。既立壇以享其神矣，則龍之靈，翔風洒雨，澤枯槁，滋稼穡，可不嚴奠酧之所哉。余受命牧明人，四月戾止，六月大旱，俾吏具香酒，敬祈于五龍之神。有蜥蜴狀者，躍入盃中飲酒，復出緣器上，顧吏久之，跳躑而去。吏未返，雨已大注。由是生植茂遂，闔邑豐衍。思所以崇祀事，答神休者，乃建宇爽塏，依方塑像，以時薦享，謂之五龍祠堂云。時咸通六年季秋之末也。（《延祐四明志》卷一五《祠祀攷·神廟》亦載，文同。《全唐文》卷八〇六收入李伉《五龍堂記》）

據此，知伉咸通六年（八六五）官明州刺史。時去開成五年書《修秦文公廟記》，已過二十五年。《全唐文》卷八〇六收李伉文二篇，除《五龍堂記》，另有《對舉方正者判》，《文苑英華》卷五五四作《對舉方正者制》。是則李伉早年曾應舉賢良方正直言極諫科參試，及第與否不詳。

唐人名李伉者頗多。北宋朱長文《墨池編》卷六著録《唐靈寶縣令李良弼德政頌》，李伉撰。按《朝野僉載》卷四載（《太平廣記》卷二五八引），李良弼乃武周右拾遺，爲河内王武懿宗所斬，則此李伉乃武周時人。壽王李瑁子名伉，玄宗孫，封薛國公，見《新唐書》卷八二《壽王瑁傳》。《郎官石柱題名》吏部郎中、户部郎中並有李伉，吏部郎中伉在鄭審下、王維上，皆玄宗時人。《全唐文》卷八〇六李伉小傳云「伉咸通朝官吏部郎中」，乃以與明州刺史李伉爲一人，誤。北宋王溥《唐會要》卷四五載大和二年（八二八）六月詔，授中書侍郎李元紘曾孫伉鄧州向城縣尉，上去咸通六年三十七年，當亦非刺明者。《新唐書》卷七二上《宰相世系表二上》又有李伉，延休子，慈州别駕，蓋亦别一人。《全唐詩》卷七七五録李伉《謫宜陽到荆渚》一首（南宋洪邁編《萬首唐人絶句》卷七二謫作責），乃貶謫宜陽者，《新唐書·藝文志》雜家類著録李伉《系蒙》二卷，此二人不知與本書作者是否爲一人。

二、《獨異志》著録及版本考

《新唐書·藝文志》小説家類著録李亢《獨異志》十卷，《崇文總目》小説、《通志略》（《通志·藝文略》）傳記冥異、《宋史·藝文志》小説類同，唯《崇文目》、《通志略》作李元。《獨異志》載事最晚者在大中三年（八四九）（《李祐婦》），而又取大中四年南卓撰《羯鼓録》〔一〕（《玄宗打羯鼓》），大中七年後段成式成書之《酉陽雜俎》〔二〕（《太宗虬鬚掛弓》、《瑞龍腦》），大中九年鄭處誨撰《明皇雜録》〔三〕（《吴道子圖神鬼》、《張果老》），約大中中

〔一〕《羯鼓録》云：「前録大中二年所著。四年春東陽（按：東字原脱，今補。東陽郡即婺州，南卓曾爲婺州刺史）罷免，旋自海南，路由廣陵，崔司空爲鎮。司空遇合素厚，留止旬朔，輒獻之，過蒙獎飾。因曰：『宋沇即某之中外親丈人，知音之異事，非止於此也。……以大君子所傳，又精義入神，豈容忽而不載，遂附之於末。』」前録成於大中二年，後録成於大中四年。

〔二〕《酉陽雜俎》續集《寺塔記》編成於大中七年，七年後事不見於續集，則全書蓋編成於大中七八年。

〔三〕南宋陳振孫《直齋書録解題》卷五雜史類：「《明皇雜録》一卷，唐校書郎鄭處誨撰。雜記明皇時事，大中九年序。處誨，太和八年進士也。」

皇甫氏撰《原化記》〔一〕（《葫蘆生筮劉闢》），李復言撰《續玄怪録》〔二〕（《雲程》），此數事皆在咸通前，時間無矛盾。署爲前明州刺史，知撰書時已離任，蓋作於咸通六年後，而當猶在咸通中也（咸通朝共十四年）。

明時本書已殘。徐𤊹《紅雨樓書目》小説家著録二卷（題唐李冗），《四庫全書總目》卷一四三小説家類存目亦爲二卷，題唐李亢。明萬曆商濬編刊《稗海》所收爲三卷本，題唐李冗，無自序，《續修四庫全書》影印此本，《叢書集成初編》所收及一九三九年單行本亦據此本排印。《涵芬樓燼餘書録》子部著録明袁邦正（表）天一閣舊藏明鈔本三卷，題「前明州刺史、賜紫、金魚袋李冗纂」，卷末有袁表跋語二行，謂得之方山吴太學（岫）。此本鈔於嘉靖戊申（二十七年，一五四八），前有自序，自序後及每卷前均有題署。今藏國家圖書館。傅增湘嘗以明鈔本校《稗海》本，校本今亦藏國圖。中華書局一九八三年出版張永欽、侯志明點校本（與《宣室志》合編），亦以《稗海》本爲底本，而將明鈔本用作校勘。清

〔一〕《原化記・胡蘆生》中李藩事採自大中元年盧肇《逸史》，文字大同，故疑書成於大中年間。

〔二〕《續玄怪録・李紳》首云「故淮海節度使李紳」，紳會昌四年出鎮淮南，六年病卒。則此篇作於會昌末至大中間，本書最後修訂成書，當在大中中。

陳揆《稽瑞樓書目》著録三卷本。曾釗《面城樓集鈔》卷二《獨異志跋》稱「《獨異志》三卷，唐李亢撰。此刻李冗者，誤也」，乃三卷刻本。此二本似即《稗海》本。

南宋曾慥《類説》卷二四節《商較卿相》一條，見《稗海》本卷下。天啓刊本無撰人，嘉靖伯玉翁舊鈔本題李沆纂，沆字譌。《説郛》卷六《廣知》〔一〕録三條，題李元，李德裕事見卷下，王元寶事見卷中，賀知章事見卷上。《重編説郛》卷一一八輯録一卷，撰人誤作宋李元。凡九條，各有標目。《李德裕》、《王元寶》、《賀知章》取《説郛》；《彭樂》、《高開道》取《廣記》；《杜伏威》、《韓晉公》取《稗海》本卷下、卷上。末二條《鄒平公》、《于相悰》乃取今本《玉泉子》〔二〕，文字全同，非本書。《重編説郛》之僞濫，此爲一例。

《稗海》本卷上百四十六條，卷中百三十七條(原爲百三十五條，有兩處相連，今析之)〔三〕，

〔一〕《廣知》八卷，不著撰人。

〔二〕《稗海》收有《玉泉子》，乃輯《廣記》所引《玉泉子》及他書雜湊而成。《鄒平公》即《廣記》卷一三八引《録異記》。《于相悰》當即《廣記》卷二三二《裴岳》，今本正文闕，事見《尚書故實》。《玉泉子》、《重編説郛》作裴丘，誤。

〔三〕即《宰相路隨》與《桓玄貪穢》，《鄭子臧好鷸冠》與《晉武帝焚雉頭裘》。

卷下一百條（原九十九條，有二事相連）〔一〕，都三百八十三條。明鈔本卷上多三事而少一事，卷中多二事，卷下多五事，都三百九十二條。中華書局校本以明鈔校補《稗海》本，得三百九十二條。但卷下公孫瓚、袁紹二條實爲一事，各本俱誤作二事，此校本未予校正，故實是三百九十一條。明鈔本卷下《張九齡請戮安禄山》，中華書局校本遺漏。加此三百九十二條。另外校釋亦多有疏漏，難稱善本。

《稗海》本非完帙，今佚文輯得三十九條。中出自《廣記》三十五條，他書四條。中華書局校本《補佚》輯三十五條，又附《獨異記》四則，總三十九條。然于相悰、鄒平公二事取自《重編説郛》卷一一八，此乃濫取《稗海》本《玉泉子》假冒，不宜輯入。原本《説郛》卷六及《重編説郛》卷一一八所收賀知章事已見卷上，唯文有删略，亦不應輯入。至引《獨異記》者，乃《獨異志》無疑，今輯入附録存疑，其慎未免爲過。

《獨異志》今傳本不唯亡佚甚多，即所存者亦有闕文，觀《廣記》卷一九一引《高開道》、卷二一八引《華佗》皆詳於今本可知，至文字脱誤錯譌尤多。

〔一〕即《張巡守寧陵》與《阮籍居母喪》。

三、《獨異志》内容述評

明鈔本自序曰：

《獨異志》者，記世事之獨異也。自開闢以來迄於今世之經籍□□耳目可見聞，神仙鬼怪，並所摭録。然有紀載所繁者倶□□，不量虚薄，構成三卷。願傳博達，所貴解顔耳。

按序稱三卷，與《新唐志》等著録之十卷不合，或自序爲後人所改，或後人析十卷。本書載世事獨異者，語怪述實各約一半。曾釗《獨異志跋》云：「此書不盡語怪異，大約紀古今所僅有者，故名之曰《獨異》。」

《漢書・藝文志》諸子略形法家曰：「形法者，大舉九州之勢以立城郭室舍形，人及六畜骨法之度數、器物之形容以求其聲氣貴賤吉凶。猶律有長短，而各徵其聲，非有鬼神，數自然也。然形與氣相首尾，亦有有其形而無其氣，有其氣而無其形，此精微之獨異也。」本書名《獨異》，或與此有關，亦言古今人事之精微獨異，足可言説者也。

《獨異志》取材時代頗廣，上自先秦，下訖唐朝。除少數時代不明者外，其中上古至兩漢者最多，約百八十條，其次三國兩晉，約百餘條，南北朝隋四十餘條，唐事約九十五條。可見作者取事獨重往古，然於唐事亦頗爲留意，作者畢竟是唐朝官員，不能過度厚古薄今也。

先唐舊事，大抵皆有古籍依傍，其時記事最多，蓋緣可採古籍多也。採事常標明出處，計有《山海經》、《神異經》、《燉煌實録》、摯虞《要注》、《説苑》、《博物志》、《武陵記》、崔豹《古今注》、《吕氏春秋》、《京房列傳》、王充《論衡》、《王子年拾遺記》、《玉箱記》、干寶《搜神記》、《三峽録》、《成應元事統》、《越絶書》、《西京雜記》、《會稽記》、《華陽國志》、《列子》、《莊子》、《列女傳》、《三十國春秋》、《韓子》（即《韓非子》）、陳仲弓《異聞記》、《東方朔内傳》等二十七種。

而絶大多數條目未標明引書書名，經考查，除上述諸書外，其餘若經部書有《尚書》、《韓詩外傳》，諸子書有《墨子》、《尸子》、《荀子》、《孟子》、《韓非子》、《新書》、《淮南子》、《新序》、《白虎通義》等，史傳書有《左傳》、《國語》、《穆天子傳》、《史記》、《别録》、《列士傳》、《孝子傳》、《漢書》、《蜀王本紀》、《吴越春秋》、謝承《後漢書》、《後漢書》、《三國志》、王隱《晉書》、《晉中興書》、《晉書》、《宋書》、《梁書》、《後魏書》、《北齊書》、《南史》、《北史》、《隋書》等，地書方志有《廣州記》、《三齊略記》、《武昌記》等，小説書有《列仙傳》、《漢武故事》、《海内十洲記》、《洞冥記》、《列異傳》、《笑林》、《語林》、《郭子》、《孔氏志怪》、祖台之《志怪》、《異苑》、《幽明録》、《世説新語》、《冥祥記》、祖沖之《述異記》、任昉《述異記》、《談藪》、《冥報記》、《隋唐嘉話》等，道書有《抱朴子内篇》、《真誥》，其他書尚有《上山海經表》、《魏武遺令》、《木蘭詩》、《蘭亭記》、《歷代名畫記》等，相當廣泛。而引用文字大抵簡略。

此中引用最多者是《晉書》，約四十五條，以下《史記》約三十二條，《漢書》約二十一條，《後漢書》約二十條，《三國志》及注約十九條，《韓詩外傳》約十一條，《世説新語》約十條，《搜神記》約九條，《莊子》、《吕氏春秋》及《淮南子》各約六條。其中採用史書者最多，可見正史人事特異者最爲李伉所重。然若志人之《世説》，志怪之《搜神》，流播甚廣，亦自垂青採顧。

唐事近百條，取材可考知者，有《冥報記》、《朝野僉載》、《隋唐嘉話》、《封氏聞見記》、《紀聞》、《大唐新語》、《酉陽雜俎》、《羯鼓録》、《原化記》、《明皇雜録》、《定命録》、《續定命録》、《續玄怪録》等。亦如引録唐前事然，大抵删略簡化。其餘大多數條目或有所本，或自述聞見，已不可考知。

作者採舊事而大抵不遵原書，事文多異，疑或記憶有誤，或率爾爲文，甚或徑出臆改。

兹舉數例以觀異同：

（一）《大耳國》：

《山海經》有大耳國，其人寢，常以一耳爲席，一耳爲衾。

按：《山海經》無此國，有聶耳國，與此不同。

（二）《齊后化蟬》：

崔豹《古今注》：齊王后怨死，屍化爲蟬，遂登庭樹，嘒唳而鳴。後王悔恨，聞蟬即悲嘆。

按：西晉崔豹《古今註》卷下曰：

牛亨問曰：「蟬名齊女者何也？」答曰：「齊王后忿而死，尸變爲蟬，登庭樹嘒唳而鳴。王悔恨。故世名蟬曰齊女也。」

（三）《海鵠吞李子昂》：

《神異經》有李子昂，長七寸，日行千里。一旦被海鵠所吞，居鵠腹中，三百年不死。

按：《神異經·西荒經》曰：

西海之外有鵠國焉，男女皆長七寸。爲人自然有禮，好經綸拜跪。其人皆壽三百歲，其行如飛，日行千里，百物不敢犯之。唯畏海鵠，過輒吞之，亦壽三百歲。此人在鵠腹中不死，而鵠一舉千里。

（四）《太公爲灌壇令》：

《博物志》曰：太公爲灌壇令，文王夢一人哭於當道，問其故，乃曰：「吾泰山神女，嫁爲西海婦。吾行必以暴風雨，灌壇當吾道，不敢以疾風暴雨也。」夢覺，召太公。三日，果疾風暴雨過境。

按：《博物志》卷七《異聞》曰：

太公爲灌壇令，武王（按：當作文王）夢婦人當道夜哭，問之，曰：「吾是東海神女，嫁於西海神童。今灌壇令當道，廢我行。我行必有大風雨，而太公有德，吾不敢以暴風雨過，是毁君德。」武王（文王）明日召太公，三日三夜，果有疾風暴雨從太公邑外過。

（五）《齊二烈士》：

《吕氏春秋》曰：齊有二烈士别於路，相與沽酒共飲。其人欲市肉，一人曰：「子亦肉也，我亦肉也，無須往市。」因以刀各割身肉遞相食啖。須臾，酒與肉皆盡而俱死。

按：《吕氏春秋·仲冬紀·當務》曰：

齊之好勇者，其一人居東郭，其一人居西郭，卒然相遇於塗，曰：「姑相飲乎？」觴數行，曰：「姑求肉乎？」一人曰：「子肉也，我肉也，尚胡革求肉而爲？」於是具染而已，因抽刀而相啖，至死而止。

（六）《八月槎》：

海若居海島，每至八月，即有流槎過。如是累年，不失期。其人齎糧乘槎而往，及至一處，見有人飲牛於河，又見織女，問其處，飲牛之父曰：「可歸問蜀嚴君平，當知之。」其人歸，詣君平。君平曰：「某年月日，有客星犯斗牛，計時即汝也。」其人乃知隨流槎至天津。

按：張華《博物志》卷一〇《雜説下》曰：

舊説云天河與海通。近世有人居海渚者，年年八月有浮槎去來，不失期。人有奇志，立飛閣於查上，多齎糧，乘槎而去。十餘日中猶觀星月日辰，自後茫茫忽忽亦不覺晝夜。去十餘日，奄至一處，有城郭狀，屋舍甚嚴。遥望宫中多織婦，見一丈夫牽牛渚次飲之。牽牛人乃驚問曰：「何由至此？」此人具説來意，并問此是何處，答曰：「君還至蜀郡訪嚴君平則知之。」竟不上岸，因還如期。後至蜀，問君平，曰：「某年月日，有客星犯牽牛宿。」計年月，正是此人到天河時也。

（七）《漢武帝遷淮南厲王》：

漢武帝遷淮南厲王於蜀巴，道病死。人歌曰：「一尺布，尚可縫；一斗米，尚可舂。兄弟二人不相容。」

按：《史記》卷一一八《淮南厲王列傳》所記，歌「一尺布」云云，乃指漢孝文帝。而漢武帝所遷淮南王非厲王劉長，乃其子劉安也。

（八）《王敦如厠》：

王敦爲駙馬，如厠，左右侍者甚衆，敦乃脱衣裸體而登厠，無羞愧色。有一侍女曰：「此人必能作賊。」其後果爲亂也。

按：《太平御覽》卷一八六引《語林》曰：

石崇厠常有十餘婢侍列，皆佳麗藻飾，置甲煎沉香，無不畢備。又與新衣，客多不能着。王敦爲將軍，年少，往脱故衣着新衣，氣色傲然。羣婢謂曰：「此客必能作賊。」

本書採録故事往迹，就題材及時間而觀，相當廣泛長久。今略加疏理，以見大概。最早者是原始神話及史前傳説，如女媧兄妹爲夫妻，黄帝滅蚩尤兄弟，蚩尤旗，娥皇女英泣竹成斑，姮娥竊藥奔月，禹治水龍負舟渡浙江，禹夢玄夷蒼水使者，簡狄吞鳥卵生后稷，伊尹負鼎干湯，湯祝山川等。此中女媧兄妹反映着原始民族的血婚制度及民間習俗中的記憶遺存，非常珍貴，而僅見於《獨異志》。

民間故事。如韓朋夫婦死化相思樹，木蘭代父從征等。

諸子寓言故事。如《莊子》庖丁解牛，郢匠斲堊；《列子》海人狎鷗，愚公移山；《吕氏春秋》隨珠彈雀；《韓非子》守株待兔，濫竽充數；《淮南子》塞翁失馬等。

史實及人物事件，所記特多。如太康失國，申包胥哭秦廷，勾踐嘗膽，專諸刺王僚，蕭何收秦律，叔孫通諷獻果，霍光立宣帝，周暢葬骸骨，祭肜爲遼東太守，鄭玄詣馬融，魏武帝居銅雀臺，魯肅義氣，陳壽撰《三國志》，王濬造戰艦，左思搆《三都賦》，劉琨奏笳解圍，徐勉憂國忘家，魏徵人鏡，鄭覃登相等。

名士逸事。如蔡邕倒屣迎王粲，陸雲笑癖，阮籍哭兵家女，王戎視日不眩，王戎鑽李核，劉伶好酒，王澄探鵲雛，王獻之寫版入木，吳隱之飲貪泉，車胤聚螢光讀書，陶潛葛巾漉酒，蕭瑀把酒自誇，陳子昂棄胡琴，賀知章告老等。

歷史傳聞。如紂王糟丘酒池，勇士甾丘訢，闔閭埋劍客，句踐揖怒蛙，楚昭王取履，楚王鑄三劍，秦五丁力士拖石牛，張良師黄石公，李廣利刺石泉湧，魏文帝害曹植，曹彰美妾換馬，隋麥鐵杖爲盜，蕭翼購《蘭亭記叙》等。

歷史異聞。如牛哀化虎，東方朔誕生，盜開王樊冢，秦始皇見海神，始皇封五大夫松等。

地理博物傳説。如西南大荒詭獸，西極獻續弦膠，馬蹄突厥，哀牢夷婦人觸沈木生十子，歷陽陷湖，長水縣陷爲湖，波弋國貢荼蕪香，浮圻國貢蘭金泥，西國獻瑞龍腦等。

外族推原神話。如女子剖竹得男，長爲夜郎侯；高麗國王侍婢吞氣而生東明。

災異變怪。如漢靈帝時夫婦相食，洛陽女子兩頭四臂等。

吉凶徵兆。如盧景裕白毛兆，李勢宫人化蛇虎，張祚厩馬無尾之兆。

夢徵夢驗。如太公爲灌壇令，文王夢泰山神女懼不敢過；李廣夢心神去而疾卒；隋文帝夢無左手而興。

因果報應。如裴章棄妻，上帝罰其五臟墮地而死；王瓊受金枉殺而無疾暴卒。

方技巫醫。如華佗治女子膝瘡，管輅幼知天時，淳于智筮卦，郭璞活趙固馬，相者相陶侃手，葫蘆生筮劉闢，日者言李師古重禍。

神仙道術。如河上公論《老子》，好道拜枯樹，葉靜能言張果老是白蝙蝠精，葉靜能除鼉妖，孫思邈修道白日沖天等。

高僧異聞。如玄奘書壁不及墻，摩頂松。

除以上虛擬幻化之事，其他題材述異語怪者猶多，如竇武母生蛇，干寶父婢復生，賈弼之易頭，白虹入室食粥，峽人釣得白魚乃高唐女所化，狗頭新婦，韓幹畫馬賜鬼使，李赤遇廁鬼，李源鬼友等。

言女性之事頗多，題材類型亦衆。孝勇者有代父從征之木蘭，突圍求援救父之荀灌；義勇者有入營討賊之侯四娘等三人；明鑒者有識人才壽之鍾琰；博學者有隔窗授業之宋氏；烈女者有自縊殉夫之荀爽女；才女者有青綾步障自蔽與客談理之謝道韞；孝婦者有汲泉供姑之顏文姜；賢婦者有泣夫禍至之陶答子妻；篤情者有離魂就夫之韋隱妻；善技藝者有戴竿王大娘。此外多記帝王后妃，有武帝納鈎弋夫人，陳皇后買賦得寵，趙飛燕身輕掌上舞，漢明帝楊后有顛狂病，獨孤信三女爲后，文德皇后諫太宗，郭太后綿聯八朝帝王。

《獨異志》取材豐富，但引録記事餖飣瑣碎，不成大觀，唐稗中難稱上品。惟所採舊籍，今多失傳，實有保存故實之功。北宋錢易《南部新書》即從本書採擷唐事多達二十三條。

四、本書校證説明

本書所用底本爲明人商濬編刊《稗海》本，凡三卷。《稗海》本非原帙，觀其凡唐事開首多加「唐」字，可知實爲後人改竄重編之本，今一律删落「唐」字，以還其舊。明鈔本是今存唯一鈔本，與《稗海》本不同，用爲校勘。《稗海》本、明鈔本均無標目，今自擬。

《太平廣記》徵引甚多，見於今本者三十九條，今本以外之佚文三十五條，共七十四條。《廣記》乃本書校證之最重要依據。本書所據《廣記》，主要爲中華書局版汪紹楹校點本，此本以談愷刻本後印本爲底本，用明沈與文野竹齋鈔本、清陳鱣校本校勘，參酌明許自昌刻本、清黄晟校刊本。此外有《四庫全書》本，所據爲談本，以黄本校，然文字多有擅改。又清康熙間孫潛以鈔宋本校談本（藏臺灣大學研究圖書館）。張國風《太平廣記會校》（北京燕山出版社，二〇一一）取校版本主要爲沈、孫、陳三本，視汪校本爲備，本書多有取資。朝鮮成任編《太平廣記詳節》五十卷（今殘存二十六卷），所據亦爲宋本，且爲早出者，亦用爲校勘。

本書校證編排，分爲正文、校記、附録三部分。附録乃考證其事出處，引録有關資料，以備參考。

書末列出本書引用古籍書目。

二〇二一年十月十四日書畢於釣雪齋

目録

獨異志卷中

獨異志卷下

獨異志佚文

獨異志序

前明州刺史賜紫金魚袋李　伉纂

《獨異志》者，記世事之獨異也。自開闢以來迄於今世之經籍□□耳目可見聞，神仙鬼怪，並所摭録。然有紀載所繁者俱□□不量虚薄，搆成三卷。願傳博達，所貴解顔耳。

按：序據明鈔本。原作「李冗」，「冗」當爲「伉」之形譌，今改。原書十卷，明鈔本三卷，有殘，疑明人改卷數，以相符也。

獨異志卷上

1 伊尹無父

伊尹無父，生於空桑中。禹妻化爲石，後剖腹而生啓。老君耳長七寸〔一〕，在母腹中八十一年，剖〔二〕左脇而生，及生，鬢髮皓白。徐偃王無骨而有聖德。劉邕好食人瘡痂。文王四乳。皋陶鳥喙。堯眉八彩。湯臂四肘。禹耳三漏。離婁察見秋毫於十〔三〕里之外。衛臣弘演開己腹納懿公之肝。周穆〔四〕貴爲天子，車轍馬跡遍於天下，凡遊行一億一萬里。

〔一〕寸　原作「尺」，據明鈔本改。按：東晉葛洪《抱朴子内篇・雜應》云老君「眉長五寸，耳長七寸」。

〔二〕剖　明鈔本無此字。

〔三〕十　明鈔本作「千」。

〔四〕周穆　明鈔本作「周穆王」。

按：此條雜採諸書。伊尹生空桑，出《吕氏春秋・孝行覽・本味》：

有侁氏女子采桑，得嬰兒于空桑之中，獻之其君。其君令烰人養之，察其所以然。曰：「其母居伊水之上，孕，夢有神告之曰：『臼出水而東走。』母顧，明日視臼出水，告其隣，東走十里，而顧其邑盡爲水，身因化爲空桑。故命之曰伊尹。此伊尹生空桑之故也。

禹妻化石生啓，《漢書》卷六《武帝紀》「見夏后啓母石」顔師古注：

應劭曰：「啓生而母化爲石。」文穎曰：「在嵩高山下。」師古曰：「啓，夏禹子也。其母塗山氏女也。禹治鴻水，通轘轅山，化爲熊，謂塗山氏曰：『欲餉，聞鼓聲乃來。』禹跳石，誤中鼓。塗山氏往，見禹方作熊，慙而去，至嵩高山下化爲石，方生啓。禹曰：『歸我子。』石破北方而啓生。事見《淮南子》。」

老君八十一年而生，《神仙傳》作八十二年，《太平廣記》卷一《老子》（《增訂漢魏叢書》本《神仙傳》卷一輯入）引曰：「或云，母懷之七十二年乃生，生時，剖母左腋而出。生而白首，故謂之老子。」

徐偃王無骨，出戰國尸佼《尸子》卷下：「徐偃王有筋而無骨。」（《山海經·大荒北經》東晉郭璞注引）

劉邕食瘡痂，出南朝宋劉敬叔《異苑》卷一〇及《宋書》卷四二《劉邕傳》。《異苑》曰：

東莞劉邕，性嗜食瘡痂，以爲味似鰒魚。嘗詣孟靈休，靈休先患炙瘡，痂落在牀，邕取食之。靈休大驚，痂未落者悉褫取飴邕。南康國吏二百許人，不問有罪無罪，遞與鞭，瘡痂常以給膳。

《宋書》曰：

邕所至嗜食瘡痂，以爲味似鰒魚。嘗詣孟靈休，靈休先患灸瘡，瘡痂落牀上，因取食之。靈休大驚，答曰：「性之所嗜。」靈休瘡痂未落者，悉褫取以飴邕。邕既去，靈休與何勗書曰：「劉邕向顧見噉，遂舉體流血。」南康國吏二百許人，不問有罪無罪，遞互與鞭，鞭瘡痂常以給膳。

文王等五人異相，見《淮南子·脩務訓》等書：

若夫堯眉八彩，九竅通洞，而公正無私，一言而萬民齊。舜二瞳子，是謂重明，作事成法，出言成章。禹耳參漏，是謂大通，興利除害，疏河決江。文王四乳，是謂大仁，天下所歸，百姓所親。皋陶馬喙，是謂至信，決獄明白，察於人情。禹生於石，契生於卵，史皇産而能書，羿左臂脩而善射。若此九賢者，千歲而一出，猶繼踵而生。

東漢班固《白虎通德論》（即《白虎通義》）卷六《聖人》：

堯眉八彩，是謂通明，曆象日月，璇璣玉衡。舜重瞳子，是謂玄景，上應攝提，以象三光。禮曰：禹耳三漏，是謂大通，興利除害，決河疏江。皋陶鳥喙，是謂至誠，決獄明白，察於人情。湯臂三肘，是謂柳翼，攘去不義，萬民蕃息。文王四乳，是謂至仁，天下所歸，百姓所親。

王充《論衡·骨相篇》：

傳言黄帝龍顔，顓頊戴午，帝嚳駢齒，堯眉八彩，舜目重瞳，禹耳三漏，湯臂再肘，文王四乳。

《藝文類聚》卷一二引《春秋元命苞》曰：「湯臂四肘，是謂神肘。」

離婁察見秋毫，出《孟子・離婁上》東漢趙岐注：「離婁，古之明目者。黄帝時人也。黄帝亡其元珠，使離朱索之。離朱即離婁也。能視於百步之外，見秋毫之末。」

弘演開腹納肝，《吕氏春秋・仲冬紀・忠廉》曰：

衛懿公有臣曰弘演，有所於使。翟人攻衛，其民曰：「君之所予位禄者鶴也，所貴富者宫人也。君使宫人與鶴戰，余焉能戰！」遂潰而去。翟人至，及懿公於熒（原作榮，今改）澤，殺之，盡食其肉，獨舍其肝。弘演至，報使於肝畢，呼天而啼，盡哀而止。曰：「臣請爲襮。」因自殺。先出其腹實，内懿公之肝。桓公聞之曰：「衛之亡也，以爲無道也。今有臣若此，不可不存。」於是復立衛於楚丘。弘演可謂忠矣，殺身出生，以徇其君。非徒徇其君也，又令衛之宗廟復立，祭祀不絶，可謂有功矣。

西漢韓嬰《韓詩外傳》卷七亦載，文字大同。《左傳》閔公二年載衛懿公好鶴，狄人滅衛事。

周穆遊行天下，《左傳》昭公十二年載：

昔穆王欲肆其心，周行天下，將皆必有車轍馬跡焉。祭公謀父作《祈招》之詩，以止王心。王是以獲没於祇宫。

《穆天子傳》所記尤詳，文長不録。

2 八月槎

海若居海島，每至八月，即有流槎過。如是累年，不失期。其人齎糧乘槎而往，及至一處，見有人飲牛於河，又見織女，問其處，飲牛之父曰：「可歸問蜀嚴君平，當知之。」其人歸，詣君平。君平曰：「某年月日，有客星犯斗牛，計時即汝也。」其人乃知隨流槎至天津。

按：此條原見西晉張華《博物志》卷一〇《雜説下》，此乃言其事，非遵原文，《獨異志》採事大抵如此。《博物志》曰：

舊説云天河與海通。近世有人居海渚者，年年八月有浮槎去來，不失期。人有奇志，立飛閣於查上，多齎糧，乘槎而去。十餘日中猶觀星月日辰，自後茫茫忽忽亦不覺晝夜。去十餘日，奄至一處，有城郭狀，屋舍甚嚴。遥望宫中多織婦，見一丈夫牽牛渚次飲之。牽牛人乃驚問曰：「何由至此？」此人具説來意，并問此是何處，答曰：「君還至蜀郡訪嚴君平則知之。」竟不上岸，因還如期。後至蜀，問君平，曰：「某年月日，有客星犯牽牛宿。」計年月，正是此人到天河時也。

3　斑竹

娥皇、女英從舜巡狩，行及湘川，聞舜崩於蒼梧。泣〔一〕下，淚灑湘川之竹，皆成斑文。

〔一〕泣　明鈔本作「泣淚」。

按：《博物志》卷八《史補》載：

堯之二女，舜之二妃，曰湘夫人。舜崩，二妃啼，以涕揮竹，竹盡斑。

南朝梁任昉《述異記》（原名《新述異記》）卷上載：

湘水去岸三十里許，有相思宫、望帝臺。昔舜南巡，而葬於蒼梧之野。堯之二女娥皇、女英追之不及，相與協哭，淚下沾竹滅，竹文上爲之斑斑然。

4　公孫吕面長

公孫吕面長三尺，闊三寸，爲衛國賢臣。

按：此出《荀子·非相篇》：

昔者衛靈公有臣曰公孫吕，身長七尺，面長三尺，焉廣三寸，鼻目耳具，而名動天下。

5 趙伯翁臍中爛李

東漢趙伯翁嘗晝寢，羣孫戲其腹上，内七李於臍中。李至爛，流汁出，其家謂其〔一〕將死。後李核出而無患。

〔一〕其　明鈔本作「此」。

按：此出三國魏邯鄲淳《笑林》，《太平御覽》卷三七一、卷九六八引，《琱玉集》卷一四、金王朋壽《增廣分門類林雜説》卷一〇亦引，魯迅《古小説鉤沈》據輯：

趙伯公爲人肥大，夏日醉卧，有數歲孫兒緣其肚上戲，因以李子八九枚内肶臍中。既醒，了不覺。數日後，乃知痛。李大爛，汁出，以爲臍穴，懼死。乃命妻子處分家事，泣謂家人曰：「我腸爛，將死。」明日李核出，尋問，乃知是孫兒所内李子也。

6　劉曜鬚長

劉曜字永明，鬚百莖，皆長五尺。

按：此出《晉書》卷一〇三《劉曜載記》：

劉曜字永明……身長九尺三寸，垂手過膝，生而眉白，目有赤光，鬚髯不過百餘根，而皆長五尺。

7　中山靖王子孫

漢中山靖王勝，有男女一百人，其後子孫流衍於今，問之，皆劉裔。

按：《漢書》卷五三《景十三王傳》：

中山靖王勝，以孝景前三年立。……勝爲人樂酒好内，有子百二十餘人。常與趙王彭祖相非曰：「兄爲王，專代吏治事。王者當日聽音樂，御聲色。」趙王亦曰：「中山王但奢淫，不佐天子拊循百姓，何以稱爲藩臣？」四十三年薨。

8 獨孤信三女爲后

後周獨孤信三女爲后，各生周、隋、唐一朝天子。長生周武帝，次生隋煬帝，次生唐高祖。

按：《周書》卷一六《獨孤信傳》載：

信長女，周明敬后；第四女，元貞皇后；第七女，隋文獻后。周、隋及皇家，三代皆爲外戚，自古以來，未之有也。

今按：據《周書》卷九《皇后傳》，獨孤信長女乃周明帝（宇文毓）皇后。明帝係太祖文皇帝宇文泰長子。本書云「長生周武帝」，誤。周武帝宇文邕，太祖第四子，母曰叱奴太后。《隋書》卷三《煬帝紀上》：「煬皇帝諱廣……高祖第二子也。母曰文獻獨孤皇后。」《新唐書》卷一《高祖紀》：「武德元年五月甲子，即皇帝位於太極殿。……（追謚）皇考曰元皇帝，廟號世祖，妣獨孤氏曰元貞皇后。」

9 昌邑王積惡

漢昌邑王賀即位二十七日，積惡凡一千四百二十七條，爲霍光所廢。

按：此出《漢書》卷六八《霍光傳》：

元平元年，昭帝崩，亡嗣。……即日承皇太后詔，遣行大鴻臚事少府樂成、宗正德、光禄大夫吉、中郎將利漢迎昌邑王賀。賀者，武帝孫，昌邑哀王子也。既至，即位，行淫亂。光憂懣……光即與羣臣俱見白太后，具陳昌邑王不可以承宗廟狀。……光與羣臣連名奏王……「受璽以來二十七日，使者旁午，持節詔諸官署徵發，凡千一百二十七事。……宗廟重於君，陛下未見命高廟，不可以承天序，奉祖宗廟，子萬姓，當廢。」……皇太后詔曰：「可。」光令王起拜受詔……乃即持其手，解脱其璽組，奉上太后，扶王下殿，出金馬門，羣臣隨送。……太后詔歸賀昌邑，賜湯沐邑二千户。昌邑羣臣坐亡輔導之誼，陷王於惡，光悉誅殺二百餘人。

10 項羽叱吒

項羽每叱吒，萬人手足皆廢。

按：此出《史記》卷九二《淮陰侯列傳》：

信再拜賀曰：「惟信亦爲大王不如也。然臣嘗事之，請言項王之爲人也。項王喑噁叱咤，千人皆廢。然不能任屬賢將，此特匹夫之勇耳。……」

11 司馬懿見背

晉宣王司馬懿，自顧見背。

按：此出《晉書》卷一《宣帝紀》：

帝（司馬懿）内忌而外寬，猜忌多權變。魏武察帝有雄豪志，聞有狼顧相，欲驗之，乃召使前行，令反顧，面正向後而身不動。

12 麥鐵杖爲盜

隋有麥鐵杖，一夕行一千百里。夕發洛陽往宋州爲盜，及明却返。宋人因見其所盜之物者，執麥[一]告之，爲吏所劫，乃承愆。

〔一〕麥　明鈔本作「傘」。按：《隋書》卷六四《麥鐵杖傳》云麥鐵杖「没爲官户，配執御傘」，是應作「傘」。然「執傘告之」不可解，文字當有脱譌，姑存舊。

按：此出《隋書》卷六四《麥鐵杖傳》：

麥鐵杖，始興人也。驍勇有膂力，日行五百里，走及奔馬。性疎誕使酒，好交遊，重信義。每以漁獵爲事，不治産業。陳大建中，結聚爲羣盜，廣州刺史歐陽頠俘之以獻，没爲官户，配執御傘。每罷朝後，行百餘里，夜至南徐州，踰城而入，行火光劫盜。旦還及時，仍又執傘。如此者十餘度，物主識之，州以狀奏。朝士見鐵杖每旦恒在，不之信也。後數告變，尚書蔡徵曰：「此可驗耳。」於仗下時，購以百金，求人送詔書與南徐州刺史。鐵杖出應募，齎勑而往，明旦及奏事。帝曰：「信然，爲盜明矣。」惜其勇捷，誡而釋之。

13　程幹家敗行乞

淮南程幹，本富人，三年間爲水火焚蕩俱盡。妻茅氏，連八年孿生十六子，相持行乞於市。

按：北宋錢易《南部新書》丙卷採之，云：

淮南程幹，本富家，三年間爲水火焚蕩，家業俱盡。妻茅氏，連八年生十六男，父子相攜，行乞于市。

14 梁武帝捨身

梁武帝貴爲天子，三捨身爲同泰寺奴。

按：此出《梁書》卷三《武帝紀下》：

（大通元年）三月辛未，輿駕幸同泰寺捨身。甲戌，還宫，赦天下，改元。

（中大通元年九月）癸巳，輿駕幸同泰寺，設四部無遮大會，因捨身。公卿以下，以錢一億萬奉贖。

（太清元年）三月庚子，高祖幸同泰寺，設無遮大會，捨身。公卿等以錢一億萬奉贖。

15 郭子儀授中書令

郭子儀〔一〕授中書令，考二十四考，月入俸錢二萬貫，官供二千人，熟食、馬料五百石〔二〕。

〔一〕郭子儀　前原有「唐」字。按：唐人行文，於人名、年號前不冠「唐」字，或言「大唐」、「我唐」等，今删。

〔二〕石 明鈔本作「碩」。碩，通「石」。

按：唐文宗、武宗時人胡璩《譚賓録》（《太平廣記》卷一七六引）亦記郭子儀爲中書令事，有與此相近者。兹録以備參：

子儀長六尺餘，貌秀傑，於靈武加平章事，封汾陽王，加中書令，圖形淩煙閣，加號尚父，配饗代宗廟庭。有子八人，壻七人，皆重官。子曖，尚昇平公主。……麾下老將若李懷光輩數十人，皆王侯重貴，子儀麾指進退如僕隸屬焉。始光弼齊名，雖威略不見，而寬厚得人過之。歲入官俸二十四萬，私利不預焉。其宅在親仁里，居其地四分之一。通永巷，家人三千，相出入者，不知其居。代宗不名，呼爲大臣。天下以其身存亡爲安危者殆二十年。校中書令考二十四年，權傾天下而朝不忌，功蓋一代而主不疑。侈窮人欲，而君子不罪。富貴壽考，繁衍安泰，終始人倫之盛無缺焉。卒年八十五。

16 郭太后貴極

郭太后貴極，綿聯八朝帝王：代宗外孫，德宗外甥〔一〕，順宗新婦，憲宗皇后，穆宗之母，敬宗、文宗、武宗三宗祖母。

〔二〕甥　明鈔本作「生」，通「甥」。

按：《南部新書》癸卷取之，云：

郭太后貴極，終八朝：代之外孫，德之外生，順之親婦，憲之皇后，穆宗母，敬、文、武三帝祖母。

《舊唐書》卷五二《后妃傳下》載：

憲宗懿安皇后郭氏，尚父子儀之孫，贈左僕射、駙馬都尉曖之女。母代宗長女昇平公主。憲宗爲廣陵王時，納后爲妃。以母貴，父、祖有大勳於王室，順宗深寵異之。貞元十一年，生穆宗皇帝。元和元年八月，册爲貴妃。八年十二月，百僚拜表請立貴妃爲皇后，凡三上章，上以歲暮，來年有子午之忌，且止。帝後庭多私愛，以后門族華盛，慮正位之後不容嬖幸，以是册拜後時。元和十五年正月，穆宗嗣位，閏正月，册爲皇太后。……敬宗即位，尊爲太皇太后。……文宗孝而謙謹，奉祖母有禮，膳羞珍果，蠻夷奇貢，獻郊廟之後，及三宫而後進御。武宗即位，以后祖母之尊，門地素貴，奉之益隆。既而宣宗繼統，即后之諸子也，恩禮愈異於前朝。大中年崩於興慶宫，謚曰懿安皇太后，祔葬於景陵。后歷史位七朝，五居太母之尊，人君行子孫之禮，福壽隆貴，四十餘年，雖漢之馬、鄧，無以加焉。識者以爲汾陽社稷之功未泯，復鍾慶於懿安焉。

17　李廣利刺石

李廣利拔佩刀刺山石，泉湧。

按：此出《後漢書》卷一九《耿恭傳》：

永平十七年冬，騎都尉劉張出擊車師，請恭爲司馬，與奉車都尉竇固及從弟駙馬都尉秉破降之。始置西域都護、戊己校尉，乃以恭爲戊己校尉，屯後王部金蒲城。……（明年）七月，匈奴復來攻恭，恭募先登數千人直馳之，胡騎散走，匈奴遂於城下擁絶澗水。恭於城中穿井十五丈不得水，吏士渴乏，笮馬糞汁而飲之。恭仰歎曰：「聞昔貳師將軍拔佩刀刺山，飛泉湧出。今漢德神明，豈有窮哉！」乃整衣服向井再拜，爲吏士禱。有頃，水泉奔出，衆皆稱萬歲。

18　孟業秤重

孟業身重千觔〔一〕，故帝疑其自重，乃以大秤懸棟間。業啓曰：「陛下秤上秤臣，請秤之。雖肉重千觔，而智無一兩。」

〔一〕孟業身重千觔　前原有「東漢」二字。按：孟業爲西晉人。《語林》無此二字，今删。「觔」明鈔本作「斤」，字同。

按：此出東晉裴啓《語林》，《太平御覽》卷三七八、卷八三〇有引。末無「雖重千觔，智無一兩」語，而清陳錫路《黄嬭餘話》卷七引《語林》有之，疑據本書。《御覽》卷三七八引曰：

孟業爲幽州，其人甚肥，或以爲千斤。武帝爲稱之，難其大，臣乃作一大秤挂壁。業入見，武帝曰：「朕欲自稱有幾斤。」業荅曰：「陛下欲稱臣耳，無煩復勞聖躬。」於是稱，業果得千斤。

19 干寶父婢復生

干寶母妒〔一〕，當葬父時，潛推一婢於墓中。十餘年後，母亡，與父合葬，開墓，婢伏於棺上，久而乃生。問之，如平昔之時，指使無異。

〔一〕妒　原譌作「盧」，據明鈔本改。

按：此出東晉孔約《志怪》。《世説新語·排調》注引《孔氏志怪》曰：

寶父有嬖人，寶母至妬，葬寶父時，因推著藏中。經十年而母喪，開墓，其婢伏棺上。就視，猶煖，漸有氣息。輿還家，終日而蘇。説寶父常致飲食，與之接寢，恩情如生。家中吉凶輒語之，校之悉驗。平復數年後方卒。寶因作《搜神記》，中云「有所感起」是也。

《晉書》卷八二《干寶傳》亦載：

寶父先有所寵侍婢，母甚妬忌，及父亡，母乃生推婢于墓中。寶兄弟年小，不之審也。後十餘年，母喪，開墓而婢伏棺如生。載還，經日乃蘇。言其父常取飲食與之，恩情如生。在家中吉凶輒語之，考校悉驗。地中亦不覺爲惡。既而嫁之，生子。

20 玄奘書壁不及墻

唐初，僧玄奘至西域〔一〕取經，入維摩詰方丈室。及歸，將書年月於壁，染翰欲書，約行數千百步，終不及墻。

〔一〕域　明鈔本作「國」。

按：《南部新書》乙卷採之，云：

奘三藏至西域，入維摩詰方丈。及還，將紀年月於壁，染翰欲書，約行數千百步，終不及墻。

21 柳子昇妻

柳子昇〔一〕妻鄭氏，無疾而終。臨卒時〔二〕告子昇曰：「不離君之身，後十八年，更與君爲親。」已而，子昇年〔三〕近七十，再娶於崔氏，或多省前生之事。後産一男〔四〕而卒。

〔一〕柳子昇　前原有「唐」字，今依例删。

〔二〕時　明鈔本無此字。

〔三〕年　明鈔本譌作「子」。

〔四〕男　明鈔本作「子」。

22　嚴根妾産異物

前涼〔一〕張軌時，爲枹〔二〕罕令嚴根妾産，同夕産一女、一龍、一鵞〔三〕。

〔一〕涼　原譌作「梁」，據《晉書》卷八六《張軌傳》改。傳云：「永寧初，出爲護羌校尉、涼州刺史。于時鮮卑反叛，寇盜從横，軌到官，即討破之，斬首萬餘級。遂威著西州，化行河右。」其子寔繼位，史稱前涼。

〔二〕枹　原作「抱」，據明鈔本改。按：《晉書·五行志下》作「枹」。

〔三〕鵞　明鈔本作「鸎」。按：《晉書·五行志下》作「鵝」。

按：此出《晉書》卷二九《五行志下》：

（懷帝永嘉）五年五月，枹罕令嚴根妓産一龍、一女、一鵝。京房《易傳》曰：「人生他物，非人所見者，皆爲天下大兵。」是時，帝承惠皇之後，四海沸騰，尋而陷於平陽，爲逆胡所害，此其徵也。

明人輯《搜神記》卷七據《晉書》輯入，誤。

23　賈弼之易頭

賈弼之夜夢一人，面貌極醜醜，謂弼之曰：「思以易之，可乎？」夢中微有所諾。及覺，臨鏡大驚，一如〔一〕夢中見者。左右家人見之〔二〕，皆奔走。其所異者，兩手各執一筆，書之於紙，俱有理例。徐説之，親戚然後乃信。

〔一〕如　明鈔本無此字。

〔二〕之　明鈔本無此字。

按：此出南朝劉宋劉義慶《幽明録》，《藝文類聚》卷一七、《太平御覽》卷三六四、《太平廣記》卷二七六等有引。《御覽》最詳，曰：

河東賈弼，小名醫兒，具諳究世譜。義熙中，爲琅邪府參軍。夜夢有一人，面醜虺（《類聚》作查齙，《廣記》作查䶔）甚多，大鼻瞤目，請之曰：「愛君之貌，欲易頭，可乎？」乃於夢中許易。明朝起，自不覺，而人悉驚走。琅邪王大驚，遣傳教呼視。弼到，琅邪遥見，起還内。而人悉驚走藏，云：「那漢何處來？」（以上十二字據《類聚》補）弼取鏡自看，方知怪異。因還家，家悉驚入内，婦女走藏，云：「那得男子？」（以上五字據《類聚》補）弼坐，自陳説良久，并遣人至府，檢問方信。後能半面啼半面笑，兩手各捉一筆俱書，辭意皆美。此爲異也，餘並如先。

24 韋誕題額

魏建淩雲閣既成，匠人誤釘其額。文帝〔一〕乃令車繩引上韋誕，題三字而下。頃刻之間，頭鬢皓白。

〔一〕文帝 《歷代名畫記》卷九、《法書要録》卷一作「明帝」。文帝即曹丕，明帝乃丕子叡。

按：此出唐張彦遠《歷代名畫記》卷九，亦見張彦遠《法書要録》卷一《南齊王僧虔論書》。《歷代名畫記》云：

彦遠論曰：前史稱魏明帝起淩雲閣，勑韋誕題榜。工人誤先釘榜，以籠盛誕釣上，去地二十五丈。及下，鬚髮盡白，纔餘氣息。遂戒子孫，絶此楷法。謝安嘗論其事，子敬正色荅曰：「仲將魏之大臣，豈有此事？若如所説，知魏德之不長。」彦遠嘗以子敬爲有識之言。《法書要録》云：

韋誕字仲將，京兆人。善楷書。漢魏宮觀題署，多是誕手。魏明帝起凌雲臺，先釘牓，未題。籠盛誕，轆轤長絙引上，使就牓題。牓去地將二十五丈，誕危懼。誡子孫絶此楷法，又著之家令。官至鴻臚。

25 趙末異長

晉趙末，年八歲，一夕異長，身長八尺，髭鬚滿頷[一]，三日而死。

[一] 頷　明鈔本謁作「額」。

按：此出《晉書》卷二九《五行志下》，「末」作「未」，云：

安帝義熙七年，無錫人趙未年八歲，一旦暴長八尺，髭鬚蔚然，三日而死。

《宋書》卷三四《五行志五》亦載，「末」作「朱」。

26 橘中赤蛇

唐惠卿，荆州庭中有橘樹，其末有一實甚大，獨異之。由是會賓客，摘而將食，乃剖之，有一赤蛇蟠於其中矣〔一〕。

〔一〕矣　明鈔本無此字。

按：唐竇維鋈《廣古今五行記》記有柑中赤斑蛇事（《太平廣記》卷四五七《李崇貞》），南唐徐鉉《稽神録》記有橘中小赤蛇事（《廣記》卷四五九《賈潭》），可參看。

27 戴竿王大娘

德宗朝，有戴竿三原婦人王大娘，首戴十八〔一〕人而行。

〔一〕十八　明鈔本作「二十八」。按：《南部新書》癸卷亦作「二十八」。

按：《南部新書》癸卷採之，云：

建中中，戴竿三原婦人王大娘，首戴二十八人而走。

唐鄭處誨《明皇雜録》卷上所記乃玄宗朝事，云：

玄宗御勤政樓，大張樂，羅列百妓。時教坊有王大娘者，善戴百尺竿，竿上施木山，狀瀛州、方丈，令小兒持絳節出入于其間，歌舞不輟。時劉晏以神童爲秘書正字，年方十歲，形狀獰劣，而聰悟過人。玄宗召於樓上簾下，貴妃置於膝上，爲施粉黛，與之巾櫛。玄宗問晏曰：「卿爲正字，正得幾字？」晏曰：「天下字皆正，唯『朋』字未正得。」貴妃復令詠王大娘戴竿，晏應聲曰：「樓前百戲競争新，唯有長竿妙入神。誰謂綺羅翻有力，猶自嫌輕更著人。」玄宗與貴妃及諸嬪御歡笑移時，聲聞於外，因命牙笏及黄文袍以賜之。

28　韶陽人牧牛

韶陽有一人牧牛，一旦，牛舐其臂，而色皎白。此人樂之，即袒其體，令牛遍舐，皆白。其人數日間暴卒。其家恨，殺此牛，召村社同食之。凡食者數十人，一夕同卒。

按：此出顧微《廣州記》，《太平御覽》卷九〇〇引。《太平廣記》明談愷刻本（以下簡稱談刻本）卷四二六《牧牛兒》引作《廣異記》（唐戴孚撰），誤。明沈與文野竹齋鈔本（以下簡稱明鈔本）作《廣州記》，清陳鱣校本（以下簡稱陳校本）作顧微《廣州異記》，朝鮮成任編《太平廣記詳節》卷三七作顧微《廣州記》。《御覽》作陽縣，《廣記》作復陽縣，均誤。韶陽即唐之韶州，治曲江縣（今廣東韶關市西南）。晉名始興郡，屬廣州。《御覽》引曰：

陽縣里民有一兒，年十五六，牧牛。牛忽舐此兒，隨所舐處，肉悉白浄而甚快。遂聽牛日日舐之。兒俄而病死，其家葬兒，殺此牛，以供賓客。凡食此牛肉者，男女二十餘人，悉變爲虎。

《廣記》引曰：

晉復陽縣里民家兒常牧牛。牛忽舐此兒，舐處肉悉白，兒俄而死，其家葬此兒，殺牛以供賓客。凡食此牛肉，男女二十餘人，悉變作虎。

29 姮娥竊藥

羿燒仙藥，藥〔一〕成。其妻姮娥竊而食之，遂奔入月中。

〔一〕藥　明鈔本無此字。

按：此出《淮南子·覽冥訓》：

譬若羿請不死之藥於西王母，姮娥竊以奔月。（高誘注：姮娥，羿妻。羿請不死之藥於西王母，未及服之，姮娥盗食之，得仙，奔入月中，爲月精。）悵然有喪，無以續之。何則？不知不死之藥所由生也。

30 大耳國

《山海經》有大耳國，其人寢，常以一耳爲席，一耳爲衾。

按：今本《山海經》無此國，有聶耳國。《古今譚概》非族部第三十五據本書輯入。徐應秋《玉芝堂談薈》卷一四《耳長過腰》、清吴任臣《山海經廣注》卷八《海外北經》聶耳國注亦載。

31 狗頭新婦

賈耽爲滑州〔一〕節度，酸棗縣有俚婦事姑不敬。姑年甚老，無雙目，旦食，婦以食裹納犬糞授姑。姑食之，覺有異氣。其子出遠還，姑問其子：「此何物？向者婦與吾食。」其子仰天大哭。有頃，雷電發，若有人截婦首，以犬首〔二〕續之。耽令牽行於境内，以戒〔三〕不孝者。時人謂之「狗頭新婦」。

〔一〕滑州　北宋馬永易《實賓録》（《説郛》卷三）引《獨異志》（題《狗頭新婦》）作「渭州」，誤。按：《舊唐書》卷一二《德宗紀上》：貞元二年九月，「賈耽檢校尚書右僕射，滑州刺史」。

〔二〕首　此字原無，據明鈔本及《實賓録》補。

〔三〕戒　原作「告」，據明鈔本及《實賓録》改。

按：《實賓録》引作：

唐賈耽爲渭州節度，酸棗縣有俚婦事姑不謹。姑年甚老，無目，晨食，婦餅裹犬糞授姑。姑食之，覺異。子遠出外還，姑仰天大哭。頃，雷震發，有人入截婦首，以犬首續之。耽令牽行於境中，以戒不孝者。時人謂之「狗頭新婦」。

《南部新書》癸卷採此事，云：

賈躭爲滑州節度使，酸棗縣有一下俚婦，事姑不敬。姑年甚老，無目，晨飡，婦以餅裹犬糞授姑。姑食覺異，留之。其子出還，姑問其子：「此何？嚮者婦與吾食。」其子仰天大哭。有頃，震發，若有人截婦人首，以犬首續之。躭令牽行於境内，以戒不孝者。時人謂之「犬頭婦」。

明周清源撰《西湖二集》卷六《姚伯子至孝受顯榮》入話取之。

唐臨《冥報記》卷下《隋河南人婦》事類此，云：

隋大業中，河南人婦養姑不孝。姑兩目盲，婦切蚯蚓爲羹以食。姑怪其味，竊藏其一臠，留以示兒。兒還見之，欲送婦詣縣。未及而雷震，失其婦。俄從空落，身衣如故，而易其頭爲白狗頭，言語不異。問其故，答云：「以不孝姑，爲天神所罰。」夫以送官。時乞食於市，後不知所在。

《太平御覽》卷九四七引《廣五行記》，取《冥報記》。

32 安金藏開腹

天后朝，工人安金藏保中宗不反，乃自持刀開腹明之，五臟墜地。后遣醫工復内入腹，以桑皮細針縫合，經夕〔一〕復生。玄宗即位，追封代國公。

〔一〕夕　明鈔本作「年」，注「一作夕」。按：作「年」譌。

按：劉肅《大唐新語》卷五《忠烈》，中宗作睿宗。曰：

安金藏爲太常工人，時睿宗爲皇嗣。或有誣告皇嗣潛有異謀者，則天令來俊臣按之。左右不勝楚毒，皆欲自誣，唯金藏大呼謂俊臣曰：「公既不信金藏言，請剖心，以明皇嗣不反。」則引佩刀自割，其五臟皆出，流血被地，氣遂絶。則天聞，令舁入宫中，遣醫人却内五臟，以桑白皮縫合之，傅藥，經宿乃蘇。則天臨視，歎曰：「吾有子不能自明，不如汝之忠也。」即令停推，睿宗由是乃免。金藏後喪母，復於墓側躬造石墳石塔。舊源上無水，忽有湧出泉。又李樹盛冬開花，大鹿挾其道。使盧懷慎以聞，詔旌其門閭。玄宗即位，追思金藏節，下制褒美，拜右驍衛將軍，仍令史官編次其事。

《舊唐書》卷一八七上及《新唐書》卷一九一《忠義傳上》之《安金藏傳》亦載。舊傳文詳，曰：

安金藏，京兆長安人。初爲太常工人。載初年，則天稱制，睿宗號爲皇嗣。少府監裴匪躬、内侍范雲仙並以私謁皇嗣腰斬。自此公卿已下，並不得見之，唯金藏等工人得在左右。或有誣告皇嗣潛有異謀者，則天令來俊臣窮鞫其狀，左右不勝楚毒，皆欲自誣，唯金藏確然無辭，大呼謂俊臣曰：「公不信金藏之言，請剖心以明皇嗣不反。」即引佩刀自剖其胸，五藏並出，流血被地，因氣絶而仆。則天聞之，令輿入宫中，遣醫人却納五藏，以桑白皮爲線縫合，傅之藥。經宿，金藏始甦。則天親臨視之，歎曰：「吾子不能自明，不如爾之忠也。」即令俊臣停推，睿宗由是免難。金藏神龍初喪母，寓葬於都南闕口之北，廬於墓側，躬造石墳石塔，晝夜不息。原上舊無水，忽有湧泉自出。又有李樹盛冬開花，犬鹿相狎。本道使盧懷慎上聞，敕旌表其門。景雲中，累遷右武衛中郎將。玄宗即位，追思金藏忠節，下制褒美，擢拜右驍衛將軍，乃令史官編次其事。開元二十年，又特封代國公，仍於東岳等諸碑鐫勒其名。竟以壽終，贈兵部尚書。

33 簡狄氏吞卵

有娀[一]簡狄氏，吞鳥卵而生后稷。

〔二〕娀　原作「娥」，形譌也。《史記》卷三《殷本紀》作「娀」，據改。

按：此出《史記》卷三《殷本紀》，所生爲契，此作后稷，誤。后稷名棄，乃周之先祖。《史記》曰：殷契，母曰簡狄，有娀氏之女，爲帝嚳次妃。三人行浴，見玄鳥墮其卵，簡狄取吞之，因孕，生契。

34　陸續記六百人姓名

東漢陸續，歲饑，太守施貧者食。既畢，問之，凡賜六百人，言其姓名，無一參差。

按：此出《後漢書》卷八一《獨行列傳》：

陸續字智初，會稽吴人也。……續幼孤，仕郡户曹史。時歲荒民飢，太守尹興使續於都亭賦民饘粥。續悉簡閲其民，訊以名氏。事畢，興問所食幾何，續因口説六百餘人，皆分别姓字，無有差謬。興異之。

35　闔閭埋劍客

吴王闔閭死，埋劍客三千，以爲殉葬。

按：此出東漢袁康、吴平《越絶書》卷二《越絶外傳記·吴地傳》，所葬乃劍，非劍客，或爲譌傳。《越絶書》載：

闔廬冢在閶門外，名虎丘。下池廣六十步，水深丈五尺，銅槨三重。墳池六尺。玉鳧之流，扁諸之劍三千，方圓之口三千，時耗、魚腸之劍在焉。千萬人築治之。取土臨湖口，築三日而白虎居上，故號爲虎丘。

36 鉤弋夫人

漢武鉤弋夫人，姓趙氏。手本拳，帝納後，以手伸之，遂展。

按：此出西漢劉向《列仙傳》卷下。《漢武故事》（《四庫全書》本）、《漢書》卷九七上《外戚傳上》亦載。《列仙傳》曰：

鉤翼夫人者，齊人也，姓趙。少時好清淨，病卧六年，右手拳屈，飲食少。望氣者云，東北有貴人氣，推而得之。召到，姿色甚偉。武帝披其手，得一玉鉤，而手尋展。遂幸而生昭帝。後武帝害之，殯尸不冷而香。一月間，後昭帝即位，更葬之，棺内但有絲履。故名其宫曰鉤翼，後避諱改爲弋。廟闈有神祠閣在焉。

《漢武故事》曰：

上巡狩過河間，有紫青氣自地屬天。望氣者以爲其下當有奇女，天子之祥。上使求之，見有一女子在空館中，姿貌殊絶，兩手皆拳。上令開其手，數十人劈之，莫能舒。上於是自披手，手即伸。由是得幸，號拳夫人，進爲婕妤，居鉤弋宫。解黄帝素女之術，大有寵。有娠，十四月而産，是爲昭帝焉。

《漢書》曰：

孝武鉤弋趙倢伃，昭帝母也，家在河間。武帝巡狩過河間，望氣者言此有奇女，天子亟使使召之。既至，女兩手皆拳，上自披之，手即時伸。由是得幸，號曰拳夫人。……拳夫人進爲倢伃，居鉤弋宫，大有寵。太始三年生昭帝，號鉤弋子。

37　王獻之寫版

王獻之常爲寫《祭晉元帝廟祝文》版〔一〕，墨入木，深八分。

〔一〕王獻之常爲寫祭晉元帝廟祝文版　明鈔本無「爲」字，「版」作「板」。

按：《太平廣記》卷二〇七引《書斷》爲王羲之事（按：唐張懷瓘《書斷》今本無），情事有異。云：

晉王羲之字逸少，曠子也。……晉帝時，《祭北郊文》更祝板，工人削之，筆入木三分。

38 王戎視日

王戎視日，目〔一〕睛不眩。

〔一〕目　此字原無，據明鈔本補。

按：此出《世説新語·容止》注，亦見《藝文類聚》卷一七引《竹林七賢論》（東晉戴逵撰）、《晉書》卷四三《王戎傳》。《世説》云：

裴令公目王安豐眼爛爛如巖下電。注：王戎形狀短小，而目甚清炤，視日不眩。

《類聚》引云：

《竹林七賢論》曰：王戎眸子洞徹，視日而眼明不虧。

《晉書》云：

王戎字濬沖，琅邪臨沂人也。……戎幼而穎悟，神彩秀徹，視日不眩。裴楷見而目之曰：「戎眼爛爛如巖下電。」

39 廉頗食

廉頗食，盡米一斗，肉十〔一〕觔。

〔一〕十　原作「一」，據明鈔本改。

按：此出《史記》卷八一《廉頗藺相如列傳》：

趙以數困於秦兵，趙王思復得廉頗，廉頗亦思復用於趙。趙王使使者視廉頗尚可用否。廉頗之仇郭開多與使者金，令毁之。趙使者既見廉頗，廉頗爲之一飯斗米，肉十斤，被甲上馬，以示尚可用。趙使還報王曰：「廉將軍雖老，尚善飯，然與臣坐，頃之三遺矢矣。」趙王以爲老，遂不召。

40 相陶侃手

陶侃，有相者視其手，策文上指，謂曰：「策文到指上爲〔一〕三公，貴不可説。」侃以針刺之，通指皆出血〔二〕，灑墻爲「公」字。

〔一〕爲　明鈔本作「於」。

〔二〕皆出血　原作「因血出」，據明鈔本改。

按：此出《異苑》卷四，《太平御覽》卷三七〇有引。《異苑》云：

陶侃左手有文，直達中指，上横節便止（《御覽》作至上横節便絶）。有相者師圭謂侃曰：「君左手中指有竪理，若徹于上，位在無極。」（《御覽》作占者以爲此文若過，位在無極）。侃以針挑令徹，血流彈壁，乃作「公」字。又取紙裹，「公」迹愈明。

41 苗登尾長

大曆中〔一〕，河南尹相里造刑〔二〕洛陽尉苗登，有尾長二尺餘。

〔一〕大曆中　前原有「唐」字，今删。

〔二〕刑　《南部新書》癸卷作「剥」。按：「剥」通「扑」，擊打。刑，用刑。

按：《南部新書》癸卷採入，云：

大曆年中，河南尹相里造剥洛陽尉苗登，有尾長二尺餘。

42 海鵠吞李子昂

《神異經》有李子昂，長七寸，日行千里。一旦被海鵠所吞，居鵠腹中，三百〔一〕年不死。

〔一〕百　此字原無，據明鈔本補。

按：今本《神異經·西荒經》有鵠國，然不云李子昂。其云：

西海之外有鵠國焉，男女皆長七寸。爲人自然有禮，好經綸拜跪。其人皆壽三百歲，其行如飛，日行千里，百物不敢犯之。唯畏海鵠，過輒吞之，亦壽三百歲。此人在鵠腹中不死，而鵠一舉千里。華曰：陳章與齊桓公論小兒也。

《太平御覽》卷三七八引《博物志》曰（今本無）：

齊桓公獵得一鳴鵠，宰之，嗉中得一人，長三寸三分，着白圭之袍，帶劍持車，罵詈瞋目。後又得一折齒，方圓三尺。問羣臣曰：「天下有此及小兒否？」陳章荅曰：「昔秦胡充一舉渡海，與齊魯交戰，傷折版齒。昔李子敖於鳴鵠嗉中遊，長三寸三分。」

43 糟丘酒池

殷紂爲糟丘酒池，廣可以汎舟。

按：此出《尸子》、《韓詩外傳》卷四、《太公六韜》等。《太平御覽》卷七六八引《尸子》曰：

六馬登糟丘，方舟泛酒池。

《韓詩外傳》曰：

桀爲酒池，可以運舟。糟丘足以望十里，一鼓而牛飲者三千人。

西漢劉向《新序》卷七《節士》亦載，「十里」作「七里」。

《御覽》卷八三引《六韜》曰：

喜修治池臺，日夜無已。喜爲酒池糟丘，飲者三千，飲人爲輩，坐起之以金鼓，無長幼之序，貴賤之禮。

《史記》卷三《殷本紀》及《正義》：

（紂）大冣樂戲於沙丘，以酒爲池，縣肉爲林，使男女倮相逐其間，爲長夜之飲。

《正義》：「《括地志》云：『酒池在衛州衛縣西二十三里。』《太公六韜》云：『紂爲酒池迴船，糟丘而牛飲者，三千餘人爲輩。』」

44 東方朔誕生

張少平妻田氏，少平卒後，累年寡居。忽夢一人自天而下，壓其腹，因而懷〔一〕孕。乃曰：「無夫而孕，人聞〔二〕棄我也。」徙於代，依東方。五月朔旦，生一子。以其居代東方，名之東方朔。或言歲星精，多能，無不該博。

〔一〕懷　明鈔本作「有」。

〔二〕聞　明鈔本作「間」。

按：此出東漢郭憲《洞冥記》卷一及佚文（《太平御覽》卷三六〇引）。《洞冥記》卷一曰：

東方朔字曼倩，父張夷，字少平，妻田氏女。夷年二百歲，顔如童子。朔生三日，而田氏死，時景帝三年也。隣母拾而養之。年三歲，天下祕讖，一覽闇誦於口。常指撝天下，空中獨語。鄰母忽失朔，累月方歸，母笞之。後復去，經年乃歸。母忽見，大驚曰：「汝行經年一歸，何以慰我耶？」朔曰：「兒至紫泥海，有紫水污衣，仍過虞淵湔浣。朝發中返，何云經年乎？」母問之：「汝悉是何處行？」朔曰：「兒湔衣竟，暫息都崇堂，王公飴之以丹霞漿。兒食之，太飽悶，幾死。乃飲玄天黄露半合，即醒。既而還路，遇一蒼虎，息於路傍。兒騎虎還，打捶過痛，虎囓兒脚傷。」母悲嗟，乃裂青布裳裹之。朔復去家萬里，見一枯樹，脱布挂於樹，布化爲龍，因名其地爲布龍澤。朔以元封中遊濛鴻之澤，忽見王母采桑於白海之濱。俄有黄翁指阿母以告朔曰：「昔爲吾妻，託形爲太白之精，今汝此星精也。吾却食吞氣已九千餘歲，目中瞳子色皆青光，能見幽隱之物。三千歲一反骨洗髓，二千歲一刻骨伐毛，自吾生已三洗髓五伐毛矣。」

《御覽》引《洞冥記》曰：

東方朔母田氏寡居，夢太白星臨其上，因有娠。田氏歎曰：「無夫而娠，人將棄我。」乃移向代都東方里爲居，五月旦生朔，因以所居里爲氏，朔爲名。

45 劉備見耳

蜀先主劉備，自見其耳。

按：此出《三國志》卷三二《蜀書·先主傳》：

先主不甚樂讀書，喜狗馬、音樂、美衣服。身長七尺五寸，垂手下膝，顧自見其耳。

46 鄒衍吹律

鄒衍吹律，能變寒谷，生禾黍。

按：此出西漢劉向《别録》，《藝文類聚》卷五又卷九、《太平御覽》卷五四引。《御覽》引曰：

方士傳言，鄒衍在燕，有谷，地美而寒，不生五穀。鄒子居之，吹律而温氣至，而生黍穀。今名黍谷。

《論衡·寒温篇》亦云：

燕有寒谷，不生五穀。鄒衍吹律，寒谷可種。燕人種黍其中，號曰黍谷。

47　京房易姓

京房吹律易姓，本李氏，因吹律知名，乃改京耳。後棄市。

按：此出《漢書》卷七五《京房傳》：

京房字君明，東郡頓丘人也。治《易》，事梁人焦延壽。延壽字贛……贛常曰：「得我道以亡身者，必京生也。」其説長於災變，分六十四卦，更直日用事，以風雨寒温爲候，各有占驗。房用之尤精，好鍾律，知音聲。……房至陜，復上封事曰：「……臣去朝稍遠，太陽侵色益甚，唯陛下毋難還臣而易逆天意。邪説雖安于人，天氣必變，故人可欺，天不可欺也，願陛下察焉。」房去月餘，竟徵下獄。……房、博（張博）皆棄市。……房本姓李，推律自定爲京氏，死時年四十一。

48 牛哀化虎

牛哀病三月〔一〕，化而爲虎，遂食其虎〔二〕，復化爲人。當其爲虎時，不知其爲人；及其爲人，又不知其爲虎。

〔一〕牛哀病三月 「牛哀」《淮南子·俶真訓》作「公牛哀」，公牛，複姓。「三月」《淮南子》作「七日」。

〔二〕遂食其虎 《淮南子》原文無此意。

按：原出《淮南子·俶真訓》，云：

昔公牛哀轉病也，七日化爲虎。（高誘注：轉病，易病也。江淮之閒，公牛氏有易病，化爲虎。若中國有狂疾者，發作有時也。其爲虎者，便還食人。食人者，因作真虎；不食人者，更復化爲人。）其兄掩户而入覘之，則虎搏而殺之。是故文章成獸，爪牙移易，志與心變，神與形化。方其爲虎也，不知其嘗爲人也；方其爲人，不知其且爲虎也，二者代謝舛馳，各樂其成形。

49 申包胥哭秦廷

申包胥哭於秦廷，七日七夜不食，乞兵救楚。秦感之，乃假兵救之。

按：此出《左傳》定公四年或《史記》卷五《秦本紀》。《左傳》曰：

初，伍員與申包胥友，其亡也，謂申包胥曰：「我必復楚國。」申包胥曰：「勉之。子能復之，我必能興之。」及昭王在隨，申包胥如秦乞師，曰：「吴爲封豕長蛇，以荐食上國。虐始於楚，寡君失守社稷，越在草莽，使下臣告急曰：『夷德無厭，若鄰於君，疆埸之患也。逮吴之未定，君其取分焉。若楚之遂亡，君之土也。若以君靈，撫之，世以事君。』」秦伯使辭焉，曰：「寡人聞命矣。子姑就館，將圖而告。」對曰：「寡君越在草莽，未獲所伏，下臣何敢即安？」立依於庭牆而哭，日夜不絶聲，勺飲不入口七日。秦哀公爲之賦《無衣》，九頓首而坐。秦師乃出。

《史記》曰：

（哀公）三十一年，吴王闔閭與伍子胥伐楚，楚王亡奔隨，吴遂入郢。楚大夫申包胥來告急，七日不食，日夜哭泣，於是秦乃發五百乘救楚，敗吴師。吴師歸，楚昭王乃得復入郢。

50　陳氏子孫

後周有一人，姓陳氏，二十而娶妻，妻亦齊年。至四十，兒女又各〔一〕生孫，孫復生子，子復生孫。相承百年内，其子孫盈數百人，老少悉爲煬帝征遼所殺。

〔一〕各　明鈔本作「復」。

51 夫婦相食

東漢靈帝時，有河内人婦食夫，河南人夫食婦。

按：此出《後漢書·五行志五》：

靈帝建寧三年春，河内婦食夫，河南夫食婦。

東晉干寶《搜神記》亦載，見拙輯《搜神記輯校》卷一二《夫婦相食》，有干寶議論。曰：

漢靈帝建寧三年，河内有婦食夫，河南有夫食婦。夫婦，陰陽二儀之體也，有情之深者也。今反相食，陰陽相侵，豈特日月之眚哉！靈帝既没，天下大亂，君有妄誅之暴，臣有劫弑之逆，兵革傷殘，骨肉爲讎，生民之禍至矣，故人妖爲之先作。恨而不遭辛有、屠黍之論，以測其情也。

52 洛陽女子兩頭四臂

靈帝時，洛陽女子生，時〔一〕兩頭四臂。

〔一〕時 《後漢書》卷八《孝靈帝紀》作「兒」。

按：此出《後漢書》卷八《孝靈帝紀》：

是歲（光和二年）……洛陽女子生兒，兩頭四臂。

《後漢書·五行志五》亦載：

（光和）二年，雒陽上西門外女子生兒，兩頭，異肩共胷，俱前向。以爲不祥，墮地棄之。自此之後，朝廷霿亂，政在私門，上下無別，二頭之象。後董卓戮太后，被以不孝之名，放廢天子，後復害之。漢元以來，禍莫踰此。

明本《搜神記》卷六據此輯入，誤。

53 魏文帝著典論

魏文帝嘗著《典論》，云天下無切玉刀、火浣布。俄而外國進此二物，文帝遂毁《典論》。

按：此出《抱朴子内篇·論仙》：

魏文帝窮覽洽聞，自呼於物無所不經，謂天下無切玉之刀、火浣之布，及著《典論》，嘗據言此事。其閒未期，二物畢至。帝乃歎息，遽毁斯論。事無固必，殆爲此也。

54 木蘭代父從征

古有女木蘭者，代其父從征〔一〕，身備戎裝凡十三年，同火〔二〕之卒，不知其是女兒〔三〕。

〔一〕從征　明鈔本作「征行」。

〔二〕火　原譌作「穴」，據明鈔本改。按：唐杜佑《通典·兵一·立軍》：「五人爲列，二列爲火，五火爲隊。」

〔三〕是女兒　明鈔本作「爲女」。

按：此出古樂府《木蘭詩》，載《樂府詩集》卷二五《横吹曲辭五》，略云：

喞喞復喞喞，木蘭當户織。不聞機杼聲，唯聞女歎息。問女何所思，問女何所憶，女亦無所思，女亦無所憶。昨夜見軍帖，可汗大點兵，軍書十二卷，卷卷有爺名。阿爺無大兒，木蘭無長兄，願爲市鞍馬，從此替爺征。……萬里赴戎機，關山度若飛。朔氣傳金柝，寒光照鐵衣。將軍百戰死，壯士十年歸。歸來見天子，天子坐明堂。策勳十二轉，賞賜百千强。可汗問所欲，木蘭不用尚書郎，願馳千里足，送兒還故鄉。爺孃聞女來，出郭相扶將。阿姊聞妹來，當户理紅妝。小弟聞姊來，磨刀霍霍向豬羊。開我東閣門，坐我西間牀，脱我戰時袍，著我舊時裳。當窗理雲鬢，挂鏡帖花黄。出門看火伴，火伴皆驚惶。同行十二年，不知木蘭是女郎。……

55 楊行廉乞錢

蜀人楊行廉精巧，嘗刻木爲僧，於益州市引手乞錢。錢滿五十於手，則自傾寫下瓶，口言「布施」字〔一〕。

〔一〕言布施字　此四字原闕，據明鈔本補。

56 黄安坐龜

漢有黄安，不知何許人。常坐〔一〕一龜，畏日光，龜每二千年一出頭，安坐來見龜五出頭矣。

〔一〕坐　明鈔本作「生」，形譌也。

按：此出《洞冥記》卷二：

黄安，代郡人也，爲代郡卒。自云卑猥不獲，處人間執鞭。懷荆而讀書，畫地以記數，一（原作者，據《太平廣記》卷一改）夕地成池矣。時人謂黄安年可八十餘，視如童子。常服朱砂，舉體皆赤。冬不着裘，坐一神龜，廣二尺。人問：「子坐此龜幾年矣？」對曰：「昔伏羲始造網罟，獲此龜，以授吾，吾坐龜背已平矣。此蟲畏日月之光，二千歲即一出頭。吾坐此龜，已見五出頭矣。」行即負龜以趨，世人謂黄安萬歲矣。

57 蒼蠅傳赦

苻〔一〕堅三年，鳳凰集於東閣。堅欲赦國中，時無有知者。忽有一童兒，緋帕幕首，言〔二〕於市曰：「官家有赦。」堅復驗詰，言赦書日有〔三〕一蒼蠅立於筆端，久而飛去，化爲童子，以告市人也。

〔一〕苻　原作「符」，今改。按：《晉書》卷一一三《苻堅載記上》：「十二月而生堅焉。有神光自天燭其庭。背有赤文，隱起成字，曰『草付臣又土王咸陽』。」「草付」即「苻」字。

〔二〕言　原作「走」，據明鈔本改。

〔三〕有　明鈔本譌作「作」。

按：此出崔鴻《十六國春秋・前秦録》，《太平御覽》卷一二二、卷六五二有引。卷一二二引曰：

（甘露）三年九月（《御覽》卷六五二作永興元年），鳳皇集于東閣，大赦天下。初將爲赦，與左僕射猛、右僕射融議於露堂，悉屏左右。堅自爲文，猛、融進紙筆。有一大蒼蠅入自牖間，鳴聲甚大，集于筆端。駈而復來，堅惡之，久而乃去。俄而長安街巷市里民相告曰：「官今大赦。」有司以聞，堅驚謂融曰：「事何從而泄？」勑外窮推，咸言有一小人衣黑衣，呼於市曰：「官今大赦。」須臾不見。堅歎曰：「其向蒼蠅乎？聲狀非常，吾固惡之。」

《晉書》卷一一三《苻堅載記上》亦載：

堅僭位五年，鳳皇集於東闕，大赦其境内，百僚進位一級。初，堅之將爲赦也，與王猛、苻融密議於露堂，悉屏左右。堅親爲赦文，猛、融供進紙墨。有一大蒼蠅入自牖間，鳴聲甚大，集於筆端，驅而復來。俄而長安街巷市里人相告曰：「官今大赦。」有司以聞，堅驚謂融、猛曰：「禁中無耳屬之理，事何從泄也？」於是敕外窮推之，咸言有一小人衣黑衣，大呼於市曰：「官今大赦。」須臾不見。堅歎曰：「其向蒼蠅乎？聲狀非常。吾固惡之。諺曰：『欲人勿知，莫若勿爲。』聲無細而弗聞，事未形而必彰者，其此之謂也！」

《廣古今五行記》亦載，《太平廣記》卷四七三引，題《蠅赦》：

前秦苻堅欲放赦，與王猛、苻融密議甘露堂，悉屏左右，堅親爲赦文。有一大蒼蠅集于筆端，聽而復出。俄而長安街巷人相告曰：「官今大赦。」有司以聞，堅驚曰：「禁中無耳屬之理，事何從泄也？」敕窮之，咸曰：「有小人衣青，大呼於市曰：『官今大赦。』須臾不見。」歎曰：「其向蒼蠅也。」

又，白居易《白氏六帖事類集》卷一三《蒼蠅集筆端》（無出處）載：

符（苻）堅將爲赦，密議，王猛進紙墨。有大蒼蠅聲甚厲，集筆端，驅而復來。俄而長安中相告有赦，窮推，咸言云有一小人黑衣，於市呼之，須臾不見。得非向者蠅之告乎？（按：《白孔六帖》卷四八文字微異。）

南宋李昌齡《樂善録》卷六載：

符（苻）堅僭位，以鳳集于闕，欲大赦天下，與王猛、符（苻）融密議于露臺。時左右悉屏去，無一知者。俄而市井喧傳，堅疑語泄，立命推究，乃一黑衣小兒，聲言於市曰：「官今大赦。」人因傳之。堅太息曰：「欲人不知，莫若不爲。誠哉，此言也。始吾草赦時，有一蒼蠅屢集吾筆，聲狀頗異，吾已怪之，今果漏語。其黑衣者，豈蒼蠅乎？」

58 龍負禹舟

禹治水，渡浙〔一〕江，風濤甚，有二花蛇龍負舟而過。左右恐懼，惟禹安然無畏。

〔一〕浙　原譌作「游」，據明鈔本改。

按：原見《吕氏春秋·恃君覽·知分》，情事有異，云：

禹南省方，濟乎江，黄龍負舟，舟中之人五色無主。禹仰視天而歎曰：「吾受命於天，竭力以養人。生，性也；死，命也。余何憂於龍焉？」龍俛耳低尾而逝。則禹達乎死生之分，利害之經也。

《淮南子·精神訓》亦載：

禹南省方，濟于江，黄龍負舟，舟中之人五色無主。禹乃熙笑而稱曰：「我受命于天，竭力而勞萬民。生，寄也；死，歸也。何足以滑和？」視龍猶蝘蜓，顔色不變。龍乃弭耳掉尾而逃。禹之視物亦細矣。

59 王濬造戰艦

王濬伐吴，於蜀江造戰艦，長二百四十步，上起走馬樓。舟船之盛，自古莫比。

按：此出《晉書》卷四二《王濬傳》：

車騎將軍羊祜雅知濬有奇略，乃密表留濬，於是重拜益州刺史。武帝謀伐吴，詔濬修舟艦。濬乃作大船連舫，方百二十步，受二千餘人。以木爲城，起樓櫓，開四出門，其上皆得馳馬來往。又畫鷁首怪獸於船首，以懼江神。舟楫之盛，自古未有。

60 乞者解如海

貞元中〔一〕，有乞者解如海，其手自臂而墮，足自脛而脱〔二〕，善擊毬、樗蒲戲，又善劍舞、數丹丸。挾二妻，生子數人。至元和末猶在，長安戲場中日集數千人觀之。

〔一〕貞元中　前原有「唐」字，今删。

〔二〕脱　明鈔本譌作「項」。

61 盗開王樊冢

《燉煌〔一〕實録》云：王樊卒，有盗開其〔二〕冢。見王樊與人樗蒲，以酒賜盗。惶怖飲之，見有人牽銅馬出冢者。夜有神至城門，自言是王樊使，「今有人發冢，以酒墨其脣。但〔三〕至，可以驗而〔四〕擒之。」盗既入城，城門者乃縛詰之〔五〕，如神言。

〔一〕煌　明鈔本譌作「王」。

〔二〕其　此字原無，據《太平廣記》卷三一七《王樊》補。

〔三〕但　《廣記》作「旦」。按：但，只要。

〔四〕驗而　明鈔本無此二字。

〔五〕詰之　明鈔本無此二字。

按：《太平廣記》卷三一七引，題《王樊》，云：

《燉煌實録》云：王樊卒，有盜開其冢。見樊與人摴蒱，以酒賜盜者。盜者惶怖，飲之，見有人牽銅馬出冢者。夜有神人至城門，自云：「我王樊之使。今有發冢者，以酒墨其脣訖。旦至，可以驗而擒之。」盜既入城，城門者乃縛詰之，如神所言。

《隋書·經籍志》霸史類著録《敦煌實録》十卷，劉景撰。《魏書》卷一二《劉昞傳》云昞著《敦煌實録》二十卷。劉景即劉昞，唐初避李淵父昞諱改。

62　田子方贖馬

魏〔一〕田子方出，見老馬於道，喟然有志焉。以問御者：「何馬也？」對曰：「以公家畜罷而不用，收出放之。」子方曰：「少盡其力，老棄其身，仁者不爲。」遂束帛以贖之。窮士聞之，知所歸矣。

〔一〕魏　此字原空闕。按：《淮南子·人間訓》注：「田子方，魏人。」《史記》卷四四《魏世家》：「逢文侯之師田子方於朝歌。」文侯，魏文侯。今補「魏」字。

按：此條《稗海》本無，據明鈔本補。

此出《韓詩外傳》卷八：

昔者田子方出，見老馬於道，喟然有志焉。以問於御者曰：「此何馬也？」御曰：「故公家畜也，罷而不爲用，故出放之也。」田子方曰：「少盡其力，而老棄其身，仁者不爲也。」束帛而贖之。窮士聞之，知所歸心矣。《詩》曰：「湯降不遲，聖敬日躋。」

《淮南子·人間訓》亦載：

田子方見老馬於道，田子方魏人。喟然有志焉。以問其御曰：「此何馬也？」其御曰：「此故公家畜也，老罷而不爲用，出而鬻之。」田子方曰：「少而貪其力，老而棄其身，仁者弗爲也。」束帛以贖之。罷武聞之，知所歸心矣。

63 李祐婦

李祐〔一〕爲淮西將，元和十二年〔二〕送欵歸國。裴公破吴元濟，入其城，漢〔三〕軍有剥婦人衣至裸體者。祐有新婦姜氏，懷姙五月矣，爲亂卒所劫，以刀劃其腹，姜氏氣絶踣地。

祐歸見之，腹開尺餘，因脱衣襦裹之。婦一夕復蘇，傅以神藥而平〔四〕。滿十月而産一男。朝廷以祐歸國功，授一子官，字曰行修〔五〕。年三十餘爲南海節度，罷歸，卒於道。

〔一〕李祐　前原有「唐」字，今删。按：《南部新書》癸卷採此，無「唐」字。

〔二〕十二年　《太平廣記》卷二一九引作十三年，誤。按：《舊唐書》卷一六一《李祐傳》亦云：「元和十二年，爲李愬所擒。愬知祐有膽略，釋其死，厚遇之。」《舊唐書》卷一三三《李愬傳》載：元和十一年，用兵討蔡州吴元濟，明年十月破蔡州。

〔三〕漢　《廣記》作「官」。按：明鈔本及《南部新書》亦作「漢」。

〔四〕而平　明鈔本無此二字。

〔五〕字曰行修　「字」字原無，據明鈔本及《南部新書》補。《廣記》作「子」。「修」《南部新書》譌作「循」。

按：據吴廷燮《唐方鎮年表》（中華書局，一九八〇）卷七，李行修鎮南海在大中二年（八四八）至三年。《湖南通志》卷二六五《金石志七·浯溪題名》：「唐廣州刺史李行修、掌書記施肱、巡官李黨，大中三年四月十一日赴闕過此。」（《八瓊室金石補正》卷六一《浯溪題刻》亦載）行修之卒，殆在大中三年四、五月。

《南部新書》癸卷採此條，云：

李祐爲淮西將，元和十二年送欸歸國。裴令公破元濟入城，漢軍有剥婦人衣至倮體者。祐婦姜氏，懷妊五月，爲亂卒所劫，以刀劃其腹，姜氏氣絶踣地。祐歸見之，腹開尺餘，因脱衣襦裹歸。一夕復蘇，傅以神藥。滿十月而生一男。朝廷以祐歸國功，授一子官，字曰行修。年三十餘爲南海節度，罷歸，卒於道。

64 韓滉責江神

韓晉公滉鎮浙西，威令大行。時陳少游〔一〕爲淮南節度，理民有冤不得伸者，往詣晉公，必據而平〔二〕之。浙右進錢，船渡江，爲驚濤所溺。篙工募人漉出，兩繲〔三〕不得，衆以錢填其數。滉自至津部視之，乃責江神〔四〕，因指其錢〔五〕曰：「此錢乾，非水中〔六〕得之者。」問吏，吏具實對。復投詞垢責〔七〕，俄然二緡浮出波上，遂以取之。

〔一〕陳少游　「陳」原譌作「秦」，據明鈔本改。按：《舊唐書》卷一二六《陳少遊傳》：「（大曆）八年，遷揚州大都督府長史、淮南節度觀察使。仍加銀青光禄大夫，封潁川縣開國子。」卷一二《德宗紀上》：「（興元元年）十二月乙亥，淮南節度使、檢校司空、平章事陳少遊卒。」

〔二〕平　明鈔本譌作「卒」。

〔三〕兩繲　此二字原脱，據明鈔本補。下文作「二緡」。按：繲，串也。以繩穿錢成串也。「兩繲」意同「二緡」。

〔四〕乃責江神　中華書局版點校本謂此句似應在「吏具實對」之後。

〔五〕指其錢　明鈔本作「得其錢指」。

〔六〕中　明鈔本作「波」。

〔七〕復投詞垢責　「復」明鈔本作「復以」。「垢」明鈔本作「詬」。垢，通「詬」。

65　玄宗打羯鼓

玄宗打羯鼓。天寶初，春景甚煦，而卉〔一〕物未拆，乃命鼓座於殿陛，擊之，滿樹花發。帝謂左右曰：「一曲未終，而花爛然，得不〔二〕以我爲聖耶？」

〔一〕卉　明鈔本譌作「拚」。

〔二〕不　明鈔本作「不可」。

按：此出南卓《羯鼓録》。《羯鼓録》前録成於大中二年。《羯鼓録》曰：

嘗遇二月初，詰旦巾櫛方畢，時當宿雨初晴，景色明麗，小殿内庭，柳杏將吐，覩而嘆曰：「對此景物，豈得不爲他判斷之乎！」左右相目，將命備酒，獨高力士遣取羯鼓。上旋命之臨軒縱擊一曲，曲名《春光好》，神思自得。及顧柳杏，皆已發拆，上指而笑謂嬪御曰：「此一事不唤我作天公，可乎？」嬪御侍官，皆呼萬歲。又製《秋風高》，每至秋空迥徹，纖翳不起，即奏之，必遠風徐來，庭葉隨下。其曲絶妙入神，例皆如此。

66 劉伶好酒

劉伶好酒，常袒露不挂絲，人見而責之。伶曰：「我以天地爲棟宇，屋室爲裩袴，君等無事，何得入我裩袴中？」其人笑而退。

按：此出《世説新語·任誕》：

劉伶恒縱酒放達，或脱衣裸形在屋中，人見譏之。伶曰：「我以天地爲棟宇，屋室爲衣，諸君何爲入吾幝中？」

注引鄧粲《晉紀》曰：

客有詣伶，值其裸袒，伶笑曰：「吾以天地爲宅舍，以屋宇爲幝衣，諸君自不當入我幝中，又何惡乎？」其自任若是。

67 李蒙没曲江

開元五年春〔一〕，司天密奏云：「玄象有謫見，其災甚重。」玄宗大驚，問曰：「何祥？」對曰：「當有名士三十八人同日冤死，今新進及第進士正應其數〔二〕。」内一人李蒙者，貴主家壻，上不得已〔三〕言其事，密戒主曰：「每有大遊宴，汝愛壻可閉〔四〕留其家。」主居昭國里，時大合樂，音曲遠暢〔五〕。曲江漲水，聯舟數十〔六〕艘，進士畢集。蒙聞之，乃踰垣走赴，羣衆惬望。方〔七〕登舟，移就池中，暴風忽起，畫舸半〔八〕沈，聲伎、持篙檝者〔九〕不知紀極，三十八人〔一〇〕無一生者。

〔一〕開元五年春　前原有「唐」字，今删。《太平廣記》卷一六三《李蒙》引無此字。明鈔本作「開元春末」。

〔二〕名士三十八人同日冤死今新進及第進士正應其數　「三十八」《廣記》無「八」字。明鈔本作「名士三十人同日冤數，及第進士正應其數」，有脱謁。

〔三〕得已　《廣記》無此二字。

〔四〕閉　明鈔本無此字。《廣記》有之。

〔五〕暢　明鈔本謁作「陽」。

〔六〕數十　《廣記》無「十」字，疑是。

〔七〕方　明鈔本無此字。《廣記》作「才」。

〔八〕半　《廣記》作「平」，疑譌。

〔九〕者　此字原無，據明鈔本補。

〔一〇〕八人　《廣記》作「進士」。

按：《廣異記·李捎雲》（《廣記》卷二七九引）、吕道生《定命録·車三》（《廣記》卷二一六引），皆載曲江覆舟，李蒙等溺死事，唯事件背景各異。《廣異記》云：

隴西李捎雲，范陽盧若虚女壻也。性誕率輕肆，好縱酒聚飲。其妻一夜夢捕捎雲等輩十數人，雜以娼妓，悉被髮肉袒，以長索繫之，連驅而去，號泣顧其妻别。驚覺，淚沾枕席，因爲説之。而捎雲亦夢之，正相符會。因大畏惡，遂棄斷葷血，持《金剛經》，數請僧齋，三年無他。後以夢滋不驗，稍自縱怠，因會中友人，逼以酒炙。捎雲素無檢，遂縱酒肉如初。明年上巳，與李蒙、裴士南、梁褎等十餘人，泛舟曲江中，盛選長安名倡，大縱歌妓。酒正酣，舟覆，盡皆溺。

《定命録》云：

車三者，華陰人，善卜相。進士李蒙宏詞及第，入京注官。至華陰，縣官令車三見，誑云李益。

車云：「初不見公食禄。」諸公云：「應緣不道實姓名，所以不中。此是李蒙，宏詞及第，欲注官去，看得何官。」車云：「公意欲作何官。」蒙云：「愛華陰縣。」車云：「得此官在，但見公無此禄，如何？」衆皆不信。及至京，果注華陰縣尉。授官，相賀於曲江舟上宴會。諸公令蒙作序，日晚序成，史翽先起，於蒙手取序看。裴士南等十餘人，又争起看序，其船偏，遂覆没。李蒙、士南等，並被没溺而死。

68 葫蘆生筮劉闢

劉闢〔一〕初登第，詣卜者葫蘆生筮，得一卦，以定官禄。葫蘆生雙瞽，卦成，謂闢曰：「自此二十年，禄在西南，不得善終。」闢留束素與之。其後脱褐，從韋令公於西川，官至御史大夫，爲行軍司馬。既二十年，韋病薨，使闢入奏，請益東川，詔未允。闢乃微服單騎，復詣葫蘆生筮之。揲蓍成卦，謂闢曰：「吾二十年前，常與〔二〕一人曾卜得『無妄』之『隨』，今復得此卦，非曩昔賢乎？」闢即依阿唯諾。葫蘆生曰：「若審〔三〕其人，禍將至矣。」闢不甚信，乃歸蜀。果叛。憲宗皇帝擒之，戮於藁街。

〔一〕劉闢　前原有「唐」字，今删。

〔二〕常與　明鈔本作「嘗有」。常，通「嘗」。

〔三〕審　明鈔本無此字。按：審，確實。

按：此節取皇甫氏《原化記·胡蘆生》（《太平廣記》卷七七引）前節，文大同。《原化記》約成於大中年間。《原化記》曰：

唐劉闢初登第，詣卜者胡蘆生筮卦，以質官禄。生雙瞽，卦成，謂闢曰：「自此二十年，禄在西南，然不得善終。」闢留束素與之。釋褐從韋臯於西川，至御史大夫、軍司馬。既二十年，韋病，命闢入奏，請益東川，如開元初之制，詔未允。闢乃微服單騎，復詣胡蘆生筮之。生揲蓍成卦，謂闢曰：「吾二十年前，嘗爲一人卜，乃得『无妄』之『隨』，今復前卦，得非曩賢乎？」闢聞之，即依阿唯諾。生曰：「若審其人，禍將至矣。」闢甚不信，乃歸蜀。果叛，憲宗皇帝擒戮之。

《舊唐書》卷一四〇《劉闢傳》載：

劉闢者，貞元中進士擢第，宏詞登科，韋臯辟爲從事，累遷至御史中丞、支度副使。永貞元年八月，韋臯卒，闢自爲西川節度留後，率成都將校上表請降節鉞，朝廷不許，除給事中，便令赴闕，闢不奉詔。時憲宗初即位，以無事息人爲務，遂授闢檢校工部尚書，充劍南西川節度使。闢益凶悖，出不臣之言，而求都統三川，與同幕盧文若相善，欲以文若爲東川節度使，遂舉兵圍梓州。……元和元年正月，崇文（神策軍使高崇文）出師。三月，收復東川。……九月，崇文收成都府。劉闢以數十騎遁走，投水不死，騎將酈定進入水擒闢於成都府西洋灌田。盧文若先自刃其妻子，然後縋石投江，失其屍。闢檻送京師，在路飲食自若，以爲不當死。……闢入京城，上御興安樓受俘馘，令中使於樓下詰闢反狀，闢曰：「臣不敢反，五院子弟爲惡，臣不能制。」又遣詰之曰：「朕遣中使送旌節官告，何故不受？」闢乃伏罪。令獻太廟、郊社，徇于市，即日戮於子城西南隅。

69 賀知章告老

賀知章〔一〕，會稽永興〔二〕人。進士擢第，太常少卿，秘書監，爲太子諸王侍讀。性落托放縱，逸思過人。年八十餘，因醉賦詩，問左右曰：「紙多少？」對曰：「有十幅。」乃書告老，乞歸鄉里〔三〕。皇帝及皇太子、諸王皆賦送行詩〔四〕，賜越中剡曲〔五〕以給之。

〔一〕賀知章　前原有「唐」字，今删。

〔二〕永興　原作「永真」。按：《舊唐書》卷一九〇中《文苑傳中·賀知章傳》：「賀知章，會稽永興人。」《舊唐書》卷四〇《地理志三·越州·會稽》：「儀鳳二年，分會稽、諸暨置永興縣。天寶元年，改爲蕭山。」唐無永真縣，今改。

〔三〕乃書告老乞歸鄉里　明鈔本作「乃書窮老歸鄉里」。

〔四〕詩　明鈔本作「書」，當譌。

〔五〕剡曲　「曲」原作「田」，據明鈔本改。按：陸游《劍南詩稾》卷一〇《湖村秋曉》：「劍閣秦山不計年，却尋剡曲故依然。」

按：《説郛》卷六《廣知·獨異志》云：「賀知章乘醉賦詩，問左右紙多少，紙盡思窮。」（南宋潘自牧編《記纂淵海》卷一六九引此文同，譌作《博異志》。）《獨異志》今本無「紙盡思窮」四字。《新唐書》卷一九六《賀知章傳》云：「有詔賜鏡湖剡川一曲。既行，帝賜詩，皇太子、百官餞送。」與此事同，疑據《獨異志》。

70 婦人刈薪遺簪

孔子行過少陵原，聞婦人哭甚哀，使子貢問焉：「何哭之悲也？」婦人曰：「向者刈薪而遺簪。」孔子復問曰：「刈薪遺簪乃常也，而哭悲者何也？」荅曰：「非惜一簪。所以悲，不忘故也。」

按：此出《韓詩外傳》卷九第十三章：

孔子出游少源之野，有婦人中澤而哭，其音甚哀。孔子怪之，使弟子問焉，曰：「夫人何哭之哀？」婦人曰：「鄉者刈蓍薪而亡吾蓍簪，吾是以哀也。」弟子曰：「刈蓍薪而亡蓍簪，有何悲焉？」

婦人曰：「非傷亡簪也，吾所以悲者，蓋不忘故也。」《詩》曰：「代馬依北風，飛鳥揚故巢。」皆不忘故之謂也。

71　孫思邈祈雨

天后朝〔一〕，處士孫思邈居於嵩山修道。時大旱，有敕選洛陽德行僧徒數千百人於天宫寺講《人王經》，以祈雨澤。有二人在衆中，鬚眉皓白。講僧曇林遣人謂二老人曰：「罷後可一過院〔二〕。」既至，問其所來，二老人曰：「某伊〔三〕、洛二水龍也，聞至言當得改化。」林曰：「講經祈雨，二聖知之乎？」荅曰：「安得不知！然雨者，須天符乃能致之，居常何敢自施也。」林曰：「爲之奈何？」二老曰：「有修道人以章疏聞天，因而滂沱，某可力爲之。」林乃入啓。則天發使嵩陽召思邈。内殿飛章，其夕天雨大降。思邈亦不自明。退詣講席，語林曰：「吾修心五十年，不爲天知，何也？」因請問二老。二老荅曰：「非利濟生人，豈得昇仙？」於是思邈歸蜀青城山，撰《千金方》三十卷，既成〔四〕而白日冲天。

〔一〕天后朝　前原有「唐」字，今删。

〔二〕一過院　原作「過一院」，據明鈔本改。

〔三〕伊　原譌作「依」。據明鈔本改。

〔四〕成　明鈔本無此字。

按：段成式《酉陽雜俎》前集卷二《玉格》，《太平廣記》卷二一《孫思邈》引《仙傳拾遺》及《宣室志》，載有孫思邈昆明池結壇祈雨及救昆明池龍之事。

72　盗發卞壼墓

晉尚書令卞壼死蘇峻之難，葬在上元縣。後盗發其墓，見壼鬢髮蒼白，面色如生，兩手皆拳，甲穿於手背。安帝賜錢十萬，令改葬焉。

按：此出《晉書》卷七〇《卞壼傳》，曰：

卞壼字望之，濟陰冤句人也。……明帝不豫，領尚書令，與王導等俱受顧命輔幼主。復拜右將軍，加給事中、尚書令。……時庾亮將徵蘇峻……壼固争，謂亮曰：「峻擁彊兵，多藏無賴，且逼近京邑，路不終朝，一旦有變，易爲蹉跌。宜深思遠慮，恐未可倉卒。」亮不納。……峻果稱兵。……詔以壼都督大桁東諸軍事、假節，復加領軍將軍、給事中。……壼時發背創，猶未合，力疾而戰，率厲散衆及左右吏數百人，攻賊麾下，苦戰，遂死之，時年四十八。……峻平，朝議贈壼左光禄大夫，加散騎常侍。……改贈壼侍中、驃騎將軍、開府儀同三司，謚曰忠貞，祠以太牢。……其後盗發壼墓，尸僵，鬢髮蒼白，面如生，兩手悉拳，爪甲穿達手背。安帝詔給錢十萬，以修塋兆。

又，《太平御覽》卷三七〇引《續晉陽秋》（劉宋檀道鸞撰）曰：

義熙九年，羣盜發卞壼墓，剖棺虜略，壼屍僵，鬚髮蒼白，面如生人，兩手悉拳，爪甲乃長，穿達手背焉。

卷五五七引蕭方等《三十國春秋》曰：

晉義熙九年，盗發故驃騎將軍卞壼墓，剖棺掠之，壼屍面如生，兩手悉拳，爪生達背。

73　彭權釋髦頭

摯虞《要注》云：晉武帝〔一〕時，有彭權爲侍中。帝問「髦頭」義，權荅曰：「秦時有奇怪，觸山截水，無不崩潰，惟畏髦頭。」帝乃令虎賁之士戴之，以衛左右。

〔一〕晉武帝　原作「漢武帝」，誤。按：虞世南編《北堂書鈔》卷一三〇引摯虞《決疑要注》作「世祖」，世祖即晉武帝司馬炎，今改。

按：《北堂書鈔》卷一三〇引摯虞《決疑要注》云：

世祖曰：「髦頭之義何謂邪？」彭權曰：「國有奇怪，觸山截水，無不崩潰，難畏髦頭，故使虎士服之，以衛至尊也。」張華對世祖曰：「臣以爲壯士之怒，髦湧衝冠，義取于此也。」

《太平御覽》卷六八〇引摯虞《决疑録要注》，文詳，曰：

世祖武皇帝因會問侍臣曰：「旄頭之義何謂耶？」侍中彭權對曰：「《秦記》云：『國有奇怪，觸山截水，無不崩潰，唯畏旄頭，故使虎士服之，衛至尊也。』」中書令張華曰：「有是言而事不經，臣以爲壯士之怒，髮踴衝冠，義取於此也。」

74 裴章棄妻

河東裴章者，其父胄曾鎮荆州。門僧曇照，道行甚高，能知休咎。章幼時爲曇照所重，言其官班位望過於其父。章弱冠，父爲娶李氏女。乃三十年餘〔一〕，章從職太原，棄其妻於洛中，過門不入，别有所挈。李氏自感其薄命，常褐衣髽髻，讀佛書，蔬食。又十年，嚴綬〔二〕自荆州移鎮太原，曇照隨之。章因見〔三〕照叙舊，照驚噫久之，謂之曰：「貧道五十年前，常謂郎君必貴，今削盡，何也？」章自以薄妻之事啓之。照曰：「夫人生魂訴上帝，以罪處君。」後旬日，爲其下〔四〕以刀劃腹於浴斛，五臟墮地，遂死。

〔一〕年餘　明鈔本作「餘年」。

〔二〕嚴綬　原作「嚴經」。按：唐史無嚴經，《南部新書》癸卷作嚴綬，是也，據改。

〔三〕見　原作「曇」，據明鈔本改。按：《南部新書》亦作「見」。

〔四〕下　原作「天下」，「天」字衍，今删。《南部新書》亦無「天」字。下，下人，僕人。

按：中云「又十年，嚴綬自荆州移鎮太原」。據《舊唐書》德宗、憲宗二紀及卷一四六本傳，嚴綬於德宗貞元十七年（八〇一）爲河東節度使、太原尹，至元和四年（八〇九）入爲尚書右僕射，六年出爲江陵尹、荆南節度使，九年罷鎮，移襄州。此稱自荆州移太原，誤也。

《南部新書》癸卷採入，云：

河東裴章者，其父胄嘗鎮荆州。門僧曇照，道行甚高，能知休咎。章幼時爲照所重，言其官班位望過於其父。章弱冠，父爲娶李氏女。及四十餘，章從職太原，棄妻於洛中，過門不入，别有所牽。李氏自感其薄，常褐衣髽髻，讀佛書，蔬食。又十年，嚴綬尚書自荆州移鎮太原，曇照隨之。章因見照叙舊，久之謂之曰：「貧道五十年前言郎君必貴，今則皆不，何也？」章自以薄妻之事啓之。照曰：「夫人生魂訴於上帝，以非命處君。」後旬日，爲其下以刃劃腹於浴器中，五臟墮，傷風遂死。

75　張寶藏得三品官

貞觀中〔一〕，張寶藏爲金吾長史。嘗因〔二〕下直歸櫟陽，路逢少年畋獵，割鮮野食。倚樹長嘆曰：「張寶藏身年七十，未嘗得一食酒肉如此者，可悲哉！」傍有一僧指曰：「六十日内〔三〕，君〔四〕官登三品，何足嘆也！」言訖不見。寶藏異之，即時還京。時太宗苦病痢疾〔五〕，衆醫不效，即下詔問殿廷左右，有能治此疾者，當重賞之〔六〕。寶藏曾困此疾〔七〕，即具疏荅詔〔八〕，以乳煎蓽茇方進〔九〕。上服之，立差。宣下宰臣，與五品官。魏徵難之，逾月不進擬。上疾復作，問左右曰：「吾前服〔一〇〕乳煎蓽茇有效。」復令進之，一啜又平復。上問〔一一〕曰：「嘗令與進方人五品官，不見除授，何也？」徵懼曰：「奉詔之際，未知文武二吏。」上怒曰：「治得宰相，不妨授三品。我天子也，豈不及汝邪？」乃厲聲曰：「與三品文官。」立授鴻臚卿〔一二〕，時正六十日矣。

〔一〕貞觀中　前原有「唐」字，今删。按：《太平廣記》卷一四六引《獨異志》無「唐」字。

〔二〕嘗因　明鈔本無此二字。

〔三〕六十日内　明鈔本無此句。《廣記》有此句。

〔四〕君　此字原無，據明鈔本補。

〔五〕時太宗苦病痢疾　「時」字原無，據《廣記》補。「病」明鈔本作「氣」。《廣記》全句作「時太宗苦於氣痢」。

〔六〕當重賞之　明鈔本作「重賞」。

〔七〕寶藏曾困此疾　明鈔本作「寶藏治其疾」，《廣記》作「時寶藏曾困其疾」。

〔八〕荅詔　此二字原無，據明鈔本補。

〔九〕以乳煎蓽茇方進　「方進」明鈔本作「有效」。《廣記》全句作「以乳煎蓽撥方」。

〔一〇〕前服　明鈔本作「欲飲」。

〔一一〕上問　《廣記》作「因思」。

〔一二〕鴻臚卿　明鈔本作「鴻臚寺」。按：鴻臚寺長官稱作卿，從三品。見《新唐書》卷四八《百官志三》。

按：《廣記》卷一四六引，題《張寶藏》。《錦繡萬花谷》後集卷三四、南宋張杲《醫説》卷六、明李時珍《本草綱目》卷五〇下《牛》、江瓘《名醫類案》卷四、焦竑《焦氏筆乘》續集卷六、黄學海《筠齋漫録》續集卷上等皆據《廣記》引用，或有節略。南宋委心子《分門古今類事》卷三節引，題《寶藏三品》，出處譌作《蜀異志》。宋人造僞書《續前定録》(《百川學海》)有《張寶藏》，文字小異。

76　山中宰相

陶弘景隱居茆山，梁武帝每有大事，飛詔與之參訣。時人謂隱居爲山中宰相〔一〕。

〔一〕時人謂隱居爲山中宰相　明鈔本作「時人謂之隱居爲山中宰相也」。

按：此出《南史》卷七六《隱逸下·陶弘景傳》：

永明十年，脱朝服挂神武門，上表辭禄。詔許之，賜以束帛。……於是止于句容之句曲山。恒曰：「此山下是第八洞宫，名金壇華陽之天，周回一百五十里。昔漢有咸陽三茅君得道來掌此山，故謂之茅山。」乃中山立館，自號華陽陶隱居。人間書札，即以隱居代名。……武帝既早與之游，及即位後，恩禮愈篤，書問不絶，冠蓋相望。……太清三年也，帝手敕招之，錫以鹿皮巾。後屢加禮聘，並不出。唯畫作兩牛，一牛散放水草之間，一牛著金籠頭，有人執繩，以杖驅之。武帝笑曰：「此人無所不作，欲斅曳尾之龜，豈有可致之理？」國家每有吉凶征討大事，無不前以諮詢。月中常有數信，時人謂爲山中宰相。

77　張僧繇善畫

梁張僧繇善畫，爲吴興太守。武帝每思諸王在外藩〔一〕者，即令僧繇乘傳往寫其〔二〕貌，如對其面。嘗於江陵天皇寺畫佛并仲尼及十哲，帝曰：「釋門之内畫此，何也？」對曰：「異日賴之。」至後周焚滅佛教，以此殿有儒聖，獨不焚之。又於金陵安樂寺畫四龍，不點睛。人問之，荅曰：「點則飛去。」衆人以爲虚誕，固請點之。頃刻雷霆，二龍乘雲騰上，其二不點者猶在。畫之通神若此。

〔一〕藩　明鈔本作「蕃」，通「藩」。

〔二〕其　明鈔本作「之」。

按：此出《歷代名畫記》卷七《梁》：

張僧繇上品中，吴中人也。天監中，爲武陵王國侍郎、直祕閣，知畫事。歷右軍將軍、吴興太守。武帝崇飾佛寺，多命僧繇畫之。時諸王在外，武帝思之，遣僧繇乘傳寫貌，對之如面也。江陵天皇寺，明帝置，内有栢堂，僧繇畫廬舍那佛像及仲尼十哲。帝怪問：「釋門内如何畫孔聖？」僧繇曰：「後當賴此耳。」及後周滅佛法，焚天下寺塔，獨以此殿有宣尼像，乃不令毁拆。又金陵安樂寺，四白龍不點眼睛，每云點睛即飛去。人以爲妄誕，固請點之。須臾，雷電破壁，兩龍乘雲騰去上天，二龍未點眼者見在。初，吴曹不興圖青谿龍，僧繇見而鄙之。乃廣其像於武帝龍泉亭，其畫草留在祕閣，時未之重。至太清中，雷震龍泉亭，遂失其壁，方知神妙。

78　何曾家法

晉何曾，家法修整。年五十以上〔一〕，每見妻，必正衣冠，自〔二〕坐面南，妻坐面北〔三〕。上酒酬酢〔四〕，一歲不至再三〔五〕。年八十而終焉。

〔一〕年五十以上　明鈔本前有「至」字。

〔二〕自　明鈔本作「身」。

〔三〕面北　明鈔本作「北面」，意同。

〔四〕酬酢　明鈔本作「酢酬」。

〔五〕一歲不至再三　明鈔本末有「焉」字。

按：此出《晉書》卷三三《何曾傳》：

何曾字穎考，陳國陽夏人也。……進位太傅。曾以老年，屢乞遜位。……咸寧四年薨，時年八十。……曾性至孝，閨門整肅，自少及長，無聲樂嬖幸之好。年老之後，與妻相見，皆正衣冠，相待如賓。己南向，妻北面，再拜上酒，酬酢既畢便出。一歲如此者，不過再三焉。

79 李則屍

貞元初〔一〕，河南少尹李則卒，未殮。有一朱衣人投刺申弔，自稱蘇郎中。既入，哀慟尤甚。俄頃，亡者遂起〔二〕，與之相搏，家人子弟驚走出堂。二人閉門毆〔三〕擊，抵暮方息。孝子乃敢入，見二屍並卧一牀，長短、形狀、姿貌、鬢髯、衣服，一無〔四〕差異。於是聚族不能定〔五〕識，遂同棺葬之。

〔一〕貞元初　前原有「唐」字，今删。按：《太平廣記》卷三三九引《獨異志》無「唐」字。

〔二〕亡者遂起　《廣記》及《永樂大典》卷九一三《同棺葬屍》引《太平廣記》作「屍起」。

〔三〕毆　明鈔本無此字。

〔四〕一無　明鈔本作「無一」。

〔五〕定　明鈔本作「是」。按：《廣記》及《大典》無此字，

80　陳皇后買賦

漢武陳皇后，本其姑公主嫖〔一〕女也。色衰，棄後宫。乃以黄金五百觔贈司馬相如，令作賦。賦成，帝見之，再得寵幸。

〔一〕嫖　原作「摽」，據《漢書》卷九七上《外戚傳上》改。

按：此出《漢書》卷九七上《外戚傳上》及《文選》卷一六司馬相如《長門賦序》。《漢書》曰：

孝武陳皇后，長公主嫖女也。曾祖父陳嬰與項羽俱起，後歸漢，爲堂邑侯。傳子至孫午，午尚長公主，生女。初，武帝得立爲太子，長主有力，取主女爲妃。及帝即位，立爲皇后，擅寵驕貴，十餘

年而無子。聞衛子夫得幸，幾死者數焉。上愈怒。后又挾婦人媚道，頗覺。元光五年，上遂窮治之，女子楚服等坐爲皇后巫蠱祠祭祝詛，大逆無道，相連及誅者三百餘人。楚服梟首於市。使有司賜皇后策曰：「皇后失序，惑於巫祝，不可以承天命。其上璽綬，罷退居長門宫。」明年，堂邑侯午薨，主男須嗣侯。主寡居，私近董偃。十餘年，主薨。須坐淫亂，兄弟争財，當死，自殺，國除。後數年，廢后乃薨，葬霸陵郎官亭東。

《長門賦序》曰：

孝武皇帝陳皇后，時得幸，頗妒，别在長門宫，愁悶悲思。聞蜀郡成都司馬相如天下工爲文，奉黄金百斤，爲相如、文君取酒，因于解悲愁之辭。而相如爲文，以悟主上，陳皇后復得親幸。其辭曰：夫何一佳人兮，步逍遥以自虞。（下略）

81 侯景龜瘤

侯景常有一瘤，如小龜。每戰勝，龜則起。及其敗死之日，瘤入一寸。

按：此出《南史》卷八〇《賊臣·侯景傳》：

始景左足上有肉瘤，狀似龜，戰應剋捷，瘤則隱起分明；如不勝，瘤則低。至景敗日，瘤隱陷肉中。

82　耿秉鎮邊

東漢耿秉鎮撫西邊，單于匈奴多懷其恩，聞秉卒，有剺面流血哀痛者，舉國發喪。

按：此出《後漢書》卷一九《耿秉傳》：

明年秋，肅宗即位，拜秉征西將軍。遣案行涼州邊境，勞賜保塞羌胡，進屯酒泉，救戊己校尉。建初元年，拜度遼將軍。視事七年，匈奴懷其恩信。徵爲執金吾，甚見親重。……章和二年，復拜征西將軍，副車騎將軍竇憲擊北匈奴，大破之。……永元二年，代桓虞爲光禄勳。明年夏卒，時年五十餘。賜以朱棺、玉衣，將作大匠穿冢，假鼓吹，五營騎士三百餘人送葬。謚曰桓侯。匈奴聞秉卒，舉國號哭，或至梨面流血。（注：梨即剺字，古通用也。剺，劃也，音力私反。）

83　趙雲遇中部囚

元和初〔一〕，有天水趙雲，客遊鄜畤。過中部縣，縣寮有讌。吏擒一囚至，其罪不甚重，官寮願縱之。雲醉，因勸加於刑責，於是杖之二十。累月，雲出塞，行及蘆子關，道逢一人，邀之言欸。日暮，延雲下道過其居，去路數里。於是命酒偶酌，既而問之曰：「君省相識否？」雲曰：「未嘗，此行實昧平昔。」乃曰：「前月中部值君，遭罹横罪。與君素無讐隙，爲君所勸，因被重刑。」雲遽起謝之。其人曰：「吾望子久矣，豈虞於此獲雪小耻。」乃命左右拽入一室，室有大坑，深三丈〔二〕餘，中唯貯酒糟數十斛。剥去其衣，推雲於中。饑食其糟，渴飲其汁。旦夕昏昏。幾一月，乃縛〔三〕出之，使人蹙頞鼻額〔四〕，挼捩肢體，其〔五〕手指、肩髀，皆改於舊。提出風中，倏然凝定。至於聲韻亦改。遂以賤隸蓄之，爲烏延驛中雜役。累歲，會其弟爲御史〔六〕，出按靈州獄，雲以前事密疏示之。其弟告於觀察使李銛〔七〕，由是發卒討尋，盡得〔八〕姦人，而覆滅其黨。臨刑亦無隱匿〔九〕，云前後如此〔一〇〕變改人者數代矣。

〔一〕元和初　前原有「唐」字，今删。

〔二〕丈　明鈔本作「尺」。按：《太平廣記》卷二八六《中部民》引作「丈」。

〔三〕縛　原作「傳」，當譌，據《廣記》改。

〔四〕蹙頞鼻額　原作「蹙額」，據《廣記》補二字。

〔五〕其　此字原無，據明鈔本及《廣記》補。

〔六〕遂以賤隸蓄之爲烏延驛中雜役累歲會其弟爲御史　以上二十一字原作「以爲賤隸。弟爲御史」，據《廣記》改補。

〔七〕李銛　《廣記》作「李銘」，誤。清孫潛校宋本（以下簡稱孫校本）作「李銛」。按：《舊唐書》卷一五《憲宗紀下》：「（元和八年）十二月庚辰朔，以京兆尹李銛爲鄜坊觀察使，以代裴武入爲京兆尹。」

〔八〕得　明鈔本作「其」，當譌。

〔九〕匿　原作「昵」，《廣記》作「暱」，字同。當爲「匿」字之譌，今改。

〔一〇〕如此　此二字原無，據《廣記》補。

按：《廣記》卷二八六《中部民》，異文較多，今引録於下：

唐元和初，有天水趙雲，客遊鄜畤。過中部縣，縣僚有燕。吏擒一人至，其罪不甚重，官僚欲縱之。雲醉，固勸加刑，於是杖之。累月，雲出塞，行及蘆子關，道逢一人，要之言歎。日暮，延雲下道過其居，去路數里。於是命酒偶酌，既而問曰：「君省相識邪？」雲曰：「未嘗，此行實昧平生。」復曰：「前某月日，於中部值君，某遭罹横罪，與君素無讐隙，奈何爲君所勸，因被重刑？」雲遽起謝之。其人曰：「吾望子久矣，豈虞於此獲雪小耻。」乃令左右拽入一室，室中有大坑，深三丈餘，坑中唯貯酒糟十斛。剥去其衣，推雲於中。飢食其糟，渴飲其汁。於是昏昏，幾一月，乃縛出之。使人蹙頞鼻額，援（挼）捩支體，其手指、肩髀，皆改舊形。提出風中，倏然凝定。至於聲韻亦改。遂以賤隸蓄之，爲烏延驛中雜役。累歲，會其弟爲御史，出按靈州獄，雲以前事密疏示之。其弟言於觀察使李銘（銛），由是發卒討尋，盡得奸宄，乃復滅其黨。臨刑亦無隱匿。云前後如此變改人者數世矣。

84　鄭覃登相

鄭覃歷官三十任，未嘗出都門，便登相位，以至於終。

按：鄭覃登相在文宗大和九年（八三五），武宗會昌二年（八四二）卒，見《舊唐書》卷一七三《鄭覃傳》。

《南部新書》癸卷採此，「三十」作「三十餘」，餘同。

85　蕭瑀把酒自誇

蕭瑀〔一〕嘗因内讌，上曰：「自知一座最貴者，先把酒。」時長孫無忌、房玄齡等相顧未言，瑀引手取盃。帝問曰：「卿有何説？」瑀曰：「臣是梁朝天子兒，隋朝皇后弟，尚書左僕射，天子親家翁。」太宗撫掌，極歡而罷。

〔一〕蕭瑀　前原有「唐」字，今删。

按：南宋陸游《避暑漫抄》（明陸楫等編《古今説海》説纂部九散録家三）引《羣居解頤》：

蕭瑀嘗因宴，太宗謂近臣曰：「自知一座最貴者，先把酒。」時長孫無忌、房玄齡相顧未言，瑀引手取盃。帝問曰：「卿有何説？」瑀對曰：「臣是梁朝天子兒，隋室皇后弟，唐朝左僕射，天子親家翁。」太宗撫掌，極歡而罷。

86　天謫王瓊

貞元初〔一〕，丹陽令王瓊，三年調集，皆黜落〔二〕。瓊甚憤惋，乃齎百千，詣茆山道士葉靈中〔三〕，求章奏以問吉凶。靈中年九十，强爲奏之。其章隨香煙飛去，縹眇〔四〕不見。食頃復〔五〕墮地，有朱書批其末，云：「受金百兩，折禄三年；枉殺二人，死後處斷〔六〕。」一歲，瓊無疾暴卒〔七〕。

〔一〕貞元初　前原有「唐」字，今删。「貞元」原作「貞觀」，《太平廣記》卷七三《葉虚中》引作「貞元」。南宋陳葆光《三洞羣仙録》卷一四《虚中章奏》引作「正元」，乃宋人避仁宗諱（禎）改。（《羣仙録》文取《廣記》。）按：《南部新書》癸卷亦作「貞元」，則原作「貞元」是也。今改。

〔二〕皆黜落　原作「遭黜」，據《廣記》改。

〔三〕葉靈中　《廣記》及《南部新書》「靈」作「虛」。

〔四〕縹眇　明鈔本及《廣記》作「縹緲」，意同。

〔五〕復　原作「後」，據《廣記》改。

〔六〕處斷　《廣記》作「處分」。

〔七〕一歲瓊無疾暴卒　《廣記》作「後一年，瓊果得暴疾終」。

按：《南部新書》癸卷採之，文與《廣記》幾同，云：

貞元初，丹陽令王瓊，三年調集，遭黜落。瓊甚惋憤，乃賫百金，詣茅山道士葉虛中，求奏章以問吉凶。虛中年九十餘，强爲奏之。其章隨香煙上天，縹緲不見。食頃復墮地，有朱書批其末，云：「受金百兩，折禄三年；枉殺二人，死後處斷。」後一歲，無疾而卒。

87　摩頂松

唐初〔一〕，有僧玄奘往西域取經〔二〕，一去十七年。始去之日，於齊州靈巖寺院，有松一本立於庭，奘以手摩其枝曰：「吾西去求佛教，汝可西長。若歸，即此枝東向，使吾〔三〕門人弟子知之。」及去，年年西指，約長數丈。一年忽東向指，門人弟子曰：「教主歸矣。」乃西迎之。奘果還歸，得佛經六百部。至今衆謂之摩頂松〔四〕。

〔一〕唐初　《太平廣記》卷九二《玄奘》引作「唐武德初」。按：《舊唐書》卷一九一《僧玄奘傳》：「貞觀初，隨商人往遊西域。」《大唐新語》卷一三《記異》：「貞觀三年，因疾而挺志往五天竺國。」

〔二〕取經　明鈔本無此二字。此二字在「始去之日」前。

〔三〕吾　明鈔本無此字。

〔四〕松　明鈔本譌作「枝」。

按：《太平廣記》卷九二《玄奘》，注出《獨異志》及《唐新語》，較今本前多一節。《大唐新語》卷一三《記異》所載玄奘事與前事不同，只開頭數語相合。是則前事疑亦爲《獨異志》中文，非出《大唐新語》也。今將二書所記引録於下。《廣記》曰：

沙門玄奘，俗姓陳，偃師縣人也。幼聰慧，有操行。唐武德初，往西域取經。行至罽賓國，道險，虎豹不可過。奘不知爲計，乃鏁房門而坐。至夕開門，見一老僧，頭面瘡痍，身體膿血，牀上獨坐，莫知來由。奘乃禮拜勤求，僧口授《多心經》一卷，令奘誦之。遂得山川平易，道路開闢（明鈔本、孫校本作通），虎豹藏形（明鈔本、孫校本作行），魔鬼潛跡。遂至佛國，取經六百餘部而歸。其《多心經》至今誦之。初，奘將往西域，於靈巖寺見有松一樹。奘立於庭，以手摩其枝曰：「吾西去求佛教，汝可西長。若吾歸，即却東廻。使吾弟子知之。」及去，其枝年年西指，約長數丈。一年忽東廻，門人弟子曰：「教主歸矣。」乃西迎之，奘果還。至今衆謂此松爲摩頂松。

《大唐新語》曰：

沙門玄奘，俗姓陳，偃師人。少聰敏，有操行。貞觀三年，因疾而挺志往五天竺國，凡經十七歲，至貞觀十九年二月十五日，方到長安。足所親踐者一百一十一國，探求佛法，咸究根源。凡得經論六百五十七部，佛舍利並佛像等甚多。京城士女迎之，填城隘郭。時太宗在東都，乃留所得經像於弘福寺。有瑞氣徘徊像上，移晷乃滅。遂詣駕，並將異方奇物朝謁。太宗謂之曰：「法師行後，造弘福寺。其處雖小，禪院虛静，可謂翻譯之所。」太宗御製《聖教序》。高宗時爲太子，又作《述聖記》，並勒於碑。麟德中，終於坊郡玉華寺，玄奘撰《西域記》十二卷，見行於代，著作郎敬播爲之序。

南宋朱勝非《紺珠集》卷七、曾慥《類説》卷八《廣異記》，中有此事，題《摩頂松》。實乃《獨異志》之誤羼。

88 郭璞活趙固馬

東晉大將軍趙固所乘馬暴卒，將軍悲惋。客至，吏不敢通。郭璞造門語曰：「余能活此馬。」將軍遽召見。璞令三十人悉持長竿，東行三十里，遇丘陵社林即散擊，俄頃，擒一獸如猿。持歸至馬前，獸以鼻吸馬，馬起躍如〔一〕。今以獼猴置馬厩，此其義也。

〔一〕馬起躍如　明鈔本作「馬蹶起如生」。

按：此出《搜神記》，見《搜神記輯校》卷三《郭璞活馬》：

趙固常乘一疋赤馬以征戰，甚所愛重，常繫所住齋前。忽腹脹，少時死。郭璞從北過，因往詣之。門吏云：「將軍好馬今死，甚愛惜，今盛懊惋。」景純便語門吏云：「入通，道吾能活此馬，則必見我。」門吏聞，驚喜，即啓固。固踴躍，令門吏走迎之。始交寒温，便問：「卿能活我馬不？」璞曰：「馬可活耳。」固忻喜，即問：「須何方術？」璞云：「得卿同心健兒二三十人，皆令持長竹竿，於此東行三十里，當有丘陵林樹，狀若社廟。有此者，便以竿攪擾打拍之，當得一物，便急持歸。既得此物，馬便活矣。」於是命左右驍勇之士五十人使去，果如璞言，得大藂林，有一物似猴而非，走出。人共逐得，便抱持歸。入門，此物遥見死馬，便跳梁欲往。璞令放之，此物便自走往馬頭間，嘘吸其鼻。良久，馬即起噴鼻，奮迅鳴唤，便不復見此物。固厚資給，璞得過江。

《晉書》卷七二《郭璞傳》亦載：

欲避地東南。抵將軍趙固，會固所乘良馬死，固惜之，不接賓客。璞至，門吏不爲通。璞曰：

「吾能活馬。」吏驚入白固。固趨出，曰：「君能活吾馬乎？」璞曰：「得健夫二三十人，皆持長竿，東行三十里，有丘林社廟者，便以竿打拍，當得一物，宜急持歸。得此，馬活矣。」固如其言，果得一物似猴，持歸。此物見死馬，便噓吸其鼻。頃之馬起，奮迅嘶鳴，食如常，不復見向物。固奇之，厚加資給。

89 湯祝山川

《説苑》曰：湯時，大旱七年，煎沙爛石。於是使人以三足鼎祝山川，教之祝曰：「政不節耶？使民疾耶？苞苴行耶？讒夫昌耶？宫室崇〔一〕耶？女謁盛耶？何不雨之極也？」言未既而〔二〕天大雨。

〔一〕崇　明鈔本作「榮」。按：《説苑》卷一《君道》作「營」。

〔二〕而　此字原無，據明鈔本補。按：《説苑》亦有此字。

按：此出西漢劉向《説苑》卷一《君道》：

湯之時，大旱七年，雒坼川竭，煎沙爛石。於是使人持三足鼎祝山川，教之祝曰：「政不節耶？使民疾耶？苞苴行耶？讒夫昌耶？宫室營耶？女謁盛耶？何不雨之極也？」蓋言未已而天大雨。故天之應人，如影之隨形，響之效聲者也。《詩》云：「上下奠瘞，靡神不宗。」言疾旱也。

90 霍光立宣帝

漢霍光立宣帝，帝謁太廟爲初獻。帝行而光在後，帝恐懼，如負〔一〕荆棘。

〔一〕如負　明鈔本作「如此背負」。

按：此出《漢書》卷六八《霍光傳》：

宣帝始立，謁見高廟，大將軍光從驂乘。上内嚴憚之，若有芒刺在背。後車騎將軍張安世代光驂乘，天子從容肆體，甚安近焉。及光身死而宗族竟誅，故俗傳之曰：「威震主者不畜，霍氏之禍萌於驂乘。」

91 賈琮褰帷

後漢賈琮爲冀州刺史，傳車垂赤帷裳。琮升車褰幃曰：「刺史當遠視廣聽，糾察善惡，何垂帷裳以自掩塞乎？」百姓聞之，振悚耳目。

按：此出《後漢書》卷三一《賈琮傳》：

時黄巾新破，兵凶之後，郡縣重斂，因緣生姦。詔書沙汰刺史、二千石，更選清能吏，乃以琮爲冀州刺史。舊典，傳車驂駕，垂赤帷裳，迎於州界。及琮之部，升車言曰：「刺史當遠視廣聽，糾察美惡，何有反垂帷裳以自掩塞乎？」乃命御者褰之。百城聞風，自然竦震。其諸臧過者，望風解印綬去。唯癭陶長濟陰董昭、觀津長梁國黄就當官待琮，於是州界翕然。

92 吴隱之飲貪泉

吴隱之爲廣州〔一〕，舊有貪泉，人飲之則貪黷〔二〕。隱之酌而飲之，兼賦詩曰：「古人云此水，一歃懷千金。試使夷齊飲，終當不易心。」又居母喪，過禮。家貧，無以候宵分，常有雙鶴至夜半驚唳〔三〕，隱之起哭，不失其時。

〔一〕爲廣州　明鈔本下有「刺史」二字。按：六朝人行文，「爲某州」即爲某州刺史。如《晉書》卷三九《王浚傳》：「以田徽爲兖州，李惲爲青州。」《搜神後記輯校》卷二《范啓母墓》：「袁彦仁時爲豫州。」

〔二〕黷　明鈔本作「毒」。

〔三〕唳　明鈔本無此字。

按：東晉王隱《晉書》（《藝文類聚》卷五〇引）、《晉安帝紀》（《類聚》卷九、《太平御覽》卷七〇引）皆記飲貪泉事，《晉書》卷九〇《良吏·吴隱之傳》二事皆載。今分别録下：

王隱《晉書》曰：

吴隱之爲廣州刺史，州界有水，名貪泉。父老云，飲此者，皆使廉士變貪。隱之始踐境，先到水所，酌而飲。因賦詩曰：「古人云此水，一歃重千金。若使夷齊飲，終當不易心。」

《類聚》引《晉安帝紀》曰：

吴隱之性廉操，爲廣州刺史，界有一水，謂之貪泉。古老云，飲此水者，廉士皆貪。隱之始踐境，先至水所，酌而飲之。因賦詩以言志：「若使夷齊飲，終當不易心。」清操逾厲。

《御覽》引《晉安帝紀》曰：

吴隱之字處默，性廉操。桓玄欲救嶺南之弊，以隱之爲刺史。州界有一水，父老云，飲此水者，廉士皆貪。隱之始踐境，先至水所，酌而飲之。因賦詩以言志，清操逾厲。

《晉書》本傳曰：

吴隱之字處默，濮陽鄄城人。……年十餘，丁父憂，每號泣，行人爲之流涕。事母孝謹，及其執喪，哀毁過禮。家貧，無人鳴鼓，每至哭臨之時，恒有雙鶴警叫，及祥練之夕，復有羣雁俱集，時人咸以爲孝感所致。……隆安中，以隱之爲龍驤將軍、廣州刺史，假節，領平越中郎將。未至州二十里，地名石門，有水曰貪泉，飲者懷無厭之欲。隱之既至，語其親人曰：「不見可欲，使心不亂。越嶺喪清，吾知之矣。」乃至泉所，酌而飲之。因賦詩曰：「古人云此水，一歃懷千金。試使夷齊飲，終當不易心。」及在州，清操踰厲，常食不過菜及乾魚而已，帷帳器服皆付外庫。時人頗謂其矯，然亦始終不易。帳下人進魚，每剔去骨存肉，隱之覺其用意，罰而黜焉。

93 伍員吹簫行乞

伍員吹簫行乞，食於市。

按：此出《史記》卷七九《范睢列傳》：

伍子胥橐載而出昭關，夜行晝伏，至於陵水，無以餬其口，厀行蒲伏，稽首肉袒，鼓腹吹篪，（《集解》徐廣曰：「一作簫。」）乞食於吴市，卒興吴國，闔閭爲伯。

《史記》卷六六《伍子胥列傳》載：

伍胥遂亡，聞太子建之在宋，往從之。……伍胥既至宋，宋有華氏之亂，乃與太子建俱奔於鄭。……鄭定公與子產誅殺太子建。建有子名勝，伍胥懼，乃與勝俱奔吴。到昭關，昭關欲執之，伍胥遂與勝獨身步走，幾不得脱。追者在後。至江，江上有一漁父乘船，知伍胥之急，乃渡伍胥。伍胥既渡，解其劍曰：「此劍直百金，以與父。」父曰：「楚國之法，得伍胥者，賜粟伍萬石，爵執珪，豈徒百金劍邪？」不受。伍胥未至吴而疾，止中道，乞食，至於吴。

94 庖丁解牛

庖丁善解牛，投〔一〕刃皆虚。丁曰：「臣始解牛之時，所見無非全牛。三年之後，未嘗見全牛也。及今十九年，而刃〔二〕無肯綮，若初發硎〔三〕，游刃必有餘地也。」

〔一〕投　明鈔本作「役」。

〔二〕刃　明鈔本作「刃魚」。

〔三〕硎　明鈔本作「鉶」，用同「硎」，磨刀石也。

按：此出《莊子·養生主》：

庖丁爲文惠君解牛，手之所觸，肩之所倚，足之所履，膝之所踦。砉然嚮然，奏刀騞然，莫不中音，合於桑林之舞，乃中經首之會。文惠君曰：「譆！善哉！技蓋至此乎！」庖丁釋刀對曰：「臣之所好者，道也，進乎技矣。始臣之解牛之時，所見无非牛者。三年之後，未嘗見全牛也。方今之時，臣以神遇，而不以目視。官知止而神欲行，依乎天理，批大郤，導大窾，因其固然。技經肯綮之未嘗，而況大軱乎！良庖歲更刀，割也；族庖月更刀，折也。今臣之刀十九年矣，所解數千牛矣，而刀刃若新發於硎。彼節者有閒，而刀刃者无厚，以无厚入有閒，恢恢乎，其於遊刃，必有餘地矣。是以十九年而刀刃若新發於硎。雖然，每至於族，吾見其難爲，怵然爲戒，視爲止，行爲遲，動刀甚微，謋然已解，如土委地。提刀而立，爲之四顧，爲之躊躇滿志，善刀而藏之。」文惠君曰：「善哉！吾聞庖丁之言，得養生焉。」

95 郢匠斲堊

郢人以堊漫其鼻，薄如蠅翼，使匠石斲之。匠石運斤成風，盡去其堊而不傷鼻。

按：此出《莊子·徐無鬼》：

莊子送葬，過惠子之墓，顧謂從者曰：「郢人堊慢其鼻端，若蠅翼，使匠石斲之。匠石運斤成風，聽而斲之，盡堊而鼻不傷。郢人立不失容。宋元君聞之，召匠石曰：『嘗試爲寡人爲之。』匠石曰：『臣則嘗能斲之，雖然，臣之質死久矣。自夫子之死也，吾无以爲質矣，吾无與言之矣。』」

96　醫工針眉

高宗〔一〕嘗苦頭風，而目閉心亂。乃召醫工，工曰：「當於眉間刺血，即差。」天后怒曰：「天子頭是汝出血處？」命撲之。帝曰：「若因血獲差，幸也。」遂針之，血出，濺黼衣，眼遂明而悉復平。天后自抱繒帛以贈醫工〔二〕。

〔一〕高宗　前原有「唐」字，今删。

〔二〕工　明鈔本無此字。

97　阮籍哭兵家女

阮籍放曠，有兵〔一〕家女極有容色，未嫁而死。籍不識其父兄，遂往哭之，盡哀而返。

〔一〕兵　原譌作「丘」，明鈔本同，據《晉書》卷四九《阮籍傳》改。

按：此出《晉書》卷四九《阮籍傳》：

鄰家少婦有美色，當壚沽酒。籍嘗詣飲，醉，便卧其側。籍既不自嫌，其夫察之，亦不疑也。兵家女有才色，未嫁而死。籍不識其父兄，徑往哭之，盡哀而還。其外坦蕩而内淳至，皆此類也。

98 太宗虬鬚挂弓

太宗〔一〕皇帝虬鬚，可以挂弓。

〔一〕太宗　前原有「唐」字，今删。

按：此出《酉陽雜俎》前集卷一《忠志》：

太宗虬鬚，嘗戲張弓掛矢。好用四羽大笴，長常箭一扶，射洞門闔。

《南部新書》癸卷採之，曰：

太宗文皇帝，虬鬚上可掛一弓。

太宗虬鬚，他書亦有記。杜甫《贈太子太師汝陽郡王璡》云：「汝陽讓帝子，眉宇真天人。虬鬚似太宗，色映塞外春。」舊題北宋陶穀《清異録》卷三《肢體・髭聖》云：「唐文皇虬鬚壯冠，人號髭聖。」

99 韓幹畫馬賜鬼

韓幹〔一〕善畫馬。閒居之際，忽有一人，玄冠朱衣而至。幹問曰：「何緣〔二〕及此？」

對曰：「我鬼使也。聞君善畫良馬，願賜一匹。」幹立畫〔三〕焚之。數日因出〔四〕，有人揖而謝曰：「蒙君惠駿足，免爲山水跋涉之苦〔五〕，亦有以〔六〕酬効。」明日，有人送素縑〔七〕百疋，不知其來，幹收而用之〔八〕。

〔一〕韓幹　前原有「唐」字，今删。

〔二〕緣　《太平廣記》卷二一一《韓幹》引作「得」。

〔三〕幹立畫　明鈔本無此三字。

〔四〕因出　明鈔本作「出因」。《廣記》作「因出」。

〔五〕苦　《廣記》作「勞」。

〔六〕以　明鈔本下有「謝」字。

〔七〕素縑　明鈔本無「素」字。《廣記》有此字。《太平廣記詳節》卷一六「縑」作「練」。

〔八〕幹收而用之　明鈔本無此句。《廣記》有此句。

按：《南部新書》癸卷採入，文字幾同《廣記》：

唐韓幹善畫馬。閒居之際，忽有一人，朱衣玄冠而至。幹問曰：「何得及此？」對曰：「我鬼使也。聞君善圖良馬，願賜一匹。」立畫焚之。數日出，有人揖而謝：「蒙惠駿足，免爲山川跋涉之苦，亦有以酬效。」明日，有人送素縑百疋，不知其來，幹收取用之。

《宣和畫譜》卷一三《小馬圖》亦略載，云：

忽一夕，有人朱衣玄冠，扣幹門者，稱：「我鬼使也。聞君善圖良馬，欲賜一疋。」幹立畫焚之。他日，有送百縑來致謝，而卒莫知其所謂鬼使者也。

100 謝靈運臨刑剪鬚

謝靈運臨刑，翦其鬚施廣州佛寺。鬚長三尺，今存焉。

按：此出唐劉餗《隋唐嘉話》卷下，云：

晉謝靈運鬚美，臨刑，施爲南海祇洹寺維摩詰鬚。寺人寶惜，初不虧損。中宗朝，樂安公主五日鬥百草，欲廣其物色，令馳驛取之。又恐爲他人所得，因翦棄其餘，遂絶。

唐韋絢《劉賓客嘉話録》亦載，同《隋唐嘉話》。

101 太公爲灌壇令

《博物志》曰：太公爲灌壇令，文王夢一人哭於當道，問其故，乃曰：「吾泰山神女，嫁爲西海婦。吾行必以暴風雨，灌壇當吾道，不敢以疾風暴雨也。」夢覺，召太公。三日，果疾風暴雨過境。

按：引《博物志》，見卷七《異聞》，曰：

太公爲灌壇令，武王（范寧《博物志校證》謂當作文王）夢婦人當道夜哭，問之，曰：「吾是東海神女，嫁於西海神童。今灌壇令當道，廢我行。我行必有大風雨，而太公有德，吾不敢以暴風雨過，是毀君德。」武王明日召太公，三日三夜，果有疾風暴雨從太公邑外過。

明刊本《搜神記》卷四輯入此條，乃濫輯。

102　參軍鸜鵒

晉桓豁鎮荆州，有一參軍，五月五日採鴝鵒雛，剪其舌，令學人語，經年遂能言。後因大會，豁出之，令遍學座客話。有一人患齆鼻，鴝乃遽飛入甕中，語與患者無異，舉席皆笑。

按：此出《幽明録》，《藝文類聚》卷四四，段公路《北户録》卷一《鸜鵒瘴》崔龜圖註，《太平御覽》卷

五八三、卷七四〇、卷九二三，《太平廣記》卷四六二引。《御覽》卷九二三最詳，《北户録》次之。《御覽》曰：

晉司空桓豁在荆，有參軍剪五月五日鸜鵒舌，教令學語，遂無所不名。顧參軍善彈琵琶，鸜鵒每立聽移時。又善能效人語聲，司空大會吏佐，令悉效四坐語，無不絶似。有生（《北户録》作一佐）齆鼻，語難學，學之不似，因内頭於瓮中以效焉，遂與齆者語聲不異。主典人於鸜鵒前盗物，參軍如厠，鸜鵒伺無人，密白主典人盗如千種，一二條列，銜之而未發。後盗牛肉，鸜鵒復白參軍，曰：「汝云盗肉，應有驗。」鸜鵒曰：「以新荷裹，着屏風後。」檢之果獲，痛加治。而盗者患之，以熱湯灌殺。參軍爲之悲傷累日，遂請殺此人，以報其怨。司空言曰：「原殺鸜鵒之痛，誠合治殺。不可以禽鳥故，極之於法。」令止五歲刑也。

又《御覽》卷九二三引《異苑》曰：「五月五日翦鸜鵒舌，令學人語。」今本卷三曰：

晉司空桓豁在荆州，有參軍五月五日剪鴝鵒舌，每教令學人語，遂無所不名，與人相顧問。參軍善彈琵琶，鴝鵒每聽輒移時。

103 盧懷慎暴終

玄宗朝，宰相盧懷慎無疾暴終，夫人崔氏止兒女，不令號哭，曰：「公命未終，我得知之。」語曰〔二〕：「公清儉而廉潔，蹇進〔一〕而謙退，四方〔三〕賂遺，毫髮不留。與張燕公同時爲相，張〔四〕納貨山積，其人尚在。奢儉之報〔五〕，豈虚也哉？」及宵分，公復生。左右以夫人之言啓陳，公曰：「理固不同。冥司有三十爐，日夕鼓橐〔六〕，爲説鑄横財。我無一焉，惡可匹〔七〕哉！」言訖復絶。

〔一〕蹇進　明鈔本作「寒苦」。
〔二〕語曰　《太平廣記》卷一六五《盧懷慎》引無此二字。
〔三〕四方　明鈔本無此二字。
〔四〕張　明鈔本作「今其」，《廣記》作「今」。
〔五〕奢儉之報　明鈔本、《廣記》前有「而」字。
〔六〕鼓橐　《廣記》無此二字。
〔七〕匹　《廣記》作「並」。

按：《分門古今類事》卷三《張説横財》，謌作《續異志》。非原文，陳説大意耳：

盧懷慎與張説同時作宰相，盧忽暴亡。其夫人崔氏不泣，謂家人曰：「公命未盡。公清儉而説貪侈，説尚存，公不應死。」已而果復生。左右以夫人之言告，公曰：「不然。適冥間見數十處，皆曰爲張説鼓鑄横財，我豈可同哉！」未幾復卒。嗚呼！奢儉自人，而亦由定數耶？

《南部新書》丙卷採此，文多删略，云：

盧懷慎暴卒而蘇，曰：「冥司三十爐，日夕爲張鑄貨財，我無一焉。」

104　裴度病遊南園

裴晉公度[一]寢疾永樂里，暮春之月，忽遇遊南[二]園，令家僕僮舁至藥欄，語曰：「我不見此花而死，可悲也。」悵然而返。明早，報牡丹一叢先發，公視之，三日乃薨。

〔一〕裴晉公度　前原有「唐」字，今删。

〔二〕南　明鈔本無此字。

105　庾亮認孟嘉

晉孟嘉，少知名。庾亮大會州府人士，嘉坐甚遠。亮問江州[一]刺史曰：「聞有孟嘉，其人何在？」守曰：「在坐，君自認之。」俄然指曰：「彼君少異於衆，非嘉乎？」曰：「然。」亮大笑，喜得嘉。

〔二〕江州　明鈔本作「江府」。

按：此出《晉書》卷九八《桓温傳》附《孟嘉傳》，然與原文人物關係頗相背謬。《晉書》曰：

孟嘉字萬年，江夏鄳人，吴司空宗曾孫也。嘉少知名，太尉庾亮領江州，辟部廬陵從事。嘉還都，亮引問風俗得失，對曰：「還傳當問吏。」亮舉麈尾掩口而笑，謂弟翼曰：「孟嘉故是盛德人。」轉勸學從事。褚裒時爲豫章太守，正旦朝亮，裒有器識，亮大會州府人士，嘉坐次甚遠。裒問亮：「聞江州有孟嘉，其人何在？」亮曰：「在坐，卿但自覓。」裒歷觀，指嘉謂亮曰：「此君小異，將無是乎？」亮欣然而笑，喜裒得嘉，奇嘉爲裒所得，乃益器焉。

《晉書》所記當本《孟嘉别傳》。《太平御覽》卷二六五、卷三九三、卷四四四有引，曰：

庾亮辟嘉爲勸學從事，亮盛脩學敎，高選儒官。正旦大會，褚裒問亮：「嘉何在？」亮曰：「但自覓之。」裒歷觀之，指嘉曰：「將無是乎？」亮欣然。

庾亮領江州，嘉爲從事。褚褒爲豫章出朝，亮正旦大會，時彦悉集。嘉坐次第甚遠，褒問亮曰：「聞有孟嘉，其人何在？」亮曰：「在坐，卿但自覔。」褒覩衆人。指嘉謂亮曰：「將無是乎？」亮欣然笑。嘉爲褒所得，乃益重嘉焉。

庾亮拔孟嘉爲勸學從事。褚褒爲豫章太守出朝，亮正旦大會州府人士，率嘉集，坐第甚遠。問亮曰：「江州有孟嘉，其人何在？」亮曰：「在坐，卿但自覓。」褒歷觀之久，指嘉謂亮曰：「此人少異，將無是乎？」

106 王敦如厠

王敦爲駙馬，如厠，左右侍者甚衆，敦乃脱衣裸體而登厠，無羞愧色。有一侍女曰：「此人必能作賊。」其後果爲亂也。

按：東晉裴啓《語林》記其事，有異，《太平御覽》卷一八六引曰：

石崇厠常有十餘婢侍列，皆佳麗藻飾，置甲煎沉香，無不畢備。又與新衣，客多不能着。王敦爲將軍，年少，往脱故衣着新衣，氣色傲然。羣婢謂曰：「此客必能作賊。」

又卷五〇〇引曰：

石崇厠有十餘婢侍列，莫不畢備。又與新衣出，客多羞，不能如厠。王敦大將軍往，脱故衣着新衣，意慠然。群婢謂曰：「此客必能作賊。」

《世説新語·汰侈》亦載：

石崇廁常有十餘婢侍列，皆麗服藻飾，置甲煎粉、沈香汁之屬，無不畢備。又與新衣著令出，客多羞不能如廁。王大將軍往，脱故衣著新衣，神色傲然。羣婢相謂曰：「此客必能作賊。」

107 殷仲文照鏡

宋武帝未殺殷仲文之時，仲文每照鏡，常不見其首。後數月〔一〕，果爲武帝所殺。

〔一〕月　《晉書》卷九九《殷仲文傳》作「日」。

按：此出《晉書》卷九九《殷仲文傳》：

仲文素有名望，自謂必當朝政。又謝混之徒疇昔所輕者，並皆比肩，常怏怏不得志。忽遷爲東陽太守，意彌不平。劉毅愛才好士，深相禮接，臨當之郡，游宴彌日。行至富陽，慨然歎曰：「看此山川形勢，當復出一伯符。」何無忌甚慕之。東陽，無忌所統，仲文許當便道修謁，無忌故益欽遲之，令府中命文人殷闡、孔甯子之徒撰義構文，以俟其至。仲文失志恍惚，遂不過府。無忌疑其薄己，大怒，思中傷之。時屬慕容超南侵，無忌言於劉裕曰：「桓胤、殷仲文乃腹心之疾，北虜不足爲憂。」義熙三年，又以仲文與駱球等謀反，及其弟南蠻校尉叔文並伏誅。仲文時照鏡不見其面，數日而遇禍。

今按宋武帝即劉毅，元熙二年（四二〇）代晉稱帝，廟號高祖。《宋書》卷一《武帝紀上》載：

（晉安帝義熙二年）十一月，天子重申前令，加高祖侍中，進號車騎將軍、開府儀同三司。固讓，詔遣百僚敦勸。三年二月，高祖還京師……閏月，府將駱冰謀作亂，將被執，單騎走，追斬之。誅冰父永嘉太守球。球本東陽郡史，孫恩之亂，起義於長山，故見擢用。初桓玄之敗，以桓冲忠貞，署其孫胤。至是冰謀以胤爲主，與東陽太守殷仲文潛相連結。乃誅仲文及仲文二弟。凡桓玄餘黨，至是皆誅夷。

又，《異苑》卷四云：

晉安帝義熙三年，殷仲文爲東陽太守，嘗照鏡不見其面，俄而難及。

《宋書》卷三一《五行志二》：

晉安帝義熙初，東陽太守殷仲文照鏡不見其頭，尋亦誅翦。

《晉書》卷二七《五行志上》：

安帝義熙初，東陽太守殷仲文照鏡不見其頭，尋亦誅翦。

108 劉向辨負貳

漢宣帝時，有人於疏屬山石蓋下得二人〔一〕，俱被桎梏。將至長安，乃變爲石。宣帝集羣臣問之，無一知者。劉向對曰：「此是黄帝時窫窳國負貳〔三〕之臣，犯罪大逆，黄帝不忍誅，流之疏屬山。若有明君，當得出外。」帝不信，謂其妖言，收向繫獄。其子歆自出應募，以救其父，曰：「須七歲女子以乳之，即復變。」帝使女子乳，於是復爲人，便能言語，應對如劉向之言。帝大悦，拜向大中大夫，歆爲宗正卿。詔曰：「何以知之？」歆曰：「出《山海經》。」

〔二〕疏屬山石蓋下得二人　明鈔本「石」作「谷」，「二」作「三」。按：作「二人」、「三人」並謁，其人名「貳負」也。貳，背叛。

〔三〕負貳　《山海經·海内西經》作「貳負」。

按：此出西漢劉秀（原名歆）《上山海經表》：

侍中、奉車都尉、光禄大夫臣秀領校，祕書言校，祕書太常屬臣望，所校《山海經》凡三十二篇，今定爲一十八篇。已定。《山海經》者，出於唐虞之際。昔洪水洋溢，漫衍中國，民人失據，敧嶇於丘陵，巢於樹木。鯀既無功，而帝堯使禹繼之。禹乘四載，隨山栞木，定高山大川。益與伯翳主驅禽獸，命山川，類草木，别水土。四嶽佐之，以周四方，逮人跡之所希至，及舟輿之所罕到。内别五方之山，外分八方之海，紀其珍寶奇物，異方之所生，水土草木禽獸昆蟲麟鳳之所止，禎祥之所隱，及四海之外，絶域之國，殊類之人。禹别九州，任土作貢，而益等類物善惡，著《山海經》。皆聖賢之遺事，古文之著明者也。其事質明有信。孝武皇帝時，嘗有獻異鳥者，食之百物，所不肎食。東方朔見之，言其鳥名，又言其所當食，如朔言。問朔何以知之，即《山海經》所出也。孝宣皇帝時，擊磻石於上郡，陷得石室，其中有反縛盜械人。時臣秀父向爲諫議大夫，言此貳負之臣也。詔問何以知之，亦以《山海經》對。其文曰：「貳負殺窫窳，帝乃梏之疏屬之山，桎其右足，反縛兩手。」上大驚。朝士由是多奇《山海經》者，文學大儒皆讀學，以爲奇可以考禎祥變怪之物，見遠國異人之謡俗。故《易》曰：「言天下之至賾而不可亂也。」博物之君子，其可不惑焉。臣秀昧死謹上。

《山海經・海内西經》及郭璞注亦載：

貳負之臣曰危，危與貳負殺窫窳。帝乃梏之疏屬之山，桎其右足，反縛兩手與髮，繫之山上木。在開題西北。

郭璞注：

漢宣帝使人上郡發盤石，石室中得一人，徒裸被髮，反縛，械一足。以問群臣，莫能知。劉子政案此言對之，宣帝大驚。於是時人争學《山海經》矣。論者多以爲是其尸象，非真體也。意者以靈怪變化論，難以理測。物禀異氣，出於不然，不可以常運推，不可以近數揆矣。魏時有人發故周王冢者，得殉女子，不死不生，數日時有氣，數月而能語，狀如廿許人。送詣京師，郭太后愛養之，恒在左右。十餘年太后崩，此女哀思哭泣，一年餘而死，即此類也。

温庭筠《乾𦠆子》亦有記。《紺珠集》本卷七《貳負》云：

漢宣帝時，上郡山崩，得一物，長數丈，髮丈餘，彷彿狀人，蠢蠢而動，問不答。劉向云：「出《山海經》，此貳負之臣，殺窫窳，有罪，帝梏之於疏屬之山，有胎息之術。」

《類説》明嘉靖伯玉翁舊鈔本卷二三《二負臣》云：

漢宣帝上郡山崩，石室得二物，有反縛械，長數尺，髮長丈餘，彷彿狀人，蠢蠢而動。劉向云：「出《山海經》，此二負臣，有罪，殺猰貐，帝梏於疏屬之山。有胎息之術，帝梏其右足。」

109　東方朔歲星精

漢東方朔，歲星精也。自入仕漢武帝，天上歲星不見，至其死後星乃出。

按：此出《漢武故事》（《古小説鉤沈》）：

使至之日，東方朔死。上疑之，問使者。曰：「朔是木帝精，爲歲星，下游人中，以觀天下，非陛下臣也。」上厚葬之，

110 王霸殮死者

東漢王霸，善撫士卒，每有人死者，脱衣殮之。

按：此出《後漢書》卷二〇《王霸傳》：

光武謂官屬曰：「王霸權以濟事，殆天瑞也。」以爲軍正，爵關内侯。既至信都，發兵攻拔邯鄲，霸追斬王郎，得其璽綬。封王鄉侯。從平河北，常與臧宫、傅俊共營，霸獨善撫士卒，死者脱衣以斂之，傷者躬親以養之。光武即位，以霸曉兵愛士，可獨任，拜爲偏將軍。

111 劉琨奏笳解圍

劉琨字越石，嘗爲胡騎所圍，救兵不至，城中窘迫無計。琨乃登樓清嘯，賊聞之凄然。日中又奏胡笳，賊皆流涕懷土。至晚復吹之，賊捨圍而去。

按：此出《晉書》卷六二《劉琨傳》：

劉琨字越石，中山魏昌人，漢中山靖王勝之後也。……永嘉元年，爲并州刺史，加振威將軍，領匈奴中郎將。……在晉陽，嘗爲胡騎所圍數重，城中窘迫無計。琨乃乘月登樓清嘯，賊聞之，皆悽然長歎。中夜奏胡笳，賊又流涕歔欷，有懷土之切。向曉復吹之，賊並棄圍而走。

112 宋景公至德退熒惑

宋景公〔一〕時，熒惑守心。子韋弔曰：「禍當君，可移於相〔二〕。」公曰：「相，所理國家，不可也。」「可移於百姓。」公曰：「百姓〔三〕，國之本，不可也。」「可移於歲。」公曰：「歲，民之本，不可也。」子韋曰：「君有至德之言三，天必賞君。」於是熒惑退三舍。

〔一〕宋景公　明鈔本「公」譌作「宗」。

〔二〕相　明鈔本作「相位乎」。

〔三〕百姓　明鈔本無此二字

按：此出《淮南子・道應訓》：

宋景公之時，熒惑在心。公懼，召子韋而問焉，曰：「熒惑在心，何也？」子韋曰：「熒惑，天罰也。心，宋分野。禍且當君。雖然，可移於宰相。」公曰：「宰相，所使治國家也，而移死焉，不祥。」子韋曰：「可移於民。」公曰：「民死，寡人誰爲君乎？寧獨死耳。」子韋曰：「可移於歲。」公曰：

「歲，民之命。歲饑，民必死矣。爲人君而欲殺其民以自活也，其誰以我爲君者乎？是寡人之命，固已盡矣。子韋無復言矣。」子韋還走，北面再拜曰：「敢賀君。天之處高而聽卑，君有君人之言三，天必有三賞君。今夕星必徙三舍，君延年二十一歲。」公曰：「子奚以知之？」對曰：「君有君人之言三，故有三賞，星必三徙舍。舍行七里，三七二十一，故君移年二十一歲。臣請伏於陛下以伺之，星不徙，臣請死之。」公曰：「可。」是夕也，星果三徙舍。故老子曰：「能受國之不祥，是謂天下王。」

113 日者言禍

貞元中〔一〕，李師古暇日常讌其從事。適有日者預坐，師古遣遍視幕客皇甫弼、賈直言之徒，凡十輩。荅曰：「十日之内，俱有重禍。」又指一從事王生者曰：「此先忌馬厄。」時有從事姓魏者，師古之妻黨，移第鑿池，積土其傍，上搆高亭，極爲弘敞。既成，即迎入舍，樂之，飲酣。亭忽摧塌〔二〕，以其下土弱，不勝其任。坐客皆折手足，不至於死。王生因爲角馬木長釘横貫其腦〔三〕，立死。

〔一〕貞元中　前原有「唐」字，今删。

〔二〕塌　原作「榻」，據明鈔本改。

〔三〕王生因爲角馬木長釘横貫其腦　「王生因爲」明鈔本作「王用」。「腦」原作「脛」，據明鈔本改。

114　楚昭王取履

楚昭王與吴戰，敗走四十步，忽遺其履，取之。左右曰：「楚國雖貧，而無一履哉？」王曰：「吾悲與其俱出而不得與其俱返。」於是國無相棄者。

按：此出西漢賈誼《新書》卷七《諭誠》：

昔楚昭王與吴人戰，楚軍敗，昭王走，屨決背而行失之。行三十步，復旋取屨。及至於隋，左右問曰：「王何曾惜一踦屨乎？」昭王曰：「楚國雖貪（一作貧），豈愛一踦屨哉？思與偕反也。」自是之後，楚國之俗無相棄者。

115　楊素富侈

隋楊素家富侈之極，家僮數千人，後庭曳羅綺之女亦數千。都會之處，邸店碾磑，不知紀極。性貪營利，心無厭足，時議鄙之。

按：此出《隋書》卷四八《楊素傳》：

時素貴寵日隆，其弟約、從父文思、弟文紀，及族父异，並尚書列卿。諸子無汗馬之勞，位至柱國、刺史。家僮數千，後庭妓妾曳綺羅者以千數。第宅華侈，制擬宫禁。……親戚故吏，布列清顯。素之貴盛，近古未聞。

《資治通鑑》卷一七九《隋紀三》仁壽二年亦載：

楊素弟約，及從父文思、文紀，族父忌，並爲尚書列卿。諸子無汗馬之勞，位至柱國、刺史。廣營資産，自京師及諸方都會處，邸店碾磑，便利田宅，不可勝數。家僮千數，後庭妓妾曳綺羅者以千數。第宅華侈，制擬宫禁。親故吏布列清顯。

116 李善救主子

李善，本李元家蒼頭也。建武中，元家遭疾癘，子孫盡死，唯一子續生數旬。羣奴欲殺之，分其財。善竊之，將入瑕丘山中。至七歲，出理於官。鍾離意爲令，殺羣奴，表善之忠孝。善後拜郡守。

按：此出《後漢書》卷八一《獨行列傳》：

李善字次孫，南陽淯陽人，本同縣李元蒼頭也。建武中疫疾，元家相繼死没，唯孤兒續始生數旬。而貲財千萬，諸奴婢私共計議，欲謀殺續，分其財産。善深傷李氏而力不能制，乃潛負續逃去，隱山陽瑕丘界中，親自哺養，乳爲生湩（注：乳汁也），推燥居濕，備嘗艱勤。續雖在孩抱，奉之不異長君，有事輒長跪請白，然後行之。閭里感其行，皆相率脩義。續年十歲，善與歸本縣，脩理舊業。告奴婢於長吏，悉收殺之。時鍾離意爲瑕丘令，上書薦善行狀。光武詔拜善及續並爲太子舍人。善，顯宗時辟公府，以能理劇，再遷日南太守。從京師之官，道經淯陽，過李元冢。未至一里，乃脱朝服，持鉏去草。及拜墓，哭泣甚悲，身自炊爨，執鼎俎以脩祭祀。垂泣曰：「君夫人，善在此。」盡哀，數日乃去。到官，以愛惠爲政，懷來異俗。遷九江太守，未至，道病卒。續至河閒相。

東漢劉珍等《東觀漢記》卷一七《李善》亦載：

李善字次孫，南陽人，本同縣李元蒼頭。建武中疫病，元家相繼死没，惟孤兒續始生數旬。而有資財千萬，諸奴私共計議，欲謀殺續，分財産。善乃潛負逃亡，隱山陽瑕丘界中，親自哺養，乳爲生湩。續孩抱，奉之不異長君。有事輒長跪請白，然後行之。閭里感其行，皆相率修義。續年十歲，善與歸本縣，修理舊業。告奴婢于長吏，悉收殺之。時鍾離意爲瑕丘令，上書薦善行狀。

117　魏太祖殺主倉吏

魏太祖軍中糧〔一〕乏，令主倉吏用小斗。後軍衆有言，太祖歸罪主吏，謂曰：「借汝死，令壓衆謗。」詞遂息焉。

〔二〕糧　明鈔本作「編」。

按：此出《三國志》卷一《武帝紀》注及《世説新語·假譎》注引《曹瞞傳》。《三國志》注引曰：常討賊，廩穀不足，私謂主者曰：「如何？」主者曰：「可以小斛以足之。」太祖曰：「善。」後軍中言太祖欺衆，太祖謂主者曰：「特當借君死以厭衆，不然事不解。」乃斬之，取首題徇曰：「行小斛，盜官穀，斬之軍門。」其酷虐變詐，皆此類也。

《世説新語》注引曰：

操在軍，廩穀不足，私語主者曰：「何如？」主者云：「可以小斛足之。」操曰：「善。」後軍中言操欺衆，操題其主者背以徇曰：「行小斛，盜軍穀。」遂斬之。仍云：「特當借汝死，以厭衆心。」其變詐皆此類也。

118　五丁力士拖石牛

秦惠王伐蜀，乃刻五石牛，置金於後。曰〔一〕：「此天牛，能糞金，以遺王。」王以爲然，即發五丁力士拖成道，秦使張儀隨其後開蜀道〔二〕。

〔一〕曰　明鈔本無此字。

〔二〕道　此字原無，據明鈔本補。

按：此出揚雄《蜀王本紀》，《北堂書鈔》、《藝文類聚》、《太平御覽》、《琱玉集·壯力篇》等引，拙作《唐前志怪小説輯釋》修訂本（上海古籍出版社，二〇一九）先秦兩漢編《蜀王本紀》輯録，題《五丁力士》，曰：

天爲蜀王生五丁力士，能徙蜀山。王死，五丁輒立大石，長三丈，重千鈞，號曰「石井」。千人不能動，萬人不能移。蜀王據有巴蜀之地，本治廣都，後徙治成都。秦惠王時，蜀王不降秦，秦亦無道出於蜀。蜀王從萬餘人，東獵褒谷，卒見秦惠王。惠王以金一笥遺蜀王，蜀王報以禮物，物盡化爲土。秦王大怒，臣下皆再拜賀曰：「土者，土地，秦當得蜀矣！」秦惠王欲伐蜀，以道不通，乃刻五石牛，置金其後。蜀人見之，以爲牛能大便金。牛下有養卒，以爲此天牛也，能便金。蜀王以爲然，即發卒千人，使五丁力士拖牛成道，致三枚於成都。秦得道通，石牛力也。後遣丞相張儀等將兵，隨石牛道伐蜀。於是秦王知蜀王好色，乃獻美女五人與蜀王，愛之，遣五丁迎女。還至梓潼，見一大蛇入山穴中。一丁引其尾，不能出，五丁共引蛇，五女往就觀之。山崩，壓五丁，五丁踏蛇而大呼。秦王五女及送迎者上山，化爲石。因名其山曰「五婦山」也。蜀王登臺，望之不來，因名「五婦候臺」。蜀王親理作冢，皆致方石，以誌其墓。

119 于公高門

漢于公門壞，大治之，教曰：「稍高其門，可容車馬。我治獄多陰德，後世必昌。」子定國〔一〕果爲丞相。

〔一〕子定國　明鈔本作「到于定國」。

按：此出《説苑》卷五《貴德》或《漢書》卷七一《于定國傳》。《説苑》曰：

丞相西平侯于定國者，東海下邳人也。其父號曰于公，爲縣獄吏決曹掾，決獄平法，未嘗有所冤。郡中離文法者，于公所決，皆不敢隱情。東海郡中爲于公生立祠，命曰于公祠。東海有孝婦，無子，少寡，養其姑甚謹。其姑欲嫁之，終不肯。其姑告鄰之人曰：「孝婦養我甚謹，我哀其無子守寡，日久我老，累丁壯，奈何？」其後母自經死，母女告吏曰：「婦殺我母。」吏捕孝婦，孝婦辭不殺姑。吏毒治，孝婦自誣服。具獄以上府，于公以爲養姑十年以孝聞，此不殺姑也。太守不聽，數争不能得，於是于公辭疾去吏。太守竟殺孝婦。郡中枯旱三年。後太守至，卜求其故，于公曰：「孝婦不當死，前太守强殺之，咎當在此。」於是殺牛祭孝婦冢，太守以下自至焉。天立大雨，歲豐熟。郡中以此益敬重于公。于公築治廬舍，謂匠人曰：「爲我高門，我治獄未嘗有所冤，我後世必有封者，令容高蓋駟馬車。」及子，封西平侯。

《漢書》曰：

于定國字曼倩，東海郯人也。其父于公爲縣獄史，郡決曹，決獄平，羅文法者于公所決皆不恨。郡中爲之生立祠，號曰于公祠。東海有孝婦，少寡，亡子，養姑甚謹，姑欲嫁之，終不肯。姑謂鄰人曰：「孝婦事我勤苦，哀其亡子守寡。我老，久絫丁壯，柰何？」其後姑自經死，姑女告吏：「婦殺我母。」吏捕孝婦，孝婦辭不殺姑。吏驗治，孝婦自誣服。具獄上府，于公以爲此婦養姑十餘年，以孝聞，必不殺也。太守不聽，于公争之，弗能得，乃抱其具獄，哭於府上，因辭疾去。太守竟論殺孝婦郡中枯旱三年。後太守至，卜筮其故，于公曰：「孝婦不當死，前太守彊斷之，咎黨在是乎？」於是太守殺牛自祭孝婦冢，因表其墓，天立大雨，歲熟。郡中以此大敬重于公。……始定國父于公，其閭門壞，父老方共治之。于公謂曰：「少高大閭門，令容駟馬高蓋車。我治獄多陰德，未嘗有所冤，子孫必有興者。」至定國爲丞相，永（按：定國子）爲御史大夫，封侯傳世云。

120 殷仲堪節儉

殷仲堪節儉，爲荆州刺史，每食，飰〔一〕落席，自拾食之。

〔一〕飰　明鈔本作「飯」，字同。

按：此出《世説新語·德行》或《晉書》卷八四《殷仲堪傳》。《世説》曰：

殷仲堪既爲荆州，值水儉，食常五盌盤，外無餘肴。飯粒脱落盤席閒，輒拾以噉之。雖欲率物，亦緣其性真素。每語子弟云：「勿以我受任方州，云我豁平昔時意，今吾處之不易。貧者士之常，焉得登枝而捐其本？爾曹其存之。」

《晉書》曰：

仲堪自在荆州，連年水旱，百姓饑饉，仲堪食常五椀，盤無餘肴，飯粒落席間，輒拾以噉之。雖欲率物，亦緣其性真素也。每語子弟云：「人物見我受任方州，謂我豁平昔時意，今吾處之不易。貧者士之常，焉得登枝而捐其本？爾其存之。」

121 伊尹耻君

伊尹耻其君不及堯舜，若撻之於市。

按：此出《尚書·説命下》：

王曰：嗚呼！説四海之内，咸仰朕德，時乃風。股肱惟人，良臣惟聖。昔先正保衡，作我先王。（注：保衡，伊尹也。作，起正長也。言先世長官之臣。）乃曰：「予弗克俾厥后惟堯舜，其心愧耻，若撻于市。」(注：言伊尹不能使其君如堯舜，則恥之，若見撻于市，故成其能。)

122 禹夢神人

禹傷其父功不成，乃南逊衡山，斬馬以祭之，仰天而嘯〔一〕。忽夢神人，自稱玄夷蒼水使者，謂禹曰：「欲得我書者，齋焉。」禹遂齋三日。乃降金簡玉字之書，得治水〔二〕之要。

〔一〕嘯　明鈔本作「哭」。按：《吴越春秋》卷六《越王無余外傳》作「嘯」。《史記》卷一三〇《太史公自序》之《正義》引《吴越春秋》作「笑」。

〔二〕治水　明鈔本作「水治」。

按：此出《吴越春秋》卷六《越王無余外傳》，曰：

禹傷父功不成，循江泝河，盡濟甄淮，乃勞身焦思以行。七年聞樂不聽，過門不入，冠挂不顧，履遺不躡，功未及成，愁然沉思。乃案《黄帝中經曆》，蓋聖人所記，曰：「在于九山東南天柱，號曰宛委，在會稽縣東南十五里，一名玉笥山。赤帝在闕，其巖之巔。承以文玉，覆以磐石。其書金簡，青玉爲字，編以白銀，皆瑑其文。」禹乃東巡，登衡嶽，血白馬以祭，不幸所求。禹乃登山，仰天而嘯。因夢見赤繡衣男子，自稱玄夷蒼水使者，聞帝使丈命于斯，故來候之。非厥歲月，將告以期，無爲戲吟。故倚歌覆釜之山，東顧謂禹曰：「欲得我山神書者，齋於黄帝巖嶽之下。三月庚子，登山發石，金簡之書存矣。」禹退，又齋。三月庚子，登宛委山，發金簡之書，案金簡玉字，得通水之理。復返歸嶽，乘四載，以行川。始於霍山，徊集五嶽。《詩》云：「信彼南山，惟禹甸之。」遂巡行四瀆，與益、夔共謀。行到名山大澤，召其神而問之山川脈理，金玉所有，鳥獸昆蟲之類，及八方之民俗，殊國異域，土地里數，使益疏而記之，故名之曰《山海經》。

123 孫堅墮馬

孫堅，字文臺。戰而墮馬[一]，軍吏失之。所愛駿馬，入營踣地悲鳴。人異之，逐馬往，得堅於草中。

[一]戰而墮馬　「而」明鈔本作「爲」。「墮馬」原作「馬墮」，據《吴書》改，見附録。

按：此出《三國志》卷四六《吴書·孫破虜討逆傳》注引《吴書》曰：

堅乘勝深入，於西華失利。堅被創墮馬，卧草中。軍衆分散，不知堅所在。堅所騎驄馬馳還營，踣地呼鳴，將士隨馬於草中得堅。堅還營十數日，創少愈，乃復出戰。

124 蔡邕倒屣迎王粲

王粲嘗謁蔡邕，倒屣迎之，滿座皆驚。曰：「王孫久有異才，吾家書籍悉以贈之。」

按：此出《三國志》卷二一《魏書・王粲傳》：

王粲字仲宣，山陽高平人也。曾祖父龔，祖父暢，皆爲漢三公。父謙，爲大將軍何進長史。進以謙名公之胄，欲與爲婚，見其二子，使擇焉。謙弗許。以疾免，卒于家。獻帝西遷，粲徙長安，左中郎將蔡邕見而奇之。時邕才學顯著，貴重朝廷，常車騎填巷，賓客盈坐。聞粲在門，倒屣迎之。粲至，年既幼弱，容狀短小，一坐盡驚。邕曰：「此王公孫也，有異才，吾不如也。吾家書籍文章，盡當與之。」年十七，司徒辟，詔除黄門侍郎，以西京擾亂，皆不就。

125 勾踐嘗膽

越王勾踐爲吴所敗於會稽，將以勉勵於衆。嘗施一器，懸膽於門，出入嘗之，令士卒不忘其苦。

按：此出《史記》卷四一《越王句踐世家》：

吴既赦越，越王句踐反國，乃苦身焦思，置膽於坐，坐卧即仰膽，飲食亦嘗膽也。曰：「女忘會稽之恥邪？」身自耕作，夫人自織，食不加肉，衣不重采，折節下賢人，厚遇賓客，振貧弔死，與百姓同其勞。

《吴越春秋》卷八《勾踐歸國外傳》亦載：

越王念復吴讎，非一旦也。苦身勞心，夜以接日。目卧則攻之以蓼，足寒則漬之以水。冬常抱冰，夏還握火。愁心苦志，懸膽於户，出入嘗之，不絶於口。中夜潸泣，泣而復嘯。越王曰：「吴王好服之離體，吾欲采葛，使女工織細布，獻之以求吴王之心，於子何如？」羣臣曰：「善。」乃使國中男女入山采葛，以作黄絲之布。欲獻之，未及遣使，吴王聞越王盡心自守，食不重味，衣不重綵，雖有五臺之游，未嘗一日登翫，吾欲因而賜之以書，增之以封，東至於勾、甬，西至於檇李，南至於姑末，北至於平原，縱横八百餘里。越王乃使大夫種索葛布十萬，甘蜜九党，文笥七枚，狐皮五雙，晉竹十廋，以復封禮。

126 賀若弼父刺舌戒子

隋賀若弼父敦，臨死之日，令弼吐其舌，以錐刺之，流〔一〕血及地，戒曰：「吾以舌敗，汝可戒言。」及死，弼亦以言議傷煬帝，爲煬帝所殺。

〔一〕流　明鈔本無此字。

按：此出《隋書》卷五二《賀若弼傳》：

賀若弼字輔伯，河南洛陽人也。父敦，以武烈知名，仕周爲金州總管，宇文護忌而害之。臨刑，呼弼謂之曰：「吾必欲平江南，然此心不果，汝當成吾志。且吾以舌死，汝不可不思。」因引錐刺弼舌出血，誡以慎口。……開皇九年，大舉伐陳，以弼爲行軍總管。……上聞弼有功，大悦，下詔褒揚。……晉王以弼先期決戰，違君命，於是以弼屬吏。上驛召之，及見，迎勞曰：「克定三吴，公之功也。」命登御坐，賜物八千段，加位上柱國，進爵宋國公。……弼自謂功名出朝臣之右，每以宰相自許。既而楊素爲右僕射，弼仍爲將軍，甚不平，形於言色，由是免官，弼怨望愈甚。後數年，下弼獄，上謂之曰：「我以高熲、楊素爲宰相，汝每倡言，云此二人唯堪啗飯耳，是何意也？」弼曰：「熲，臣之故人，素，臣之舅子，臣並知其爲人，誠有此語。」公卿奏弼怨望，罪當死。上惜其功，於是除名爲民。歲餘，復其爵位。上亦忌之，不復任使，然每宴賜，遇之甚厚。開皇十九年，上幸仁壽宫，讌王公，詔弼爲五言詩，詞意憤怨，帝覽而容之。……煬帝之在東宫，嘗謂弼曰：「楊素、韓擒、史萬歲三人，俱稱良將，優劣如何？」弼曰：「楊素是猛將，非謀將；韓擒是鬭將，非領將；史萬歲是騎將，非大將。」太子曰：「然則大將誰也？」弼拜曰：「唯殿下所擇。」弼意自許爲大將。及煬帝嗣位，尤被疎忌。大業三年，從駕北巡，至榆林。帝時爲大帳，其下可坐數千人，召突厥啓民可汗饗之。弼以爲大侈，與高熲、宇文弢等私議得失，爲人所奏，竟坐誅，時年六十四。妻子爲官奴婢，羣從徙邊。子懷亮，慷慨有父風，以柱國世子拜儀同三司。坐弼爲奴，俄亦誅死。

127 劉裕不棄牛尾拂

宋劉裕貧賤時，嘗蓋布被，用牛尾作蠅拂子。及登極，亦不棄之，勅其女彭城〔一〕公主謹收藏，以遺〔二〕子孫。

〔一〕彭城　明鈔本譌作「彭成」。

〔二〕遺　明鈔本作「示」。

128 梁武帝好佛

梁武帝酷好佛法，然性多含恕，勅天下貢獻綾羅錦綺，不令織鳥獸之形，恐裁剪之時，有傷生物之意也。

129 鐺脚刺史

薛大鼎爲滄州〔一〕刺史，引海水，利魚鹽，邑人歌之。時瀛州刺史賈敦順、冀州〔二〕刺史鄭德本俱有美政，河北稱爲鐺脚刺史。

〔一〕滄州　明鈔本譌作「滄洲」。

〔二〕冀州　《舊唐書》卷一八五上《薛大鼎傳》等作「曹州」。

按：《舊唐書》卷一八五上《良吏傳上》、《新唐書》卷一九七《循吏傳》之《薛大鼎傳》及《册府元龜》卷六七七牧守部《能政》有載，乃貞觀中事，「賈敦順」作「賈敦頤」。《舊唐書》卷四九《食貨志下》亦載薛大鼎事。《舊傳》載：

薛大鼎，蒲州汾陽人。……貞觀中，累轉鴻臚少卿，滄州刺史。州界有無棣河，隋末填廢，大鼎奏開之，引魚鹽於海，百姓歌之曰：「新河得通舟楫利，直達滄海鹽魚至。昔日徒行今騁駟，美哉薛公德滂被。」大鼎又以州界卑下，遂決長蘆及漳、衡等三河，分洩夏潦，境内無復水害。時與瀛州刺史賈敦頤、曹州刺史鄭德本俱有美政，河北稱爲鐺脚刺史。

《舊唐書·食貨志下》及《唐會要》卷八七作永徽元年，《舊志》云：

永徽元年，薛大鼎爲滄州刺史。界内有無棣河，隋末填廢，大鼎奏開之，引魚鹽於海。百姓歌之曰：「新河得通舟楫利，直達滄海魚鹽至。昔日徒行今騁駟，美哉薛公德滂被。」

此前《大唐新語》卷四《政能》已記薛大鼎事，云：

薛大鼎爲滄州刺史，界内先有棣河，隋末填塞，大鼎奏聞開之，引魚鹽於海。百姓歌曰：「新河得通舟檝利，直至滄海魚鹽至。昔日徒行今騁駟，美哉薛公德滂被。」大鼎又決長蘆及漳、衡等三河，分洩夏潦，境内無復水害。

北宋孔平仲《續世説》卷二《政事》亦載：

薛大鼎爲滄州刺史，開無棣河，引魚鹽於海，百姓歌之曰：「新河得通舟楫利，直達滄海魚鹽至。昔日徒行今騁駟，美哉薛公德滂被。」大鼎與瀛州賈敦頤、冀州鄭德本俱有美政，河北稱爲鐺脚刺史。

130 楚王鑄三劍

楚王鑄作三劍，晉、鄭求之不得，兵圍楚，三年不解〔一〕。楚王登城，引太阿麾之，晉軍血流，鄭卒奔走。

〔二〕解　明鈔本作「解圍」。

按：此出《越絶書》卷一一《越絶外傳記・寶劍》：

楚王召風胡子而問之曰：「寡人聞吴有干將，越有歐冶子，此二子甲世而生，天下未嘗有。精誠上通天，下爲烈士。寡人願齎邦之重寶，皆以奉子，因吴王請此二人作鐵劍，可乎？」風胡子曰：「善。」於是乃令風胡子之吴，見歐冶子、干將，使人作鐵劍。歐冶子、干將鑿茨山，洩其溪，取鐵英，作爲鐵劍三枚，一曰龍淵，二曰泰阿，三曰工布一作市，畢成，風胡子奏之楚王。楚王見此三劍之精神，大悦風胡子。問之曰：「此三劍何物所象？其名爲何？」風胡子對曰：「一曰龍淵，二曰泰阿，三曰工布。」楚王曰：「何謂龍淵、泰阿、工布？」風胡子對曰：「欲知龍淵，觀其狀，如登高山，臨深淵；欲知泰阿，觀其鈲，巍巍翼翼，如流水之波；欲知工布，鈲從文起，至脊而止，如珠不可衽，文若流水不絶。」晉、鄭王聞而求之，不得，興師圍楚之城，三年不解。倉穀粟索，庫無兵革。左右群臣賢士，莫能禁止。於是楚王聞之，引泰阿之劍，登城而麾之。三軍破敗，士卒迷惑，流血千里，猛獸歐瞻，江水折揚，晉、鄭之頭畢白。楚王於是大悦，曰：「此劍威耶？寡人力耶？」風胡子對曰：「劍之威也，因大王之神。」

131　謝安焚香囊

晉謝玄字幼度，有才業，甚爲從父安所重。少好佩紫羅香囊，安鄙之，而不欲傷其意，因戲賭得，焚之。

按：此出《晉書》卷七九《謝玄傳》：

玄字幼度。少穎悟，與從兄朗俱爲叔父安所器重。安嘗戒約子姪，因曰：「子弟亦何豫人事，而正欲使其佳？」諸人莫有言者。玄答曰：「譬如芝蘭玉樹，欲使其生於庭階耳。」安悦。少好佩紫羅香囊，安患之，而不欲傷其意，因戲賭取，即焚之，於此遂止。

前此《世説新語·假譎》亦載曰：

謝遏年少時，好著紫羅香囊，垂覆手。太傅患之，而不欲傷其意，乃譎與賭得，即燒之。遏，謝玄小字。

132 東方朔辨秦故獄

漢武帝自回中郡，繞一山曲，見一物盤地，狀若牛，推之不去，擊之不散。問左右，無能知者。東方朔進曰：「請以酒一斛澆之。」帝命酒澆之，立散。復問朔，曰：「此必秦之故獄，積其怨氣所致，酒能消愁耳。」帝撫朔曰：「人之多知，有如此者。」

按：此出《搜神記》，《搜神記輯校》卷二五《患》曰：

漢武帝東遊，未出函谷關，有物當道。其身長數丈，其狀象牛，青眼而曜睛，四足入土，動而不徙。百官驚懼，東方朔乃請以酒灌之，灌之數十斛而怪物始消。帝問其故，荅曰：「此名爲『患』，憂氣之所生也。此必是秦家之獄地；不然，則是罪人徒作之所聚也。夫酒是忘憂，故能消之也。」帝曰：「吁！博物之士，至於此乎！」

《東方朔别傳》（《藝文類聚》卷七二引，《太平御覽》卷六四三引作《東方朔》）及《幽明録》（《北堂書鈔》卷一四八引）亦載，事有不同。《東方朔别傳》云其物名「怪哉」。《御覽》文詳，曰：

孝武皇帝時，幸甘泉，至長平坂上馳道中央有虫覆，而赤如生肝狀，頭目口齒鼻耳盡具。先驅旄頭馳還，以聞曰：「道不可御。」於是上止車，遣侍中馳往視之，還，盡莫知也。時東方朔從，在後屬車上，召朔，使馳往視之。還對曰：「怪哉！」上曰：「何謂也？」朔對曰：「秦始皇時，拘繫無罪，幽殺無辜，衆庶怨恨，無所告訴，仰天而歎曰：『怪哉！』感動皇天。此憤氣之所存也，故名之曰『怪哉』。是地必秦之獄處也。」上有詔，使丞相公孫弘案地圖，果秦之獄處也。上曰：「善。當何以去之？」朔曰：「夫積憂者，得酒而去之。以酒置中，立消靡。」上大笑曰：「東方生真所謂先生也。何以報先知之聖人哉？」乃賜帛百疋。

《書鈔》引《幽明録》曰：

漢武見物如牛肝，入地不動。問東方朔，朔曰：「此積愁之氣，惟酒可以忘愁，今即以酒灌之，即消。」

《太平廣記》卷四七三引《小説》（梁殷芸撰），題《怪哉》，當本《東方朔别傳》：

漢武帝幸甘泉，馳道中有蟲，赤色，頭牙齒耳鼻盡具，觀者莫識。帝乃使東方朔視之。還對曰：「此蟲名怪哉。昔秦時拘繫無辜，衆庶愁怨，咸仰首歎曰：『怪哉！怪哉！』蓋感動上天，憤所生也，故名怪哉。此地必秦之獄處。」即按地圖，信如其言。上又曰：「何以去蟲？」朔曰：「凡憂者，得酒而解，以酒灌之當消。」於是使人取蟲置酒中，須臾糜散。

唐竇維鋈《廣古今五行記》（《御覽》卷九四四引），亦名「怪哉」，乃據《東方朔别傳》，云：

漢武帝幸甘泉宫，馳道中有蟲，赤色，頭目鼻盡具，觀者莫識。帝使東方朔視之，對曰：「此秦時拘繫無辜，衆庶愁死，咸仰首歎曰：『怪哉！』故名怪哉。此必秦之獄處。」朔又曰：「凡憂者，得酒而解，以酒沃之，當消。」於是取蟲致酒中，須臾糜散。

133 宋明帝借南苑

宋明帝借張南苑三百年，勑云：「期畢便申〔一〕。」

〔一〕申　明鈔本作「中」，當譌。《宋書》卷八《明帝紀》作「啓」。

按：此出《宋書》卷八《明帝紀》：

以南苑借張永，云：「且給三百年，期訖更啓。」

134　吴起卒母

吴起卒母哭曰：「往年吴起吮其父疽，父不旋踵而死。今吮其子，妾不知死所也。」

按：此條《稗海》本無，據明鈔本補。

此出《史記》卷六五《吴起列傳》：

起之爲將，與士卒最下者同衣食，卧不設席，行不騎乘，親裹贏糧，與士卒分勞苦。卒有病疽者，起爲吮之，卒母聞而哭之。人曰：「子卒也，而將軍自吮其疽，何哭爲？」母曰：「非然也。往年吴公吮其父，其父戰不旋踵，遂死於敵。吴公今又吮其子，妾不知其死所矣，是以哭之。」

135　漢光武愛士卒

漢光武愛惜士卒，每欲發一兵，頭鬚悉白。

136 東方朔割肉

東方朔伏日對武帝拔劍割肉，帝令自責。曰：「拔劍割肉，一何勇也；割之不多，一何廉也；歸遺細君，一何仁也。」帝曰：「令卿自責，反自譽也。」蒙賜酒一斛，肉一百觔，令遺細君。

按：此出《漢書》卷六五《東方朔傳》：

上以朔爲常侍郎，遂得愛幸。久之，伏日，詔賜從官肉。大官丞日晏不來，朔獨拔劍割肉，謂其同官曰：「伏日當蚤歸，請受賜。」即懷肉去。大官奏之。朔入，上曰：「昨賜肉，不待詔，以劍割肉而去之，何也？」朔免冠謝。上曰：「先生起，自責也。」朔再拜曰：「朔來！朔來！受賜不待詔，何無禮也！拔劍割肉，壹何壯也！割之不多，又何廉也！歸遺細君，又何仁也！」上笑曰：「使先生自責，乃反自譽。」復賜酒一石，肉百斤，歸遺細君。

137 秦穆公亡馬

秦穆公亡善馬，岐山〔一〕野人共得而食之。吏欲法之，公曰：「君子不以畜害人。吾聞食馬肉不飲酒傷人。」皆賜酒沃之。後與晉戰，而三百人争死以報恩。

〔一〕山　明鈔本作「下」。

按：此出《吕氏春秋·仲秋紀·愛士》：

昔者秦繆公乘馬而車爲敗，右服失而埜人取之。繆公自往求之，見埜人方將食之於岐山之陽，繆公歎曰：「食駿馬之肉，而不還飲酒，余恐其傷女也。」於是徧飲而去。處一年，爲韓原之戰，晉人已環繆公之車矣，晉梁由靡已扣繆公之左驂矣，晉惠公之右路石奮投而擊繆公之甲，中之者已六札矣。埜人之嘗食馬肉於岐山之陽者三百有餘人，畢力爲繆公疾鬭於車下，遂大克晉，反獲惠公以歸。此《詩》之所謂曰「君君子則正以行其德，君賤人則寬以盡其力」者也。人主其胡可以無務行德愛人乎？行德愛人，則民親其上。民親其上，則皆樂爲其君死矣。

《韓詩外傳》卷一〇第十二章亦載：

秦繆公將田，而喪其馬，求三日而得之於莖山之陽，有鄙夫乃相與食之。繆公曰：「此駮馬之肉，不得酒者死。」繆公乃求酒，徧飲之然後去。明年，晉師與繆公戰，晉之右路石者圍繆公而擊之，甲已墮者六札矣。食馬者三百餘人，皆曰：「吾君仁而愛人，不可不死。」還擊晉之右路右，免繆公之死。

138 衛玠通恕

衛玠爲性通恕，常自戒曰：「人之不逮，可以情恕；非意相干，可以理遣。」故終身無怨怒。

按：此出《晉書》卷三六《衛玠傳》：

玠嘗以人有不及，可以情恕；非意相干，可以理遣。故終身不見喜愠之容。

139 漢陰丈人灌園

漢陰丈人抱甕入井，負水灌園。有人教其爲桔槔，用力寡而利用多。丈人曰：「吾寧自倦敗，不可以機〔一〕爲用，有傷真性。」

〔一〕機　明鈔本作「爲機」。

按：此出《莊子·天地》：

子貢南遊於楚，反於晉，過漢陰，見一丈人，方將爲圃畦。鑿隧而入井，抱甕而出灌，搰搰然用力甚多，而見功寡。子貢曰：「有械於此，一日浸百畦，用力甚寡，而見功多，夫子不欲乎？」爲圃者卬而視之曰：「奈何？」曰：「鑿木爲機，後重前輕，挈水若抽，數如泆湯，其名爲槔。」爲圃者忿然作色而笑曰：「吾聞之吾師，有機械者必有機事，有機事者必有機心。機心存於胸中，則純白不備；純白不備，則神生不定；神生不定者，道之所不載也。吾非不知，羞而不爲也。」子貢瞞然慙，俯而不對。

140　秦始皇見海神

秦始皇欲觀日，乃造石橋，海臣〔一〕驅使鬼運。始皇曰：「欲見君形，可乎？」海神遂出，謂始皇左右曰：「我形甚醜〔二〕，勿畫我形。」其下有巧者，暗以脚畫地圖之。神怒，海岸遂崩。始皇脱走，僅免死，左右皆陷没焉。

〔一〕海臣　「臣」原作「岸」，當譌，據明鈔本改。按：海臣即下文海神也。

〔二〕醜　明鈔本作「醜差」。醜差，醜陋也。《敦煌變文集》卷六《醜女緣起》：「心知是朕親生女，醜差都來不似人。」

按：此出《三齊略記》，諸書所引頗夥，詳略不同，今録如下：

北魏酈道元《水經注》卷一四《濡水》引曰：

始皇於海中作石橋，海神爲之豎柱。始皇求與相見，神曰：「我形醜，莫圖我形，當與帝相見。」乃入海四十里，見海神。左右莫動手，工人潛以腳畫其狀。神怒曰：「帝負約，速去。」始皇轉馬還，前腳猶立，後腳隨崩，僅得登岸，畫者溺死於海，衆山之石皆傾注。今猶岌岌東趣，疑即是也。

《藝文類聚》卷六引曰：

始皇作石塘，欲過海看日出處。時有神人，能驅石下海，石去不速，神輒鞭之，皆流血，至今悉赤。陽城山石盡起立，嶷嶷東傾，狀如相隨行。

又卷七九引曰：

始皇作石橋，欲過海觀日出處。于時有神人，能驅石下海。城陽一山石，盡起立，嶷嶷東傾，狀似相隨而去。云石去不速，神人輒鞭之，盡流血，石莫不悉赤，至今猶爾。

始皇於海中作石橋，非人功所建，海神爲之豎柱，始皇感其惠，通敬其神，求與相見。海神答曰：「我形醜，莫圖我形，當與帝會。」乃從石塘上入海三十餘里相見，左右莫動手，巧人潛以脚畫其狀。神怒曰：「帝負我約，速去。」始皇轉馬還，前脚猶立，後脚隨崩，僅得登岸，畫者溺於海。衆山之石皆住，今猶岌岌，無不東趣。

《太平御覽》卷四引曰：

秦始皇作石橋於海上，欲過海看日出處。有神人驅石，去不速，神人鞭之，皆流血，今石橋猶赤色。

又五一引曰：

始皇作石塘，欲過海看日出處。時有神人驅石下海，石去不速，神輙鞭之，皆流血，至今石悉赤。陽城山盡起立，嶷嶷東傾，狀如相隨行。

又七五〇引《三齊記略》曰：

秦始皇求與海神相見，神云：「我形醜約，莫圖我形，當與帝會。」始皇入海三十里，與神相見，左右有巧者，潛以脚畫神形。神怒帝負約，乃令帝速去。始皇即馬，前脚猶立，後脚隨陷步，僅得登岸，畫者溺死。

又卷八八二引曰：

始皇作石橋，欲過海觀日出處。于時有神人能驅石下海，城陽一山，石盡起立，嶷嶷東傾，狀似相隨而行。云石去不速，神人輙鞭之，皆流血，石莫不悉赤，至今猶爾。

始皇於海中作石橋，海神爲之竪柱。始皇感其惠，求與相見。海神荅云：「我形醜約，莫圖我。」乃從石塘三十里相見，左右巧人以脚畫其狀。神怒曰：「帝負我約，速去。」始皇轉馬還，馬脚獨立，後脚隨崩，僅得登岸，脚畫者溺於海死。

北宋樂史《太平寰宇記》卷二〇《登州·文登縣》亦引：

召石山，在縣東八十五里。《三齊略記》云：「始皇造石橋，渡海觀日出處。有神人召石下，城陽一十三山石遣東下，岌岌相隨如行狀。石去不駛，神人鞭之皆見血。」今驗召石山之色，其下石色盡赤焉。

141 歷陽陷湖

歷陽縣有一媪，常〔一〕爲善。忽〔二〕有少年過門求食，待之〔三〕甚恭。臨去〔四〕，謂媪曰：「時往縣〔五〕，見門閫有血，即可登山避難。」自是，媪日往之〔六〕。門吏問其狀〔七〕，媪荅以少年所教〔八〕。吏即戲以雞血塗門閫。明日，媪見有血，乃携雞籠走山上〔九〕。其夕，縣陷爲湖〔一〇〕，今〔一一〕和州歷陽湖是也。

〔一〕常　明鈔本無此字。

〔二〕忽　明鈔本作「常」，通「嘗」。

〔三〕待之　明鈔本無此二字。《太平廣記》卷一六三《歷陽媪》引《獨異記》前有「媪」字。

〔四〕去　明鈔本作「出」。

〔五〕縣　《廣記》作「縣門」。

〔六〕之　明鈔本無此字。

〔七〕狀　明鈔本作「來」。

〔八〕媪荅以少年所教　《廣記》作「媪具以少年所教答之」。

〔九〕山上　《廣記》作「上山」。

〔一〇〕其夕縣陷爲湖　明鈔本作「其縣一夕陷爲湖」。

〔一一〕今　明鈔本無此字。

按：此出《淮南子·俶真訓》高誘注。《俶真訓》曰：「夫歷陽之都，一夕反而爲湖。」注曰：

歷陽，淮南國之縣名，今屬江都。昔有老嫗，常行仁義，有二諸生過之，謂曰：「此國當没爲湖。」謂嫗視東城門閫有血，便走上北山，勿顧也。自此嫗便往視門閫，閽者問之，嫗對曰如是。其暮，門吏故殺雞，血塗門閫。老嫗早往視門，見血，便上北山。國没爲湖。

《述異記》卷上載歷陽湖事，多有異辭，曰：

和州歷陽淪爲湖。昔有書生遇一老姥，姥待之厚。生謂姥曰：「此縣門石龜眼血出，此地當陷爲湖。」姥後數往視之，門吏問姥，姥具答之。吏以硃點龜眼。姥見，遂走上北山，顧城，遂陷焉。今湖中有明府魚、奴魚、婢魚。

142 傅奕制胡僧

傅奕常不信佛法。高祖時有西國胡僧，能口吐火，以威脅衆。奕對高祖曰：「此胡法不足信，若火能燒臣，即爲聖者。」高祖試之，立胡僧於殿西〔一〕，奕於殿東，乃令胡僧作法。於是跳躍禁呪，火出僧口，直觸奕。奕端笏曰：「乾，元亨利貞。邪不干正。」由〔二〕是火返焰，燒僧立死。

〔一〕立胡僧於殿西　明鈔本末有「侍」字。

〔二〕由　明鈔本譌作「内」。

按：《隋唐嘉話》卷中載有傅奕及西域胡僧事，《太平廣記》卷二八五《胡僧》作《國朝雜記》（即《隋唐嘉話》），今本《劉賓客嘉話録》、北宋王讜《唐語林》卷三《方正》亦載。《隋唐嘉話》曰：

貞觀中，西域獻胡僧，咒術能死生人。太宗令飛騎中揀壯勇者試之，如言而死，如言而蘇。帝以告太常卿傅奕，奕曰：「此邪法也。臣聞邪不犯正，若使咒臣，必不能行。」帝召僧咒奕，奕對之，初無所覺。須臾，胡僧忽然自倒，若爲所擊者，便不復蘇。

南宋魯應龍《閑窗括異志》亦採入，文略。

143 禁臠

晉孝武欲爲晉陵公主求壻，問〔一〕王珣曰：「得及劉真長、王子敬便足。」珣曰：「謝混〔二〕不及劉真長，不減王子敬。」帝然之。未幾，帝崩。後司空袁山松〔三〕欲以女妻謝混，珣曰：「卿勿近禁臠。」元帝初渡江，國内常乏，朝士每〔四〕烹猪，以項肉一觔尤脆美，進充御食。時人以此爲「禁臠」。

〔一〕問　明鈔本下衍「曰」字。按：《晉書》卷七九《謝混傳》作「謂」。

〔二〕謝混　「混」原作「琨」，譌。據《世説新語・排調》、《晉書》改。下同。按：謝混父名琰，其子絶不能名琨也。

〔三〕袁山松　原作「袁崧」，據《世説》、《晉書》改。按：《晉書》卷一〇《安帝紀》：「（隆安五年）夏五月，孫恩寇滬瀆，吴國内史袁山松死之。」

〔四〕每　明鈔本作「每以」，無下句「以」字，按：此出《晉書》卷七九《謝混傳》，曰：

混字叔源。少有美譽，善屬文。初，孝武帝爲晉陵公主求壻，謂王珣曰：「主壻但如劉真長、王子敬便足。如王處仲、桓元子誠可，才小富貴，便豫人家事。」珣對曰：「謝混雖不及真長，不減子敬。」帝曰：「如此便足。」未幾，帝崩。袁山松欲以女妻之，珣曰：「卿莫近禁臠。」初，元帝始鎮建業，公私窘罄，每得一豘，以爲珍膳，項上一臠尤美，輒以薦帝，羣下未嘗敢食，于時呼爲禁臠，故珣因以爲戲。

《世説新語·排調》亦載：

孝武屬王珣求女壻，曰：「王敦、桓温，磊砢之流，既不可復得，且小如意，亦好豫人家事，酷非所須。正如真長、子敬比，最佳。」珣舉謝混。後袁山松欲擬謝婚，王曰：「卿莫近禁臠。」

注：《續晉陽秋》曰：「山松，陳郡人。祖喬，益州刺史。父方平，義興太守。山松歷秘書監、吳國内史。孫恩作亂，見害。初，帝爲晉陵公主訪壻於王珣，珣舉謝混云：『人才不及真長，不減子敬。』帝曰：『如此便已足矣。』」

144 侯彝匿國賊

大曆中〔一〕，萬年〔二〕尉侯彝者，好俠尚義〔三〕。常〔四〕匿國賊，御史推鞫理窮，終不言賊所往〔五〕。御史曰：「賊在汝右膝蓋下。」彝遂揭堦磚，自擊其膝蓋，翻示御史曰〔六〕：「賊安在？」御史又曰：「在左膝蓋下。」又擊之翻示。御史〔七〕即以鐵貯烈火，置其腹上，煙火熢〔八〕㶿，左右皆不忍視。彝叫〔九〕曰：「何不加〔一〇〕炭？」御史奇之，奏聞。代宗即召對〔一一〕：「何爲隱賊，自貽其苦若是？」彝答曰：「賊實臣藏之，已然諾其人，終死不可得。」遂以賊故，貶爲端州高要〔一二〕尉。

〔一〕大曆中　前原有「唐」字，今刪。

〔二〕萬年　明鈔本譌作「萬歲」。萬年，唐縣名，與長安縣同爲京兆府治所，即今陝西西安市。

〔三〕好俠尚義　明鈔本及《太平廣記》卷一九四《侯彝》引《獨異志》作「好尚心義」。

〔四〕常　《廣記》作「嘗」。常，通「嘗」。

〔五〕往　《廣記》作「在」。

〔六〕翻示御史曰　明鈔本作「翻勘御史」。

〔七〕御史又曰在左膝蓋下又擊之翻示御史　以上十六字原無，據《廣記》補。

〔八〕熢　明鈔本作「蓬」。

〔九〕叫　《廣記》作「怒呼」。

〔一〇〕加　明鈔本譌作「如」。

〔一一〕召對　《廣記》作「召見曰」。按：《舊唐書》卷一三《德宗紀下》：「丁丑，徐泗節度使張建封來朝，上嘉之。次日，於延英召對。」召對，召見問對。

〔三〕端州高要　原譌作「瑞州高安」，據《廣記》改。按：《新唐書》卷四三下《地理志七下》：「瑞州，本威州，貞觀十年以烏突汗達干部落置，在營州之境。咸亨中更名。後僑治良鄉之廣陽城。縣一，來遠。」高安屬洪州。端州治高要縣，即今廣東肇慶市。明鈔本作「高州高縣」。高州無高縣，轄電白、良德、保寧三縣。

145　塞翁失馬

塞上翁失馬，鄉人皆唁，翁曰：「未必不爲福。」明年，引群馬至。人復賀，翁曰：「未必不爲禍。」子孫、家僮出入多愛乘馬，墮折四肢。鄉人皆唁，翁曰：「未必不爲福。」又明年，西胡入國，國中但能披甲者，皆征行之，子孫、家僮以殘毀免。

按：此條《稗海》本無，據明鈔本補。

此出《淮南子·人閒訓》：

近塞上之人，有善術者，馬無故亡而入胡。人皆弔之，其父曰：「此何遽不爲福乎？」居數月，其馬將胡駿馬而歸。人皆賀之，其父曰：「此何遽不能爲禍乎？」家富良馬，其子好騎，墮而折其髀。人皆弔之，其父曰：「此何不遽爲福乎？」居一年，胡人大入塞，丁壯者引弦而戰，近塞之人，死者十九，此獨以跛之故，父子相保。故福之爲禍，禍之爲福。化不可極，深不可測也。

146 周穆王軍化猿鶴

周穆王南征，一軍盡化爲猿鶴，君子爲鶴，小人爲猿。

按：此出《藝文類聚》卷九〇引《抱朴子》：

周穆王南征，一軍盡化，君子爲猿爲鶴，小人爲蟲爲沙。

今本《抱朴子内篇·釋滯》作：「三軍之衆，一朝盡化，君子爲鶴，小人成沙。」

147 陳勝王

陳勝以丹帛書「陳勝王」字，置魚腹中，令賣。有市得者，烹食之，見而〔一〕怪之，遂立勝爲王。

〔一〕見而　明鈔本作「故」。

按：此出《史記》卷四八《陳涉世家》：

陳勝者，陽城人也，字涉。吴廣者，陽夏人也，字叔。……二世元年七月，發閭左適戍漁陽，九百人屯大澤鄉。陳勝、吴廣皆次當行，爲屯長。會天大雨，道不通，度已失期，失期，法皆斬。陳勝、吴廣乃謀曰：「今亡亦死，舉大計亦死，等死，死國可乎？」陳勝曰：「天下苦秦久矣。吾聞二世少子也，不當立，當立者乃公子扶蘇。扶蘇以數諫故，上使外將兵。今或聞無罪，二世殺之。百姓多聞其賢，未知其死也。項燕爲楚將，數有功，愛士卒，楚人憐之。或以爲死，或以爲亡。今誠以吾衆詐自稱公子扶蘇、項燕。爲天下唱，宜多應者。」吴廣以爲然。乃行卜。卜者知其指意，曰：「足下事皆成，有功。然足下卜之鬼乎？」陳勝、吴廣喜，念鬼，曰：「此教我先威衆耳。」乃丹書帛曰「陳勝王」，置人所罾魚腹中。卒買魚烹食，得魚腹中書，固以怪之矣。又閒令吴廣之次所旁叢祠中，夜篝火，狐鳴呼曰「大楚興，陳勝王」。卒皆夜驚恐。旦日，卒中往往語，皆指目陳勝。……乃詐稱公子扶蘇、項燕，從民欲也。袒右，稱大楚。爲壇而盟，祭以尉首。陳勝自立爲將軍，吴廣爲郡尉。攻大澤鄉，收而攻蘄。蘄下，乃令符離人葛嬰將兵徇蘄以東。攻銍、酇、苦、柘、譙，皆下之。行收兵。比至陳，車六七百乘，騎千餘，卒數萬人。攻陳，陳守令皆不在，獨守丞與戰譙門中。弗勝，守丞死，乃入據陳。數日，號令召三老、豪傑與皆來會計事。三老、豪傑皆曰：「將軍身被堅執鋭，伐無道，誅暴秦，復立楚國之社稷，功宜爲王。」陳涉乃立爲王，號爲張楚。

148 劉備馬躍檀溪

劉備嘗乘愛馬號「的盧」。居樊城，劉表欲因會殺之，備走，陷檀溪，乃語〔一〕的盧曰：「今日之急〔二〕，得不努力乎？」馬一躍三丈，遂脱難。

〔一〕語　明鈔本作「與」。
〔二〕急　原作「意」，據明鈔本改。

按：此出《三國志》卷三二《蜀書·先主傳》注引《世語》曰：

備屯樊城，劉表禮焉，憚其爲人，不甚信用。曾請備宴會，蒯越、蔡瑁欲因會取備，備覺之，僞如厠，潛遁出。所乘馬名的盧，騎的盧走，墮襄陽城西檀溪水中，溺不得出。備急曰：「的盧，今日厄矣，可努力。」的盧乃一踊三丈，遂得過。乘桴渡河，中流而追者至，以表意謝之，曰：「何去之速乎！」

149 任公子釣魚

任公子爲釣，用十五犗，蹲於會稽，期年無所得。一旦獲大魚，自荊江東皆厭腥臊。

按：此出《莊子·外物》：

任公子爲大鉤巨緇，五十犗以爲餌，蹲乎會稽，投竿東海，旦旦而釣，期年不得魚。已而大魚食之，牽巨鉤錎没而下，騖揚而奮鬐，白波若山，海水震蕩，聲侔鬼神，憚赫千里。任公子得若魚，離而腊之，自制河以東，蒼梧以北，莫不厭若魚者。已而後世輇才諷説之徒，皆驚而相告也。

獨異志卷中

150 楚王聘莊子

楚王聘莊子，莊子曰：「吾聞神龜死三年，置巾藉之而藏之宗廟堂之上。此寧死爲貴乎？寧其生曳尾於泥中矣。」遂不赴楚聘。

按：此條《稗海》本無，據明鈔本補。

此出《莊子·秋水》：

莊子釣於濮水，楚王使大夫二人往先焉，曰：「願以境内累矣。」莊子持竿不顧，曰：「吾聞楚有神龜，死已三千歲矣。王巾笥而藏之廟堂之上。此龜者，寧其死爲留骨而貴乎？寧其生而曳尾於塗中乎？」二大夫曰：「寧生而曳尾塗中。」莊子曰：「往矣，吾將曳尾於塗中。」

151 專諸刺王僚

吴公子光饗王僚，令專諸侍。置劍於蒸魚腹中，因進魚，抽劍刺殺王僚。

按：此出《史記》卷八六《刺客列傳》：

專諸者，吴堂邑人也。伍子胥之亡楚而如吴也，知專諸之能。伍子胥既見吴王僚，説以伐楚之利，吴公子光曰：「彼伍員父兄皆死於楚而員言伐楚，欲自爲報私讎也，非能爲吴。」吴王乃止。伍子胥知公子光之欲殺吴王僚，乃曰：「彼光將有内志，未可説以外事。」乃進專諸於公子光。光之父曰吴王諸樊。諸樊弟三人，次曰餘祭，次曰夷眛，次曰季子札。諸樊知季子札賢而不立太子，以次傳三弟，欲卒致國于季子札。諸樊既死，傳餘祭。餘祭死，傳夷眛。夷眛死，當傳季子札。季子札逃不肯立，吴人乃立夷眛之子僚爲王。公子光曰：「使以兄弟次邪，季子當立；必以子乎，則光真適嗣，當立。」故嘗陰養謀臣以求立。光既得專諸，善客待之。九年而楚平王死。春，吴王僚欲因楚喪，使其二弟公子蓋餘、屬庸將兵圍楚之灊，使延陵季子於晉，以觀諸侯之變。楚發兵絶吴將蓋餘、屬庸路，吴兵不得還。於是公子光謂專諸曰：「此時不可失，不求何獲！且光真王嗣，當立，季子雖來，不吾廢也。」專諸曰：「王僚可殺也。母老子弱，而兩弟將兵伐楚，楚絶其後。方今吴外困於楚，而内空無骨鯁之臣，是無如我何。」公子光頓首曰：「光之身，子之身也。」四月丙子，光伏甲士於窟室中，而具酒請王僚。王僚使兵陳自宫至光之家，門户階陛左右，皆王僚之親戚也。夾立侍，皆持長鈹。酒既酣，公子光佯爲足疾，入窟室中，使專諸置匕首魚炙之腹中而進之。既至王前，專諸擘魚，因以匕首刺王僚，王僚立死。左右亦殺專諸，王人擾亂。公子光出其伏甲以攻王僚之徒，盡滅之，遂自立爲王，是爲闔閭。闔閭乃封專諸之子以爲上卿。

152 墮淚碑

晉羊祜〔一〕，字叔子，爲荆州守，有恩及閭里。及死，闔境並不言「祜」字，其有同音，亦改諱之。襄陽百姓於峴山立墮淚碑。

〔一〕祜　明鈔本譌作「祐」，下同。

按：此出《晉書》卷三四《羊祜傳》：

羊祜字叔子，泰山南城人也。……帝將有滅吴之志，以祜爲都督荆州諸軍事、假節，散騎常侍、衛將軍如故。祜率營兵出鎮南夏，開設庠序，綏懷遠近，甚得江漢之心。……祜樂山水，每風景，必造峴山，置酒言詠，終日不倦。嘗慨然歎息，顧謂從事中郎鄒湛等曰：「自有宇宙，便有此山。由來賢達勝士，登此遠望，如我與卿者多矣。皆湮滅無聞，使人悲傷。如百歲後有知，魂魄猶應登此也。」湛曰：「公德冠四海，道嗣前哲，令聞令望，必與此山俱傳。至若湛輩，乃當如公言耳。」……疾漸篤，乃舉杜預自代。尋卒，時年五十八。帝素服哭之，甚哀。是日大寒，帝涕淚霑鬢鬚，皆爲冰焉。南州人征市日聞祜喪，莫不號慟，罷市，巷哭者聲相接。吴守邊將士亦爲之泣。其仁德所感如此。……襄陽百姓於峴山祜平生游憩之所建碑立廟，歲時饗祭焉。望其碑者莫不流涕，杜預因名爲墮淚碑。荆州人爲祜諱名，屋室皆以門爲稱，改户曹爲辭曹焉。

153 王允殺蔡邕

王允欲殺蔡邕，馬日磾曰：「邕逸才多藝，詳漢傳事，何可害之？」允曰：「漢武不殺司馬遷，使作謗書流於後。今豈可使佞臣執筆，我輩等蒙其訕議耶〔一〕？」遂殺之。

〔一〕蒙其訕議耶　明鈔本「蒙其」作「當蒙」，「耶」作「也」。

按：此出《後漢書》卷六〇下《蔡邕列傳》：

卓（董卓）重邕才學，厚相遇待，每集讌，輒令邕鼓琴贊事，邕亦每存匡益。……及卓被誅，邕在司徒王允坐，殊不意言之而歎，有動於色。允勃然叱之曰：「董卓國之大賊，幾傾漢室。君爲王臣，所宜同忿，而懷其私遇，以忘大節。今天誅有罪，而反相傷痛，豈不共爲逆哉？」即收付廷尉治罪。邕陳辭謝，乞黥首刖足，繼成漢史。士大夫多矜救之，不能得。太尉馬日磾馳往謂允曰：「伯喈曠世逸才，多識漢事，當續成後史，爲一代大典。且忠孝素著，而所坐無名，誅之無乃失人望乎？」允曰：「昔武帝不殺司馬遷，使作謗書，流於後世。方今國祚中衰，神器不固，不可令佞臣執筆在幼主左右。既無益聖德，復使吾黨蒙其訕議。」日磾退而告人曰：「王公其不長世乎？善人，國之紀也；制作，國之典也。滅紀廢典，其能久乎？」邕遂死獄中。允悔，欲止而不及，時年六十一。搢紳諸儒莫不流涕。北海鄭玄聞而歎曰：「漢世之事，誰與正之？」兗州、陳留閒皆畫像而頌焉。其撰集漢事，未見録以繼後史。適作《靈紀》及十意，又補諸列傳四十二篇，因李傕之亂，湮没多不存。所著詩賦、碑誄、銘讚、連珠、箴弔、論議、《獨斷》、《勸學》、《釋誨》、《叙樂》、《女訓》、《篆執》、祝文、章表、書記，凡百四篇，傳於世。

154 陳壽撰三國志

魏陳壽撰《三國志》，丁儀〔一〕、丁廙俱有盛名於魏，壽謂其子曰：「與我千斛米，當爲尊公立佳傳。」其子不與之。遂不作傳。

〔一〕丁儀　原無此二字，據《晉書》卷八二《陳壽傳》補。按：《三國志》卷一九《陳思王植傳》、卷二一《王粲傳》皆有丁儀、丁廙，儀在前也。

按：此出《晉書》卷八二《陳壽傳》：

除著作郎，領本部中正。撰魏、吴、蜀《三國志》，凡六十五篇。時人稱其善叙事，有良史之才。夏侯湛時著《魏書》，見壽所作，便壞己書而罷。張華深善之，謂壽曰：「當以《晉書》相付耳。」其爲時所重如此。或云丁儀、丁廙有盛名於魏，壽謂其子曰：「可覓千斛米見與，當爲尊公作佳傳。」丁不與之，竟不爲立傳。

前此《藝文類聚》卷七二引《語林》已有載，曰：

陳壽將爲國志，謂丁梁州曰：「若可覓千斛米見借，當爲尊公作佳傳。」丁不與米，遂以無傳。

155 入室之賓

晉王濛、劉惔〔一〕並爲中書侍郎。及宋，輔政，俱加侍中。時人故號爲「入室之賓」也。

〔一〕劉惔 「惔」原譌作「恢」，據《晉書》卷九三《外戚傳·王濛傳》改。

按：此出《晉書》卷九三《外戚傳·王濛傳》：

王濛字仲祖，哀靖皇后父也。……與沛國劉惔齊名友善，惔常稱濛性至通，而自然有節。濛每云：「劉君知我，勝我自知。」時人以惔方荀奉倩，濛比袁曜卿，凡稱風流者，舉濛、惔爲宗焉。司徒王導辟爲掾。……徙中書郎。簡文帝之爲會稽王也，嘗與孫綽商略諸風流人，綽言曰：「劉惔清蔚簡令，王濛溫潤恬和，桓溫高爽邁出，謝尚清易令達。」而濛性和暢，能言理，辭簡而有會。及簡文帝輔政，益貴幸之，與劉惔號爲入室之賓。

唐許嵩《建康實録》卷八晉哀皇帝興寧三年：

（王）濛字仲祖，安西司馬訥之子。少放縱，不爲鄉曲所齒。晚節克己勵行，有風流美譽。善隸書，美姿容。……與劉惔齊名，時人以惔方荀奉倩，以濛比袁曜卿。凡稱風流者，舉濛、惔爲宗焉。簡文爲會稽王時，嘗與孫綽商略諸風流人，綽言曰：「劉惔清蔚簡令，王濛温潤恬和，桓温高爽邁世，謝尚清易令達。」而濛性和暢，與劉惔爲簡文入室之賓。

156　趙堯代周昌

漢趙堯爲周昌侍御史，人謂之曰〔一〕：「趙堯乃奇士也，必代君〔二〕爲大夫。」昌曰：「堯，刀筆吏，何至此也〔三〕？」後昌爲趙王相，高帝持大夫印，視堯曰：「無以易堯。」乃授堯。

〔一〕曰　明鈔本無此字。

〔二〕君　明鈔本下衍「昌」字。

〔三〕也　明鈔本作「耶」。

按：此出《漢書》卷四二《周昌傳》：

趙堯爲符璽御史，趙人方與公謂御史大夫周昌曰：「君之史趙堯，年雖少，然奇士，君必異之，是且代君之位。」昌笑曰：「堯年少，刀筆吏耳，何至是乎！」居頃之，堯侍高祖，高祖獨心不樂，悲歌，羣臣不知上所以然。堯進請問曰：「陛下所爲不樂，非以趙王年少，而戚夫人與吕后有隙，備萬歲之後而趙王不能自全乎？」高祖曰：「我私憂之，不知所出。」堯曰：「陛下獨爲趙王置貴彊相，及吕后、太子、羣臣素所敬憚者乃可。」高祖曰：「然。吾念之欲如是，而羣臣誰可者？」堯曰：「御史大夫昌，其人堅忍伉直，自吕后、太子及大臣皆素嚴憚之，獨昌可。」高祖曰：「善。」於是召昌謂曰：「吾固欲煩公，公彊爲我相趙。」昌泣曰：「臣初起從陛下，陛下獨奈何中道而棄之於諸侯乎？」高祖曰：「吾極知其左遷，然吾私憂趙，念非公無可者。公不得已彊行。」於是徙御史大夫昌爲趙相。既行久之，高祖持御史大夫印弄之，曰：「誰可以爲御史大夫者？」孰視堯曰：「無以易堯。」遂拜堯爲御史大夫。

157 晉帝問旱澇

晉帝問〔一〕王夷甫曰：「壽陽以東常澇，壽陽以西常旱，何也？」夷甫曰：「壽陽以東，吴人，亡〔二〕國哀音，鼎足強邦，一朝失職，嘆憤爲陰〔三〕，陰〔四〕積成水，故常澇；壽陽以西，中國，新平強吴，美寶〔五〕盡入，志盈心滿，常歡娱，故旱。」

〔一〕帝問　明鈔本脱此二字。

〔二〕亡　明鈔本譌作「三」。

〔三〕爲陰　明鈔本前有「長以」二字。

〔四〕陰　明鈔本譌作「之」。

〔五〕寶　明鈔本此字從言，不易辨識。按：《晉書》卷五二《袁甫傳》作「寶」。

按：《晉書》卷五二《袁甫傳》所載爲石珩問袁甫事，此爲晉帝問王夷甫（名衍），誤也。《晉書》曰：

淮南袁甫字公胄，亦好學，與譚（華譚）齊名，以詞辯稱。……除松滋令，轉淮南國大農、郎中令。石珩問甫曰：「卿名能辯，豈知壽陽已西何以恒旱？壽陽已東何以恒水？」甫曰：「壽陽已東皆是吴人，夫亡國之音哀以思，鼎足强邦，一朝失職，憤歎甚積，積憂成陰，陰積成雨，雨久成水，故其域恒澇也。壽陽已西皆是中國，新平强吴，美寶皆入，志盈心滿，用長歡娱。《公羊》有言，魯僖甚悦，故致旱京師。若能抑强扶弱，先疏後親，則天下和平，災害不生矣。」觀者歎其敏捷。

158　周暢葬骸骨

周暢〔一〕爲河南尹，時久旱，禱祠無應，乃收葬傍城客死骸骨百餘具。遽降大雨，年穀豐稔。

〔一〕周暢　「周」原譌作「因」，據《後漢書》卷七一《獨行列傳》改。

按：此出《後漢書》卷八一《獨行列傳》：

（周嘉）從弟暢，字伯持，性仁慈，爲河南尹。永初二年，夏旱，久禱無應，暢因收葬洛城傍客死骸骨凡萬餘人，應時澍雨，歲乃豐稔。位至光禄勳。

《搜神記輯校》卷八《周暢》亦載：

周暢少孝，獨與母居。每出入，母欲呼之，常自齧其手，暢即應手痛而至。治中從事未之信，候暢時在田，母齧手，而暢即歸。爲河南尹，元初二年大旱，暢乃葬路旁露骸，爲立義塚，應時注雨。

159　美妾换馬

魏曹彰〔一〕，性倜儻。偶逢駿馬，愛之，其主所惜也。彰曰：「余有美妾可换，唯君所選。」馬主因指一妓，彰遂换之。馬號曰白鶻。後因獵，獻〔二〕于文帝。

〔一〕魏曹彰　「魏」原作「後魏」，誤。明錢希言《戲瑕》卷一《愛妾换馬》及董斯張《廣博物志》卷四六引《獨異志》均無「後」字。今删。

〔二〕獻　明鈔本作「跪獻」。按：明陳耀文編《天中記》卷五五《白鶻》引《獨異志》亦有「跪」字。

按：《樂府詩集》卷七三有《愛妾換馬》曲，引《樂府解題》云：「《愛妾换馬》，舊説淮南王所作，疑淮南王即劉安也。古辭不傳。」凡收梁簡文帝、劉孝威、庾肩吾、僧法宣各一首，張祜二首。

160 馬融號繡囊

《武陵記》曰：後漢馬融勤學，夢見一林，花如繡錦，夢中摘此花食之。及寤，見天下文詞，無所不知。時人號爲繡囊。

按：《太平御覽經史圖書綱目》著録有黄閔《武陵記》。

161 齊后化蟬

崔豹《古今注》：齊王后怨死，屍化爲蟬，遂登庭樹，嘒唳而鳴。後王悔恨，聞蟬即悲嘆。

按：引崔豹《古今注》，西晉崔豹《古今註》卷下曰：

牛亨問曰：「蟬名齊女者何也？」答曰：「齊王后忿而死，尸變爲蟬，登庭樹嘒唳而鳴。王悔恨。故世名蟬曰齊女也。

162 嚴泰放龜

陳宣帝時,揚州人嚴泰〔一〕江行逢漁舟,問之,云:「有龜五十頭。」泰用錢五百〔二〕贖放之。行數十〔三〕步,漁舟乃覆。其夕,有烏衣五十人〔四〕扣泰門,謂其父母〔五〕曰:「賢郎附錢五百,可領之。」緡皆濡濕。父母雖受錢,不知〔六〕其由。泰歸,問焉,乃説〔七〕贖龜之異。因以其居爲寺,里人號法嚴〔八〕寺。

〔一〕嚴泰　明鈔本「泰」作「太」,下同。末字作「泰」。
〔二〕百　《太平廣記》卷一一八《嚴泰》引《獨異志》作「千」,下同。
〔三〕十　明鈔本無此字。
〔四〕人　明鈔本作「頭」。
〔五〕母　明鈔本無此字。
〔六〕不知　《廣記》作「怪其」。
〔七〕説　此字原無,據《廣記》補。
〔八〕法嚴　明鈔本及《廣記》作「嚴法」。

按：此出唐唐臨《冥報記》卷上，原作「嚴恭」，文字頗詳，曰：

揚州嚴恭者，本泉州人。家富於財，而無兄弟，父母愛恭，言無所違。陳太建初，恭年弱冠，請於父母，願得錢五萬，往揚州市物，父母從之。恭乘船載錢而下，去揚州數十里，江中逢一船載黿，將詣市賣之。恭問知其故，念黿當死，請贖之。黿主曰：「我黿大，頭千錢乃可。」恭問有幾頭，答有五十。恭曰：「我正有錢五萬，願以贖之。」黿主喜，取錢付黿而去。恭盡以黿放江中，空船詣揚州。其黿主別恭，行十餘里，船没而死。是日，恭父母在家，昏時，有烏衣客五十人，詣門寄宿，并送錢五萬，付恭父曰：「君兒在揚州市附此錢皈，願依數受也。」恭父怪愕，疑謂恭死，因審之，客曰：「兒無恙，但不須錢，故附皈耳。」恭父受之，記是本錢，而皆水濕。留客爲設食，客止，明旦辭去。後月餘日，恭還，父母大喜。既而問附錢所由，恭答無之。父母説客形狀及附錢月日，乃贖黿之日。於是知五十客，皆所贖黿也。父子驚嘆，因共往揚州，起精舍，專寫《法花經》。遂徙家揚州，家轉富，大起房廊，爲寫經之室。莊嚴清淨，供給豐厚，書生常數十人。揚州道俗，共相崇敬，號曰「嚴法花」。嘗有知親，從貸經錢一萬，恭不獲已與之。貸者受錢，以船載皈，中路船傾，所貸之錢落水，而船人不溺。是日，恭入錢庫，見有一萬濕錢，如新出水，恭甚怪之。後見前貸錢人，乃知濕錢是所貸者。又有商人至宫亭湖，於神所祭酒食并上物。其夜，夢神送物還之，謂曰：「倩君爲我持此奉嚴法花，以供經用也。」旦而所上神物，皆在其前。於是商人嘆異，送達恭處，而倍加厚施。其後，恭至市買經紙，適遇少錢，忽見一人，持錢三千授恭曰：「助君買紙。」言畢不見，而錢在其前。

怪異如此非一。隋開皇末，恭死。鄰人夢恭死生浄天，夢問：「浄天何？」答：「兜率内院，無雜穢故。」子孫傳其業。隋季，盜賊至江都者，皆相與約，勿入嚴法花里，里人賴之獲全。其家至今寫經不已。州邑共見，京師人士亦多知之。駙馬宋國公蕭鋭最所詳審也。（據拙輯《唐五代傳奇集》，中華書局二〇二〇年版）

《閑窗括異志》據本書取入，文簡：

嚴泰江行逢漁舟，問之，云：「有龜五十頭。」泰用錢十千贖放之。行數十步，漁舟乃覆。其夕，乃有五十人詣泰門，告其父母曰：「賢郎附錢五十千，可領之。」緡皆沾濕。父母怪之。及泰歸，乃説贖龜之異。

163 王導夢中賣兒

晉王導子悦，年二十，有名，爲中書郎。導嘗夢人以百萬買悦，於夢中領之。導寤，甚〔一〕不樂，亟爲祈禱。未幾，修墻，掘得錢百萬，導意惡之，一皆不用。及悦病，導復夢一被甲持刀，自稱蔣山侯，索食。食畢，作色謂導曰：「公兒已賣與他。」言訖，覺。翌日，悦卒。

〔一〕甚　此字原無，據明鈔本補。

按：此出《晉書》卷六五《王悦傳》：

悦字長豫，弱冠有高名，事親色養，導甚愛之。……悦少侍講東宫，歷吴王友、中書侍郎，先導卒，謚貞世子。先是，導夢人以百萬錢買悦，潛爲祈禱者備矣。尋掘地，得錢百萬，意甚惡之，一皆藏閉。及悦疾篤，導憂念特至，不食積日。忽見一人形狀甚偉，被甲持刀，導問："君是何人？"曰："僕是蔣侯也。公兒不佳，欲爲請命，故來耳，公勿復憂。"因求食，遂噉數升。食畢，勃然謂導曰："中書患，非可救者。"言訖不見，悦亦殞絶。

此前《幽明録》有記，唐釋道世《法苑珠林》卷九五引《幽明録》曰：

魏（按：此爲道世所加，誤也）中書郎王長豫有美名，父丞相至所珍愛。遇病轉篤，丞相憂念特至。政在牀上坐，不食已積日。忽爲現一人，行狀甚壯，著鎧執刀。王問："君是何人？"荅曰："僕是蔣侯也。公兒不佳，欲爲請命，故來耳，勿復憂。"王欣喜動容。即命求食，食遂至數升。内外咸未達所以。食畢，忽復慘然，謂王曰："中書命盡，非可救者。"言終不見。

《太平廣記》卷二九三《蔣子文》，末注"出《搜神記》、《幽明録》、《志怪》等書"，末節即此事，文字大同。

白居易《六帖》卷二三及《太平御覽》卷四〇〇引《幽明録》，文簡。《御覽》曰：

王丞相茂弘夢人欲以百萬錢買大兒長豫，丞相甚惡之。潛爲祈禱者備材作屋，得一窖錢，料之百萬億，大懼，一皆藏閉。俄而長豫亡。

《廣記》卷一四一引作《世説新書》（即《世説新語》），文曰：

晉丞相王導夢人欲以百萬錢買長豫，導甚惡之，潛爲祈禱者備矣。後作屋，忽掘得一窖錢，料之百億。大不歡，一皆藏閉。俄而長豫亡。長豫名悦，導之次子也。

164 漢景帝祭虎

漢景帝好遊獵，見虎無便得之〔一〕，乃爲珍饌，祭所見之虎。帝乃夢虎曰：「汝祭我，欲得我牙皮耶？我自殺，從汝取之。」明日，帝之山，果見此虎死在祭所〔二〕，乃命剥取皮牙。餘肉悉化爲虎而去〔三〕。

〔一〕見虎無便得之　前原有「有獵人」三字。按：《太平廣記》卷四二六《漢景帝》引《獨異志》作「見虎不能得之」，《永樂大典》卷一三一三九《夢虎自殺》引《太平廣記》作「見虎無便得之」，據删。

〔二〕帝乃夢虎曰汝祭我欲得我牙皮耶我自殺從汝取之明日帝之山果見此虎死在祭所　明鈔本作「帝夢虎死在祭所」，脱文甚多。「之」《廣記》及《大典》作「入」。

〔三〕悉化爲虎而去　《廣記》作「復爲虎」。明鈔本、陳校本及《大典》作「復化爲虎」。

按：明陳繼儒《虎薈》卷一據本書輯入。

165 馬略潛龍

後漢馬略，年十七，閉室讀書。九年不出，三日一食，續命而已，鄉里謂之潛龍。三十，謁桓帝，曰：「我，賢人也。」遂拜關内侯、光州刺史。略棄官入海，惡蟲猛獸悉避路。

166 齊二烈士

《吕氏春秋》曰：齊有二烈士别於路，相與沽酒共飲。其人欲市肉，一人曰：「子亦肉也，我亦肉也，無須往〔一〕市。」因以刀各割身肉遞相食啖。須臾，酒與肉皆盡而俱死。

〔一〕往　明鈔本作「復」。

按：引《吕氏春秋》，見《仲冬紀·當務》：

齊之好勇者，其一人居東郭，其一人居西郭，卒然相遇於塗，曰：「姑相飲乎？」觴數行，曰：「姑求肉乎？」一人曰：「子肉也，我肉也，尚胡革求肉而爲。（注：革，更也。）」於是具染而已，（注：染，豉醬也。）因抽刀而相啖，至死而止。勇若此，不若無勇。

167 紙鳶化鳥

梁武帝太清三年，侯景反，圍臺城，遠近不通。簡文與太子大器爲計，縛鳶飛空，告急於外。侯景謀臣謂景曰：「此必厭勝術，不然，即事達外〔一〕。」令左右射之。及墮，皆化爲禽鳥飛去，不知所在。

〔一〕外　原作「人」，據明鈔本及《太平廣記》卷四六三《紙鳶化鳥》引《獨異志》改。

按：《廣記》卷四六三所引，文字有所不同，曰：

梁武太清三年，侯景圍臺城，遠（孫校本作遠近）不通問。簡文作紙鳶飛空，告急於外。侯景謀臣王偉謂景曰：「此紙鳶所至，即以事達外。」令左右善射者射之。及墮，皆化爲鳥飛入雲中，不知所往。

按：唐丁用晦《芝田録》亦記此事，見《類説》卷一一，題《紙鳶繫詔》，《説郛》卷三，情事有異。《類説》曰：

侯景逼臺城，梁武帝計無所出。有小兒獻策，以紙爲鳶，繫詔書，因風縱之，冀有外援。鳶飛數百（《説郛》作十），援即（《説郛》作卒）不至，臺城遂陷。

168 京房臨刑

《京房列傳》曰：房臨刑之時，謂人曰：「吾死之後，客星入天井。」舉朝皆哀之。

按：《漢書》卷七五《京房列傳》無此。《太平御覽》卷八七五引此事，出謝承《後漢書》，曰：

吴郡周敞，師事京房，爲趙顯所譖，謂敞曰：「吾死後三十日，客星必出天市，即吾無辜也。」死後果如言。

169 拷木人知囚情

王充《論衡》云：漢李子長爲政，欲知囚情，以桐木刻爲囚象，鑿地爲坎，致木人拷訊之。若正罪則木人不動，如冤枉則木人摇其頭。精感立政，動神如此。

按：引王充《論衡》，見《亂龍篇》，曰：

李子長爲政，欲知囚情，以梧桐爲人，象囚之形，鑿地爲埳，以盧爲槨，卧木囚其中。囚罪正，則木囚不動；囚冤侵奪，木囚動出。不知囚之精神著木人乎，將精神之氣動木囚也？

170　荼蕪香

《王子年拾遺記》曰〔一〕：燕昭王時，波弋國人貢荼蕪之香〔二〕，若焚著衣，而彌月不絕，過地則〔三〕土石皆香，經朽木與腐草則皆榮秀〔四〕，用薰枯骨則肌肉再生〔五〕。

〔一〕王子年拾遺記曰　《太平廣記》卷四一四《荼蕪香》引《獨異志》無此七字。

〔二〕波弋國人貢荼蕪之香　「波」明鈔本譌作「彼」。「荼」，明鈔本作「茶」，北宋洪芻《香譜》卷上《荼蕪香》亦作「荼」。《太平廣記》卷四一四《荼蕪香》引《獨異志》作「荼」。按：東晉王嘉《拾遺記》卷四《燕昭王》作「荃」，疑「荼」、「荼」均形譌也。

〔三〕過地則　《廣記》作「所遇地」。

〔四〕皆榮秀　明鈔本作「榮」。

〔五〕用薰枯骨則肌肉再生　明鈔本作「枯骨則飢肉再生」，「飢」字譌。

按：引《王子年拾遺記》，見東晉王嘉（字子年）《拾遺記》卷四《燕昭王》：

王即位二年，廣延國來獻善舞者二人，一名旋娟，一名提謨，並玉質凝膚，體輕氣馥，綽約而窈窕，絕古無倫。或行無跡影，或積年不飢。昭王處以單綃華幄，飲以瑞珉之膏，飴以丹泉之粟。王登崇霞之臺，乃召二人來側，時香風欻起，二人徘徊翔轉，殆不自支。王以纓縷拂之，二人皆舞。容冶妖麗，靡於鸞翔，而歌聲輕飏。乃使女伶代唱其曲，清響流韻，雖飄梁動木，未足嘉也。其舞一名縈塵，言其體輕，與塵相亂。次曰集羽，言其婉轉，若羽毛之從風。末曰旋懷，言其支體纏曼，若入懷袖也。乃設麟文之席，散荃蕪之香。香出波弋國，浸地則土石皆香，著朽木腐草，莫不鬱茂，以燻枯骨，則肌肉皆生。以屑噴地，厚四五寸，使二女舞其上，彌日無跡，體輕故也。

北宋洪芻《香譜》卷上《荼蕪香》：

《王子年拾遺記》：燕昭王，廣延國二舞人，帝以荼蕪香屑鋪地，四五寸，使舞人立其上，彌日無跡。香出波弋國，浸地則土石皆香，着朽木腐草，莫不茂蔚，以薰枯骨，則肌肉皆生。又出《獨異志》。

171 楊后顛狂病

後漢明帝楊后，花面美色〔一〕，有顛狂病，發則殺人。唯内傅孟召爲文哀怨〔二〕，后每讀之，顛狂輒〔三〕醒。時人語曰：「孟召文，差顛狂〔四〕。」

〔一〕花面美色　明鈔本作「花面白美絶」。

〔二〕爲文哀怨　明鈔本「文」下衍「帝」字。「哀怨」二字原無，據明鈔本補。

〔三〕輒　明鈔本作「則心」。

〔四〕狂　明鈔本無此字。

172　劉子光斬石人

《玉箱記》曰〔一〕：前漢劉子光西征，過山而渴，無水。子光在山間〔二〕見一石人，問之曰〔三〕：「何處有水？」石人不答，乃拔劍斬石人。須臾，窮山水出。

〔一〕玉箱記曰　《太平廣記》卷三九九《劉子光》引《獨異記》無此四字。按：《玉箱記》，不知何書。

〔二〕間　《廣記》作「南」。

〔三〕曰　明鈔本無此字。

173　王奂二子

齊王奂二子融、琛，同是殷夫人四月二日孿生，又以四月二日同刑於都市。

按：《南齊書》卷四九《王奂傳》載：

奂字彦孫，琅邪臨沂人也。……（永明）六年，遷散騎常侍、領軍將軍。……轉爲左僕射，加給事中，出爲使持節、散騎常侍、都督雍梁南北秦四州郢州之竟陵司州之隨郡軍事、鎮北將軍、雍州刺史。……十一年，奂輒殺寧蠻長史劉興祖……上遣中書舍人吕文顯、直閤將軍曹道剛領齋仗五百人收奂。敕鎮西司馬曹虎從江陵步道會襄陽。……奂司馬黄瑶起、寧蠻長史裴叔業於城内起兵攻奂。奂聞兵入，還内禮佛，未及起，軍人遂斬之，年五十九。執彪（奂子）及弟爽、弼、殷叡，皆伏誅。……奂長子太子中庶子融，融弟司徒從事中郎琛，於都棄市。餘孫皆原宥。

174 岳陽嘉禾

梁武太清元年，岳陽郡民王保幸種田六頃，悉生嘉禾。

175 周厲王兩主星

周厲王時，北斗與三台並流，不知其所。厲王没後，兩主星復見。

176 葛祚伐查

《搜神記》：吴時，葛祚爲衡陽太守。先有大查當江損行舟，若祠祭者，查浮可見；不祭者輒沈，暗覆行舟。祚造大斧數十，明旦往伐之。其夕，洶洶然波浪振驚，查浮，遂移去，不爲江中之患。郡人立碑，以誦祚之德也。

按：引《搜神記》，《搜神記輯校》卷二六《葛祚》曰：

葛祚，字元先，丹陽句容人也。吴時，作衡陽太守。郡境有大槎横水，能爲妖怪，百姓爲之立廟。行旅必過，要禱祠槎，槎乃沈没；不者，槎浮，則船爲破壞。祚將去官，乃大具斤斧之屬，將伐去之。明日當至。其夜，廟保及左右居民，聞江中洶洶有人聲非常，咸怪之。旦往視，槎移去，沿流流下數里，駐在灣中。自此行者無復傾覆之患。衡陽人美之，爲祚立碑曰：「正德所禳，神等爲移。」

177 史滿女飲水生兒

干寶《搜神記》曰：零陵太守史滿有女，悦書吏，乃密使侍婢取吏食餘殘水，飲之，遂有孕。十月而生一子。及歲，太守使抱出門，兒匍匐入吏懷，吏推之仆地，化爲水。具省前事，太守以女妻吏。

按：引干寶《搜神記》，《搜神記輯校》卷二〇《零陵太守女》曰：

漢末，零陵太守史滿有女，悦門下書吏。乃密使侍婢取吏盥手殘水飲之，遂有孕，十月而生一子。及晬，太守令抱兒出門，使求其父，兒匍匐入吏懷。吏推之，仆地化爲水。窮問之，具省前事，太守遂以女妻其吏。

《閑窗括異志》亦載此事而有變化：

零陵太守有女，悦父書吏，無計得偶，使婢取書吏所飲餘水飲之，因有娠，生一男。數歲，太守莫知其所從來。一日，使是男求其父，兒直入書吏幄中，化爲水。父大驚，問其女，始言其故，遂以女妻之。

178 司馬懿見白虎使者

司馬懿拜司空日，夜有人扣門請見，自稱白虎使者，皆衣白衣，懷中探一物，内懿手中，戒曰：「兩世慎勿開，墓中絶。」言訖不見。懿曰：「此或數也。」遂開視之，乃一金龍子，長三四寸，背上有銘云：「父子從我受重火。」至武帝受禪，世墓中絶〔一〕，元帝渡江，都建鄴。

〔一〕世墓中絶　明鈔本下有「者」字。

179 高唐女

《三峽録》云：明月峽中，二溪東西〔一〕。宋順帝昇明二年，峽人微生亮於溪中〔二〕釣得一白魚，長三尺，投置船中，以草覆之。及歸，取烹之，見一美女草〔三〕下，潔白端麗，年可十六七。自稱高唐〔四〕之女，偶化魚游，爲君所得。亮曰：「既爲人，能爲妻否？」女曰：「冥契使然，何爲不得？」其後三年爲亮妻。女曰：「數以〔五〕足矣，請歸高唐。」亮曰：「何時復來？」答曰：「情不可忘，有思即復至。」其後一歲三四往，不知所終。

〔一〕明月峽中二溪東西　此八字原無，據明鈔本補。

〔二〕峽人微生亮於溪中　明鈔本脱「峽」字，無「於溪中」三字。

〔三〕草　原譌作「道」，據明鈔本改。按：《太平廣記》卷四六九《微生亮》引《三峽記》，亦作「草」。

〔四〕高唐　原倒作「唐高」，據明鈔本乙改。

〔五〕以　明鈔本及《廣記》作「已」。按：以，通「已」。

按：《太平廣記》卷四六九《微生亮》，出《三峽記》，文曰：

明月峽中有二溪，東西流。宋順帝昇明（原作平，據明鈔本改）二年，溪人微生亮釣得一白魚，長三尺，投置舡中，以草覆之。及歸取烹，見一美女在草下，潔白端麗，年可十六七。自言高唐（原譌作堂，據明鈔本、孫校本改）之女，偶化魚游，爲君所得。亮問曰：「既爲人，能爲妻否？」女曰：「冥契使然，何爲不得？」其後三年爲亮妻。忽曰：「數已足矣，請歸高唐。」亮曰：「何時復來？」答曰：「情不可忘者，有思復至。」其後一歲三四往來，不知所終。

180　車胤螢讀

《成應元事統》云：車胤好學，常聚螢光讀書。時值〔一〕風雨，胤嘆曰：「天不遣〔二〕我成其志業耶？」言訖，有大螢傍書窻，比常螢數倍，讀書訖即去。如風雨，即至〔三〕。

〔一〕值　明鈔本作「甚」。

〔二〕遣　明鈔本作「遺」。

〔三〕如風雨即至　明鈔本作「來如風雨至」。

按：引《成應元事統》，不詳何書。《太平御覽》卷九四五引《續晉陽春秋》載車胤聚螢光讀書曰：

車胤字武子，好學不倦，家貧不常得油，夏月則練囊盛數十螢火，以夜繼日焉。

《晉書》卷八三《車胤傳》亦載：

車胤字武子，南平人也。……胤恭勤不倦，博學多通。家貧不常得油，夏月則練囊盛數十螢火以照書，以夜繼日焉。

181　黄霸放猩猩

漢黄霸爲封溪令，部人陳廉携酒并猩猩以獻。霸問是何物，人未及應，囊中語曰：「斗酒并僕耳。」霸以其物有靈，開囊放之，猩猩〔一〕悲啼而去。

〔一〕猩猩　明鈔本作「狌狌」，字同。

按：《後漢書》卷八六《西南夷列傳》李賢注引《南中志》曰：

猩猩在山谷中，行無常路，百數爲羣。土人以酒若糟設於路。又喜屩子，土人織草爲屩，數十量相連結。猩猩在山谷見酒及屩，知其設張者，即知張者先祖名字，乃呼其名而罵云：「奴欲張我。」捨之而去。去而又還，相呼試共嘗酒。初嘗少許，又取屩子著之，若進兩三升，便大醉。人出收之，屩子相連不得去，執還内牢中。人欲取者，到牢邊語云：「猩猩，汝可自相推肥者出之。」既擇肥竟，相對而泣。即左思賦云「猩猩啼而就禽」者也。昔有人以猩猩餉封溪令，令問餉何物，猩猩自於籠中曰：「但有酒及僕耳，無它飲食。」

封溪令未具姓名。越南黎崱《安南志略》卷一五亦引《南中志》：「昔人餉封谿令，令問有何物，猩猩曰：『斗酒并僕耳。』」

唐張鷟《朝野僉載》卷六亦載：

安南武平縣封溪中有猩猩焉，如美人，解人語，知往事。以嗜酒故，以屐得之，檻百數同牢。欲食之，衆自推肥者相送，流涕而别。時餉封溪令，以帊蓋之，令問何物，猩猩乃籠中語曰：「唯有僕並酒一壺耳。」令笑而愛之，養畜，能傳送言語，人不如也。（據《太平廣記》卷四四六引《朝野僉載》輯。）

《藝文類聚》卷九五引《蜀志》曰：

封溪縣有獸，曰狌狌（《太平御覽》卷九〇八引作猩猩），體似猪，面似人，音作小兒啼聲，既能人語，又知人名。人以酒取之，狌狌覺，初暫嘗之，得其味甘而飲之，終見羈纓也。

182 徐勉憂國忘家

梁徐勉爲三公，武帝委以國事，每月三兩歸其家，家畜犬見，吠之。勉嘆曰：「吾憂國忘家，以致如是。」

按：此出《梁書》卷二五《徐勉傳》：

徐勉字脩仁，東海郯人也。……天監二年，除給事黄門侍郎、尚書吏部郎，參掌大選。遷侍中。時王師北伐，候驛填委。勉參掌軍書，劬勞夙夜，動經數旬，乃一還宅。每還，羣犬驚吠。勉歎曰：「吾憂國忘家，乃至於此。若吾亡後，亦是傳中一事。」

183　句踐揖怒蛙

《越絶書》曰：越王句踐既爲吴辱，嘗盡禮接士，思以平吴。一日出遊，蛙怒，句踐揖之。左右曰：「王揖怒蛙何也？」答曰：「蛙如是怒，可不揖？」於是勇士聞之，皆歸越而助平吴。

按：《越絶書》今本無。《太平廣記》卷四七三引《越絶書》，題《揖怒蛙》，曰：

越王勾踐既爲吴辱，常盡禮接士，思以平吴。一日出遊，見蛙怒，勾踐揖之。左右曰：「王揖怒蛙何也？」答曰：「蛙如是怒，何敢不揖？」於是勇士聞之，皆歸越，而平吴。

《韓非子·内儲説上·七術》亦載，曰：

越王慮伐吴，欲人之輕死也。出見怒鼃，乃爲之式。從者曰：「奚敬於此？」王曰：「爲其有氣故也。」明年之請以頭獻王者，歲十餘人。由此觀之，譽之足以殺人矣。一曰，越王句踐見怒鼃而式之，御者曰：「何爲式？」王曰：「鼃有氣如此，可無爲式乎？」士人聞之曰：「鼃有氣，王猶爲式，況士人之有勇者乎？」是歲人有自刭死，以其頭獻者。故越王將復吳而試其教。

184 馮稜妻復生産子

《搜神記》曰：馮稜妻死，稜哭之慟，乃嘆曰：「奈何不生一子而死！」俄而妻復蘇。後孕十月，産訖而死。

按：引《搜神記》，《搜神記輯校》卷二一據輯，題《馮稜妻》。

185 五大夫松

始皇二十八年，登封泰山，至半，忽大風雨雷電。路傍有五松樹，蔭翳數畝，乃封爲五大夫。忽聞松上有人言曰：「無道德，無仁禮〔一〕，而天下妄命〔二〕，帝何以封？」左右咸聞，始皇不樂，乃歸，崩於沙丘。

〔一〕無仁禮　明鈔本作「無仁無義禮」。

〔二〕而天下妄命　明鈔本末有「受」字。

按：此出《史記》卷六《秦始皇本紀》：

二十八年，始皇東行郡縣，上鄒嶧山。立石，與魯諸儒生議，刻石頌秦德，議封禪望祭山川之事。乃遂上泰山，立石，封，祠祀。下，風雨暴至，休於樹下，因封其樹爲五大夫。禪梁父，刻所立石。……（三十七年）七月丙寅，始皇崩於沙丘平臺。

《史記》未言何樹，東漢應劭《漢官儀》云爲松樹。《藝文類聚》卷八八引曰：

秦始皇上封太山，逢疾風暴雨，賴得松樹，因復其道，封爲大夫松也。

186　漢高祖被箭

漢高祖每戰，親當矢石，前後被七十二箭，或言滅七十二黑子。

按：《史記》卷八《高祖本紀》曰：

高祖爲人，隆準而龍顔，美須髯，左股有七十二黑子。

187 柳積燃葉夜讀

柳積，字德封。勤苦爲學，夜燃木葉以代燈火〔一〕。中夕，聞〔二〕窻外有呼者，積出見之，有五六丈夫〔三〕各負一囊，傾於屋下，如榆莢。語曰：「與君爲書糧，勿憂業不成。」明旦起視〔四〕，皆漢古錢，計得一百七〔五〕十千，乃〔六〕終其業。宋明帝時，官至東宫舍人〔七〕。

〔一〕火　《太平廣記》卷二九五《柳積》引《獨異志》無此字、

〔二〕聞　明鈔本無此字。

〔三〕丈夫　《廣記》作「人」。

〔四〕起視　《廣記》作「視之」。

〔五〕七　明鈔本及《廣記》作「二」，《廣記》明鈔本、孫校本作「七」。

〔六〕乃　明鈔本無此字。

〔七〕東宫舍人　《廣記》作「太子舍人」。按：意同，東宫即指太子。

188 劉聖公繞星之象

後漢劉聖公初得璽綬之夕，有流星下降，如繩繞聖公。明日爲劉盆子將謝禄縊殺之，亦繞星之象。

按：劉聖公即更始帝劉玄。《後漢書》卷一一《劉玄傳》載：

劉玄字聖公，光武族兄也。……（地皇）四年正月……號聖公爲更始將軍。衆雖多而無所統一，諸將遂共議立更始爲天子。二月辛巳，設壇場於淯水上沙中，陳兵大會。更始即帝位，南面立，朝羣臣。素懦弱，羞愧流汗，舉手不能言。於是大赦天下，建元曰更始元年。……（三年）九月，赤眉入城。……更始遣劉恭請降，赤眉使其將謝禄往受之。十月，更始遂隨禄肉袒詣長樂宫，上璽綬於盆子。……更始常依謝禄居，劉恭亦擁護之。……禄使從兵與更始共牧馬於郊下，因令縊殺之。劉恭夜往收臧其屍。光武聞而傷焉，詔大司徒鄧禹葬之於霸陵。

189 曹操發冢

曹操無道，置發丘中郎、謀金校尉數十員。天下人冢墓，無問新舊，發掘時，骸骨横暴草野，人皆悲傷。其兇酷殘忍如此。

按：此出《三國志》卷六《魏書·袁紹傳》注引《魏氏春秋》：

又梁孝王，先帝母弟，墳陵尊顯，松栢桑梓，猶宜恭肅。而操率將校吏士親臨發掘，破棺裸尸，略取金寶，至令聖朝流涕，士民傷懷。又署發丘中郎將、摸金校尉，所過隳突，無骸不露。身處三公之官，而行桀虜之態，殄國虐民，毒流人鬼。

190 虎護劉牧

《成應元事統》云：劉牧字子仁〔一〕，嘗居南山野中，喜山鳥之啼，愛風松之韻，植果種蔬。野人侮之〔二〕，多伐樹踐圃。牧曰：「我不負人，人何負我！」俄有二虎，近其〔三〕居，爲見牧則摇尾。牧曰：「汝來護我也？」虎輒俛首。歷數〔四〕年，牧卒，虎乃去。

〔一〕仁　明鈔本作「人」。

〔二〕野人侮之　明鈔本作「爲人欺侮」。

〔三〕其　明鈔本無此字。

〔四〕數　明鈔本無此字。

按：《太平廣記》卷四三三《劉牧》引《獨異志》文字微異，曰：

《成應元事統》云：劉牧字子仁，常居南沙野中，樂山鳥之啼，愛風松之韻，植果種蔬。野人欺之，多伐樹踐圊。牧曰：「我不負人，人何負我！」有一虎近其居作穴，見牧則摇尾。牧曰：「汝來護我也？」虎輒俛首。歷數年，野人不敢侵。後牧卒，虎乃去。

《虎薈》卷三據《廣記》輯入。

191　蚩尤兄弟

蚩尤是古之帝者〔一〕，兄弟八十一人，皆銅頭鐵額，食沙啖石，然卒爲黄帝所滅也。

〔一〕蚩尤是古之帝者　明鈔本末有「也」字。

按：此出《龍魚河圖》，《藝文類聚》卷一一、《史記》卷一《五帝本紀》唐張守節《正義》、《太平御覽》卷七九又卷八七二有引。《史記正義》引曰：

黄帝攝政，有蚩尤兄弟八十一人，並獸身人語，銅頭鐵額，食沙石子，造立兵仗刀戟大弩，威振天下，誅殺無道，不慈仁。萬民欲令黄帝行天子事，黄帝以仁義不能禁止蚩尤，乃仰天而歎。天遣玄女下授黄帝兵信神符，制伏蚩尤，帝因使之主兵，以制八方。蚩尤没後，天下復擾亂，黄帝遂畫蚩尤形像以威天下，天下咸謂蚩尤不死，八方萬邦皆爲弭服。

192 相思樹

《搜神記》曰：宋康王以韓朋妻美而奪之，使朋築青凌〔一〕臺，然後殺之。其妻請臨喪，遂投身而死，王令分埋臺左右。期年，各生一梓樹，及大，樹枝條相交，有二鳥哀鳴其上。因號之曰相思樹。

〔一〕凌　明鈔本作「陵」。

按：引《搜神記》，《搜神記輯校》卷二五《韓凴夫婦》曰：

宋時大夫韓凴，娶妻而美，康王奪之。凴怨，王囚之，論爲城旦。妻密遺凴書，繆其辭曰：「其雨淫淫，河大水深，日出當心。」既而王得其書，以示左右，左右莫解其意。臣蘇賀對曰：「『其雨淫淫』，言愁且思也；『河大水深』，不得往來也；『日出當心』，心有死志也。」俄而凴乃自殺。其妻乃陰腐其衣。王與之登臺，妻遂自投臺下，左右攬之，衣不中手而死。遺書於帶曰：「王利其生，妾利其死，願以屍骨，賜凴合葬。」王怒弗聽，使里人埋之，冢相望也。王曰：「爾夫婦相愛不已，若能使冢合，則吾弗阻也。」宿昔之間，便有文梓木生於二冢之端，旬日而大盈抱，屈體以相就，根交於下，枝錯於上。又有鴛鴦，雌雄各一，恒栖樹上，晨夜不去，交頸悲鳴，音聲感人。宋人哀之，遂號其木曰「相思樹」。相思之名，起於此也。今睢陽有韓馮城，其歌謡至今存焉。

「馮」通「憑」，唐世又轉音爲「朋」，敦煌寫本有《韓朋賦》，見《敦煌變文集》卷二。

《搜神記》之前，曹丕《列異傳》已載有此事，《藝文類聚》卷九二所引爲節文，曰：

宋康王埋韓馮夫婦，宿夕文梓生。有鴛鴦雌雄各一，恒棲樹上，晨夕交頸，音聲感人。

《永樂大典》卷一四五三六《相思樹》引《稽神異苑》（舊題南齊焦度撰），其所引《搜神記》頗異：

《搜神記》曰：晉康王以韓馮妻美納之，遣馮運土，築吴公臺。後病死，其妻請臨葬，遂投墜而卒，遺書于王曰：「王利其生，不利其死，願以屍骸，賜馮合葬。」王不許，使人埋之，令塚相望。既而王謂之：「爾夫婦相從，則吾不利。」一夕，忽有梓樹生於二塚之上，後合抱，身亞相就。因此有雌雄鴛鴦，於樹上交頸悲鳴。因呼爲相思樹。

《太平寰宇記》卷一四《濟州·鄆城縣·青陵臺》下引《郡國志》，言臺名青陵臺。曰：

宋王納韓憑之妻，使憑運土，築青陵臺。至今臺迹依然。

同卷又載鄆城縣有韓憑冢，引《搜神記》云：

宋大夫韓憑娶妻美，宋康王奪之。憑怨王，自殺。妻陰腐其衣，與王登臺，自投臺下。左右攬之，著手化爲蝶。

憑與妻各葬相望，冢樹自然交柯，有鴛鴦鳥棲其上，交頸悲鳴。增出化蝶情事，蓋據唐人所傳。《李義山詩集》卷六《青陵臺》云：「青陵臺畔日光斜，萬古真魂倚暮霞。莫許韓憑爲蛺蝶，等閑飛上别枝花。」唐俗賦《韓朋賦》乃韓馮傳説之演化。大意謂賢士韓朋仕宋，三年不歸，妻貞夫思夫而寄書。朋得書心悲，不慎失之，爲宋王所得。王愛其文美，遣梁伯騙得貞夫來，立爲皇后。囚朋，使築清陵之臺。貞夫見朋，裂裙裾作書，射之臺下，朋得書自死。貞夫求葬之以禮，王許之。葬日貞夫投壙中，宋王使人取之不獲，唯得青白二石。分别埋於道東西，各生桂樹、梧桐，枝根相交。王遣伐之，二札落水，變爲雙鴛鴦。王得其一羽，以之拂項，其頭自落，未及三年，宋國亦亡云。

193 蚩尤旗

黄帝斬蚩尤，冢在東平壽張〔一〕縣，高七丈。時〔二〕人常十月祠之，有赤氣如疋絳，時人謂〔三〕之蚩尤旗。

〔一〕東平壽張　原作「高平壽長」，據《皇覽·冢墓記》改。按：唐李吉甫《元和郡縣圖志》卷一〇《鄆州·壽張縣》：「本漢壽良縣也，屬東郡。後漢光武以叔父名良改曰壽張，屬東平國。隋開皇三年罷郡，屬濟州。十六年，割屬鄆州。武德四年屬壽州，五年廢壽州，屬鄆州。」

〔二〕時　明鈔本譌作「高」。

〔三〕謂　明鈔本作「爲」，通「謂」。

按：此出《史記》卷一《五帝本紀》裴駰《集解》引《皇覽》，《藝文類聚》卷四〇，《太平御覽》卷二七、卷五六〇、卷八七五亦引，《御覽》作《皇覽·冢墓記》。《史記集解》引曰：

蚩尤冢在東平郡壽張縣闞鄉城中，高七丈，民常十月祀之。有赤氣出，如匹絳帛，民名爲蚩尤旗。肩髀冢在山陽郡鉅野縣重聚，大小與闞冢等。傳言黄帝與蚩尤戰於涿鹿之野，黄帝殺之，身體異處，故别葬之

《御覽》卷二七引曰：

蚩尤塚在東郡壽張縣闞城中，人常以十月，説云每有氣如匹絳，自上屬下，號曰蚩尤旗。

194　弘成子吞文石

《西京雜記》：弘〔一〕成子少時好學，嘗有人過門，受〔二〕一文石，大〔三〕如燕卵。吞之遂明悟，而更聰敏，爲天下通儒。又五鹿充宗受學成子，成子一日病，乃吐〔四〕此石。成子謂充宗曰：「我昔有人遺此石，吾今病，吐出將與汝〔五〕。」充宗受而吞之，又爲名儒。

〔一〕弘　明鈔本譌作「彌」。

〔二〕受　西漢劉歆《西京雜記》卷一作「授」。受，同「授」。

〔三〕大　明鈔本作「子」，連上讀。《西京雜記》作「大」。

〔四〕吐　明鈔本作「吐出」。

〔五〕成子謂充宗曰我昔有人遺此石吾今病吐出將與汝　以上二十一字原無，據明鈔本補。

按：引《西京雜記》（西漢劉歆撰），今見卷一，曰：

五鹿充宗受學於弘成子。成子少時，嘗有人過之，授以文石，大如燕卵。成子吞之，遂大明悟，爲天下通儒。成子後病，吐出此石，以授充宗，充宗又爲碩學也。

195 陶侃葬父

晉陶侃微時，丁父艱，將葬，忽失牛，不知所在。遇一老父，謂曰：「前有一牛眠圩〔一〕中，其地若葬，位極人臣。」又指一山云：「亦其次，當世出二千石。」言訖不見。侃尋牛得之，因改葬地。

〔一〕圩　原作「沔」，祖台之《志怪》作「圩」。按：沔，水流滿貌，字又作「汅」，字形近「圩」，疑譌，今改。圩，田中防水護田之堤，以圩所圍之田亦曰圩也。

按：此出東晉祖台之《志怪》，《太平御覽》卷九〇〇引曰：

陶太尉微時，喪當葬，家貧，親自營作塼。有一班犉牛載塼致，忽然失去，便自尋覓。忽於道中逢一老翁，問云：「君欲何所覓？」太尉具荅。更舉手指云：「向於山崗上見一牛，眠山圩中，必是君牛。此牛所眠處，便好作墓安墳，當之致之極貴。小復不當，位極人臣，世爲方嶽矣。」又指一山云：「此山亦好，但不如向耳，亦當世出刺史也。」言訖，便不復見。太尉墓之，皆如其言。

196　楊震忠貞感天

漢太尉楊震以忠貞見黜，及還洛，歎曰：「吾居上司，疾姦臣樊豐之狡不能誅，知帑藏空虛而不能富。」因飲〔一〕鴆而卒。門人冤之，天子嘉之。改塟日，有大鳥翼一丈三尺，集於柩前，低頭垂淚。塟畢，乃飛去。時人以爲忠貞所感。

〔一〕飲　明鈔本作「仰」。

按：此出《後漢書》卷五四《楊震列傳》：

楊震字伯起，弘農華陰人也。……延光二年，代劉愷爲太尉。……會三年春，東巡岱宗，樊豐等因乘輿在外，競修第宅，震部掾高舒召大匠令史考校之，得豐等所詐下詔書，具奏，須行還上之。豐等聞，惶怖。會太史言星變逆行，遂共譖震云：「自趙騰死後，深用怨懟。且鄧氏故吏，有恚恨之心。」及車駕行還，便時太學，夜遣使者策收震太尉印綬，於是柴門絶賓客。豐等復惡之，乃請大將軍耿寶奏震大臣不服罪，懷恚望，有詔遣歸本郡。震行至城西几陽亭，乃慷慨謂其諸子門人曰：「死者，士之常分。吾蒙恩居上司，疾姦臣狡猾而不能誅，惡嬖女傾亂而不能禁，何面目復見日月！身死之日，以雜木爲棺，布單被裁足蓋形，勿歸冢次，勿設祭祠。」因飲酖而卒，時年七十餘。弘農太守移良承樊豐等旨，遣吏於陜縣留停震喪，露棺道側，讁震諸子代郵行書，道路皆爲隕涕。歲餘，順帝即位，樊豐、周廣等誅死，震門生虞放、陳翼詣闕追訟震事，朝廷咸稱其忠，乃下詔除二子爲郎，贈錢百萬，以禮改葬於華陰潼亭，遠近畢至。先葬十餘日，有大鳥高丈餘，集震喪前，俯仰悲鳴，淚下霑地。葬畢，乃飛去。郡以狀上。

注：墓在今潼關西大道之北，其碑尚存。《續漢書》曰：「大鳥來止亭樹，下地安行到柩前，正立低頭淚出。衆人更共摩撫抱持，終不驚駭。」《謝承書》曰：「其鳥五色，高丈餘，兩翼長二丈三尺，人莫知其名也。」

197　葛玄隱几化鹿

《會稽記》：上虞蘭室山，葛玄所隱之處，有隱几化爲鹿。鹿鳴，即縣令有罪。

按：引《會稽記》。《太平寰宇記》卷九六《越州·餘姚縣》引作《會稽録》，蘭室山作蘭芎山，曰：昔葛玄隱于蘭芎山，後于此仙去，所隱几化爲生鹿而去。此山今有素鹿，三脚。此鹿若鳴，官吏必有殿黜。

198　司馬郊隱華山

司馬郊字子都，隱居華山向五十年〔一〕，禽獸日遊目前，有如家馴。每灌園，不食菜心，以其傷生意。及四時山果熟，果大，大鳥啣，果小，小鳥啣，俱送郊齋中，不知紀極。嘆曰：「禽鳥送我果甚多，但可日料三十顆。」異日如戒。比三十年，及郊卒，百禽〔二〕聚於庭，悲鳴累日而去。

〔一〕五十年　明淩迪知《萬姓統譜》卷一二六「司馬郊」作「十五年」。《萬姓統譜》司馬郊列在唐代。

〔二〕禽　明鈔本作「鳥」。

199 文帝害曹植

魏陳思王曹植與文帝不叶，文帝即位，嘗欲害之，又以思王太后之愛，不敢肆心。因召植遊華林園，飲酒酣醉之，密遣左右縊殺。使者以弓弦三縊不死，而弦皆頓絶，植即驚覺。左右走白帝，帝自是後不敢害植。

200 夜郎侯

《華陽國志》：夜郎者，有一女子浣服水濱，忽見三節大竹筒至女前，聞竹中兒啼，剖而視之，得一男。收養及長，甚有武才，自立爲夜郎侯，以竹爲姓。

按：引《華陽國志》，見東晉常璩《華陽國志》卷四《南中志》：

漢興，遂不賓有竹王者，興於遯水。有一女子浣於水濱，有三節大竹流入女子足閒，推之不肯去。聞有兒聲，取持歸破之，得一男兒。長養有才武，遂雄夷狄氏，以竹爲姓。捐所破竹於野，成竹林，今竹王祠竹林是也。王與從人嘗止大石上，命作羹，從者曰：「無水。」王以劍擊石，水出，今王水是也，破石存焉。

《後漢書》卷八六《西南夷列傳》亦載：

夜郎者，初有女子浣於遯水，有三節大竹流入足閒，聞其中有號聲，剖竹視之，得一男兒，歸而養之。及長，有才武，自立爲夜郎侯，以竹爲姓，

201 顔娘泉

淄川有女曰顔文姜，事姑孝謹，樵薪之外，歸後〔一〕復汲山泉，以供姑〔二〕飲。一旦，緝籠之下，忽湧一泉，清泠可愛。時人謂之顔娘泉，至今利物。

〔一〕歸後　此二字原無，據明鈔本補。

〔二〕姑　明鈔本無此字。

按：《太平寰宇記》卷一九《淄州・淄川縣》引《輿地志》載齊顔文姜事，略異，曰：

籠水，古名孝水。《輿地志》云：「齊有孝婦顔文姜，事姑孝養，遠道取水，不以寒暑易心。感得靈泉，生于室内。文姜常以絹籠蓋之，姑怪其須水即得，非意相供，值姜不在，私入姜室，去籠觀之，水即噴湧，壞其居宅。故俗亦呼爲籠水。」今按水之發源，去縣五十里，始流經州西，去城一百五十步，有般水注之，又流入長山縣界。

北宋董逌撰《廣川書跋》卷一〇《顏泉記》曰：

余見李勝作《顏泉記》，昔文姜事姑則異。一日泉發其居，遂廟食於此。或曰昔李陽冰嘗尉淄川，刻碑廟中，今所書蓋據李監説。余往來求陽冰記不得，其後得破石，僅尺，蓋爲礎。或視之，書字可讀。按其説，文姜姓顏，餘與今廟中刻石所記無異。嘗見唐李亢（伉）作《集異記》（按：書名誤），書文姜事姑以孝謹，樵采之外汲山泉，以供飲。一旦，緝籠之下湧泉，清泠可愛，時謂顏娘泉。李亢（伉）所記，後世據之。按顧野王《輿地志》謂顏文妻也，事姑感得靈泉生於室内，常以緝籠蓋之。姑出籠，即泉涌居，宅時號籠□水。野王所記，自是當時所傳，李亢（伉）以爲顏文姜，誤也。……余修官書，見熙寧中封顏文姜爲順德夫人，當時不知詳考，但據李亢（伉）所記，此其失也。

202 楊僕請移關新安

漢楊僕〔一〕爲樓船將軍，自以功高，耻爲關外人，請以家財移關於新安，有詔從之。

〔一〕楊僕　明鈔本「楊」作「陽」，誤。

按：此出《漢書》卷六《武帝紀》「（元鼎）三年冬，徙函谷關於新安」顏師古注引應劭（當爲應劭《漢書集解音義》）曰：

時樓船將軍楊僕數有大功，恥爲關外民，上書乞徙東關，以家財給其用度。武帝意亦好廣闊，於是徙關於新安，去弘農三百里。

203 韓娥鬻歌

《列子》曰：韓娥過齊雍門，鬻〔一〕歌假食，既畢，而餘響繞梁，三日不絶。娥因曼聲哀哭，一里老幼悲愁，垂涕相對，三日不食。復作長歌，於是雍門之人欣躍抃〔二〕舞不止，乃厚賂遣之。

〔一〕鬻　明鈔本作「粥」，字同。

〔二〕抃　明鈔本作「忭」。抃，鼓掌。忭，高興。

按：引《列子》，見《湯問》：

昔韓娥東之齊，匱糧，過雍門，鬻歌假食。既去，而餘音繞梁欐，三日不絶，左右以其人弗去。過逆旅，逆旅人辱之，韓娥因曼聲哀哭，一里老幼悲愁，垂涕相對，三日不食。遽而追之，娥還，復爲曼聲長歌，一里老幼善躍抃舞，弗能自禁，忘向之悲也，乃厚賂發之。故雍門之人至今善歌哭，放娥之遺聲。

《博物志》卷八《史補》亦載，文大同。

204 項籍開始皇墓

項籍開始皇墓，探取珍奇寶貨〔一〕珠寶。其餘不盡取者，有金鳧〔二〕鴈飛出墓外，爲羅者所獲。

〔一〕珍奇寶貨　原作「珠寶」，據明鈔本改。

〔二〕鳧　此字原無。據明鈔本補。

按：此出《拾遺記》卷五《前漢上》：

日南之南，有淫泉之浦。言其水浸淫從地而出成淵，故曰淫泉。或言此水甘軟，男女飲之則淫。其水小處可濫觴褰涉，大處可方舟沿泝，隨流屈直。其水激石之聲，似人之歌笑，聞者令人淫動，故俗謂之淫泉。時有鳧雁，色如金，羣飛戲於沙瀨，羅者得之，乃真金鳧也。當秦破驪山之墳，行野者見金鳧向南而飛，至淫泉。後寶鼎元年，張善爲日南太守，郡民有得金鳧以獻。張善該博多通，考其年月，即秦始皇墓之金鳧也。

205 蘭金泥

漢武帝元封中，浮圻〔一〕國貢蘭金之泥。其金生於湯〔二〕泉，盛夏之日，波浪常沸，飛鳥不敢過，居人不敢渡。國人於水邊見有此泥，取爲器物，色若紫磨金，其滑者如泥。貢於漢，帝取〔三〕之，常封函匣以辟邪魅。衛青、張騫皆蒙此泥封璽綬。帝既崩，紫泥遂絶。

〔一〕圻　《拾遺記》卷五作「忻」，《太平廣記》卷四八〇及《太平御覽》卷六〇六引《王子年拾遺》作「折」。

〔二〕湯　明鈔本作「陽」。按：《拾遺記》卷五作「湯」。

〔三〕取　明鈔本作「納」。

按：此出《拾遺記》卷五《前漢上》：

元封元年，浮忻國貢蘭金之泥。此金出湯泉，盛夏之時，水常沸湧，有若湯火，飛鳥不能過。國人常見水邊有人冶此金爲器。金狀混混若泥，如紫磨之色，百鑄，其色變白，有光如銀，即銀燭是也。常以此泥封諸函匣及諸宫門，鬼魅不敢干。當漢世，上將出征，及使絶國，多以此泥爲璽封。衛青、張騫、蘇武、傅介子之使，皆受金泥之璽封也。武帝崩後，此泥乃絶焉。

206 石虎造樓

石虎於太武殿前造樓，高四十丈，以珠爲簾，五色玉爲珮。每風至，即驚觸似音樂在空。過者皆仰視，愛之。又屑諸異香如粉，撒樓上，風吹四散，謂之芳塵。

按：此出《拾遺記》卷九《晉時事》：

石虎於太極殿前起樓，高四十丈，結珠爲簾，垂五色玉珮，風至鏗鏘，和鳴清雅。盛夏之時，登高樓以望四極，奏金石絲竹之樂，以日繼夜。於樓下開馬埒射場，周廻四百步，皆文石丹沙及彩畫於埒旁。聚金玉錢貝之寶，以賞百戲之人。四廂置錦幔，屋柱皆隱起爲龍鳳百獸之形，雕斲衆寶，以飾楹柱，夜往往有光明。集諸羌氏於樓上。時亢旱，舂雜寶異香爲屑，使數百人於樓上吹散之，名曰芳塵。

207 海上人悦臭

《吕氏春秋》曰：有人臭者，父母、兄弟、妻子、道路皆惡之，此人無所容是〔一〕，乃之海上。海上有人悦其臭，晝夜隨之，不能抛捨。

〔二〕是　明鈔本作「足」。

按：引《吕氏春秋》，見《孝行覽・遇合》：

人有大臭者，其親戚兄弟妻妾知識無能與居者，自苦而居海上。海上人有説其臭者，晝夜隨之，而弗能去。

208　蛇當晉文公道

晉文公時，有蛇當道而橫。文公以爲不祥，反政修德，令吏守蛇。守吏夜夢有人殺蛇，曰：「何以當聖人道！」覺而見蛇已壞矣。

按：此出賈誼《新書》卷六《春秋》或劉向《新序》卷二《雜事》。《新書》曰：

晉文公出畋，前驅還白：「前有大蛇高若堤，橫道而處。」文公曰：「還車而歸。」其御曰：「臣聞祥則迎之，見妖則凌之。今前有妖，請以從吾者攻之。」文公曰：「不可。吾聞之曰：『天子夢惡則脩道，諸侯夢惡則脩政，大夫夢惡則脩官，庶人夢惡則脩身。若是則禍不至。』今我有失行，而天招以夭，我若攻之，是逆天命也。」乃歸，齋宿而請於廟曰：「孤實不佞，不能尊道，吾罪一；執政不賢，左右不良，吾罪二；飭政不謹，民人不信，吾罪三；本務不脩，以咎百姓，吾罪四；齊肅不莊，粢盛不潔，吾罪五。請興賢遂能，而章德行善，以道百姓，毋復前過。」乃退而脩政。居三日，而夢天誅大蛇曰：「爾何敢當明君之路？」文公覺，使人視之，蛇已魚爛矣。文公大説，信其道而行之不解，遂至於伯。故曰見妖而迎以德，妖反爲福也。

《新序》曰：

晉文公出獵，前驅曰：「前有大蛇，高如隄，阻道，竟之。」文公曰：「寡人聞之，諸侯夢惡則修德，大夫夢惡則修官，士夢惡則修身，如是而禍不至矣。今寡人有過，天以戒寡人。」還車而反。前驅曰：「臣聞之，喜者無賞，怒者無刑。今禍福已在前矣，不可變，何不遂驅之？」文公曰：「不然。夫神不勝道，而妖亦不勝德，禍福未發，猶可化也。」還車反。宿齋三日，請於廟曰：「孤少，犧不肥，幣不厚，罪一也；孤好弋獵，無度數，罪二也；孤多賦斂，重刑罰，罪三也。請自今以來者，關市無征，澤梁無賦斂，赦罪人，舊田半税，新田不税。」行此令未半旬，守蛇吏夢天帝殺蛇，曰：「何故當聖君道爲？而罪當死。」發夢視蛇，臭腐矣。謁之，文公曰：「然。夫神果不勝道，而妖亦不勝德，柰何其無究理而任天也！應之以德而已。」

209 齊桓公見委蛇

《莊子》云：齊桓公出游於澤，澤畔見一物，其大如轂，其長如轅〔一〕，紫衣而朱冠，見人則捧其首。公謂管仲曰：「此其怪乎？」仲曰：「此委蛇也，見者必霸。」公後果霸，其國爲五霸之首。

〔一〕轅　原譌作「猿」，據明鈔本改。

按：引《莊子》，見《達生》：

桓公田於澤，管仲御，見鬼焉。公撫管仲之手曰：「仲父何見？」對曰：「臣无所見。」公反，誒詒爲病，數日不出。齊士有皇子告敖者曰：「公則自傷，鬼惡能傷公？夫忿滀之氣，散而不反，則爲不足。上而不下，則使人善怒；下而不上，則使人善忘；不上不下，中身當心，則爲病。」桓公曰：「然則有鬼乎？」曰：「有。沈有履，竈有髻。户内之煩壤，雷霆處之。東北方之下者倍阿，鮭蠪躍之。西北方之下者，則泆陽處之。水有罔象，丘有峷，山有夔，野有彷徨，澤有委蛇。」公曰：「請問委蛇之狀何如？」皇子曰：「委蛇其大如轂，其長如轅，紫衣而朱冠。其爲物也惡，聞雷車之聲，則捧其首而立。見之者殆乎霸。」桓公辴然而笑曰：「此寡人之所見者也。」於是正衣冠，與之坐，不終日而不知病之去也。

210　魏無忌審鸇

魏公子無忌視事，忽有一鸇逐鳩，鳩入公子案下，鸇遂去。令捕鸇，獲〔一〕數百，列於庭下〔三〕，問之：「逐鳩者當伏翅。」有鸇伏罪於地，乃殺之，而放其羣鸇。

〔二〕獲　原作「取」，據明鈔本改。

〔三〕列於庭下　明鈔本前有「公子」二字。

按：此出西漢劉向《列士傳》，《藝文類聚》卷九一、《太平御覽》卷九二六有引，文同。《類聚》曰：

魏公子無忌方食，有鳩飛入案下，公子使人顧望，見一鷂在屋上飛去。公子乃縱鳩（《御覽》下有令出二字），鷂逐而殺之。公子暮爲不食，曰：「鳩避患歸無忌，竟（《御覽》作竟）爲鷂所得，吾負之。爲吾捕得此鷂者，無忌無所愛。」於是左右宣公子慈聲旁國，左右捕得鷂二（《御覽》作三）百餘頭，以奉公子。公子欲盡殺之，恐有辜，乃自按劍至其籠上曰：「誰獲罪無忌者耶？」一鷂獨低頭，不敢仰視，乃取殺之，盡放其餘。名聲流布，天下歸焉。

《列異傳》亦載，《太平廣記》卷四六〇《魏公子》所引，疑有删節，曰：

魏公子无忌曾在室中讀書之際，有一鳩飛入案下，鷂逐而殺之。无忌忿其鷙戾，因令國内捕鷂，遂得二百餘頭。忌按劍至籠曰：「咋殺鳩者，當低頭伏罪。不是者，可奮翼。」有一鷂俯伏不動。

《論衡·書虚篇》亦載，以爲虚言而辨之。曰：

傳書稱魏公子之德，仁惠下士，兼及鳥獸。方與客飲，有鸇擊鳩，鳩走，巡於公子案下。鸇追擊，殺於公子之前。公子恥之，即使人多設羅，得鸇數十枚，責讓以擊鳩之罪。擊鳩之鸇低頭不敢仰視，公子乃殺之。世稱之曰：「魏公子爲鳩報仇。」

211　盧景裕白毛兆

後魏盧景裕〔一〕生，項有一叢白毛，數之得四十九莖。後四十九年卒。

〔一〕後魏盧景裕　原誤作「後漢盧景初」。按：《魏書》卷八四《儒林傳》有《盧景裕傳》。《太平御覽》卷三七三引《譚藪》作「後魏盧景裕」，是也，今改。參見附録。

按：此出北齊陽松玠《談藪》。《太平廣記》卷二〇二《盧景裕》引曰：

范陽盧景裕，太常靜之子，司空同之猶子。少好閑默，馳騁經史，守道恭素，不以榮利居心，時號居士焉。初頭生一叢白毛，數之四十九莖。故偏好《老》、《易》，爲注解。至四十九而卒。故小字白頭。性端謹，雖在暗室，必矜莊自持。盛暑之月，初不露袒。妻子相對，有若嚴賓。歷位中書侍郎。

《太平御覽》卷三七三引《譚藪》曰：

後魏盧景裕，生而頭髮白，有四十九莖，因名曰白頭。

《魏書》卷八四《盧景裕傳》曰：

劉景裕字仲孺，小字白頭，范陽涿人也。章武伯同之兄子。少聰敏，專經爲學。居拒馬河，將一老婢作食，妻子不自隨從。又避地大寧山，不營世事，居無所業，惟在注解。其叔父同職居顯要，而景裕止於園舍，情均郊野，謙恭守道，貞素自得。由是世號居士。

212 裴安祖救雉

後魏〔一〕裴安祖，常息大樹下，有鷙鳥逐一雄雉，雉急投安祖，忽觸樹而死〔二〕。安祖哀之，置於蔭地，俄頃復生，乃飛去。因寢，見一人衣冠甚偉，拜謝安祖曰：「荷君保全，故此伸謝，有答報〔三〕。」安祖年八十而卒。

〔一〕後魏　原作「後漢」，誤。《太平御覽》卷三九九引《後魏書》載此事，據改。

〔二〕死　明鈔本譌作「去」。

〔三〕有答報　此三字原無。據明鈔本補

按：此出《後魏書》，《御覽》卷三九九引曰：

裴安祖閑居養志，不出城邑。曾行值天熱，舍於樹下，有鷙鳥逐雉，雉急投之，遂觸樹而死。安祖愍之，乃取置陰地，徐徐護視。良久得蘇，安祖喜而放之。後夜夢一丈夫衣冠甚偉，着曲領，向安祖再拜。安祖怪而問之，此人云：「感君前日見放，故來謝德。」聞者異焉。

《大明仁孝皇后勸善書》卷一四載此事，當據《御覽》，曰：

後魏裴安祖，閒居養志，不出城邑。曾於天熱時，舍大樹下，有鷙鳥逐雉，雉急投之，遂觸樹而死。安祖愍焉，乃取置陰地，徐徐護視。良久得蘇，安祖喜而放之。後夜，忽夢一丈夫衣冠甚偉，著繡曲領，向安祖再拜。安祖怪問之，此人云：「感君前日見放，故來謝德。」聞者異焉。

213　鄭弘鹿兆

後漢鄭弘〔一〕，爲臨淮太守〔二〕，行春，有二白鹿夾車而行。弘異之，主簿黄國曰：「三公車旁畫鹿，君必爲相。」後位至太尉。

〔一〕弘　原作「宏」，據明鈔本改，下同。按：《後漢書》卷三三有《鄭弘傳》。

〔二〕臨淮太守　《後漢書》原作「淮陰太守」，校改作「淮陽太守」。

按：此出《後漢書》卷三三《鄭弘傳》注引《謝承書》（即謝承《後漢書》）。本傳曰：

鄭弘字巨君，會稽山陰人也。……弘少爲鄉嗇夫，太守第五倫行春，見而深奇之，召署督郵，舉孝廉。……拜爲騶令，政有仁惠，民稱蘇息。遷淮陽太守。……元和元年，代鄧彪爲太尉。

注引《謝承書》曰：

弘消息繇賦，政不煩苛。行春大旱，隨車致雨。白鹿方道，挾轂而行。弘怪問主簿黄國曰：「鹿爲吉爲凶？」國拜賀曰：「聞三公車轓畫作鹿，明府必爲宰相。」

214 白虹食粥

宋長沙王道憐子〔一〕義慶，在廣陵卧病，食粥之次，忽有白虹入室，就食其粥。義慶擲器於階，虹遂作風雨聲，響撼庭户，良久不見。

〔一〕子　原譌作「字」。據《太平廣記》卷三九六《劉義慶》引《獨異志》改。按：《宋書》卷五一《宗室傳》：「長沙景王道憐，高祖中弟也。……道憐六子：義欣、義慶、義融、義宗、義賓、義綦。」「道憐」，《廣記》作「道鄰」。《宋書》本卷校勘記：「按嚴可均輯《全宋文》收録《宋故散騎常侍護軍將軍臨澧侯劉使君墓誌》云：『曾祖宋孝皇帝。祖諱道鄰字道鄰，侍中、太傅、長沙景王。』是道憐本作道鄰。」

按：《廣記》卷三九六《劉義慶》所引文字微異：

宋長沙王道鄰子義慶，在廣陵卧疾，食粥次，忽有白虹入室，就飲其粥。義慶擲器於階，遂作風雨聲，振於庭户，良久不見。

明刊本《異苑》卷一輯入，文同《廣記》，實爲濫輯。

215 陶答子妻泣夫

《列女傳》：陶答子相陶，其政不修而家益富。其妻抱子而泣，姑問：「泣何也？」曰：「妾聞南山有玄豹，霧雨十日，不下食，欲以澤其身而有文章也，故有威而遠害。今夫子不修德而家益厚，禍將至矣。」期年，而答子見誅。

按：引《列女傳》，見卷二《賢明傳·陶答子妻》：

陶答子妻，陶大夫答子妻也。答子治陶三年，名譽不興，家富三倍，其妻數諫不用。居五年，從車百乘歸休，宗人擊牛而賀之，其妻獨抱兒而泣。姑怒曰：「何其不祥也？」婦曰：「夫子能薄而官大，是謂嬰害；無功而家昌，是謂積殃。昔楚令尹子文之治國也，家貧國富，君敬民戴，故福結于子孫，名傳于後世。今夫子不然，貪富務大，不顧後害。妾聞南山有玄豹，霧雨七日而不下食者何也？欲以澤其毛而成文章也，故藏而遠害。犬彘不擇食以肥其身，坐而須死耳。今夫子治陶，家富國貧，君不敬，民不戴，敗亡之徵見矣。願與少子俱脱。」姑怒，遂棄之處。朞年，答子之家果以盜誅，唯其母老以免。婦乃與少子歸養姑，終卒天年。君子謂答子妻能以義易利，雖違禮求去，終以全身復禮，可謂遠識矣。《詩》曰：「百爾所思，不如我所之。」此之謂也。

頌曰：

答子治陶，家富三倍。妻諫不聽，知其不改。獨泣姑怒，送厥母家。答子逢禍，復歸養姑。

216 李勢宮人化蛇虎

僞蜀李勢宮人張氏，有妖容，勢寵之。一旦，化爲大斑蛇，長丈餘。送於苑中，夜復來寢牀下。勢懼，遂殺之。後有鄭美人，勢亦寵愛，化爲雌虎，一夕，食勢姬三人。未幾，勢〔一〕爲桓温所殺。

〔一〕勢　明鈔本無此字。

按：《太平廣記》卷三六〇《李勢》引《獨異志》，文字微異。曰：

蜀王李勢宮人張氏，有妖容，勢寵之。一旦，化爲大斑理虵，長丈餘。送於苑中，夜復來（原作求，據明鈔本、陳校本改）寢牀下。勢懼，遂殺之。復有鄭美人，勢亦寵之，化爲雌虎，一夕，食勢寵姬。未幾勢爲桓温所殺。

此出北魏崔鴻《十六國春秋》卷七八《蜀録三・李勢》（明輯本），曰：

先是勢未亡時，頻有怪異。宫人張氏有冶容，勢寵之。一夕，化爲大斑理蛇，長丈餘。送于苑中，夜復來寢牀下。勢懼，遂殺之。復有鄭美人，勢亦寵之，化爲雌虎，一夕，食勢寵姬。未幾而死。

217 吴道子圖神鬼

吴道子善畫神怪奇狀〔一〕。開元中，將軍裴旻居母喪，詣〔二〕道子，請〔三〕於東都天宫寺圖神鬼數壁，以資冥助。答曰：「廢畫已久，若將軍有意〔四〕，爲吾纏結舞劍一曲，庶因猛勵，獲通幽冥。」旻於是脱去衰〔五〕服，若常時粧飾，走馬如飛，左旋右抽，擲劍入雲，高數十丈，若電光下射，旻引手執鞘承之〔六〕，劍透空而下〔七〕。觀者數千人，無不悚〔八〕慄。道子於是援毫圖壁，俄頃之際，魔魅化出〔九〕，颯然風〔一〇〕起，爲天下之壯觀。道子平生所畫〔一一〕，得意無出於是。

〔一〕吴道子善畫神怪奇狀　「怪奇狀」三字原無，據明鈔本補。《太平廣記》卷二一二《吴道玄》引《獨異志》無此句。

〔二〕詣　明鈔本作「請」。

〔三〕請　此字原無，據《廣記》補。

〔四〕有意　明鈔本無此二字。

〔五〕衰　明鈔本及《廣記》作「縗」，音義皆同。

〔六〕之　明鈔本無此字。

〔七〕透空而下　「空」《廣記》作「室」，孫校本作「空」。「下」明鈔本作「入下」，《廣記》作「入」。

〔八〕悚　明鈔本及《廣記》作「驚」。

〔九〕俄頃之際魔魅化出　《廣記》無此八字。

〔一〇〕風　明鈔本作「而」。

〔一一〕所畫　明鈔本無此二字。

按：《廣記》卷二一二所引，文字大同。此出《明皇雜録》，今本無，見《紺珠集》卷二、《類説》卷一六《明皇雜録》，皆爲摘録，各題《舞劍助畫》、《觀舞劍畫壁》。《紺珠集》云：

吴道玄善畫，將軍裴旻請畫東都天宫寺壁，道玄曰：「聞將軍善舞劍，願作氣，以助揮毫。」旻欣然爲舞一曲。玄看畢，奮筆立成，若有神助。

《類説》云：

吴道玄善畫佛，尤長於圖寫鬼神。將軍裴旻請畫東都天宫寺壁，道玄曰：「聞將軍善舞劍，觀其壯氣，可助揮毫。」旻欣然爲舞。道玄奮筆立成，若有神助。

北宋郭若虚《圖畫見聞誌》卷五《吴道子》亦載，當據《廣記》。

218　王武子賭牛

晉王愷有牛，號「八百里」，常瑩其蹏角。王武子戲與射賭，以金敵之，偶中的，謂左右曰：「可生採其心作炙。」至，食一臠而止。

按：此出《世説新語·汰侈》：

王君夫有牛，名「八百里駮」，常瑩其蹄角。王武子語君夫：「我射不如卿，今指賭卿牛，以千萬對之。」君夫既恃手快，且謂駿物無有殺理，便相然可。令武子先射。武子一起便破的，卻據胡牀，叱左右：「速探牛心來。」須臾炙至，一臠便去。

《晉書》卷四二《王濟傳》亦載：

濟字武子。……性豪侈，麗服玉食。時洛京地甚貴，濟買地爲馬埒，編錢滿之，時人謂爲金溝。王愷以帝舅奢豪，有牛名「八百里駮」，常瑩其蹄角。濟請以錢千萬與牛對射而賭之。愷亦自恃其能，令濟先射。一發破的，因據胡牀，叱左右速探牛心來，須臾而至，一割便去。

219 姜維膽大

蜀將姜維既死，剖其腹，視其膽如斗大。

按：此出《三國志》卷四四《蜀書·姜維傳》注引《世語》曰：「維死時見剖，膽如斗大。」

220 左思搆三都賦

左思搆《三都賦》，門庭墻溷皆置紙筆，十年乃就。

按：此出《晉書》卷九二《文苑傳·左思》：

左思字太沖，齊國臨淄人也。……貌寢，口訥，而辭藻壯麗。不好交遊，惟以閑居爲事。造《齊都賦》，一年乃成。復欲賦三都，會妹芬入宮，移家京師，乃詣著作郎張載訪岷邛之事。遂構思十年，門庭藩溷皆著筆紙，遇得一句，即便疏之。自以所見不博，求爲祕書郎。及賦成，時人未之重。思自以其作不謝班、張，恐以人廢言，安定皇甫謐有高譽，思造而示之。謐稱善，爲其賦序。張載爲注《魏都》，劉逵注《吴》、《蜀》而序之……陳留衛瓘又爲思賦作《略解》……自是之後，盛重於時。……司空張華見而歎曰：「班、張之流也。使讀之者盡而有餘，久而更新。」於是豪貴之家競相傳寫，洛陽爲之紙貴。初，陸機入洛，欲爲此賦，聞思作之，撫掌而笑，與弟雲書曰：「此間有傖父，欲作《三都賦》，須其成，當以覆酒甕耳。」及思賦出，機絶歎伏，以爲不能加也，遂輟筆焉。

221 張蒼奉王陵妻

漢張蒼〔一〕年老而無齒，飲人乳，過百餘歲終。常感王陵，母卒後奉陵妻，朝夕侍謹〔二〕，如事其母。

〔一〕張蒼　「蒼」原譌作「倉」，據《漢書》卷四二《張蒼傳》改。

〔二〕謹　原作「諸」，據明鈔本改。

按：此出《漢書》卷四二《張蒼傳》：

張蒼，陽武人也。好書律曆。秦時爲御史，主柱下方書。有罪，亡歸。及沛公略地過陽武，蒼以客從攻南陽。蒼當斬，解衣伏質，身長大，肥白如瓠，時王陵見而怪其美士，乃言沛公，赦勿斬。……蒼德安國侯王陵，及貴，父事陵。陵死後，蒼爲丞相，洗沐，常先朝陵夫人上食，然後敢歸家。蒼爲丞相十餘年……孝景五年薨，謚曰文侯。……初蒼父長不滿五尺，蒼長八尺餘，蒼子復長八尺，及孫類長六尺餘。蒼免相後，口中無齒，食乳，女子爲乳母。妻妾以百數，嘗孕者不復幸。年百餘歲乃卒。著書十八篇，言陰陽律曆事。

222　陽城陽域兄弟

德宗朝有陽城者〔一〕，華陰人也。其弟域。兄弟雍睦，坐卧相隨，皆不娶妻。朝廷以諫議大夫徵起。性嗜酒，常枕以江石，每用〔二〕質於酒家，有得〔三〕三數斛者。料錢入室，即復贖之。

〔一〕德宗朝有陽城者　前原有「唐」字，今删。明鈔本脱「城」字。

〔二〕用　明鈔本作「思」。

〔三〕得　明鈔本無此字。

223　宰相路隨

文宗〔一〕朝，宰相路隨，孝〔二〕行清儉，常閉門不見賓客。狀貌或似其先人，以此未嘗視鏡。又感其父没蕃，終身不背西坐，其寢西首。

〔一〕文宗　前原有「唐」字，今删。

〔二〕孝　原作「志」，據明鈔本改。按：《南部新書》甲卷亦作「孝」。

按：《南部新書》甲卷取此，曰：

路隨孝行清儉，常閉門不見賓客。狀貌酷似其先人，以此未嘗視鏡。又感其父没蕃，終身不背西坐，其寢以西首。

唐丁用晦《芝田録》亦載路隨終身不照鏡事，《類説》卷一一摘録《芝田録·父如你面》曰：

路隋（隨）少失父，母問：「爾識父否？」曰：「不識。」母曰：「只如你面。」隋（隨）至成人，終身不覽鏡。

《唐語林》卷一《德行》亦載，當採自《芝田録》，曰：

路相隨幼孤，其母問：「汝識汝父否？」曰：「不識。」母曰：「正如汝面。」隨號絶久之，終身不照鏡。李衛公慕其淳素篤行，結爲親家，以女適路氏。

《舊唐書》卷一五九《路隨傳》亦取入此事，並詳述其父之事曰：

路隨字南式，其先陽平人。……父泌，字安期。……建中末，以長安尉從調，與李益、韋綬等書判同居高第，泌授城門郎。屬德宗違難奉天，泌時在京師，棄妻子潛詣行在所。又從幸梁州，排潰軍而出，再爲流矢所中，裂裳濡血，以策説渾瑊，瑊深重之，辟爲從事。瑊討懷光，累奏爲副元帥判官。檢校户部郎中、兼御史中丞。河中平，隨瑊與土蕃會盟于平涼，因劫盟陷蕃。在絶域累年，棲心於釋氏之教，爲贊普所重，待以賓禮，卒於戎鹿（幕）。貞元十九年，吐蕃遣邊將書求和，隨哀泣上疏，願允其請，表三上，德宗命中使諭旨。朝廷懲其宿詐，俟更要於後信，訖數歲不報。元和中，蕃使復款塞，隨復五獻封章，請修和好。又上書於宰執哀訴，裴垍、李藩皆協力敷奏，憲宗可之。命祠部郎中徐復報聘，乃特於詔中疏平涼陷蕃者名氏，令歸中國。吐蕃因復等還，遣使來朝，遂以泌及鄭叔矩之喪與銘及遺録至，朝野傷歎。憲宗憫之，贈絳州刺史，賜絹二百匹。至葬日，委所在官給喪事。泌累贈太子少保。泌陷蕃之歲，隨方在孩提。後稍長成，知父在蕃，乃日夜啼號，坐必西嚮，饌不食肉。母氏言其形貌肖先君，遂終身不照鏡。

224　桓玄貪穢

晉桓玄貪穢，金玉不離其手。

按：此條原與上條相連，今據明鈔本析之。

此出《晉書》卷九九《桓玄傳》：

桓玄字敬道，一名靈寶，大司馬温之孽子也。……（玄）性貪鄙，好奇異，尤愛寶物，珠玉不離於手。人士有法書好畫及佳園宅者，悉欲歸己，猶難逼奪之，皆蒱博而取。遣臣佐四出，掘果移竹，不遠數千里，百姓佳果美竹無復遺餘。

225　吴坦之祭母

吴隱之兄坦之〔一〕，葬母設祭，每祭慟絶，至第七祭，嘔血而死。

〔一〕坦之　原譌作「悔之」，明鈔本作「恒之」，亦譌。按：《晉書》卷九〇《良吏・吴隱之傳》：「吴隱之字處默，濮陽鄄城人，魏侍中質六世孫也。……兄坦之，爲袁真功曹。」宗躬《孝子傳》：「吴坦之，隱之兄也。」

按：此出南朝蕭齊宗躬《孝子傳》（《藝文類聚》卷二〇引），曰：

吴坦之，隱之兄也。母葬夕，設九飯祭，坦之每臨一祭，輒號慟斷絶，至七祭，吐血而死。

226　要離羸瘦

要離羸瘦極，每出，遇順風即行，逆風即倒。

按：此出《吴越春秋》卷四《闔閭内傳》：

（伍）子胥乃見要離，曰：「吴王聞子高義，惟一臨之。」乃與子胥見吴王。王曰：「子何爲者？」要離曰：「臣國東千里之人，臣細小無力，迎風則僵，負風則伏。大王有命，臣敢不盡力。」吴王心非子胥進此人，良久默然不言。要離即進曰：「大王患慶忌乎？臣能殺之。」

227 趙飛燕掌上舞

漢成帝趙飛燕身輕，能爲掌上舞。

按：此出《太平御覽》卷五七四引《漢書》曰：

趙飛鷰體輕，能掌上舞。

《漢書》卷九七下《外戚傳·孝成趙皇后》無此事。《白帖》卷六一亦引，無出處。

228 高開道取腦鏃

高開道〔一〕箭在腦中，使醫鑿骨取出鏃〔二〕，與客飲酒，談笑如常。

〔一〕高開道　前原有「唐」字，今删。

〔二〕取出鏃　明鈔本作「取之而出鏃」。

按：《太平廣記》卷一九一《高開道》，出《獨異志》，文字多異，曰：

隋末，高開道被箭，鏃入骨，命一醫工拔之，不得。開道問之，云：「畏王痛。」開道斬之。更命一醫，云：「我能拔之。」以一小斧子，當刺下瘡際，用小棒打入骨一寸，以鉗拔之。開道飲啗自若，賜醫工絹三百匹。後爲其將張金樹所殺。

原出《隋唐嘉話》卷中：

高開道作亂幽州，矢陷其頰，召醫使出之，對以鏃深不可出，則俾斬之。又召一人，如前對，則又斬之。又召一人如前，曰：「可出，然王須忍痛。」因鈹面鑿骨，置楔於其間，骨裂開寸餘，抽出箭鏃。開道奏伎進膳不輟。

229　婁師德戒弟

天后朝〔一〕，宰相婁師德温恭謹慎，未嘗與人有毫髮之隙。弟授代州刺史，臨行戒曰：「吾甚愛汝，慎勿與人相競。」弟答曰：「人〔二〕唾面，亦拭之而去。」兄曰：「只此不可。凡唾汝〔三〕面者，其人怒也。拭之，是逆其心。何不待其自乾〔四〕？」其於保身遠害，皆如此類也。

〔一〕天后朝　前原有「唐」字，今删。按：《太平廣記》卷四九三《婁師德》引《獨異志》亦無此字。

〔二〕人　明鈔本無此字。

〔三〕汝　明鈔本無此字。

〔四〕其自乾　明鈔本作「面乾」。

按：《廣記》卷四九三《婁師德》文字小異，曰：

天后朝，宰相婁師德温恭謹慎，未嘗與人有毫髮之隙。弟授代州刺史，戒曰：「吾甚憂汝與人相競。」弟曰：「人唾面，亦自拭之而去。」師德曰：「只此不了。凡人唾汝面。其人怒也。拭之，是逆其心。何不待其自乾？」而其保身遠害，皆類于此也。

此出《隋唐嘉話》卷下：

李昭德爲内史，婁師德爲納言，相隨入朝。婁體肥行緩，李屢顧待不即至，乃發怒曰：「叵耐殺人田舍漢。」婁聞之，反徐笑曰：「師德不是田舍漢，更阿誰是？」婁師德弟拜代州刺史，將行，謂之曰：「吾以不才，位居宰相。汝今又得州牧，叨據過分，人所嫉也，將何以全先人髮膚？」弟長跪曰：「自今雖有唾某面者，某亦不敢言，但拭之而已。以此自勉，庶免兄憂。」師德曰：「此適所謂爲我憂也。夫前人唾者，發于怒也。汝今拭之，是惡其唾而拭之，是逆前人怒也。唾不拭將自乾，何若笑而受之？」武后之年，竟保其寵禄，率是道也。

《唐語林》卷三《雅量》，同《隋唐嘉話》。《大唐新語》卷七《容恕》亦載：

初，師德在廟堂，其弟某以資高拜代州都督。將行，謂之曰：「吾少不才，位居宰相。汝今又得州牧，叨據過分，人所嫉也。將何以終之？」弟對曰：「自今雖有唾某面者，亦不敢言，但自拭之，庶不爲兄之憂也。」師德曰：「此適爲我憂也。夫前人唾者，發於怒也。汝今拭之，是逆前人怒也。唾不拭將自乾，何如笑而受之？」弟曰：「謹受教。」師德與人不競，皆此類也。

230　蒼梧王酷暴好殺

蒼梧王酷暴好殺，嘗自持刀槊行，見人即擊刺死之。若一日不殺人，即慘而不樂。

按：此出《宋書》卷九《後廢帝紀》：

廢帝諱昱，字德融，小字慧震，明帝長子也。……泰始二年，立爲皇太子。……泰豫元年四月己亥，太宗崩。庚子，太子即皇帝位，大赦天下。……（元徽五年）七月戊子夜，帝殞於仁壽殿，時年十五。……太后又令曰：「昱窮凶極暴，自取灰滅，雖曰罪招，能無傷悼。棄同品庶，顧所不忍，可特追封蒼梧郡王。」葬丹陽秣陵縣郊壇西。初昱在東宮，年五六歲時，始就書學，而惰業好嬉戲，主帥不能禁。……年漸長，喜怒乖節，左右有失旨者，輒手加撲打。……及嗣位……三年秋冬間，便好出遊行。……四年春夏，此行彌數。自京城尅定，意志轉驕，於是無日不出。與左右人解僧智、張五兒恒相馳逐，夜出，開承明門，夕去晨反，晨出暮歸。從者並執鋋矛，行人男女，及犬馬牛驢，值無免者。民間擾懼，晝日不敢開門，道上行人殆絶。常著小袴褶，未嘗服衣冠。或有忤意，輒加以虐刑。有白棓數十枚，各有名號，鍼椎鑿鋸之徒，不離左右。嘗以鐵椎椎人陰破，左右人見之有斂眉者，昱大怒，令此人袒胛正立，以矛刺胛洞過。……阮佃夫腹心人張羊爲佃夫所委信，佃夫敗，叛走，後捕得，昱自於承明門以車轢殺之。杜延載、沈勃、杜幼文、孫超，皆躬運矛鋋，手自臠割。執幼文兄叔文於玄武湖北，昱馳馬執矟，自往刺之。……天性好殺，以此爲歡，一日無事，輒慘慘不樂。内外百司，人不自保，殿省憂遑，夕不及旦。齊王順天人之心，潛圖廢立，與直閤將軍王敬則謀之。……七月七日，昱乘露車……還於仁壽殿東阿氈幄中卧。……王敬則先結昱左右楊玉夫、楊萬年……等二十五人，謀共取昱。其夕，敬則出外，玉夫見昱醉熟無所知，乃與萬年同入氈幄内，以昱防身刀斬之。

231 何晏服婦人衣

何晏〔一〕常服婦人之衣。

〔二〕晏　原作「宴」，據明鈔本改。

按：此出《宋書》卷三〇《五行志一》、《晉書》卷二七《五行志上》，文同。《宋志》曰：魏尚書何晏，好服婦人之服。傅玄曰：「此服妖也。」夫衣裳之制，所以定上下，殊内外也。《大雅》云：「玄衮赤舄，鉤膺鏤鍚，」歌其文也。《小雅》云：「有嚴有翼，共武之服。」詠其武也。若内外不殊，王制失叙，服妖既作，身隨之亡。末嬉冠男子之冠，桀亡天下；何晏服婦人之服，亦亡其家。其咎均也。

232　陸雲黄耳犬

晉陸雲，字士龍，家在吴，久不得家信。有犬黄耳，雲摩其背，謂曰：「與吾達一書至家，得否？」其犬即摇尾，因以竹筒盛書，置之犬項。旬日達家，得報而還。

按：此出南齊祖沖之《述異記》，《藝文類聚》卷九四、唐徐堅等編《初學記》卷二九、《太平御覽》卷九〇五、《太平廣記》卷四三七、北宋吴淑撰《事類賦注》卷二三引。《晉書》卷五四《陸機傳》亦載，文略。原爲陸機事，此作陸雲，誤也。今據《御覽》所引録下：

陸機少時，頗好遊獵。在吴豪盛，客（《類聚》作在吴豪客，《廣記》作在吴有家客）獻快犬，名曰黄耳。機往仕洛，常將自隨。此犬黠惠，能解人語。又常（《類聚》作嘗）借人三百里外，犬識路自還，一日至家。機羇官（《類聚》作旅）京師，久無家問，機戲語犬曰：「我家絶無書信，汝能賫書馳還取消息不？」犬喜，摇尾作聲應之。機試爲書，盛以竹筒，繫之犬頸。犬出驛路疾走向吴，飢則（此字據《類聚》、《廣記》補）入草，噬肉取飽。每經大水，輙依渡者，弭耳（《類聚》作毛）掉尾向之。其人憐愛，因呼上舡。載（《類聚》作裁）近岸，犬即騰上，速去如飛。逕至（《類聚》作先到）機家，口銜竹筒，作聲示人。機家開筒取書看畢，犬又向人作聲，如有所求。其家作荅，内竹筒中，復繫犬頸。犬既得荅，仍馳還洛。計人程五旬，而犬往還裁半（《類聚》作半月）。後犬死，殯之，遣送還家葬機村南，去機家二百步，築土爲墳，村人呼爲黄耳冢。

《晉書》本傳載：

初機有駿犬，名曰黄耳，甚愛之。既而羈寓京師，久無家問，笑語犬曰：「我家絶無書信，汝能齎書取消息不？」犬摇尾作聲。機乃爲書，以竹筩盛之而繫其頸，犬尋路南走，遂至其家，得報還洛。其後因以爲常。

233 陳正三罪

陳正爲太官，進炙，有髮貫炙。光武令斬正，正曰：「臣有三罪，請言畢而後死。」曰：

「山出炭，炎焰不能焦髮，臣罪一也；匣出佩刀，日砥礪不能斷髮，臣罪二也；臣與庖人六目同視之，曾不如黄門兩目，臣罪三也。」光武乃罪〔二〕黄門而釋正。

〔二〕罪　明鈔本譌作「捨」。

按：此出謝承《後漢書》，《北堂書鈔》卷五五、《太平御覽》卷二三九有引。《書鈔》作陳正，《御覽》作陳政。其字叔方，作正是也。《書鈔》引曰：

陳正字叔方，爲太官令。時黄門郎宿與正有隙，因進御食，以髮穿貫炙。光武見髮，敕斬正。正已陛見，曰：「臣有當死罪三：黑山出炭，增冶吐炎，燋膚爛肉而髮不銷，臣罪一也；拔出佩刀，砥礪五石，虧肥截骨，不能斷髮，臣罪二也；臣與丞及庖人六目齊觀，不如黄門一人，臣罪三也。」詔赦，收黄門。

《御覽》引曰：

魯國陳政字叔方，爲太官令。黄門郎與政有隙，因進御食，以髮貫炙。光武見髮，勑斬政。政曰：「臣有當死者三：黑山出炭，增冶吐炎，燋膚爛肉而髮不消，臣罪一也；陜出佩刀，砥礪五石，虧肌截骨，曾不能斷髮，臣罪二也；臣朗月書章奏，側光讀經書，旦臨食，與丞及庖人六目齊視，黄門一人，臣罪三也。」詔赦之。

234 張寬知渭水浴女

漢武帝自甘泉至渭橋，有女浴於渭水者，乳長七尺。上怪問之，答曰：「後第七車當知我。」時侍中張寬在第七車，使問之，寬曰：「祭天星，齋不嚴，即此女見〔一〕。」

〔一〕即此女見　明鈔本末有「也」字

按：此出《漢武故事》，《太平廣記》卷一六一《張寬》引曰：

張寬字叔文，漢時爲侍中，從祀於甘泉。至渭橋，有女子浴於渭水，乳長七尺。上怪其異，遣問之，女曰：「帝後第七車知我所來。」時寬在第七車，對曰：「天星主祭祀者，齋戒不嚴，即女人星見。」

西晉陳壽《益部耆舊傳》亦載，見《藝文類聚》卷四八，《初學記》卷六、卷一二，《太平御覽》卷二一九、卷三七一、卷五二六、卷六一二引。《御覽》卷五二六引曰：

蜀郡張寬字叔文，漢武帝時爲侍中，從祀甘泉。至渭橋，有女子浴於渭水，乳長七尺。上怪其異，遣問之，女曰：「帝後第七車知我所來。」時寬在第七車，對曰：「天星主祭祀者，齋戒不嚴，則女人星見。」

又，《華陽國志》卷一〇上《蜀郡士女》載云：

張寬字叔文，成都人也。蜀承秦後，質文刻野，太守文翁遣寬詣博士。東受七經，還以教授。於是蜀學比於齊、魯，巴、漢亦化之。景帝嘉之，命天下郡國皆立文學。由翁唱其教，蜀爲之始也。寬從武帝郊甘泉泰畤，過橋見一女子，裸浴川中，乳長七尺，曰：「知我者帝後七車。」適得寬車，對曰：「天有星主祠祀，不齊潔，則作女，令見。」帝感寤，以爲揚州刺史。復別虵莽之妖。世稱云「七車張」。作《春秋章句》十五萬言。

明刊本《搜神記》卷四濫輯，當據《初學記》卷一二。

235 沈約僻惡

梁沈約家，藏書〔一〕十二萬卷，然心僻惡，聞〔二〕人一善，如萬箭攢心。

〔一〕藏書　原作「書藏」，據明鈔本乙改。

〔二〕聞　明鈔本脱此字。

236 王元寶家財

富人〔一〕王元寶，玄宗問其家財多少，對曰：「臣請以一縑〔二〕繫陛下南山一樹，南山樹盡，臣縑未窮〔三〕。」時人謂錢爲王老〔四〕，以〔五〕有「元寶」字也。

〔一〕富人　前原有「唐」字，今删。

〔二〕一縑　明鈔本作「一疋絹」。

〔三〕南山樹盡臣縑未窮　明鈔本作「樹盡未窮臣絹」。

〔四〕老　原譌作「者」。按：唐韋述《兩京新記》卷三：「又有富商王元寶者，年老好戲謔，出入市里，爲人所知。時人以錢文有『元寶』字，因呼錢爲王老焉。」又《類説》卷二五《玉泉子·王老》：「王元寶富厚，以錢文如其名，因呼錢爲王老。」據改。

〔五〕以　明鈔本譌作「之」。

按：《廣記》卷四九五引《獨異志》文略，曰：

玄宗嘗召王元寶，問其家私多少，對曰：「臣請以絹一匹，繫陛下南山樹，南山樹盡，臣絹未窮。」

南宋楊伯嵒《六帖補》卷一七《以縑繫樹》引《獨異志》曰：

明皇問富人王元寶家財多少，對曰：「以一縑繫陛下南山一樹，南山樹盡，臣縑未窮。」

舊題唐馮贄《雲仙雜記》卷九《縑繫南山樹》引作《博異志》，誤，文曰：

明皇問富人王元寶家財多少，對曰：「請以一縑繫陛下南山樹，南山樹盡，臣縑未窮。」

元陶宗儀編《説郛》卷六《廣知·獨異志》「明皇問富人王元寶家財多少」云云，與《雲仙雜記》全同。

237　元寶見白物

玄宗御含元殿，望南山，見一白龍横亘〔一〕山上。問左右，曰：「不見。」急召元寶，問之，元寶曰〔二〕：「見一白物横在山頂，不辨於狀。」左右貴人〔三〕啓曰：「何〔四〕臣等不見，元寶獨見之也？」帝曰：「我聞至富敵至貴。朕天下之主，而元寶天下之富，故見〔五〕耳。」

〔一〕亘　明鈔本作「在」。

〔二〕問之元寶曰　此五字原無，據《廣記》卷四九五補。

〔三〕人　明鈔本及《廣記》作「臣」。

〔四〕何　明鈔本作「何則」。

〔五〕見　此字原無，據《廣記》補。

按：明鈔本與上條相連。《廣記》卷四九五引，接上條「臣絹未窮」後，以「又」字相綰，曰：

又玄宗御含元殿，望南山，見一白龍橫亘山間。問左右，皆言不見。令急召王元寶問之，元寶曰：「見一白物橫在山頂。不辨其狀。」左右貴臣啓曰：「何故臣等不見？」玄宗曰：「我聞至富可敵貴。朕天下之貴，元寶天下之富，故見耳。」

北宋樂史《廣卓異記》卷一引，則以上事接於後，題《見白龍橫南山》，曰：

右按《獨異志》：開元中，元宗御含元殿，望南山，見一白龍橫亘山上。問左右，皆云不見。急召王元寶，問之，元寶曰：「見一白物橫在山頂，不辨其狀。」左右啟曰：「何則臣等不見之？」帝曰：「我聞至富可以敵至貴。朕天下之主，元寶天下之富，故見爾。」上曾問元寶家財多少，對曰：「臣請以絹一疋，繫陛下南山一樹，樹盡臣絹未窮。」時人謂錢爲主(王)老者，以其有「元寶」字，人見之則喜。

以上二條《南部新書》辛卷採入，亦相連屬，曰：

玄皇嘗召王元寶，問其家財多少，對曰：「臣請以絹一匹，繫陛下南山樹，樹盡臣絹未窮。」又玄皇御含元殿，望南山，見一白龍橫亘山間。問左右，皆言不見。令急召元寶問之，元寶曰：「見一白物橫在山頂，不辨其狀。」左右貴臣啓曰：「何則臣等不見？」玄宗曰：「我聞至富可敵貴。朕天下之貴，元寶天下之富。」元寶又年老好戲謔，出入市里，爲人所知。以錢文有「元寶」字，因呼錢爲王老，盛流於時矣。

238 玄宗至東泰山

玄宗幸蜀之時，至東泰山，内臣高力士攏馬請下，東北陳四拜，奏曰：「陛下出幸忽〔一〕遽，不得親辭九廟。此山最高，可望秦中。」玄宗悲感慟極，左右不勝哀咽。

〔一〕忽　明鈔本作「悤」，同「忽」。

239 陸賈分金五男

陸賈得南越王趙佗所贈，橐中裝萬金。歸分五男，各令散居〔一〕。而賈携侍兒竟樂遊於五子之家，每止十日，極其滋味承奉，其寶劍珠玉，隨身皆賜之。雖非訓導，亦爲達生之〔二〕見。

〔一〕歸分五男各令散居　明鈔本作「歸分五男中，而各令散居」。

〔二〕生之　此二字原無，據明鈔本補。

按：此出《漢書》卷四三《陸賈傳》：

陸賈，楚人也。以客從高祖定天下，名有口辯，居左右，常使諸侯。時中國初定，尉佗平南越，因王之。高祖使賈賜佗印爲南越王。……乃大説賈，留與飲數月。曰：「越中無足與語，至生來，令我日聞所不聞。」賜賈橐中裝直千金，它送亦千金。賈卒拜佗爲南越王，令稱臣奉漢約。歸報，高帝大説，拜賈爲太中大夫。……孝惠時，吕太后用事，欲王諸吕，畏大臣及有口者。賈自度不能争之，乃病免。以好畤田地善，往家焉。有五男，乃出所使越橐中裝，賣千金，分其子，子二百金，令爲生産。賈常乘安車駟馬，從歌鼓瑟侍者十人，寶劍直百金，謂其子曰：「與女約，過女，女給人馬酒食極欲，十日而更。所死家，得寶劍車騎侍從者。一歲中以往來過它客，率不過再過，數擊鮮，毋久溷女爲也。」

240 鮑子都葬書生

魏鮑子都暮行於野，見一書生卒然〔一〕心痛，下馬爲〔二〕摩其心。有頃，書生卒。子都視其囊中〔三〕，有素書一帙，金十餅。乃賣二餅，葬書生。其餘枕之項下，置素書腹上而退。其後數〔四〕年，子都行，有一駿馬逐之。既而有認馬者，謂子都爲盜，因問兒所在，子都具言。於是相隨往開墓，取其兒歸葬，金八餅在項下，素書在腹上。舉家詣官，稱子都之德，由是子都聲名大振。

〔一〕一書生卒然　「一」字原無，據《太平廣記》卷一六六《鮑子都》引《獨異志》補。「然」明鈔本無此字。

〔二〕爲　明鈔本無此字。

〔三〕視其囊中　明鈔本作「視之囊」。

〔四〕數　原作「數十」，《廣記》無「十」字，當是，據删。

按：《廣記》卷一六六引，明鈔本誤作《朝野僉載》。文有異同，《廣記》曰：

魏鮑子都暮行於野，見一書生卒（孫校本下有然字）心痛。子都下馬，爲摩其心。有頃，書生卒。子都視其囊中，有素書一卷，金十餅。乃賣一（孫校本作二）餅，具葬書生。其餘枕之頭下，置素書於腹傍。後數年，子都於道上，有乘驄馬者逐之。既及，以子都爲盗，固問兒屍所在，子都具言。於是相隨往開墓，取兒屍歸，見金九餅在頭下，素書在腹傍。舉家感子都之德義，由是聲名大振。

此出《列異傳》，《藝文類聚》卷八三，《太平御覽》卷二五〇、卷八一二、卷八九七引，或作《列異記》。《類聚》、《御覽》卷八一二文簡，止於「遂辭而去」。《御覽》卷二五〇引曰：

故司隸校尉、上黨鮑子都，少時上計掾（《御覽》卷八九七作舉上計），於道中遇一書生，獨行時無伴，卒得心痛。子都下車爲按摩，奄忽而亡。不知姓名，有素書一卷，銀十鉼，即賣一鉼以殯，其餘銀及（《類聚》作餘銀以坑之，《御覽》卷八一二作其銀以枕之，作其餘以枕之）素書着腹上，呪（《類聚》、《御覽》卷八一二作哭，卷八九七作埋）之曰：「若子魂靈有知，當令子家知子在此。今使命不獲久留。」遂辤而去。至京師，有驄馬隨之，人莫能得近，唯子都得近。子都歸，行失道，遇一關内侯家，日暮住宿，見主人，呼奴通刺。奴出見馬，入白侯曰：「外客盜騎昔所失驄馬。」侯曰：「鮑子都上黨高士，必應有語。」侯問曰：「君何以致此馬？」子都因説之（以上十七字據《御覽》卷八九七補）。侯曰：「若此乃吾馬，昔年無故失之。」子都曰：「昔年上計，遇一書生卒死道中。」具述其事。侯乃驚愕曰：「此吾兒也。」侯迎喪，開椁視，銀書如言。侯乃舉家詣闕，上薦子都，辟公府、侍御史、豫州牧、司隸校尉（以上十三字據《御覽》卷八九七補），聲名遂顯。至子永、孫昱，並爲司隸。及其爲公，皆乘驄馬。故京師歌曰：「鮑氏驄，三入司隸再入公。馬雖疲（《御覽》卷八九七作瘦），行步轉（《御覽》卷八九七無此字）工。」

鮑宣字子都，《漢書》卷七二有傳，此云魏鮑子都，誤。哀帝初，大司空何武除宣爲西曹掾，薦爲諫大夫，遷豫州牧。後拜司隸。平帝即位，王莽秉政，宣坐繫獄自殺。東漢光武帝即位，宣子孫皆見褒表至大官。

241　毛玠移風俗

魏毛玠，字孝先。爲尚書，人無敢以好衣食見者。武帝嘆曰：「吾不及毛尚書能移風俗。」

按：此出《晉書》卷四七《傅咸傳》：

咸以世俗奢侈，又上書曰：「……昔毛玠爲吏部尚書，時無敢好衣美食者。魏武帝歎曰：『孤之法不如毛尚書。』令使諸部用心，各如毛玠，風俗之移，在不難矣。」

《三國志》卷一二《魏書·毛玠傳》載：

毛玠字孝先，陳留平丘人也。……太祖臨兖州，辟爲治中從事。……轉幕府功曹。太祖爲司空丞相，玠嘗爲東曹掾，與崔琰並典選舉。其所舉用，皆清正之士，雖於時有盛名而行不由本者，終莫得進。務以儉率人，由是天下之士莫不以廉節自勵，雖貴寵之臣，輿服不敢過度。太祖歎曰：「用人如此，使天下人自治，吾復何爲哉！」……玠居顯位，常布衣蔬食，撫育孤兄子甚篤，賞賜以振施貧族，家無所餘。遷右軍師。魏國初建，爲尚書僕射，復典選舉。

242　竇嬰置金廡下

竇嬰征七國時，得賜千金。置之廡下，任人所取，不入私室。

按：此出《史記》卷一〇七《魏其武安侯列傳》：

魏其侯竇嬰者，孝文后從兄子也。……孝景三年，吳楚反，上察宗室諸竇毋如竇嬰賢……乃拜嬰爲大將軍，賜金千斤。嬰乃言袁盎、欒布諸名將賢士在家者進之。所賜金，陳之廊廡下，軍吏過，輒令財取爲用，金無入家者。竇嬰守滎陽，監齊趙兵。七國兵已盡破，封嬰爲魏其侯。

243 宋昭王出亡

宋昭王出亡，謂其御者曰：「吾知〔一〕所以亡者。」御者曰：「何以知之？」昭王曰：「吾被服而立，左右皆曰：『君麗者也。』發言舉事，左右皆曰：『君聖〔二〕者也。』吾内外不見其過，安得不亡乎？」於是改行易操。後三年，美行於宋，宋人迎之，復位，謚曰昭。

〔一〕知　明鈔本脱此字。

〔二〕君聖　明鈔本作「吾聖君」。

按：此出《韓詩外傳》卷六第十一章：

昔者宋昭公出亡，謂其御曰：「吾知其所以亡矣。」御者曰：「何哉？」昭公曰：「吾被服而立，侍御者數十人，無不曰『吾君麗者也』。吾發言動事，朝臣數百人，無不曰『吾君聖者也』。吾外内不見吾過失，是以亡也。」於是改操易行，安義行道，不出二年，而美聞於宋。宋人迎而復之，謚爲昭。

賈誼《新書》卷七《先醒》亦載：

昔宋昭公出亡，至于境，喟然嘆曰：「嗚呼！吾知所以存亡。被服而立，侍御者數百人，無不曰『吾君麗者』。外内不聞吾過，吾是以至此，吾困宜矣。」於是革心易行，衣苴布食，餕晝學道，而夕講之。二年美聞，宋人車徒迎而復位，卒爲賢君，謚爲昭公。既亡矣，而乃寤，所以存，此後醒者也。

又《新序》卷五《雜事》載：

宋昭公出亡，至於鄙，喟然嘆曰：「吾知所以亡矣。吾朝臣千人，發政舉吏，無不曰『吾君聖者』。侍御數百人，被服以立，無不曰『吾君麗者』。内外不聞吾過，是以至此。」由宋君觀之，人主之所以離國家失社稷者，諂諛者衆也。故宋昭亡而能悟，卒得反國云。

244　王戎鑽李核

晉王戎，字濬沖〔一〕。性鄙吝。家有緑李，子熟時惠人，必鑽破其核，恐他人〔二〕種植之。

〔一〕沖　原作「仲」，形譌也。據《晉書》卷四三《王戎傳》改。

〔二〕人　此字原無，據明鈔本補。

王戎有好李，賣之，恐人得其種，恒鑽其核。

按：此出《世説新語·儉嗇》、《晉書》卷四三《王戎傳》。《世説》曰：

《晉書》曰：

王戎字濬沖，琅邪臨沂人也。……性好興利，廣收八方園田水碓，周徧天下。積實聚錢，不知紀極，每自執牙籌，晝夜算計，恒若不足。而又儉嗇，不自奉養，天下人謂之膏肓之疾。女適裴頠，貸錢數萬，久而未還。女後歸寧，戎色不悦，女遽還直，然後乃歡。從子將婚，戎遺其一單衣，婚訖而更責取。家有好李，常出貨之，恐人得種，恒鑽其核。以此獲譏於世。

245 王澄探鵲雛

王澄出爲〔一〕荆州刺史，送者盈路。見路傍樹有一鵲巢，乃自解衣上樹，探弄〔二〕鵲雛，傍若無人。

〔一〕王澄出爲　「澄」原譌作「登」，據《晉書》卷四三《王澄傳》改。「爲」明鈔本作「仕」。

〔二〕探弄　明鈔本作「弄探」。

按：此出《世説新語·簡傲》、《晉書》卷四三《王澄傳》。《世説》曰：

王平子出爲荆州，王太尉及時賢送者傾路。時庭中有大樹，上有鵲巢。平子脱衣巾，徑上樹取鵲子。涼衣拘閡樹枝，便復脱去。得鵲子還，下弄，神色自若，旁若無人。

《晉書》曰：

澄字平子。……惠帝末，衍（王衍）白越（東海王司馬越）以澄爲荆州刺史、持節、都督，領南蠻校尉。……澄將之鎮，送者傾朝。澄見樹上鵲巢，便脱衣上樹，探鷇而弄之，神氣蕭然，傍若無人。

246　蕭翼購蘭亭記叙

王右軍，永和九年曲水會，用鼠鬚筆、蠶〔一〕璽紙爲《蘭亭記叙》，平生之札，最爲得意。其後雖書數百本，無一得及者。太宗令御史蕭翼密購得之，爵賞之外，别費億萬。太宗臨崩，謂高宗曰：「以《蘭亭》殉吾，孝也。」遂隨梓宫入陵。

〔一〕蠶　明鈔本脱此字。

按：此出唐何延之《蘭亭記》，原文頗長，今據《唐五代傳奇集》校本節録如下：

《蘭亭》者，晉右軍將軍、會稽内史、瑯琊王羲之字逸少所書之詩序也。右軍蟬聯美胄，蕭散名賢，雅好山水，尤善草隸。以晉穆帝永和九年暮春三月三日，宦遊山陰，與太原孫統承公、孫綽興公，廣漢王彬之道生，陳郡謝安安石，高平郗曇重熙，太原王藴叔仁，釋支遁道林，并逸少子凝、徽、操之等四十有一人，修祓禊之禮。揮毫製序，興樂而書。用蠶繭紙、鼠鬚筆，遒媚勁健，絶代更無。凡二十八行，三百二十四字，有重者皆搆别體。就中「之」字最多，乃有二十許箇，變轉悉異，遂無同者。其時迺有神助，及醒後，他日更書數十百本，無如祓禊所書之者。右軍亦自珍愛寶重此書，留付子孫傳掌。至七代孫智永，永即右軍第五子徽之之後……俗號永禪師。禪師克嗣良裘，精勤此藝，常居永欣寺閣上臨書，所退筆頭，置之於大竹簏，簏受一石餘，而五簏皆滿。凡三十年。於閣上臨得《真草千文》，好者八百餘本。……禪師年近百歲乃終，其遺書並付弟子辯才。辯才俗姓袁氏，梁司空昂之玄孫。辯才博學工文，琴碁書畫皆得其妙。每臨禪師之書，逼真亂本。辯才嘗於所寢方丈梁上，鑿爲暗檻，以貯《蘭亭》，保惜貴重，甚於禪師在日。至貞觀中，太宗以聽政之暇，鋭志翫書，臨寫右軍真草書帖。購募備盡，唯未得《蘭亭》。尋討此書，知在辯才之所，乃降勑追師入内，道場供養，恩賚優洽。數日後，因言次乃問及《蘭亭》，方便善誘，無所不至。辯才確稱往日侍奉先師，實嘗獲見，自禪師歿後，荐經喪亂墜失，不知所在。既而不獲，遂放歸越中。後更推究，不離辯才之處，又勑追辯才入内，重問《蘭亭》。如此者三度，竟靳固不出。上謂侍臣曰：「右軍之書，朕所偏寶。就中逸少之迹，莫如《蘭亭》，求見此書，營於寤寐。此僧耆年，又無所用。若爲得一智略之士，以設謀計取之，庶幾必獲。」尚書左僕射房玄齡奏曰：「臣聞監察御史蕭翼者，梁元帝之曾孫，今貫魏州莘縣。負才藝，多權謀，可充此使，必當見獲。」太宗遂詔見翼。翼奏曰：「若作公使，義無得理。臣請私行詣彼，須得二王雜帖三數通。」太宗依給。翼遂改冠微服，至洛潭，隨商人船下，至於越州。又衣黄衫，極寬長，潦倒，得山東書生之體。日暮，入寺巡廊，以觀壁畫。過辯才院，止於門前。辯才遥見翼，乃問曰：「何處檀越？」翼乃就前禮拜云：「弟子是北人，將少許蠶種來賣，歷寺縱觀，幸遇禪師。」寒温既畢，語議便合，因延入房内，即共圍碁撫琴，投壺握槊，談説文史，意甚相得。乃曰：「『白頭如新，傾蓋若舊。』今後無形迹也。」便留夜宿，設堈面藥酒、茶果等。……酣樂之後，請賓分韻賦詩。……通宵盡歡，明日乃去。辯才云：「檀越閒即更來此。」翼乃載酒赴之，興後作詩。如此者數四，詩酒爲務，僧俗混然，遂經旬朔。翼示師梁元帝自畫《職貢圖》，師嗟賞不已。因談論翰墨，翼曰：「弟子先門皆傳二王楷書法，弟子又幼來耽翫。今亦有數帖自隨。」辯才欣然曰：「明日來，可把此看。」翼依期而往，出其書以示辯才。辯才熟詳之，曰：「是即是矣，然未佳善。貧道有一真跡，頗亦殊常。」翼曰：「何帖？」辯才曰：「《蘭亭》。」翼佯笑曰：「數經亂離，真跡豈在？必是響搨僞作耳。」辯才曰：「禪師在日保惜，臨亡之時，歷叙由來，親付於吾。付受有緒，那得參差！可明日來看。」及翼到，師自於屋樑上檻内出之。翼見訖，故駮瑕指纇曰：「果是響榻書也。」紛競不定。自示翼之後，更不復安於梁檻上，并蕭翼二王諸帖竝借留，置于几案之間。辯才時年八十餘，每日於窗下臨學數遍，其老而篤好也如此。自是翼往還既數，童弟等無復猜疑。後辯才出赴靈汜橋南嚴遷家齋，翼遂私來房前，謂童子曰：「翼遺却帛子在牀上。」童子即爲開門。翼遂於案上取得《蘭亭》及御府二王書帖，便赴永安驛，告驛長凌愬曰：「我是御史，奉勑來此，有墨勑，可報汝都督齊善行。」……於是善行聞之，馳來拜謁。蕭翼因宣示勑旨，具告所由。善行走使人召辯才。辯才仍在嚴遷家，未還寺，遽見追呼，不知所以。又遣散直云：「侍御須見。」及師來見御史，乃是房中蕭生也。蕭翼報云：「奉勑遣來取《蘭亭》，《蘭亭》今得矣，故喚師來取别。」辯才聞語，身便絶倒，良久始蘇。翼便馳驛而發，至都奏御。太宗大悦，以玄齡舉得其人，賞錦綵千段。擢拜翼爲員外郎，加入五品。賜銀瓶一，金鏤瓶一，瑪瑙碗一，並實以珠。内廄良馬兩疋，兼寶裝鞍轡，莊宅各一區。太宗初怒老僧之祕恡，俄以其年耄，不忍加刑。數日後，仍賜物三千段，穀三千石，便勑越州支給。辯才不敢將入己用，迴造三層寶塔。塔甚精麗，至今猶存。老僧因驚悸患重，不能强飯，唯歠粥，歲餘乃卒。帝命供奉搨書人趙模、韓道政、馮承素、諸葛貞等四人，各搨數本，以賜皇太子、諸王、近臣。貞觀二十三年，聖躬不豫，幸玉華宫含風殿。臨崩，謂高宗曰：「吾欲從汝求一物，汝誠孝也，豈能違吾心耶？汝意如何？」高宗哽咽流涕，引耳而聽受制命。太宗曰：「吾所欲得《蘭亭》，可與我將去。」及弓劍不遺，同軌畢至，隨仙駕入玄宫矣。今趙模等所搨在者，一本尚直錢數萬也。……其辯才弟子玄素，俗姓楊氏。……猶居永欣寺永禪師之故房，親向吾說。聊以退食之暇，略疏其始末。庶將來君子，知吾心之所存，付永彭年、明察徵、温抱直、超令叔等兄弟，其有好事同志須知者，亦無隱焉。于時歲在甲寅季春之月上巳之日，感前代之修禊，而撰此記。朝議郎行職方員外郎上柱國何延之記。（原據明毛晉《津逮祕書》本唐張彦遠《法書要録》卷三校録，又《太平廣記》卷二〇八引《法書要録》。）

247　張騫奉使大月氏

漢張騫奉使大月氏〔一〕，往返一億三萬里，得蒲萄、塗林〔二〕安石榴，植之於中國〔三〕。

〔一〕氏　原譌作「氐」，據《漢書》卷六一《張騫傳》改。

〔二〕塗林　「塗」字原脱。按：《太平御覽》卷九七〇引陸機《與弟雲書》作「塗林」，據補。

〔三〕植之於中國　明鈔本末有「也」字。

按：《藝文類聚》卷八六、《太平御覽》卷九七〇引陸機《與弟雲書》，《御覽》引曰：

張騫爲漢使外國十八年，得塗林、安石（《類聚》作熟）榴也。

北齊賈思勰《齊民要術》卷一〇、《初學記》卷二八引《博物志》佚文曰：

張騫使西域還，得安石榴、胡桃、蒲桃。

《漢書》卷六一《張騫傳》載：

張騫，漢中人也。建元中爲郎。時匈奴降者言匈奴破月氏王，以其頭爲飲器，月氏遁而怨匈奴，無與共擊之。漢方欲事滅胡，聞此言，欲通使，道必更匈奴中，乃募能使者。騫以郎應募，使月氏，與堂邑氏奴甘父俱出隴西。徑匈奴，匈奴得之，傳詣單于。單于曰：「月氏在吾北，漢何以得往使？吾欲使越，漢肯聽我乎？」留騫十餘歲，予妻，有子，然騫持漢節不失。居匈奴西，騫因與其屬亡鄉月氏，西走數十日，至大宛。大宛聞漢之饒財，欲通不得，見騫，喜，問欲何之。騫曰：「爲漢使月氏而爲匈奴所閉道，今亡，唯王使人道送我。誠得至，反漢，漢之賂遺王財物不可勝言。」大宛以爲然，遣騫，爲發譯道，抵康居。康居傳致大月氏。大月氏王已爲胡所殺，立其夫人爲王。既臣大夏而君之，地肥饒，少寇，志安樂。又自以遠遠漢，殊無報胡之心。騫從月氏至大夏，竟不能得月氏要領。留歲餘，還，並南山，欲從羌中歸，復爲匈奴所得。留歲餘，單于死，國内亂，騫與胡妻及堂邑父俱亡歸漢。拜騫太中大夫，堂邑父爲奉使君。……初，騫行時百餘人，去十三歲，唯二人得還。騫身所至者，大宛、大月氏、大夏、康居，而傳聞其旁大國五六，具爲天子言其地形，所有。……騫以校尉從大將軍擊匈奴，知水草處，軍得以不乏，乃封騫爲博望侯。是歲元朔六年也。後二年，騫爲衛尉，與李廣俱出右北平擊匈奴。匈奴圍李將軍，軍失亡多，而騫後期當斬，贖爲庶人。……天子數問騫大夏之屬。……拜騫爲中郎將，將三百人，馬各二匹，牛羊以萬數，齎金幣帛直數千鉅萬，多持節副使，道可便遣之旁國。騫既至烏孫，致賜諭指，未能得其決。……騫即分遣副使使大宛、康居、月氏、大夏。烏孫發譯道送騫。與烏孫使數十人，馬數十匹，報謝，因令窺漢，知其廣大。

騫還，拜爲大行。歲餘，騫卒。後歲餘，其所遣副使通大夏之屬者皆頗與其人俱來，於是西北國始通於漢矣。然騫鑿空，諸後使往者稱博望侯，以爲質於外國，外國由是信之。

248 汲黯辭淮陽相

汲黯不樂爲淮陽相〔一〕，固辭之，帝曰：「卿可卧理之。」

〔一〕淮陽相　《史記》卷一二〇《汲鄭列傳》作「淮陽太守」，後又云「以諸侯相秩居淮陽」。按：《漢書》卷二八下《地理志八下》：「淮陽國，高帝十一年置。」漢代區劃，州下分郡、國，郡長官稱太守，諸侯國稱相。

按：此條《稗海》本無，據明鈔本補。

此出《史記》卷一二〇《汲鄭列傳》，曰：

汲黯字長孺，濮陽人也。……居數年，會更五銖錢，民多盜鑄錢，楚地尤甚。上以爲淮陽楚地之郊，乃召拜黯爲淮陽太守。黯伏謝不受印，詔數彊予，然後奉詔。詔召見黯，黯爲上泣曰：「臣自以爲填溝壑，不復見陛下，不意陛下復收用之。臣常有狗馬病，力不能任郡事，臣願爲中郎，出入禁闥，補過拾遺，臣之願也。」上曰：「君薄淮陽邪？吾今召君矣。顧淮陽吏民不相得，吾徒得君之重，卧而治之。」黯既辭行，過大行李息，曰：「黯弃居郡，不得與朝廷議也。……」黯居郡如故治，淮陽政清。……（上）令黯以諸侯相秩居淮陽。七歲而卒。

249 种僮伏虎

漢种僮〔一〕爲畿令，常有一虎害人，僮令〔二〕設檻，得二虎。僮曰〔三〕：「害人者低頭〔四〕。」一虎低頭，僮殺之，其一虎放去。自是猛獸皆出境，吏人以爲神君。

〔一〕种僮　原作「和僮」，《太平廣記》卷四二六引作「种僮」，疑是，據改。下文「僮」皆改作「僮」。

按：《後漢書》卷七六《循吏列傳》作「童恢」，注：「《謝承書》童作僮，恢作种也。」

〔二〕令　明鈔本無此字。

〔三〕曰　明鈔本作「問」。

〔四〕低頭　明鈔本無此二字。

按：《廣記》卷四二六《种僮》引曰：

种僮爲畿令，常有虎害人，僮令設檻，得二虎。僮曰：「害人者低頭。」一虎低頭，僮取一虎放之。自是猛獸皆出境，吏目之爲神君。

事見《後漢書》卷七六《循吏列傳》：

童恢字漢宗，琅邪姑幕人也。……復辟公府。除不其令。吏人有犯違禁法，輒隨方曉示。若吏稱其職，人行善事者，皆賜以酒肴之禮，以勸勵之。耕織種收，皆有條章。一境清静，牢獄連年無囚。比縣流人歸化，徙居二萬餘户。民嘗爲虎所害，乃設檻捕之，生獲二虎。恢聞而出，呪虎曰：「天生萬物，唯人爲貴。虎狼當食六畜，而殘暴於人。王法殺人者死，傷人則論法。汝若是殺人者，當垂頭服罪；自知非者，當號呼稱冤。」一虎低頭閉目，狀如震懼，即時殺之。其一視恢鳴吼，踊躍自奮，遂令放釋。吏人爲之歌頌。

250　鄭玄詣馬融

後漢〔一〕鄭玄居山東，有疑，莫知所問，遂往入關詣馬融，三年不得見。一日融〔二〕大會，遂見之。登樓問其疑，數十段皆決。語畢，遂歸。融謂門人曰：「玄既歸，吾道東矣。」

〔一〕漢　明鈔本脱此字。

〔二〕融　明鈔本上有「因」字。

按：此出《後漢書》卷三五《鄭玄傳》：

鄭玄字康成，北海高密人也。……遂造太學受業，師事京兆第五元先，始通《京氏易》、《公羊春秋》、《三統歷》、《九章筭術》。又從東郡張恭祖受《周官》、《禮記》、《左氏春秋》、《韓詩》、《古文尚書》。以山東無足問者，乃西入關，因涿郡盧植，事扶風馬融。融門徒四百餘人，升堂進者五十餘生。融素驕貴，玄在門下，三年不得見，乃使高業弟子傳受於玄。玄日夜尋誦，未嘗怠倦。會融集諸生考論圖緯，聞玄善筭，乃召見於樓上，玄因從質諸疑義，問畢辭歸。融喟然謂門人曰：「鄭生今去，吾道東矣。」

又，《世説新語·文學》載：

鄭玄在馬融門下，三年不得相見，高足弟子傳授而已。嘗算渾天不合，諸弟子莫能解。或言玄能者，融召令算，一轉便決，衆咸駭服。及玄業成辭歸，既而融有「禮樂皆東」之歎。

注引《玄別傳》曰：

玄少好學書數，十三誦《五經》，好天文占候，風角隱術。年十七，見大風起，詣縣曰：「某時當有火災。」至時果然，智者異之。年二十一，博極羣書，精歷數圖緯之言，兼精算術。遂去吏，師故兗州刺史第五元先，就東郡張恭祖受《周禮》、《禮記》、《春秋傳》。周流博觀，每經歷山川，及接顔一見，皆終身不忘。扶風馬季長以英儒著名，玄往從之，參考同異。季長后戚，熳於待士，玄不得見，住左右，自起精廬，既因紹介得通。時涿郡盧子幹爲門人冠首，季長又不解剖裂七事，玄思得五，子幹得二。季長謂子幹曰：「吾與汝皆弗如也。」季長臨别，執玄手曰：「大道東矣，子勉之。」

251　索綝報兄讐

晉〔一〕索綝報兄之讐，手殺四十人。

〔一〕晉　原作「宋」，誤。按：索綝乃西晉人，《晉書》卷六〇有傳，末云：「及帝（愍帝）出降，綝隨帝至平陽，劉聰以其不忠於本朝，戮之於東市。」今改。

按：此出《晉書》卷六〇《索綝傳》：

綝字巨秀，少有逸羣之量。靖（綝父）每曰：「綝廊廟之才。非簡札之用。州郡吏不足汙吾兒也。」舉秀才，除郎中。嘗報兄讎，手殺三十七人，時人壯之。

252　公儀休焚機

魯公儀休爲相，歸見其妻織，乃焚機而出，謂其妻曰：「吾爲相食禄，今爾奪百姓之利，使民安歸哉？」

按：此出《史記》卷一一九《循吏列傳》：

公儀休者，魯博士也。以高弟爲魯相。奉法循理，無所變更，百官自正。使食禄者不得與下民争利，受大者不得取小。客有遺相魚者，相不受。客曰：「聞君嗜魚，遺君魚，何故不受也？」相曰：「以嗜魚，故不受也。今爲相，能自給魚；今受魚而免，誰復給我魚者？吾故不受也。」食茹而美，拔其園葵而弃之。見其家織布好，而疾出其家婦，燔其機，云：「欲令農士工女安所讎其貨乎？」

253 韓康賣藥

韓康〔一〕隱藥肆，賣價無二。有二女子買藥，不識康，乃酬酢之，康不移。女子曰：「君何若康無二價也？」康乃迯去，不知所〔二〕在。

〔一〕韓康　原作「韓康伯」，誤。按：《後漢書》卷八三《逸民列傳》作「韓康」，字伯休。蓋混名及字而誤作「韓康伯」。今改，下同。韓康伯另有其人，名伯，康伯其字，《晉書》卷七五有傳。

〔二〕所　明鈔本作「何」。

按：此出《後漢書》卷八三《逸民列傳》：

韓康字伯休，一名恬休，京兆霸陵人。家世著姓。常采藥名山，賣於長安市，口不二價，三十餘年。時有女子從康買藥，康守價不移，女子怒曰：「公是韓伯休那？乃不二價乎？」康歎曰：「我本欲避名，今小女子皆知有我，何用藥爲？」乃遯入霸陵山中。

254　東明

高麗國王侍婢立王左右，一旦，有氣自天而下，大如雞子，入其口。十月孕一男，名曰東明，善射。王恐爲國害，欲殺之。東明走，彎弓射水，魚鱉浮出而爲梁，以渡東明。

按：此事諸書多有記。《論衡・吉驗篇》曰：

北夷橐離國王侍婢有娠，王欲殺之，婢對曰：「有氣大如雞子，從天而下，我故有娠。」後産子，捐於猪溷中，猪以口氣嘘之不死。復徙置馬欄中，欲使馬藉殺之，馬復以口氣嘘之不死。王疑以爲天子，令其母收取奴畜之，名東明，令牧牛馬。東明善射，王恐奪其國也，欲殺之。東明走，南至掩淲水，以弓擊水，魚鼈浮爲橋，東明得渡，魚鼈解散，追兵不得渡。因都王夫餘，故北夷有夫餘國焉。東明之母初妊時，見氣從天下。及生棄之，猪馬以氣嘘之而生之。長大王欲殺之，以弓擊水，魚鼈爲橋。天命不當死，故有猪馬之救命。當都王夫餘，故有魚鼈爲橋之助也。

《三國志》卷三〇《東夷傳》注引《魏略》曰：

舊志又言，昔北方有高之國者，其王者侍婢有身，王欲殺之，婢云：「有氣如雞子來下，我故有身。」後生子，王捐之於溷中，豬以喙嘘之，徙置馬閑，馬以氣嘘之，不死。王疑以爲天子也，乃令其母收畜之，名曰東明，常令牧馬。東明善射，王恐奪其國也，欲殺之。東明走，南至施掩水，以弓擊水，魚鼈浮爲橋，東明得度，魚鼈乃解散，追兵不得渡。東明因都王夫餘之地。

《後漢書》卷八五《東夷列傳》曰：

夫餘國，在玄菟北千里。南與高句驪，東與挹婁，西與鮮卑接，北有弱水。地方二千里，本濊地也。初，北夷索離國王出行，其侍兒於後姙身，王還，欲殺之。侍兒曰：「前見天上有氣，大如雞子，來降我，因以有身。」王囚之，後遂生男。王令置於豕牢，豕以口氣嘘之，不死。復徙於馬蘭，馬亦如之。王以爲神，乃聽母收養，名曰東明。東明長而善射，王忌其猛，復欲殺之。東明奔走，南至掩淲水，以弓擊水，魚鼈皆聚浮水上，東明乘之得度，因至夫餘而王之焉。

《梁書》卷五四《諸夷傳·東夷》曰：

高句驪者，其先出自東明。東明本北夷櫜離王之子。離王出行，其侍兒於後任娠，離王還，欲殺之。侍兒曰：「前見天上有氣，如大雞子，來降我，因以有娠。」王囚之，後遂生男。王置之豕牢，豕以口氣嘘之，不死。王以爲神，乃聽收養。長而善射，王忌其猛，復欲殺之，東明乃奔走，南至淹滯水，以弓擊水，魚鼈皆浮爲橋，東明乘之之得渡，至夫餘而王焉。其後支别爲句驪種也。

《隋書》卷八一《東夷傳·百濟》曰：

百濟之先，出自高麗國。其國王有一待婢，忽懷孕，王欲殺之。婢云：「有物狀如雞子，來感於我，故有娠也。」王捨之。後遂生一男，棄之廁溷，久而不死，以爲神，命養之，名曰東明。及長，高麗王忌之，東明懼，逃至淹水，夫餘人共奉之。

明刊本《搜神記》卷四濫輯此條，主要據《論衡》。

255 銅雀臺

魏武帝嘗居銅雀臺，及終，令妓樂登臺，望西陵而歌舞。

按：此出《魏武遺令》，《太平御覽》卷八二〇引曰：

銅雀臺上安六尺牀，施繐帳，月旦十五日，向帳作妓。汝等時時登銅雀臺，望吾西陵墓田。

又《樂府詩集》卷三一《相和歌辭六·銅雀臺》引《鄴都故事》曰：

魏武帝遺命諸子曰：「吾死之後，葬於鄴之西崗上，與西門豹祠相近，無藏金玉珠寶。餘香可分諸夫人，不命祭吾。妾與伎人，皆著銅雀臺，臺上施六尺牀，下繐帳，朝晡上酒脯粻糒之屬。每月朝十五，輒向帳前作伎。汝等時登臺，望吾西陵墓田。」故陸機《弔魏武帝文》曰：「揮清絃而獨奏，薦脯糒而誰嘗？悼繐帳之冥漠，怨西陵之茫茫。登雀臺而羣悲，佇美目其何望。」

南宋葛立方《韻語陽秋》卷一九曰：

銅雀伎，古人賦詠多矣。鄭愔云：「舞餘依帳泣，歌罷向陵看。」張正見云：「雲慘當歌日，松吟欲舞風。」賈至云：「靈几臨朝奠，空牀卷夜衣。」王勃云：「妾本深宮妓，曾城閉九重。君王歡愛盡。歌舞爲誰容？」沈佺期云：「昔年分鼎地，今日望陵臺。一旦雄圖盡，千秋遺令哀。」皆佳句也。羅隱云：「强歌强舞竟難勝，花落花開淚滿繒。秖合當年伴君死，免教憔悴望西陵。」似比諸人差有意也。魏武陰賊險狠，盜有神器，實竊英雄之名。而臨死之日，乃遺令諸子不忘於葬骨之地，又使伎人着銅雀臺上以歌舞其魂，亦可謂愚矣。東坡云：「操以病亡，子孫滿前，而咿嚶涕泣，留連妾婦，分香賣履，區處衣物，平生姦僞，死見真性。」真名言哉！

256 鄭子臧好鷸冠

鄭子華之弟子臧，好聚鷸毛爲冠，鄭伯聞而惡甚，使盜誘殺之。君子曰：「服之不衷，身之災，以其非法服也。」

按：此出《左傳》僖公二十四年：

鄭子華之弟子臧出奔宋。（注：十六年殺子華故。）好聚鷸冠。（注：鷸，鳥名。聚鷸羽以爲冠，非法之服。）鄭伯聞而惡之，使盜誘之。八月，盜殺之于陳、宋之間。君子曰：「服之不衷，身之災也。」（注：衷，猶適也。）《詩》曰：「彼己之子，不稱其服。」子臧之服，不稱也夫。《詩》曰：「自詒伊慼。」其子臧之謂矣。

257 雉頭裘

晉大醫司馬程據上武帝雉頭裘。詔曰：「此裘非常服，損費功用。」遂命火，於殿前焚之。

按：《稗海》本此條與上條相接，明鈔本別爲二條，今從明鈔本。

此出《晉書》卷三《武帝紀》：

（咸寧四年）十一月辛巳，太醫司馬程據獻雉頭裘，帝以奇技異服，典禮所禁，焚之於殿前。甲申，敕内外敢有犯者罪之。

258 陶潛葛巾漉酒

陶潛在家，每酒熟，即以頭上葛巾漉酒，畢，復裹之〔一〕。

〔一〕之 明鈔本無此字。

按：此出《宋書》卷九三《隱逸傳·陶潛傳》：

郡將候潛，值其酒熟，取頭上葛巾漉酒，畢，還復著之。

梁蕭統《昭明太子集》卷四《陶淵明傳》亦載：

郡將常候之，值其釀熟，取頭上葛巾漉酒，漉畢，還復著之。

《南史》卷七五《隱逸上·陶潛傳》同《宋書》。

259 羊琇造酒

晉羊琇，字稚〔一〕舒，家富豪。秋冬月造酒，令人抱甕，須臾易之，有頃便可熟。

〔一〕稚 原作「雉」，明鈔本作「雅」。按：《晉書》卷九三《羊琇傳》作「稚」，據改。

按：此出東晉裴啓《語林》，北宋晁載之《續談助》卷四殷芸《小説》引《語林》曰：

羊雅（稚）舒琇，冬月釀酒，令人抱甕暖之。須臾，復易其人。酒既速成，味仍嘉美。其驕豪此類。

《北堂書鈔》卷一四八，《太平御覽》卷二七、卷七五八，《海録碎事》卷六亦引《語林》，均簡，作「稚舒」。《晉書》卷九三《羊琇傳》載：

羊琇字稚舒。……帝（武帝）踐阼，累遷中護軍，加散騎常侍。琇在職十三年，典禁兵，豫機密，寵遇甚厚。……琇性豪侈，費用無復齊限，而屑炭和作獸形以温酒，洛下豪貴咸競效之。又喜遊讌，以夜續晝，中外五親無男女之别，時人譏之。

260　漢文帝儉約

漢文帝儉約，常集諫書囊而爲帳。所幸姬慎夫人，衣不曳地。

按：此出《漢書》卷四《孝文帝紀》贊及卷六五《東方朔傳》。贊曰：

孝文皇帝即位二十三年，宫室苑囿車騎服御無所增益。有不便，輒弛以利民。嘗欲作露臺，召匠計之，直百金。上曰：「百金，中人十家之産也。吾奉先帝宫室，常恐羞之，何以臺爲！」身衣弋綈。所幸慎夫人衣不曳地，帷帳無文繡，以示敦朴，爲天下先。治霸陵，皆瓦器，不得以金銀銅錫爲飾。因其山，不起墳。

《東方朔傳》曰：

朔對曰：「堯、舜、禹、湯、文、武、成、康上古之事，經歷數千載，尚難言也，臣不敢陳。願近述孝文皇帝之時，當世耆老皆聞見之。貴爲天子，富有四海，身衣弋綈，足履革舄，以韋帶劍，莞蒲爲席，兵木無刃，衣緼無文，集上書囊以爲殿帷。以道德爲麗，以仁義爲準。於是天下望風成俗，昭然化之。……」

261 庾衮自杖戒酒

晉庾衮，字叔褒。父在常戒衮以酒，及父殁，日飲不止。因責曰：「余廢先人之戒，何以訓〔一〕人？」乃携挺於墓前，自杖三十，遂終身絶飲〔二〕。

〔一〕訓　明鈔本作「訓之」。

〔二〕遂終身絶飲　此五字原無，據明鈔本補。

按：此出《晉書》卷八八《孝友傳·庾袞傳》：

庾袞字叔褒。……初，袞父誡袞以酒，每醉，輒自責曰：「余廢先父之誡，其何以訓人？」乃於父墓前自杖三十。

262　晉明帝幼慧

晉明帝十餘歲，未爲太子，元帝坐之膝上，問曰：「日與長安孰近？」答曰：「日近。」復問之：「何言日近？」答曰：「舉頭〔一〕見日，不見長安〔二〕。」帝異之。明日對羣臣，復問之，答〔三〕曰：「日遠，長安近。」元帝甚驚，問曰：「何以與〔四〕昨日之對有異？」復答曰：「只聞人從長安來，不聞人從日邊來。」帝〔五〕愈奇之，立爲太子。

〔一〕頭　明鈔本作「目」。

〔二〕不見長安　明鈔本前有「而」字。

〔三〕答　明鈔本無此字。

〔四〕與　明鈔本無此字。

〔五〕帝　明鈔本無此字。

按：原當出《語林》，《北堂書鈔》卷七所引不全，僅「答長安近日」五字。《世説新語・夙惠》記事全，曰：

晉明帝數歲，坐元帝膝上。有人從長安來，元帝問洛下消息，潸然流涕。明帝問何以致泣，具以東渡意告之。因問明帝：「汝意謂長安何如日遠？」答曰：「日遠。不聞人從日邊來，居然可知。」元帝異之。明日集羣臣宴會，告以此意，更重問之。乃答曰：「日近。」元帝失色曰：「爾何故異昨日之言邪？」答曰：「舉目見日，不見長安。」

魏劉劭《幼童傳》已有載，《初學記》卷一引曰：

晉明帝諱紹，元帝太子也。初元帝爲江東都督鎮揚州時，中原喪亂，有人從長安來，元帝問洛下消息，潸然流涕。帝年數歲，問泣故，具以東渡意告之。因問帝：「汝意謂長安何如日遠？」答曰：「不聞人從日邊來，只聞人從長安來，居然可知。」元帝念之。明日集羣臣宴會，設以此問，明帝又以爲日近。元帝動容，問何故異昨日之言。答曰：「舉頭不見長安，只見日，以是知近。」帝大悦。

263 管輅幼知天時

管輅年七八歲時，與鄰里小兒戲，畫地爲日月星辰之狀，言動〔一〕不常。父母禁之，答曰：「家雞野鵠尚知天時〔二〕，況人乎哉！」

〔一〕動　此字原無，據明鈔本補。

〔二〕時　明鈔本作「明」。

按：此出《三國志》卷二九《方技傳·管輅傳》注引《管輅别傳》，曰：

輅年八九歲，便喜仰視星辰，得人輒問其名，夜不肯寐。父母常禁之，猶不可止。自言：「我年雖小，然眼中喜視天文。」常云：「家雞野鵠猶尚知時，況於人乎？」與鄰比兒共戲土壤中，輒畫地作天文及日月星辰。每答言説事，語皆不常，宿學耆人不能折之，皆知其當有大異之才。及成人，果明《周易》，仰觀、風角、占、相之道，無不精微。

264　舜保孝道

舜父瞽瞍納後妻讒言，嘗笞舜。舜見〔一〕小杖則受，大杖則走，故能保身於孝道。

〔一〕舜見　明鈔本無此二字。

按：此見《韓詩外傳》卷八第二十五章、《孔子家語》卷四《六本》、《説苑》卷三《建本》。《韓詩外傳》曰：

曾子有過，曾晳引杖擊之。仆地，有間乃蘇，起曰：「先生得無病乎？」魯人賢曾子，以告夫子。夫子告門人：「參來，勿内也。」曾子自以爲無罪，使人謝夫子。夫子曰：「汝不聞昔者舜爲人子乎？小箠則待，笞大杖則逃。索而使之，未嘗不在側；索而殺之，未嘗可得。今汝委身以待暴怒，拱立不去，汝非王者之民邪？殺王者之民，其罪何如？」《詩》曰：「優哉柔哉，亦是戾矣。」又曰：「載色載笑，匪怒伊教。」

《孔子家語》曰：

曾子耘瓜，誤斬其根。曾晳怒，建大杖以擊其背，曾子仆地，而不知人久之。有頃乃蘇，欣然而起，進於曾晳曰：「嚮也參得罪於大人，大人用力教參，得無疾乎？」退而就房，援琴而歌，欲令曾晳而聞之，知其體康也。孔子聞之而怒，告門弟子曰：「參來，勿内。」曾參自以爲無罪，使人請於孔子。子曰：「汝不聞乎？昔瞽瞍有子曰舜，舜之事瞽瞍，欲使之，未嘗不在於側。索而殺之，未嘗可得。小棰則待過，大杖則逃走。故瞽瞍不犯不父之罪，而舜不失烝烝之孝。今參事父，委身以待暴怒，殪而不避。既身死而陷父於不義，其不孝孰大焉？汝非天子之民也？殺天子之民，其罪奚若？」曾參聞之曰：「參罪大矣。」遂造孔子而謝過。

《説苑》曰：

曾子芸瓜而誤斬其根，曾皙怒，援大杖擊之，曾子仆地。有頃乃蘇，蹶然而起，進曰：「曩者參得罪於大人，大人用力教參，得無疾乎？」退屏鼓琴而歌，欲令曾皙聽其歌聲，知其平也。孔子聞之，告門人曰：「參來，勿内也。」曾子自以無罪，使人謝孔子。孔子曰：「汝不聞瞽叟有子，名曰舜。舜之事父也，索而使之，未嘗不在側。求而殺之，未嘗可得。小箠則待，大箠則走，以逃暴怒也。今子委身以待暴怒，立體而不去，殺身以陷父不義，不孝孰是大乎？汝非天子之民邪？殺天子之民，罪奚如？」以曾子之材，又居孔子之門，有罪不自知，處義難乎！

265 黄霸召吏

黄霸爲潁川太守，召吏。方食於野亭，烏攫食。霸見吏曰：「汝爲烏攫食耶？」吏驚，以爲霸盡知其行止，後不敢爲非。

按：此出《漢書》卷八九《循吏列傳·黄霸傳》：

黄霸字次公，淮陽陽夏人也。……霸爲潁川太守，秩比二千石。……嘗欲有所司察，擇長年廉吏遣行，屬令周密。吏出，不敢舍郵亭，食於道旁，烏攫其肉。民有欲詣府口言事者適見之，霸與語道此。後日吏還謁霸，霸見迎勞之，曰：「甚苦。食於道旁，乃爲烏所盗肉。」吏大驚，以霸具知其起居，所問豪氂不敢有所隱。

266 任氏子貯粟

秦敗，豪傑之士争取金玉，唯任氏子獨爲倉窖貯粟。後穀食萬錢，於是金玉寶貨盡歸任氏〔一〕。

〔一〕氏　明鈔本無此字。

按：此出《史記》卷一二九《貨殖列傳》：

宣曲任氏之先，爲督道倉吏。秦之敗也，豪傑皆争取金玉，而任氏獨窖倉粟。楚漢相距滎陽也，民不得耕種，米石至萬，而豪傑金玉盡歸任氏，任氏以此起富。富人争奢侈，而任氏折節爲儉，力田畜。田畜人争取賤賈，任氏獨取貴善。富者數世。然任公家約，非田畜所出弗衣食，公事不畢，則身不得飲酒食肉。以此爲閭里率，故富而主上重之。

267 何劭口食

何劭〔一〕字敬祖。日供口食，計二萬錢，而兼四方珍味，雖三日帝廚之膳，不及之也。

〔一〕劭　原譌作「郃」，明鈔本作「邵」，亦譌。據《晉書》卷三三《何劭傳》改。

按：此出《晉書》卷三三《何劭傳》：

劭字敬祖。……永康初，遷司徒。趙王倫篡位，以劭爲太宰。及三王交争，劭以軒冕而游其間，無怨之者。而驕奢簡貴，亦有父（父何曾）風。衣裘服翫，新故巨積。食必盡四方珍異，一日之供以錢二萬爲限。時論以爲太官御膳，無以加之。然優游自足，不貪權勢。

268 隨珠彈雀

《吕氏春秋》曰：以隨侯〔一〕之珠彈千仞之雀，人笑其用重求所輕也。

〔一〕隨侯　「隨」原作「隋」，「侯」明鈔本譌作「帝」。按：《吕氏春秋》卷二《貴生》作「隨」。北宋陳彭年等撰《廣韻》「支」韻：「隋，國名，本作隨。《左傳》曰：『漢東之國隨爲大。』漢初爲縣，後魏爲郡，又改爲州。隋文帝去辵。」據改。

按：引《吕氏春秋》，見《仲春紀・貴生》：

今有人於此，以隨侯之珠，彈千仞之雀，世必笑之，是何也？所用重，所要輕也。

《莊子・讓王》亦曰：

凡聖人之動作也，必察其所以之與其所以爲。今且有人於此，以隨侯之珠，彈千仞之雀，世必笑之，是何也？則其所用者重，而所要者輕也。

269　張公藝書忍字

唐初〔一〕，張公藝九世同居，高宗東封過其家，問之：「何以致然？」公藝執筆，唯書百餘「忍」字，餘無他言。遂旌表其門。

〔一〕唐初　原文不當有「唐」字，疑原作「國初」。

按：《舊唐書》卷一八八、《新唐書》卷一九五《孝友傳》亦載。《舊傳》曰：「鄆州壽張人張公藝，九代同居。」《新傳》曰：「張公藝九世同居。」

270　蕭何收秦律

漢高祖既入關，諸將劫珠玉寶貨〔一〕，唯蕭何獨收秦格式律令。卒爲漢名相，功居第一。

〔一〕貨　明鈔本作「等」，當譌。

按：此出《史記》卷五三《蕭相國世家》：

沛公至咸陽，諸將皆爭走金帛財物之府分之，何獨先人收秦丞相御史律令圖書藏之。沛公爲漢王，以何爲丞相。項王與諸侯屠燒咸陽而去。漢王所以具知天下阸塞，户口多少，彊弱之處，民所疾苦者，以何具得秦圖書也。

271 阮脩居貧

阮脩〔一〕字宣子，居貧，年三十〔二〕未有室。王敦等歛錢爲婚，皆名士也，時慕之者求入一錢不得。

〔一〕脩　原譌作「循」，據《晉書》卷四九《阮脩傳》改。

〔二〕三十　《晉書》作「四十」。

按：此出《晉書》卷四九《阮脩傳》：

脩字宣子。……脩居貧，年四十餘未有室，王敦等斂錢爲婚，皆名士也，時慕之者求入錢而不得。

272 劉君良棄妻

隋劉君良累代義居，兄〔一〕弟四人同氣。大業末，天下饑饉，其妻欲勸分居，乃竊取庭樹中鳥雛置諸窠中，令羣鳥鬭競。舉家怪之。其妻曰：「今天下大亂，戰争之秋，禽鳥尚不相容，况人乎！」君良知其計，中夜遂攬〔二〕妻髮，大呼曰：「此乃破家賊！」召諸兄弟，哭以告之，而棄其妻。居雖三院，而共一〔三〕厨。

〔一〕兄　明鈔本無此字。

〔二〕攬　原作「攪」，據《舊唐書》卷一八八《孝友傳》改。

〔三〕一　明鈔本無此字。

按：事見《舊唐書》卷一八八、《新唐書》卷一九五《孝友傳》。《舊傳》曰：

劉君良，瀛州饒陽人也。累代義居，兄弟雖至四從，皆如同氣，尺布斗粟，人無私焉。大業末，天下饑饉，君良妻勸其分析，乃竊取庭樹上鳥鶵，交置諸巢中，令羣鳥鬭競。舉家怪之。其妻曰：「方今天下大亂，争鬭之秋，禽鳥尚不能相容，况於人乎！」君良從之。分别後月餘，方知其計。中夜遂攬妻髮大呼曰：「此即破家賊耳！」召諸昆弟，哭以告之。是夜棄其妻，更與諸兄弟同居處，情契如初。屬盜起，閭里依之爲堡者數百家，因名爲義成堡。」武德七年，深州别駕楊弘業造其第，見有六院，唯一飼，子弟數十人，皆有禮節，咨嗟而去。貞觀六年，詔加旌表。

《新傳》曰：

劉君良，瀛州饒陽人。四世同居，族兄弟猶同産也，門内斗粟尺帛無所私。隋大業末荒饉，妻勸其異居，因易置庭樹鳥鶵。令鬭且鳴。家人怪之。妻曰：「天下亂，禽鳥不相容，况人邪！」君良即與兄弟别處。月餘，密知其計，因斥去妻，曰：「爾破吾家。」召兄弟流涕以告，更復同居。天下亂，鄉人共依之，衆築爲堡，因號義成堡。武德中，深州别駕楊弘業至其居，凡六院，共一庖，子弟皆有禮節，歎挹而去，貞觀六年，表異門閭。

《續世説》卷一二《假譎》亦載，據《舊傳》而有删略。

273　中宗拋石祝天

中宗〔一〕爲天后廢於房陵，仰天而嘆，因拋一石於雲中，心祝之曰：「我爲帝，即此石不落。」遂爲樹枝閣之，至今猶存。又有人渡水拾薪，得一古鏡，進之。中宗照面，其影中有人語曰：「即作天子，即作天子〔二〕。」未浹旬，踐居帝位。

〔一〕中宗　前原有「唐」字，今删。《太平廣記》卷一三五《唐中宗》引《獨異志》亦有此字，乃《廣記》

編纂者所加。

〔二〕即作天子　此四字明鈔本及《廣記》未重復。

按：《廣記》所引文字微異，曰：

唐中宗爲天后所廢於房陵，仰天而歎，心祝之。因拋一石于空中，曰：「我後帝，此石不落。」其石遂爲樹枝罥挂，至今猶存。又有人渡水，拾得古鏡，進之。帝照面，其鏡中影人語曰：「即作天子。」未浹旬，復居帝位。

《孔帖》卷五及《錦繡萬花谷》後集卷七《祝石不落》引《獨異記》，南宋謝維新《古今合璧事類備要》前集卷六《仰天祝石》引《獨異記》，止於「至今尚存」，「我後帝」作「我復帝」。

《分門古今類事》卷二《中宗拋石》引《獨異志》曰：

唐中宗廢處房陵，仰天而歎。因拋一石於空中而祝之曰：「我後帝者，此石不落。」其石遂爲桑枝格住，至今猶存。常有人渡水，拾得古鏡，進之。帝照面，鏡中人忽語曰：「即作天子。」未浹旬，復帝位。

274　荀奉倩熨妻

荀奉倩與妻情厚，冬月，婦病熱，奉倩出，露坐，候體冷，即入熨之。甚爲世所譏。

按：此出《世説新語·惑溺》：

荀奉倩與婦至篤，冬月婦病熱，乃出中庭自取冷，還以身熨之。婦亡，奉倩後少時亦卒。以是獲譏於世。奉倩曰：「婦人德不足稱，當以色爲主。」裴令聞之曰：「此乃是興到之事，非盛德言，冀後人未昧此語。」

注引《粲别傳》曰：

粲常以婦人才智不足論，自宜以色爲主。驃騎將軍曹洪女有色，粲於是聘焉。容服帷帳甚麗，專房燕婉。歷年後婦病亡。未殯，傅嘏往喭粲，粲不明而神傷。嘏問曰：「婦人才色，並茂爲難。子之聘也，遺才存色，非難遇也，何哀之甚？」粲曰：「佳人難再得，顧逝者不能有傾城之異，然未可易遇也。」痛悼不能已已。歲餘亦亡，亡時年二十九。粲簡貴，不與常人交接，所交者一時俊傑。至葬夕，赴期者裁十餘人，悉同年相知名士也。哭之，感慟路人。粲雖褊隘，以燕婉自喪，然有識猶追惜其能言。

《三國志》卷一〇《魏書·荀彧傳》注：「何劭爲粲傳曰：『粲字奉倩。』」下文亦曰「粲常以婦人者才智不足論，自宜以色爲主。驃騎將軍曹洪女有美色，粲於是娉焉」云云，是知何劭《荀粲傳》即《荀粲别傳》也。

275 玄宗幸蜀見白魚

玄宗幸蜀，至利州吉伯渡，有一〔一〕白魚來御舟而過。

〔一〕一　明鈔本作「二」。

276 河間王征輔公祏

河間王孝恭，才智識略，時出於衆。初受詔征輔公祏〔一〕，上有一器，倏然變成血，滿坐驚畏，左右不測。孝恭自省無負神祇，此變應是公祏。時人服其先見。

〔一〕輔公祏　原譌作「蒲公祐」，明鈔本譌作「輔公祐」。按：《舊唐書》卷五六《輔公祏傳》：「輔公祏，齊州臨濟人。隋末，從杜伏威爲羣盜。……公祏尋與伏威遣使歸國，拜爲淮南道行臺尚書左僕射，封舒國公。武德五年……因僭即僞位，自稱宋國，於陳故都築宮以居焉。……大修兵甲，轉漕糧饋。……高祖命趙郡王孝恭率諸將奮擊，大破之。……公祏懼而遁走……至武康，爲野人所執，送於丹陽，孝恭斬之，傳首京師。」《舊唐書》卷三《太宗紀下》：貞觀十一年六月，「趙郡王孝恭爲河間郡王」。

按：唐末皇甫枚《三水小牘》卷上《永福湖水變血》引本朝書載此事，曰：

昔讀本朝書，見河間王之征輔公祏也，江行，舟中宴羣帥，命左右以金盌酌江水。將飲之，水至，忽化爲血。合坐失色，王徐曰：「盌中之血，公祏授首之徵。」果破之。則禍福之難明也如是。

《南部新書》癸卷亦載：

河間王孝恭，才知識略特出於衆。初受詔征輔公祏，座上有水一器，倏然變成血，滿坐驚畏，左右不測。孝恭曰：「自無負神明，此變應是公祏授首之兆。」座客始安。至淮南。乃梟公祏以獻。時人服其先見。

事又載《舊唐書》卷六〇《河間王孝恭傳》：

（武德）六年，遷襄州道行臺尚書左僕射。時荆襄雖定，嶺表尚未悉平，孝恭分遣使人撫慰，嶺南四十九州皆來款附。及輔公祏據江東反，發兵寇壽陽，命孝恭爲行軍元帥以擊之。七年，孝恭自荆州趣九江，時李靖、李勣、黄君漢、張鎮州、盧祖尚並受孝恭節度。將發，與諸將宴集，命取水，忽變爲血。在座者皆失色，孝恭舉止自若，徐諭之曰：「禍福無門，唯人所召。自顧無負於物，諸公何見憂之深！公祏惡積禍盈，今承廟算以致討，盌中之血，乃公祏授首之後徵。」遂盡飲而罷。時人服其識度而能安衆。

《新唐書》卷三四《五行志一》：

武德七年，河間王孝恭征輔公祏，宴羣帥于舟中。孝恭以金盌酌江水，將飲之，則化爲血。孝恭曰：「盌中之血，公祏授首之祥。」

《續世説》卷三《雅量》所載，乃據《舊唐書·河間王孝恭傳》：

河間王孝恭討輔公祏，李勣等並受孝恭節度。將發，與諸將宴集，命取水，忽變爲血。在坐皆失色，孝恭舉止自若，徐諭之曰：「公祏惡積禍盈，今承命致討，盌中之血，授首之徵也。」遂盡飲而罷。人服其識度能安衆。竟擒公祏。

277　太公就國

太公封於齊，宿〔一〕於逆旅。主人晨起，有一人謂曰：「客寢甚甘，殆非就國者也。」太公蹶起即路。俄有追者至，以其出關，遂止。

〔一〕宿　此字原無，以意補之。

按：此出《史記》卷三二《齊太公世家》：

於是武王已平商而王天下，封師尚父於齊營丘。東就國，道宿行遲。逆旅之人曰：「吾聞時難得而易失。客寢甚安，殆非就國者也。」太公聞之，夜衣而行，犂明至國。萊侯來伐，與之争營丘。營丘邊萊。萊人，夷也。會紂之亂而周初定，未能集遠方，是以與太公争國。

278 齊桓公謀伐莒

齊桓公與管仲謀伐莒，國人知之。桓公謂管仲曰：「寡人與仲父言，國人知之，何也？」管仲曰：「意者〔一〕左右有聖人乎？今東郭〔二〕牙安在？」桓公顧曰：「在此。」管仲曰：「子何以知之？」牙曰：「君子有三色，是以知之。」仲曰：「何謂三色？」曰：「歡欣衆悦，鐘鼓之色；愁倅哀憂，衰絰之色；猛厲忠實，兵革之色。」仲曰：「何以知其莒也？」曰：「君東南面〔三〕指之，口張而不掩，舌舉而不下，是以知其莒也。」

〔一〕者　明鈔本無此字。

〔二〕東郭　原作「東都」，據《韓詩外傳》卷四改。

〔三〕東南面　原作「東面南面」，據《韓詩外傳》改。按：莒國在齊國臨淄東南方向。

按：此出《韓詩外傳》卷四第五章：

齊桓公獨與管仲謀伐莒，而國人知之。桓公謂管仲曰：「寡人獨爲仲父言，而國人知之，何也？」管仲曰：「意者國中有聖人乎？今東郭牙安在？」桓公顧曰：「在此。」管仲曰：「子有言乎？」東郭牙曰：「然。」管仲曰：「子何以知之？」曰：「臣聞君子有三色，是以知之。」管仲曰：「何謂三色？」曰：「歡忻愛説，鐘鼓之色也；愁悴哀憂，衰絰之色也；猛厲充實，兵革之色也。是以知之。」管仲曰：「何以知其莒也？」對曰：「君東南面而指，口張而不掩，舌舉而不下，是以知其莒也。」桓公曰：「善。」東郭先生曰：「目者，心之符也。言者，行之指也。夫知者之於人也，未嘗求知而後能知也。觀容貌，察氣志，定取舍，而人情畢矣。」《詩》曰：「他人有心，予忖度之。」

又，《吕氏春秋·審應覽·重言》：

齊桓公與管仲謀伐莒，謀未發，而聞於國。桓公怪之，曰：「與仲父謀伐莒，謀未發而聞於國，其故何也？」管仲曰：「國必有聖人也。」桓公曰：「譆！日之役者有執蹠癌而上視者，意者其是耶？」乃令復役，無得相代。少頃，東郭牙至。管仲曰：「此必是已。」乃令賓者延之而上，分級而立。管子曰：「子邪言伐莒者？」對曰：「然。」管仲曰：「我不言伐莒，子何故言伐莒？」對曰：「臣聞君子善謀，小人善意，臣竊意之也。」管仲曰：「我不言伐莒，子何以意之？」對曰：「臣聞君子有三色。顯然喜樂者，鐘鼓之色也；湫然清靜者，衰絰之色也；艴然充盈手足矜者，兵革之色也。日者臣望君之在臺上也，艴然充盈手足矜者，此兵革之色也。君呿而不唫，所言者莒也；君舉臂而指，所當者莒也。臣竊以慮，諸侯之不服者其惟莒乎？臣故言之。」凡耳之聞以聲也，今不聞其聲而以其容與臂，是東郭牙不以耳聽而聞也。桓公、管仲雖善匿，弗能隱矣。故聖人聽於無聲，視於無形，詹何、田子方、老耽是也。

《管子》卷一六《小問》亦載，作「東郭郵」。曰：

桓公與管仲闔門而謀伐莒，未發也，而已聞於國矣。桓公怒，謂管仲曰：「寡人與仲父闔門而謀伐莒，未發也，而已聞於國，其故何也？」管仲曰：「國必有聖人。」桓公曰：「然夫日之役者有執席食以視上者，必彼是邪？」於是乃令之復役，毋復相代。少焉，東郭郵至，桓公令儐者延而上，與之分級而上，問焉，曰：「子言伐莒者乎？」東郭郵曰：「然，臣也。」桓公曰：「寡人不言伐莒，而子言伐莒，其故何也？」東郭郵對曰：「臣聞之，君子善謀，而小人善意，臣意之也。」桓公曰：「子奚以意之？」東郭郵曰：「夫欣然喜樂者，鐘鼓之色也；夫淵然清靜者，縗絰之色也；漻然豐滿，而手足拇動者，兵甲之色也。日者臣視二君之在臺上也，口開而不闔，是言莒也；舉手而指，勢當莒也。且臣觀小國諸侯之不服者，唯莒於是。臣故曰伐莒。」桓公曰：「善哉！以微射明，此之謂乎？子其坐，寡人與子同之。」

《説苑》卷一三《權謀》，當本《吕氏春秋》，而作「東郭垂」。曰：

齊桓公與管仲謀伐莒，謀未發而聞於國。桓公怪之，以問管仲。管仲曰：「國必有聖人也？」桓公嘆曰：「歖！日之役者有執柘杵而上視者，意其是邪？」乃令復役，無得相代。少焉，東郭垂至，管仲曰：「此必是也。」乃令儐者延而進之，分級而立。管仲曰：「子言伐莒者也？」對曰：「然。」管仲曰：「我不言伐莒。子何故言伐莒？」對曰：「臣聞君子善謀，小人善意，臣竊意之也。」管仲曰：「我不言伐莒，子何以意之？」對曰：「臣聞君子有三色。優然喜樂者，鐘鼓之色；愀然清静者，縗經之色；勃然充滿者，此兵革之色也。日者臣望君之在臺上也，勃然充滿，此兵革之色。君吁而不吟，所言者莒也；君舉臂而指，所當者莒也。臣竊慮小諸侯之未服者，其惟莒乎？臣故言之。」君子曰，凡耳之聞以聲也。今不聞其聲，而以其容與臂，是東郭垂不以耳聽而聞也。桓公、管仲雖善謀，不能隱。聖人之聽於無聲，視於無形，東郭垂有之矣。故桓公乃尊禄而禮之。

279 朱敬則孝友忠鯁

朱敬則，亳州永城人。孝友忠鯁，舉世莫比。門表闕者六所，古今無之。

朱正諫敬則，代著孝義，自宇文周至國家，並令旌表，門標六闕。

按：此出《隋唐嘉話》卷下，《唐語林》卷一《德行》採之。《隋唐嘉話》曰：

事亦見《舊唐書》卷九〇、《新唐書》卷一一五《朱敬則傳》。《舊傳》曰：

朱敬則，字少連，亳州永城人也。代以孝義稱，自周至唐，三代旌表，門標六闕，州黨美之。

《南部新書》乙卷據本書採入此條：

朱敬則，亳州永城人也，孝行忠鯁，舉世莫比。門表闕臺者六所，今古無之。

280 公儀休拔葵逐妻

公儀休相魯國，入園，見妻蒔葵，因拔去，謂妻曰：「身爲國相，與民争利，非理也。」乃逐其妻。

按：此條與《公儀休焚機》條同類，出《史記》卷一一九《循吏列傳》：公儀休者，魯博士也。以高弟爲魯相。奉法循理，無所變更，百官自正。使食禄者不得與下民争利，受大者不得取小。……食茹而美，拔其園葵而弃之。

281 晉文公伐衛

晉文公出伐衛，公子〔一〕仰而笑。公問：「何笑？」公子曰：「臣笑臣〔二〕鄰人也。臣之鄰人有送〔三〕其妻適私家者，道逢桑婦而悦，與之言，然顧視其妻，亦有招之者矣。是以竊笑之。」公悟其言，乃止，引兵而還。未到，有伐其北鄙者。

〔一〕公子　明鈔本作「衛公子」，「衛」字衍。

〔二〕臣　明鈔本作「臣之」。

〔三〕送　明鈔本譌作「遇」。

按：此出《列子·説符》：

晉文公出，會欲伐衛，公子鋤仰天而笑，公問：「何笑？」曰：「臣笑鄰之人有送其妻適私家者，道見桑婦，悦而與言，然顧視其妻，亦有招之者矣。臣竊笑此也。」公寤其言，乃止，引師而還。未至，而有伐其北鄙者矣。

282　海人狎鷗

昔有人海上日與鷗鳥狎，引數百相從。其父曰：「吾聞鷗鳥從汝遊，可與俱來，吾玩之。」明日，其人往，羣鷗翔而不下，蓋以機萌於心而物懼也。

按：此出《列子·黄帝》：

海上之人有好漚鳥者，每旦之海上，從漚鳥游，漚鳥之至者，百住而不止。其父曰：「吾聞漚鳥皆從汝游，汝取來吾玩之。」明日之海上，漚鳥舞而不下也。故曰至言去言，至爲無爲，齊智之所知，則淺矣。

283 劉裕斬姚泓

姚泓將妻子降於劉裕〔一〕，裕斬之於建康市。凡百里之内，草皆焦而死。

〔一〕劉裕　「裕」原譌作「祐」。據《晉書》卷一一九《姚泓載記》改。下同。

按：此出《晉書》卷一一九《姚泓載記》：

姚泓字元子，興之長子也。……久之，乃立爲太子。……興既死……以義熙十二年僭即帝位，大赦殊死已下，改元永和。……尋而晉太尉劉裕總大軍伐泓……泓計無所出，謀欲降于裕。其子佛念，年十一，謂泓曰：「晉人將逞其欲，終必不全，願自裁決。」泓憮然不答。佛念遂登宫牆自投而死。泓將妻子詣壘門而降。讚率宗室子弟百餘人亦降于裕，裕盡殺之，餘宗遷于江南。送泓于建康市斬之，時年三十，在位二年。建康百里之内，草木皆燋死焉。

284 王猛子謀反

苻堅〔一〕委政於王猛，小大無疑。猛卒，其子皮謀反，堅讓曰：「丞相臨終，以十具牛爲田〔二〕，不聞與子求位。知子莫若父，何斯言之驗也！」赦而不誅。

〔一〕苻堅　「苻」原譌作「符」，據《晉書》卷一一三《苻堅載記上》改。

〔二〕牛爲田　原譌作「中爲由」，據明鈔本改。

按：此出《晉書》卷一一四《苻堅載記下》：

堅兄法子東海公陽與王猛子散騎侍郎皮謀反，事泄，堅問反狀，陽曰：「《禮》云父母之仇，不同天地。臣父哀公，死不以罪。齊襄復九世之仇，而況臣也。」皮曰：「臣父丞相有佐命之勳，而臣不免貧餒，所以圖富也。」堅流涕謂陽曰：「哀公之薨，事不在朕，卿寧不知之！」讓皮曰：「丞相臨終，託卿以十具牛爲田，不聞爲卿求位。知子莫若父，何斯言之徵也！」皆赦不誅，徙陽於高昌，皮於朔方之北。

同卷《王猛傳》載：

王猛字景略，北海劇人也，家於魏郡。……苻堅將有大志，聞猛名，遣吕婆樓招之，一見便若平生，語及廢興大事，異符同契，若玄德之遇孔明也。及堅僭位，以猛爲中書侍郎。……遷尚書左丞、咸陽内史、京兆尹。未幾除吏部尚書、太子詹事，又遷尚書左僕射、輔國將軍、司隸校尉，加騎都尉，居中宿衛。時猛年三十六，歲中五遷，權傾内外。……頃之，遷尚書令、太子太傅，加散騎常侍。猛頻表累讓，堅竟不許。又轉司徒、録尚書事，餘如故。猛辭以無功，不拜。……以功進封清河郡侯。……俄入爲丞相、中書監、尚書令、太子太傅、司隸校尉，持節、常侍、將軍、侯如故。稍加都督中外諸軍事。猛表讓久之。堅曰：「……自卿輔政，幾將二紀，内釐百揆，外蕩羣凶，天下向定，彝倫始叙。朕且欲從容於上，望卿勞心於下，弘濟之務。非卿而誰！」遂不許。其後數年，復授司徒。……猛乃受命，軍國内外萬幾之務，事無巨細，莫不歸之。……堅常從容謂猛曰：「卿夙夜匪懈，憂勤萬幾，若文王得太公，吾將優游以卒歲。」……其年寢疾……堅親臨省病，問以後事。……言終而死，時年五十一。堅哭之慟。……贈侍中，丞相餘如故。給東園温明祕器，帛三千匹，穀萬石。謁者僕射監護喪事，葬禮一依漢大將軍霍光故事。謚曰武侯。朝野巷哭三日。

285　歐陽通得孝理

儀鳳〔一〕中，中書舍人歐陽通起復判舘，每入朝，必徒跣至城門，然後着鞋。到直省之〔二〕所，即席地籍〔三〕藁，非公事不言，未嘗啓齒。歸衰絰〔四〕，號慟無時。國朝奪情，惟通得理。

〔一〕儀鳳　原作「甘露」。按：唐無甘露年號，據《舊唐書》卷一八九上《歐陽通傳》改。前原有「唐」字，今删。

〔二〕之　此字原無，據明鈔本補。

〔三〕籍　明鈔本作「藉」。籍，通「藉」，墊也，坐也。

〔四〕衰絰 「衰」字原無，據明鈔本補。衰絰，喪服。

按：事亦見《舊唐書》卷一八九上、《新唐書》卷一九八《儒學傳上·歐陽通傳》。《新傳》簡，《舊傳》曰：

（歐陽詢）子通，少孤，母徐氏教其父書。……儀鳳中，累遷中書舍人。丁母憂，居喪過禮。起復本官，每入朝，必徒跣至皇城門外，直宿在省，則席地藉藁。非公事不言。亦未嘗啓齒。歸家必衣縗絰，號慟無恒。自武德已來，起復後而能哀感合禮者，無與通比。年凶未葬，四年居廬不釋服，家人冬月密以氈絮置所眠席下，通覺，大怒，遽令徹之。

286 漢宣帝足下有毛

漢宣帝足下有毛，所居常有光耀。

按：此出《漢書》卷八《宣帝本紀》：

時會朝請，舍長安尚冠里。身足下有毛，卧居數有光耀。

287 顔畿復生

晉顔含有孝行。兄畿〔一〕服藥過多，死於家。含遂開棺，復生。母妻家人盡勤倦，含棄官，侍兄疾十三年，曾無勞怠。

〔一〕畿　原譌作「幾」，據明鈔本改。

按：此出《晉書》卷八八《孝友·顔含傳》：

顔含字弘都，琅邪莘人也。……含少有操行，以孝聞。兄畿，咸寧中得疾，就醫自療，遂死於醫家。家人迎喪，旐每繞樹而不可解，引喪者顛仆，稱畿言曰：「我壽命未死，但服藥太多，傷我五藏耳。今當復活，慎無葬也。」其父祝之曰：「若爾有命復生，豈非骨肉所願！今但欲還家，不爾葬也。」旐乃解。及還，其婦夢之曰：「吾當復生，可急開棺。」婦頗説之。其夕，母及家人又夢之，即欲開棺，而父不聽。含時尚少，乃慨然曰：「非常之事，古則有之，今靈異至此，開棺之痛，孰與不開相負？」父母從之，乃共發棺，果有生驗，以手刮棺，指爪盡傷，然氣息甚微，存亡不分矣。飲哺將護，累月猶不能語，飲食所須，託之以夢。闔家營視，頓廢生業，雖在母妻，不能無倦矣。含乃絶棄人事，躬親侍養，足不出户者十有三年。石崇重含淳行，贈以甘旨，含謝而不受。或問其故，答曰：「病者綿昧，生理未全，既不能進噉，又未識人惠，若當謬留，豈施者之意也？」纖竟不起。

原載《搜神記》，《搜神記輯校》卷二一《顔纖》曰：

咸寧中，琅邪顔纖，字世都。得病，就醫張瑳自治，死於瑳家。家人迎喪，旐每繞樹木不可解，送喪者或爲之傷。乃託夢曰：「我壽命未應死，但服藥太多，傷我五臟耳。今當復活，慎無葬我也。」父拊而祝之曰：「若爾有命，復當更生，豈非骨肉所願？今但欲還家，不葬爾也。」旐乃解，還家。乃開棺，形骸如故，微有人色，而手爪所刮摩，棺板皆傷。於是漸有氣息，以綿飲瀝口，能咽，遂乃出之。日久飲食稍多，能開目視瞻，屈伸手足，然不與人相當，不能言語，飲食猶常人。如此者十餘年，家人疲於供護，不復得操事。其弟弘都，絶棄人事，躬自侍養，以知名。後氣力稍更衰劣，卒復還死也。

《宋書》卷三四《五行志五》、《晉書》卷二九《五行志下》亦記事略。《宋志》曰：

晉武帝咸寧二年二月，琅邪人顔畿病死，棺斂已久，家人咸夢畿謂己曰：「我當復生，可急開棺。」遂出之。漸能飲食屈申視瞻，不能行語也。二年復死。其後劉淵、石勒遂亡晉室。

《晉志》曰：

咸寧二年十二月，琅邪人顔畿病死，棺斂已久，家人咸夢畿謂己曰：「我當復生，可急開棺。」遂出之。漸能飲食屈伸視瞻，不能行語。二年復死。京房《易傳》曰：「至陰爲陽，下人爲上，厥妖人死復生。」其後劉元海、石勒僭逆，遂亡晉室，下爲上之應也。

288 陳饒責宋燕

宋燕相齊，見逐罷歸，召門尉陳饒等二十三人曰：「諸大夫有能與我赴諸侯乎？」饒等〔一〕皆伏而不對。燕曰：「悲乎哉！士大夫易得而難用。」陳饒對曰：「非士大夫易得而難用，君不能用也。君不能用，即有不平之心。是失〔二〕諸己而責諸人〔三〕，其云何？」饒曰：「三斗之粟，不足於士，而君鴈鶩有餘食〔四〕。園果梨栗，後宫婦女以相擕擲，而士不得一嘗。綾紈綺縠，麗靡於常服，而士大夫不得以爲緣〔五〕。財者，君之所輕；死者，士之所重。君不能行〔六〕其所輕而使士致其所重，譬若鉛刀蓄之，干將用之，不亦難乎！」宋燕慙而避席曰：「燕過矣。」

〔一〕等　明鈔本脱此字。

〔二〕失　原譌作「先」，據《韓詩外傳》卷七改。下同。

〔三〕燕曰失諸己而責諸人　此九字原無，據明鈔本補，「失」原譌作「先」。

〔四〕鴈鶩有餘食　「鶩」原作「鶩」，據明鈔本改。鶩，鴨也。「食」字明鈔本脱，《韓詩外傳》作「粟」。

〔五〕緣　原譌作「禄」，據明鈔本改。緣，衣服所鑲邊緣。

〔六〕行　原作「捐」，據明鈔本改。

按：此出《韓詩外傳》卷七第十八章：

宋燕相齊見逐，罷歸之舍，召門尉陳饒等二十六人曰：「諸大夫有能與我赴諸侯者乎？」陳饒等皆伏而不對。宋燕曰：「悲乎哉！何士大夫易得而難用也！」陳饒對曰：「非士大夫易得而難用也，君弗能用也。君不能用，則有不平之心。是失之己而責諸人也。」宋燕曰：「夫失諸己而責諸人者何？」陳饒對曰：「三斗之稷，不足於士，而君雁鶩有餘粟，是君之一過也；果園梨栗，後宫婦人以相提擲，而士曾不得一嘗，是君之二過也；綾紈綺縠，靡麗於堂，從風而弊，而士曾不得以爲緣，是君之三過也。且夫財者，君之所輕也；死者，士之所重也。君不能行君之所輕，而欲使士致其所重，譬猶鉛刀畜之，而干將用之，不亦難乎？」宋燕面有慙色，逡巡避席曰：「是燕之過也。」《詩》曰：「或以其酒，不以其漿。」

他書亦有載。《戰國策》卷一一《齊四》「宋燕」作「管燕」，「陳饒」作「田需」。曰：

管燕得罪齊王，謂其左右曰：「子孰而與我赴諸侯乎？」左右嘿然莫對。管燕連然流涕曰：「悲夫！士何其易得而難用也！」田需對曰：「士三食不得饜，而君鵝鶩有餘食；下宫糅羅紈，曳綺縠，而士不得以爲緣。且財者，君之所輕，死者，士之所重，君不肯以所輕與士，而責士以所重事君，非士易得而難用也。」

《説苑》卷八《尊賢》，「宋燕」作「宗衛」，「陳饒」作「田饒」。曰：

　　宗衛相齊遇逐，罷歸舍，召門尉田饒等二十有七人而問焉，曰：「士大夫誰能與我赴諸侯者乎？」田饒等皆伏而不對。宗衛曰：「何士大夫之易得而難用也！」饒對曰：「非士大夫之難用也，是君不能用也。」宗衛曰：「不能用士大夫何若？」田饒對曰：「廚中有臭肉，則門下無死士。今夫三升之稷，不足於士，而君鴈鶩有餘粟；紈素綺繡，靡麗堂楯，從風雨弊，而士曾不得以緣衣；果園梨栗，後宮婦人摭以相擿，而士曾不得一嘗。且夫財者，君之所輕也；死者，士之所重也。君不能用所輕之財，而欲使士致所重之死，豈不難乎哉？」於是宗衛面有慚色，逡巡避席而謝曰：「此衛之過也。」

《新序》卷二《雜事》爲燕相事，曰：

　　昔者燕相得罪於君，將出亡，召門下諸大夫曰：「有能從我出者乎？」三問，諸大夫莫對。燕相曰：「嘻！亦有士之不足養也。」大夫有進者，曰：「亦有君之不能養士，安有士之不足養者？凶年饑歲，士糟粕不厭，而君之犬馬有餘穀；隆冬烈寒，士短褐不完，四體不蔽，而君之臺觀帷幰錦繡，隨風飄飄而弊。財者君之所輕，死者士之所重也，君不能施君之所輕，而求得士之所重。不亦難乎？」燕相遂慙，遁逃，不復敢見。

獨異志卷下

289 趙襄子攻中牟

趙簡子死〔一〕而未葬，而中牟叛。五日，襄子舉兵攻之，圍未匝，而城自壞者十丈。襄子令退軍，吏諫曰：「君誅有罪〔二〕而城自壞者，天助也，曷爲退？」襄子曰：「吾聞於叔向曰：『君子不承人之危，不扼人之險。』使其理城後攻之。」中牟聞之，請降。

〔一〕死　明鈔本作「斃」，當爲「薨」字之譌。按：《韓詩外傳》卷六作「薨」。

〔二〕君誅有罪　「誅」原譌作「殊」，據《韓詩外傳》改。明鈔本作「軍誅之罪」，「軍」字譌。

按：此出《韓詩外傳》卷六第二十五章：

昔者趙簡子薨而未葬，而中牟畔之。既葬五日，襄子興師而攻之，圍未匝，而城自壞者十丈。襄子擊金而退之，軍吏諫曰：「君誅中牟之罪而城自壞，是天助也，君曷爲而退之？」襄子曰：「吾聞之於叔向曰：『君子不乘人於利，不厄人於險。』使脩其城然後攻之。」中牟聞其義而請降，曰：「善哉！襄子之謂也。」《詩》曰：「王猷允塞，徐方既來。」

《淮南子》卷一二《道應訓》亦載：

趙簡子死，未葬，中牟入齊。已葬五日，襄子起兵攻圍之，未合而城自壞者十丈。襄子擊金而退之，軍吏諫曰：「君誅中牟之罪而城自壞，是天助我，何故去之？」襄子曰：「吾聞之叔向曰：『君子不乘人於利，不迫人於險。』使之治城，城治而後攻之。」中牟聞其義，乃請降。故老子曰：「夫唯不争，故天下莫能與之争。」

又《新序》卷四《雜事》：

昔者趙之中牟叛，趙襄子率師伐之。圍未合，而城自壞者十堵。襄子擊金而退士，軍吏曰：「君誅中牟之罪而城自壞，是天助也，君曷爲去之？」襄子曰：「吾聞之於叔向曰：『君子不乘人於利，不迫人於險。』使之城而後攻。」中牟聞其義，乃請降。《詩》曰：「王猶允塞，徐方既來。」此之謂也。

290　太康失國

太康畋於洛之表，十日不返。其弟五人輦其母以從，終失國。

按：此出《史記》卷二《夏本紀》：

夏后帝啓崩，子帝太康立。帝太康失國，(《集解》：孔安國曰：「盤于遊田，不恤民事，爲羿所逐，不得反國。」昆弟五人，須于洛汭，作五子之歌。(《集解》：孔安國曰：「太康五弟與其母待太康于洛水之北，怨其不反，故作歌。」

291 漢高帝易太子

漢主〔一〕欲以趙王如意易太子，吕后問計於張良。曰：「南山有四皓，隱而不仕於秦。太子卑辭延之，若四老人到，扶〔二〕太子，一助也。」於是東園公、夏黄公、角〔三〕里先生、綺里季皆隨太子入謁。高帝曰：「吾得天下□□〔四〕不到，今從吾兒遊，何也？」四老曰：「陛下侮慢，臣等耻來。今太子賢明，臣故佐之。」於是太子乃定。高祖謂戚夫人曰：「羽翼已成，難動摇〔五〕矣。」

〔一〕主　原作「王」，據明鈔本改。

〔二〕扶　原作「挾」，據明鈔本改。

〔三〕角　《史記》卷五五《留侯世家》作「角」，同「甪」。

〔四〕□□　明鈔本空闕二字。

〔五〕動摇　明鈔本作「摇動」。

按：此出《史記》卷五五《留侯世家》：

上欲廢太子，立戚夫人子趙王如意。大臣多諫争，未能得堅決者也。吕后恐，不知所爲。人或謂吕后曰：「留侯善畫計筴，上信用之。」吕后乃使建成侯吕澤劫留侯，曰：「君常爲上謀臣，今上欲易太子，君安得高枕而卧乎？」留侯曰：「始上數在困急之中，幸用臣筴。今天下安定，以愛欲易太子，骨肉之閒，雖臣等百餘人何益！」吕澤彊要曰：「爲我畫計。」留侯曰：「此難以口舌争也。顧上有不能致者，天下有四人。四人者年老矣，皆以爲上慢侮人，故逃匿山中，義不爲漢臣。然上高此四人。今公誠能無愛金玉璧帛，令太子爲書，卑辭安車，因使辯士固請，宜來。來，以爲客，時時從入朝，令上見之，則必異而問之。問之，上知此四人賢，則一助也。」於是吕后令吕澤使人奉太子書，卑辭厚禮，迎此四人。四人至，客建成侯所。……漢十二年，上從擊破布（即黥布）軍歸，疾益甚，愈欲易太子。留侯諫，不聽，因疾不視事。叔孫太傅稱説引古今，以死争太子。上詳許之，猶欲易之。及燕，置酒，太子侍。四人從太子，年皆八十有餘，鬚眉皓白，衣冠甚偉。上怪之，問曰：「彼何爲者？」四人前對，各言名姓，曰東園公、角里先生、綺里季、夏黄公。上乃大驚，曰：「吾求公數歲，公辟逃我，今公何自從吾兒游乎？」四人皆曰：「陛下輕士善駡，臣等義不受辱。故恐而亡匿。竊聞太子爲人仁孝，恭敬愛士，天下莫不延頸欲爲太子死者，故臣等來耳。」上曰：「煩公幸卒調護太子。」四人爲壽已畢，趨去。上目送之，召戚夫人指示四人者曰：「我欲易之，彼四人輔之，羽翼已成，難動矣。吕后真而主矣。」戚夫人泣，上曰：「爲我楚舞，吾爲若楚歌。」歌曰：「鴻鵠高飛，一舉千里。羽翮已就，橫絶四海。橫絶四海，當可柰何！雖有矰繳，尚安所施！」歌數闋，戚夫人噓唏流涕，上起去，罷酒。竟不易太子者，留侯本招此四人之力也。

292 張嘉祐爲相州

張嘉祐爲相州刺史，至都，詢故事。皆云前後太守多不生出郡城，苟不流死則貶。嘉祐按其圖籍，自後周尉遲迥死王事〔一〕始也。乃爲迥立廟，四時享之。後三年，入拜大金吾。到吴兢〔二〕，加以冕服，而其後皆榮遷去。

〔一〕王事　明鈔本「王」譌作「生」。按：尉遲迥死事，詳附録所引《周書》卷二一《尉遲迥傳》。

〔二〕吴兢　「兢」原作「競」，誤，據《舊唐書》卷九九《張嘉祐傳》改。按：《舊唐書》卷一〇二《吴兢傳》：「累遷台、洪、饒、蘄四州刺史，加銀青光禄大夫。遷相州長史，封襄垣縣子。」

按：《舊唐書》卷九九《張嘉祐傳》載：

嘉祐，有幹略。自右金吾將軍貶浦陽府折衝，至二十五年，爲相州刺史。相州自開元已來，刺史死貶者十數人。嘉祐訪知尉遲迥周末爲相州總管，身死國難，乃立其神祠以邀福。經三考，改左金吾將軍。後吴兢爲鄴郡守，又加尉遲神冕服，自後郡守無患。

《新唐書》卷一二七《張嘉祐傳》亦載：

嘉祐，嘉貞弟，有幹略。方嘉貞爲相時，任右金吾衛將軍。昆弟每上朝，軒蓋騶導盈閭巷，時號所居坊曰鳴珂里。後貶浦陽府折衝。開元末，爲相州刺史。舊刺史多死官，衆疑畏。嘉祐以周總管尉遲迥死國難，忠臣也，立祠房解祓衆心。三歲，入爲左金吾將軍。後吴兢爲刺史，又加神冕服，遂無患。

後周尉遲迥死王事，見《周書》卷二一《尉遲迥傳》：

宣帝即位，以迥爲大前疑，出爲相州總管。宣帝崩，隋文帝輔政，以迥望位夙重，懼爲異圖，乃令迥子魏安公惇齎詔書以會葬徵迥。尋以鄖公韋孝寬代迥爲總管。迥以隋文帝當權，將圖篡奪，遂謀舉兵。……隋文帝於是徵兵討迥……迥大敗，遂入鄴。……迥上樓，射殺數人，乃自殺。……迥自起兵至敗，六十八日。武德中，迥從孫庫部員外郎耆福上表，請改葬。朝議以迥忠於周室，有詔許之。

293　耿壽昌置常平倉

漢耿壽昌置常平倉，賤時糴粟，貴時[一]減價，恤民，以成爲國之體也。

[一]時　明鈔本脱此字。

按：此出《漢書》卷二四上《食貨志上》：

宣帝即位，用吏多選賢良，百姓安土，歲數豐穰，穀至石五錢，農人少利。時大司農中丞耿壽昌以善爲算能商功利得幸於上，五鳳中奏言：「故事，歲漕關東穀四百萬斛以給京師，用卒六萬人。宜糴三輔、弘農、河東、上黨、太原郡穀足供京師，可以省關東漕卒過半。」又白增海租三倍，天子皆從其計。御史大夫蕭望之奏言：「故御史屬徐宫家在東萊，言往年加海租，魚不出。長老皆言武帝時縣官嘗自漁，海魚不出，後復予民，魚乃出。夫陰陽之感，物類相應，萬事盡然。今壽昌欲近糴漕關内之穀，築倉治船，費直二萬萬餘，有動衆之功，恐生旱氣，民被其災。壽昌習於商功分銖之事，其深計遠慮，誠未足任，宜且如故。」上不聽。漕事果便，壽昌遂白令邊郡皆築倉，以穀賤時增其賈而糴，以利農，穀貴時減賈而糶，名曰常平倉。民便之。上乃下詔，賜壽昌爵關内侯。

《漢書》卷七八《蕭望之傳》亦略言之，曰：「是時大司農中丞耿壽昌奏設常平倉，上善之。望之非壽昌。」

294 崔羣知貢舉

崔羣〔一〕爲相，清名甚重。元和中，自中書舍人知貢舉。既罷，夫人李氏因暇日常勸其樹莊田，以爲子孫之計。笑答曰：「余有三十所美莊良田遍天下，夫人復何憂！」夫人曰：「不聞君有此業。」羣曰：「吾前歲放〔二〕春榜三十人，豈非良田耶？」夫人〔三〕曰：「若然者〔四〕，君非陸相門生乎？然往年君掌文柄，使人約其子簡禮，不令〔五〕就春闈之試。如君以〔六〕爲良田，則陸氏一莊荒矣。」羣慙而退，累日不食。

〔一〕崔羣　前原有「唐」字，今刪。按：《太平廣記》卷一八一《崔羣》引《獨異志》無此字。

〔二〕放　明鈔本作「選」。

〔三〕夫人　明鈔本作「妻」。

〔四〕者　明鈔本無此字。

〔五〕令　明鈔本無此字。

〔六〕以　明鈔本無此字。

按：《廣記》卷一八一引，文字有不同者，曰：

崔羣元和自中書舍人知貢舉，夫人李氏因暇，嘗勸樹莊田，以爲子孫之業。笑曰：「予有三十所美莊良田，遍在天下，夫人何憂！」夫人曰：「不聞君有此業。」羣曰：「吾前歲放春牓三十人，豈非良田邪？」夫人曰：「若然者，君非陸贄相門生乎？」曰：「然。」夫人曰：「往年君掌文柄，使人約其子簡禮，不令就試。如君以爲良田，即陸氏一莊荒矣。」羣慙而退，累日不食。

此云羣自中書舍人知貢舉，清徐松《登科記考》卷一八據《重修承旨學士壁記》考爲禮部侍郎，知貢舉在元和十年。

北宋王皞《唐餘録》（《類説》卷一二、南宋祝穆《古今事文類聚》前集卷二五、謝維新《古今合璧事類備要》前集卷三八、闕名《翰苑新書》前集卷六三引），《類説》（明嘉靖伯玉翁舊鈔本）題《陸氏一庄荒》，曰：

崔羣知舉，臨期，妻勸羣求田。羣曰：「吾有美庄三十所，榜所放三十人是也。」妻曰：「君非陸贄門生乎？君掌文，約其子簡禮，不令就試，如以君爲良田，則陸氏一庄荒矣。」羣無詞以答。

《唐語林》卷四《賢媛》、《南部新書》己卷亦載此事。《唐語林》載：

陸相贄知舉，放崔相羣。羣知舉，而陸氏子簡禮被黜。羣妻李夫人謂羣曰：「子弟成長，盍置莊園乎？」公曰：「今年已置三十所矣。」夫人曰：「陸氏門生知禮部，陸氏子無一得事者，是陸氏一莊荒矣。」羣無以對。

《南部新書》載：

崔羣是貞元八年陸贄門生。羣元和十年典貢，放三十人，而黜陸簡禮。時羣夫人李氏謂之曰：「君子弟成長，合置莊園乎？」對曰：「今年已置三十所矣。」夫人曰：「陸氏門生知禮，陸氏子無一得事者，是陸氏一莊荒矣。」羣無以對。

295 魏元忠獲赦

魏元忠〔一〕神氣剛直，初爲洛陽令，有罪戮於都市，已坐訖。天后以元忠有平徐敬業之功，特敕免之。承制者走而傳呼釋元忠。傳呼先至，執捉者扶〔二〕令起，元忠曰：「敕未至，豈可求生？」有頃方至。觀者咸服其安閒神異也。

〔一〕魏元忠　前原有「唐」字，今删。

〔二〕扶　明鈔本作「杖」。

按：《舊唐書》卷九二本傳亦載，曰：

稍遷洛陽令。尋陷周興獄，詣市將刑，則天以元忠有討平敬業功，特免死配流貴州。時承敕者將至市，先令傳呼，監刑者遽釋元忠令起，元忠曰：「未知勑虚實，豈可造次！」徐待宣敕，然始起謝，觀者咸歎其臨刑而神色不撓。

296 杜伏威中箭

隋煬帝無道，杜伏威以齊州叛，煬帝遣陳稜擊之。稜下偏裨射中伏威額〔一〕，伏威怒〔二〕曰：「不殺射我者，終不拔此箭。」由是奮擊而入，獲所射者，乃令拔箭畢，然後斬其首，携入稜軍中，稜遂大敗。

〔一〕額　明鈔本無此字。

〔二〕怒　明鈔本作「頗怒」。

按：《太平廣記》卷一九一《杜伏威》引《獨異志》，文簡，曰：

隋大業末，杜伏威與陳稜戰於齊州，裨將射中伏威額，怒曰：「不殺射者，終不拔此箭。」由是奮入，獲所射者，乃令拔箭，然後斬首。稜乃大敗。

此出《隋書》，《太平御覽》卷三六四引曰：

煬帝令陳稜討杜伏威，伏威自出陣前挑戰，稜部將射中其額。伏威怒，指之曰：「不殺汝，我終不拔箭。」遂馳之。獲所射者，使其拔箭，然後斬之。

事亦載《舊唐書》卷五六、《新唐書》卷九二《杜伏威傳》及《册府元龜》卷八四七《總録部·勇》等。文大同，《舊傳》曰：

煬帝遣右禦衛將軍陳稜以精兵八千討之，稜不敢戰，伏威遺稜婦人之服以激怒之，并致書號爲

「陳姥」。稜大怒，悉兵而至。伏威逆拒，自出陣前挑戰，稜部將射中其額，伏威怒，指之曰：「不殺汝，我終不拔箭。」遂馳之。稜部將走奔其陣，伏威因入稜陣，大呼衝擊，所向披靡，獲所射者，使其拔箭，然後斬之，攜其首復入稜軍奮擊，殺數十人。稜陣大潰，僅以身免。

297 叔孫通諷獻果

漢惠帝時，叔孫通諷上曰：「古者春有獻，今櫻桃熟，願陛下取之。」獻果皆自此始。

按：此出《史記》卷九九《叔孫通傳》，《漢書》卷四三《叔孫通傳》亦載，文大同。《史記》曰：

孝惠帝曾春出游離宫，叔孫生曰：「古者有春嘗果，方今櫻桃孰，可獻，願陛下出，因取櫻桃獻宗廟。」上迺許之，諸果獻由此興。

298 高洋支解薛貴嬪

北齊高洋兇暴，貴嬪薛氏有小過，遽殺支解之。抱其股爲琵琶彈之，復嘆曰：「佳人難再得。」

按：此出《北史》卷七《齊本紀中》：

顯祖文宣皇帝諱洋，字子進，神武第二子。……所幸薛嬪，甚被寵愛，忽意其經與高岳私通，無故斬首，藏之於懷，於東山宴，勸酬始合，忽探出頭，投於柈上。支解其屍，弄其髀爲琵琶。一座驚怖，莫不喪膽。帝方收取，對之流淚云：「佳人難再得，甚可惜也。」載屍以出，被髮步哭而隨之。

299 抛石擊首

滄景節度〔一〕李同捷叛，王智興帥徐泗兵討於棣州。時同捷遣一能言者披短褐坐於城上戰棚罵智興，軍吏恥之，智興蒙衣掩耳不忍聞〔二〕。有一卒曰：「此可用抛石擊去其首。」智興喜曰：「若中，賞汝千萬金。」乃具抛發一石，正中其首，隨石迸落。軍中歡叫，城上飛動。

〔一〕滄景節度　前原有「唐」字，今删。明鈔本下有「使」字。按：「節度」即「節度使」省稱。

〔二〕聞　明鈔本脱此字。

按：《天中記》卷八引《獨異記》，題《抛石》，文字略有不同，曰：

太和初，滄景節度李同捷叛，王知興帥兵討之。同捷遣能言者登城罵知興，有一卒曰：「此可用抛石擊去其首。」乃具抛發一石，正中其首，隨石迸落。軍中歡叫，城上飛動。知興賞之千金。

300 承宫名聞匈奴

漢承宫〔一〕威名聞於匈奴，匈奴〔二〕欲識，使人求見宫。宫啓帝曰：「域外重人形狀魁梧，臣貌醜陋，不如選瓌偉者示之。」帝以大鴻臚卿魏應代之〔三〕。

〔一〕承宫 「承」字原空闕，據明鈔本補。

〔二〕匈奴 明鈔本無此二字。

〔三〕代之 明鈔本前有「而」字。

按：此出《後漢書》卷二七《承宫傳》：

承宫字少子，琅邪姑幕人也。……永平中，徵詣公車。車駕臨辟雍，召宫拜博士，遷左中郎將。數納忠言，陳政，論議切慤，朝臣憚其節，名播匈奴。時北單于遣使求得見宫，顯宗勑自整飾，宫對曰：「夷狄眩名，非識實者也。臣狀醜，不可以示遠，宜選有威容者。」帝乃以大鴻臚魏應代之。

301 張讓趙忠持國權

東漢宦者張讓、趙忠持國權，引用屠沽人登清貴。靈帝語左右曰：「張常侍是我父，趙常侍是我母。」故卒以滅漢者，趙、張是也。

按：此出《後漢書》卷七八《宦者列傳》：

張讓者，潁川人；趙忠者，安平人也。少皆給事省中，桓帝時爲小黄門。……靈帝時，讓、忠並遷中常侍，封列侯，與曹節、王甫等相爲表裏。節死後，忠領大長秋。讓有監奴典任家事，交通貨賂，威形諠赫。……帝本侯家，宿貧，每歎桓帝不能作家居，故聚爲私臧，復寄小黄門常侍錢各數千萬。常云：「張常侍是我公，趙常侍是我母。」宦官得志，無所憚畏，並起第宅，擬則宫室。

302 張安世舉賢達

張安世每舉進賢達，不令其知。或有詣門謝者，安世亦不見。終身恨曰：「安有拜官公庭，謝恩私門乎？」

按：此出《漢書》卷五九《張安世傳》：

（安世）職典樞機，以謹慎周密自著，外内無間。每定大政，已決，輒移病出。聞有詔令，乃驚，使吏之丞相府問焉。自朝廷大臣莫知其與議也。嘗有所薦，其人來謝，安世大恨，以爲舉賢達能，豈有私謝邪？絶勿復爲通。

303 虞氏驕奢滅家

虞氏，梁之富人也。起高樓臨大道，日夕歌宴擊博於上。博者勝，揜口而笑〔一〕。適有三客〔二〕過樓下，飛鳶啣腐鼠墮客，客〔三〕舉面，值其笑。二客相與謀曰：「虞氏富樂久矣，我不侵犯，何爲辱我？」乃聚衆滅其家。諺曰：「驕奢之災，禍非一致。」

〔一〕揜口而笑　明鈔本作「反面揜口笑」。

〔二〕三客　《列子·説符》作「俠客」。按：此言「三客」，下文復云「二客」，疑誤。

〔三〕客　明鈔本無此字。

按：此出《列子·説符》：

虞氏者，梁之富人也。家充殷盛，錢帛無量，財貨無訾。登高樓，臨大路，設樂陳酒，擊博樓上。

俠客相隨而行。樓上博者，射明瓊張中，反兩擿魚而笑。飛鳶適墜其腐鼠而中之，俠客相與言曰：「虞氏富樂之日久矣，而常有輕易人之志，吾不侵犯之，而乃辱我以腐鼠。此而不報，無以立慬於天下。請與若等戮力一志，率徒屬，必滅其家爲等倫。」皆許諾。至期日之夜，聚衆積兵，以攻虞氏，大滅其家。

304 邴丹養志

漢邴丹〔一〕曼容養志樂，外權勢，仕至六百石，即免歸，畏權而禍至也。

〔一〕邴丹 「丹」原作「原」。按：《漢書》卷八八《儒林傳》：「魯伯授太山毛莫如少路、琅邪邴丹曼容，著清名。」據改。明鈔本姓名譌作「邸」。

按：唐李翰《古本蒙求》卷中《曼容自免》（《蒙求集註》卷下）引此事，無出處。曰：前漢邴丹，字曼容，養志自修，爲官不肯過六百石，輒自免而去。

305 蔡邕爲張衡後身

張衡死，蔡邕生，時人以邕爲張衡後身。

按：此出《語林》，《太平御覽》卷三六〇、卷三九六及《六帖》卷二一有引。《御覽》卷三六〇引曰：

張衡之初死，蔡邕母始孕，此二人才貌相類，時人云邕是衡之後身。

306　闞稜善長刀

唐初〔一〕有闞稜者，善用長刀，刀長丈餘，每下刀，斃〔二〕數人，莫有嗣者。

〔一〕唐初　疑原文當作「國初」。

〔二〕斃　明鈔本作「斃之」。

按：《舊唐書》卷五六、《新唐書》卷九二《闞稜傳》載有此事，《舊傳》曰：

闞稜，齊州臨濟人。善用大刀，長一丈，施兩刃，名爲拍刀。每一舉，輒斃數人，前無當者。

《新傳》曰：

闞稜，伏威（杜伏威）邑人也。貌魁雄，善用兩刃刀，其長丈。名曰拍刀，一揮殺數人，前無堅對。

307 薄昭自盡

薄昭，漢文帝舅。以其殺漢使，文帝不忍行法，乃令朝臣衣喪服哭之，昭遂自盡。或云，昭侍飲，一郎〔一〕酌酒不滿，一郎糾之。昭既歸，使人持刀〔二〕殺糾者。帝聞之，怒，故有此。

〔一〕一郎　此二字原無，據明鈔本補。

〔二〕刀　明鈔本作「刃」。

按：此出《漢書》卷四《文帝紀》：「十年冬，行幸甘泉，將軍薄昭死。」注：鄭氏曰：「昭殺漢使者，文帝不忍加誅，使公卿從之飲酒，欲令自引分。昭不肯，使羣臣喪服往哭之，乃自殺。有罪，故言死。」如淳曰：「一說昭與文帝博不勝，當飲酒，侍郎酌，爲昭少，一侍郎譴呵之。時此郎下沐，昭使人殺之。是以文帝使自殺。」師古曰：「《外戚恩澤侯表》云坐殺漢使者自殺。鄭說是也。」

308 馬蹄突厥

北方有匈奴，形質皆人，而足如馬蹄，謂之馬蹄突厥。

按：《山海經》卷一八《海内經》載北海釘靈國，《三國志》卷三〇《東夷傳》注引《魏略・西戎傳》載匈奴北丁令馬脛國。此馬蹄突厥當演自北丁令馬脛國。

《海内經》曰：

北海之内……有釘靈之國，其民從都已下有毛，馬蹄善走。

《西戎傳》曰：

或以爲此丁令即匈奴北丁令也。……烏孫長老言北丁令有馬脛國，其人音聲似雁鶩，從膝以上身頭，人也，膝以下生毛，馬脛馬蹄，不騎馬而走疾馬，其爲人勇健敢戰也。

309 蘇氏迴文詩

竇滔久戍，其妻蘇氏能〔一〕詞，織錦爲迴文詩，叙離間阻隔之意以寄之，其理縱横讀之〔二〕，皆有〔三〕旨義。

〔一〕能　明鈔本作「有」。

〔二〕讀之　此二字原無，據明鈔本補。

〔三〕有　此字原無，據明鈔本補。

按：此出《晉書》卷九六《列女傳》：

竇滔妻蘇氏，始平人也，名蕙，字若蘭。善屬文。滔苻堅時爲秦州刺史，被徙流沙，蘇氏思之，織錦爲迴文旋圖詩以贈滔。宛轉循環以讀之，詞甚悽惋，凡八百四十字，文多不録。

此前，崔鴻《前秦録》已載，《太平御覽》卷五二〇引曰：

秦州刺史竇滔妻，彭城令蘇道之女，有才學。織錦製迴文詩，以贖夫罪。

王隱《晉書》亦載，《御覽》卷八一五引曰：

竇滔妻蘇氏，善屬文。符（苻）堅時，滔爲秦州刺史，被徙流沙。蘇氏思之，織錦爲回文詩以寄滔，循環宛轉以讀之，詞甚悽切。

《事類賦注》卷一〇引作臧榮緒《晉書》，文同。

310 賈逵舌耕

賈逵年五歲，姊抱聽隣家讀書，及長，俱能通〔一〕經籍。姊問曰：「吾未嘗教汝，何得致然？」答曰：「姊抱聽讀書，皆省之。」及成人，更博羣書。天下聞名，載粟帛受業，而家大富。時人以爲〔二〕賈逵舌耕。

〔一〕通　明鈔本脱此字。

〔二〕爲　明鈔本脱此字。

按：此出《拾遺記》卷六《後漢》：

賈逵年五歲，明惠過人。其姊韓瑶之婦，嫁瑶無嗣而歸居焉，亦以貞明見稱。聞鄰中讀書，旦夕抱逵隔籬而聽之。逵静聽不言，姊以爲喜。至年十歲，乃暗誦六經。姊謂逵曰：「吾家貧困，未嘗有教者入門，汝安知天下有三墳五典而誦無遺句耶？」逵曰：「憶昔姊抱逵於籬間聽鄰家讀書，今萬不遺一。」乃剥庭中桑皮以爲牒，或題於扉屏，且誦且記。期年，經文通遍。於閭里每有觀者，稱云振古無倫。門徒來學，不遠萬里，或襁負子孫，舍於門側，皆口授經文。贈獻者積粟盈倉。或云，賈逵非力耕所得，誦經舌倦，世所謂舌耕也。

311　鍾繇七十納正室

鍾繇年七十而納正室。

按：此出《三國志》卷二八《魏書・鍾會傳》裴松之注：

臣松之按：鍾繇于時老矣，而方納正室。蓋《禮》所云「宗子雖七十無無主婦」之義也。

312 衛青尚平陽公主

衛青，本平陽公主家參乘。駙馬曹壽卒，勑令擇國中貴居第一者尚之。青最貴。主問之曰：「是[一]常爲我參乘，如之何？」使者答曰：「當世無如將軍者[二]。」遂尚平陽公主。

〔一〕是　明鈔本作「豈」。

〔二〕當世無如將軍者　明鈔本作「當無將軍者」。

按：此出《漢書》卷五五《衛青傳》：

衛青字仲卿。其父鄭季，河東平陽人也，以縣吏給事侯家。平陽侯曹壽尚武帝姊陽信長公主。季與主家僮衛媪通，生青。青有同母兄衛長君及姊子夫，子夫自平陽公主家得幸武帝，故青冒姓爲衛氏。……青壯，爲侯家騎，從平陽主。……初，青既尊貴，而平陽侯曹壽有惡疾就國，長公主問：「列侯誰賢者？」左右皆言大將軍（衛青）。主笑曰：「此出吾家，常騎從我，柰何？」左右曰：「於今尊貴無比。」於是長公主風白皇后，皇后言之，上乃詔青尚平陽主，（如淳曰：「本陽信長公主也，爲平陽侯所尚，故稱平陽主。」）與主合葬，起冢象廬山云。

313 漢武帝流乳母

漢武帝乳母恃恩，家人縱橫。帝怒，乳母流於邊。入辭帝，郭舍人謂曰：「母今出時，但屢顧我，當救母不行。」母如其言，乃顧舍人。舍人罵曰：「嫗回顧何爲？帝壯矣，豈假汝乳耶〔一〕！」帝於是悦，遂不流乳〔二〕母。

〔一〕耶　明鈔本無此字。

〔二〕流乳　明鈔本譌作「戮」。

按：《太平廣記》卷一六四引《獨異志》，題《東方朔》，爲東方朔事，曰：

漢武帝欲殺乳母，母告急於東方朔。曰：「帝怒而傍人言，益死之速耳。汝臨去，但屢顧，我當設奇以激之。」乳母如其言。朔在帝側曰：「汝宜速去，帝今已大，豈念汝乳哺之時恩耶？」帝愴然，遂赦之。

《西京雜記》卷二所載，與《廣記》所引文大同，知《廣記》所引實乃《西京雜記》而誤作《獨異志》。

《西京雜記》曰：

漢武帝欲殺乳母，乳母告急於東方朔。朔曰：「帝忍而愎，旁人言之，益死之速耳。汝臨去，但屢顧我，我當設奇以激之。」乳母如言。朔在帝側曰：「汝宜速去，帝今已大，豈念汝乳哺時恩邪？」帝愴然，遂舍之。

《史記》卷一二六《滑稽列傳》褚少孫補傳載郭舍人事，實乃本條之所出。曰：

武帝時，有所幸倡郭舍人者，發言陳辭雖不合大道，然令人主和説。武帝少時，東武侯母常養帝，帝壯時，號之曰大乳母。率一月再朝。朝奏入，有詔使幸臣馬游卿以帛五十匹賜乳母，又奉飲糒飧養乳母。乳母上書曰：「某所有公田，願得假倩之。」帝曰：「乳母欲得之乎？」以賜乳母。乳母所言，未嘗不聽。有詔得令乳母乘車行馳道中。當此之時，公卿大臣皆敬重乳母。乳母家子孫奴從者横暴長安中，當道掣頓人車馬，奪人衣服。聞於中，不忍致之法。有司請徙乳母家室，處之於邊，奏可。乳母當入至前，面見辭。乳母先見郭舍人，爲下泣。舍人曰：「即入見辭去，疾步數還顧。」乳母如其言，謝去，疾步數還顧。郭舍人疾言駡之曰：「咄！老女子！何不疾行！陛下已壯矣，寧尚須汝乳而活邪？尚何還顧！」於是人主憐焉悲之，乃下詔止無徙乳母，罰謫譖之者。

314 優旃救武士

秦優旃〔一〕侍始皇立殿上。秦法重，非有詔不得輒動。時天雨甚，武士被盾立於庭〔二〕，優旃欲〔三〕救之，戲曰：「被盾郎，汝〔四〕雖長，立雨中；我雖短，立殿上。」始皇聞之，乃命徙立廡下。

〔一〕旃　原譌作「旃」，據《史記》卷一二六《滑稽列傳》改。

〔二〕庭　原作「廷」，據明鈔本及《太平廣記》卷一六四《優旃》引《獨異志》改。庭，堂前地，院子。

〔三〕欲　明鈔本脱此字。

〔四〕汝　明鈔本譌作「泫」。

按：《廣記》卷一六四《優旃》，文字微異：

優旃侍始皇立於殿上。秦法重，非有詔不得輒移足。時天寒雨甚，武士被楯立於庭中。優旃欲救之，戲曰：「被楯郎，汝雖長，雨中立；我雖短，殿上幸無濕。」始皇聞之，乃令徙立於廡下。

此出《史記》卷一二六《滑稽列傳》：

優旃者，秦倡侏儒也。善爲笑言，然合於大道。秦始皇時，置酒而天雨，陛楯者皆沾寒。優旃見而哀之，謂之曰：「汝欲休乎？」陛楯者皆曰：「幸甚。」優旃曰：「我即呼汝，汝疾應曰諾。」居有頃，殿上上壽呼萬歲。優旃臨檻大呼曰：「陛楯郎。」郎曰：「諾。」優旃曰：「汝雖長，何益，幸雨立。我雖短也，幸休居。」於是始皇使陛楯者得半相代。

315 戛羹侯

漢高祖微時，常與客過其丘嫂食，客益羹，嫂厭叔，佯爲羹盡，戛其釜。高祖怨其嫂。及爲帝，封其子爲戛羹侯。太公讓帝〔一〕，帝曰：「其母不長者。」

〔一〕太公讓帝　原作「或問帝」，據明鈔本改。按：太公即漢高祖劉邦父，《史記》卷八《高祖本紀》：「父曰太公。」《漢書》卷三六《楚元王傳》云：「太上皇以爲言。」

按：此出《漢書》卷三六《楚元王傳》，作「羹頡侯」，曰：

高祖兄弟四人，長兄伯，次仲，伯蚤卒。……初，高祖微時，常避事，時時與賓客過其丘嫂食，（應劭曰：「丘，姓也。」）嫂厭叔與客來，陽爲羹盡，轑釜，（服虔曰：「音勞。轑，轢也。」師古曰：「以勺轢釜，令爲聲也。轢音洛，又音歷。」）客以故去。已而視釜中有羹，繇是怨嫂。及立齊、代王，而伯子獨不得侯。太上皇以爲言，高祖曰：「某非敢忘封之也，爲其母不長者。」七年十月，封其子信爲羹頡侯。（師古曰：「頡音戛。言其母戛羹釜也。」）

《史記》卷五〇《楚元王世家》文大同，「丘嫂」作「巨嫂」：

高祖兄弟四人，長兄伯，伯蚤卒。始高祖微時，嘗辟事，時時與賓客過巨嫂食，（《索隱》：孟康云：「丘，空也。兄亡，空有嫂也。今此作巨，巨，大也，謂長嫂也。」嫂厭叔，叔與客來，嫂詳爲羹盡，櫟釜，（《索隱》：「櫟音歷，謂以杓歷釜旁，使爲聲。」）賓客以故去。已而視釜中尚有羹，高祖由此怨其嫂。及高祖爲帝，封昆弟，而伯子獨不得封。太上皇以爲言，高祖曰：「某非忘封之也，爲其母不長者耳。」於是乃封其子信爲羹頡侯。

316 晏子諷齊景公

齊景公時，有一人犯罪，景公怒，令支解之，語曰：「有敢諫者誅！」晏子左手持其頭，右手執刀，仰問景公曰：「自古聖主明王，支解人從何而始？」景公遽捨之，曰：「罪在寡人。」

按：《太平廣記》卷一六四《晏子》，引《獨異志》，文字微異，曰：

齊景公時，有一人犯衆怒，令支解，曰：「有敢救者誅。」晏子遂左手提犯者頭，右手執刀，仰問曰：「自古聖主明君，支解人從何而始？」公遽曰：「捨之，寡人過也。」

此出《韓詩外傳》卷八第二十七章：

齊有得罪於景公者，景公大怒，縛置之殿下，召左右肢解之，敢諫者誅。晏子左手持頭，右手磨刀，仰而問曰：「古者明王聖主，其肢解人，不審從何肢始也。」景公離席曰：「縱之。罪在寡人。」《詩》曰：「好是正直。」

《晏子春秋·内篇·諫上》所載情事有異，曰：

景公使圉人養所愛馬暴病死，公怒，令人操刀解養馬者。是時晏子侍前，左右執刀而進，晏子止之，而問于公曰：「古時堯舜支解人，從何軀始？」公懼然曰：「從寡人始。」遂不支解。公曰：「以屬獄。」晏子曰：「此不知其罪而死，臣請爲君數之，使自知其罪，然後屬之獄。」公曰：「可。」晏子數之曰：「爾罪有三：公使汝養馬而殺之，當死罪一也。又殺公之所最善馬，當死罪二也。使公以一馬之故而殺人，百姓聞之，必怨吾君，諸侯聞之，必輕吾國。汝一殺公馬，使公怨積于百姓，兵弱于鄰國，當死罪三也。今以屬獄。」公喟然歎曰：「夫子釋之，夫子釋之，勿傷吾仁也。」

317 徐姬半面妝

梁元帝眇一目，寵徐姬。姬〔一〕性妬，後怨帝，每召至，即妝半面見之，意者以帝一目，非爲全面也。帝親〔二〕殺之。

〔一〕姬　明鈔本作「徐姬」。

〔二〕親　原譌作「視」，據明鈔本改。

按：此出《南史》卷一二《后妃傳下·元徐妃》：

元帝徐妃諱昭佩，東海郯人也。……妃以天監十六年十二月拜湘東王妃，生世子方等、益昌公主含貞。妃無容質，不見禮。帝三二年一入房。妃以帝眇一目，每知帝將至，必爲半面粧以俟，帝見則大怒而出。妃性嗜酒，多洪醉，帝還房，必吐衣中。與荆州後堂瑶光寺智遠道人私通。酷妬忌，見無寵之妾，便交杯接坐。纔覺有娠者，即手加刀刃。帝左右暨季江有姿容，又與淫通。季江每嘆曰：「栢直狗雖老猶能獵，蕭溧陽馬雖老猶駿，徐娘雖老猶尚多情。」時有賀徽者美色，妃要之於普賢尼寺，書白角枕爲詩相贈答。既而貞惠世子方諸母王氏寵愛，未幾而終，元帝歸咎於妃，及方等死，愈見疾。太清三年，遂逼令自殺。妃知不免，乃透井死。帝以屍還徐氏，謂之出妻。葬江陵瓦官寺。帝制《金樓子》述其淫行。初，妃嫁夕，車至西州，而疾風大起，發屋折木。無何，雪霰交下，帷簾皆白。及長還之日，又大雷震西州廳事兩柱俱碎。帝以爲不祥，後果不終婦道。

318 祝雞翁

尸鄉有祝雞翁，善養羣雞，皆有名呼之。販賣雞卵，獲億萬。一旦，逃入山，不知所之。

按：此出《列仙傳》卷上《祝雞翁》：

祝雞翁者，洛人也。居尸鄉北山下，養雞百餘年，雞有千餘頭，皆立名字。暮棲樹上，晝則散之。欲引呼名，即依呼而至。賣雞及子，得千餘萬，輒置錢去。之吴，作養魚池。後升吴山，白鶴孔雀數百，常止其傍云。

《搜神記》亦載，《水經注》卷一六《穀水》引，《搜神記輯校》卷一輯入，曰：

祝雞翁者，雒陽人也。居尸鄉北山下，養雞百年餘，雞至千餘頭。皆有名字，欲取，呼之名，則種别而至。後之吴山，莫知所去矣。

319 李懷光七子

李懷光既叛於蒲，朝廷以法誅之。有子七人，其長曰鍇，謂諸弟曰：「我兄弟不可死於兵卒之手，曾不自裁！」於是執劍俱斬弟首，堆積疊之，立劍於中，以心淬劍，乃洞於胸。聞者傷之。

按：《舊唐書》卷一二一《李懷光傳》載：

李懷光，渤海靺鞨人也。……四月，懷光至河中，遂偷有同、絳等州，按兵觀望。……上還京師，以侍中渾瑊爲河中節度副元帥，將兵討懷光。瑊復破同州，屯軍不進，數爲懷光所敗。……時河東節度使馬燧威名素著，乃加燧副元帥，與瑊及鎮國軍節度駱元光、邠寧節度韓遊瓌、鄜坊節度唐朝臣會兵同討懷光。燧率軍拔絳州……統諸軍以圍河中。貞元元年秋，朔方部將牛名俊斬懷光首以降燧。其子琟，刃其弟數人，乃自殺。懷光死時年五十七。《資治通鑑》卷二三二德宗貞元元年：「及懷光死，璀先刃其二弟，乃自殺。」其子名作璀。

320 鄭虔章遇鬼

鄭之管城，有居人鄭虔章者，落魄〔一〕盃酒間，年五十餘，無聞焉。日醉歸，寢賓署中。夕，引手取酒器，遂爲鬼拽臂入坑，逡巡至膊。其人荒叫，親戚舉燭俱至，相與牽争而不能制。漸入，至胸臆，頭遂入地。俄然〔二〕全身陷没，若墮水者。乃合衆將〔三〕鍬钁掘之，深丈餘，得一枯骨，可長八九寸。又復旁搜，無所見，因出而葬之。

〔一〕魄　原譌作「魂」，據明鈔本改。
〔二〕然　明鈔本無此字。
〔三〕將　原譌作「村」，據明鈔本改。

321 王鍔貴相

王鍔爲辛京杲〔一〕下偏裨，杲時帥長沙，甚易之。一旦擊毬，馳逐既酣，鍔仰天呵氣，高數丈，若白練上衝。杲謂妻曰：「此極貴相〔二〕。」遂以女弟配之。鍔終爲將相。

〔一〕辛京杲 《太平廣記》卷二二三引作「辛杲」，脱「京」字。按：《新唐書》卷一四七有《辛京杲傳》。

〔二〕相 明鈔本作「人」。

按：《太平廣記》卷二二三引《獨異志》，題《王鍔》。文字有異，曰：

王鍔爲辛杲下偏裨，杲時帥長沙。一日擊毬，馳騁既酣，鍔向天呵氣，氣高數丈，若匹練上衝。杲謂其妻曰：「此極貴相。」遂以女妻之。鍔終爲將相。

《古今合璧事類備要》前集卷六〇《因相知貴》，無出處，文同《廣記》而略。

《舊唐書》卷一五一有《王鍔傳》，末云：

在鎮（淮南）四年，累至司空。元和二年來朝，真拜左僕射。未幾除檢校司徒、河中節度。居三年，兼太子太傅，移鎮太原。時方討鎮州，鍔輯綏訓練，軍府稱理。鍔受符節居方面凡二十餘年。九年，加同平章事。十年卒，年七十六，贈太尉。

322 劉仁軌爲相

劉仁軌爲相，其從父、昆弟皆爲北海縣邑吏。人有勸曰：「若與君相同籍，而獨苦差科。」荅曰云云。

按：此條《稗海》本無，據明鈔本補。

《舊唐書》卷八四、《新唐書》卷一〇八有《劉仁軌傳》，《舊傳》略云：

麟德二年……擢拜大司憲。乾封元年，遷右相，兼檢校太子左中，護累前後戰功，封樂城縣男。……(咸亨)三年，徵拜太子左庶子、同中書門下三品，監修國史。五年……以功進爵爲公，并子姪三人並授上柱國，州黨榮之，號其所居爲樂城鄉三柱里。上元二年，拜尚書左僕射、同中書門下三品，兼太子賓客，依舊監修國史。永隆二年……以太子太傅依舊知政事。則天臨朝，加授特進，復拜尚書左僕射、同中書門下三品，專知留守事。垂拱元年……從新令改爲文昌左相、同鳳閣鸞臺三品。尋薨，年八十四，則天廢朝三日，令在京百官以次赴弔，册贈開府儀同三司、并州大都督，陪葬乾陵，賜其家實封三百户。仁軌雖位居端揆，不自矜倨，每見貧賤時故人，不改布衣之舊。

323 續絃膠

西極有獻續弦膠者，帝不信，即斷而接之，使人挽拽，及〔一〕他處斷，而接者如故〔二〕。

〔一〕及　明鈔本作「乃」。

〔二〕接者如故　明鈔本作「接處還故」。

按：此出《海内十洲記》：

鳳麟洲，在西海之中央，地方一千五百里。洲四面有弱水繞之，鴻毛不浮，不可越也。洲上多鳳麟，數萬各爲群。又有山川池澤及神藥百種。亦多仙家。煮鳳喙及麟角，合煎作膠，名之爲續弦膠，或名連金泥。此膠能續弓弩已斷之弦，連刀劍斷折之金。更以膠連續之，使力士掣之，他處乃斷，所續之際終無斷也。武帝天漢三年，帝幸北海，祠恒山。四月，西國王使至，獻靈膠四兩，吉光毛裘二領。武帝受以付外庫，不知膠裘二物之妙用也。以爲西國雖遠，而上貢者不奇，稽留使者未遣。又時武帝幸上林苑射虎，而弩弦斷。使者時從駕，又上膠一分，使口濡以續弩弦。帝驚曰：「異物也！」乃使武士數人，共對掣引之，終日不脱，如未續時也。膠色青如碧玉。吉光毛裘，黄色，蓋神馬之類也。裘入水，數日不沉，入火不燋。帝於是乃悟，厚謝使者而遣去，賜以牡桂、乾姜等諸物，是西國之所無者。又益思東方朔之遠見。周穆王時，西胡獻昆吾割玉刀及夜光常滿盃。刀長一尺，盃受三升。刀切玉如切泥。盃是白玉之精，光明夜照。冥夕出盃於中庭，以向天，比明而水汁已滿於盃中也，汁甘而香美。斯實靈人之器。秦始皇時，西胡獻切玉刀，無復常滿盃耳。如此膠之所出，從鳳麟洲來，劍之所出，必從流洲來，並是西海中所有也。（據拙編《唐前志怪小説輯釋》修訂本，上海古籍出版社，二〇二〇）

《博物志》卷二《異産》亦略云：

漢武帝時，西海國有獻膠五兩者，帝以付外庫，餘膠半兩，西使佩以自隨。後從武帝射於甘泉宫，帝弓弦斷，從者欲更張弦，西使乃進，乞以所送餘香膠續之，座上左右莫不怪。西使乃以口濡膠爲水，注斷弦兩頭，相連注弦，遂相著。帝乃使力士各引其一頭，終不相離。西使曰：「可以射。」終日不斷。帝大怪，左右稱奇，因名曰續弦膠。

又《太平廣記》卷四引《仙傳拾遺》（前蜀杜光庭撰）云：

漢武帝天漢三年，帝巡東海，祠恒山。王母遣使獻靈膠四兩、吉光毛裘，武帝以付外庫，不知膠裘二物之妙也。以爲西國雖遠，而貢者不奇，使者未遣之。帝幸華林苑，射虎兕，弩絃斷。使者時隨駕，因上言，請以膠一分，以口濡其膠，以續弩絃。帝驚曰：「此異物也。」乃使武士數人對牽引之，終日不脱，勝未續時也。膠青色，如碧玉。吉光毛裘黄白，蓋神馬之類。裘入水，終日不沈，入火不焦。帝悟，厚賂使者而遣去。集絃膠出自鳳驎洲，洲在西海中，地面正方，皆一千五百里，四面皆弱水遶之。上多鳳驎，數萬爲羣。煮鳳喙及驎角，合煎作膠，名之集絃膠，一名連金泥。弓弩已斷之絃，刀劍已斷之鐵，以膠連續，終不脱也。

324 華佗治疾

魏國有女子，極美麗，踰時不嫁，以右膝上常患一瘡，腫，膿水不絶。遇華佗過，其父問之，佗曰：「使人乘馬，牽一栗色犬，走三十里。歸而截犬右足挂之。」俄頃，一赤蛇從瘡而出，入犬足中〔一〕，其疾遂愈。

〔一〕中　明鈔本無此字。

按：《太平廣記》卷二一八引《獨異志》，題《華佗》，《太平廣記詳節》卷一六亦引，凡二事，較今本前多爲郡守治疾一事。曰：

魏華佗善醫，嘗有郡守病甚，佗過之，郡守令佗診候。佗退，謂其子曰：「使君病有異於常，積瘀血在腹中。當極怒嘔血，即能去疾。不爾，無生矣。子能盡言家（明鈔本作使）君平昔之愆，吾疏而責之。」其子曰：「若獲愈，何謂不言？」於是具以父從來所爲乖誤者，盡示佗。佗留書責罵之，父大怒，發吏捕佗。佗不至，遂嘔黑血升餘，其疾乃平。又有女子極美麗，過時不嫁，以右膝常患一瘡，膿水不絶。華佗過，其父問之，佗曰：「使人乘馬，牽一栗色狗，走三十里。歸而熱截右足，柱瘡上。」俄有一赤蛇從瘡出，而入犬足中，其疾遂平。

此出《三國志》卷二九《魏書·方技傳·華佗傳》及注引《華佗别傳》，亦見《後漢書》卷八二下《方術列傳·華佗傳》及注引《華佗别傳》。《三國志》曰：

又有一郡守病，佗以爲其人盛怒則差，乃多受其貨而不加治。無何棄去，留書罵之。郡守果大怒，令人追捉殺佗。郡守子知之，屬使勿逐。守瞋恚既甚，吐黑血數升而愈。

注引《佗别傳》曰：

琅琊劉勳爲河内太守，有女年幾二十，左脚膝裏上有瘡，癢而不痛。瘡愈數十日復發，如此七八年。迎佗使視，佗曰：「是易治之。當得稻糠黄色犬一頭，好馬二疋。」以繩繫犬頸，使走馬牽犬，馬極輒易。計馬走三十餘里，犬不能行，復令步人拖曳，計向五十里。乃以藥飲女，女即安卧不知人。因取大刀斷犬腹近後脚之前，以所斷之處向瘡口，令去二三寸。停之須臾，有若蛇者從瘡中而出，便以鐵錐横貫蛇頭。蛇在皮中動摇良久，須臾不動，乃牽出，長三尺許，純是蛇，但有眼處而無童子，又逆鱗耳。以膏散著瘡中，七日愈。

《後漢書》曰：

又有一郡守篤病久，佗以爲盛怒則差。乃多受其貨而不加功。無何弃去，又留書罵之。太守果大怒。令人追殺佗，不及，因瞋恚，吐黑血數升而愈。

明刊本《搜神記》卷三亦載，乃據《三國志·魏書》注引《華佗别傳》濫輯。注引《佗别傳》，文字與《三國志》注幾同。

325 張果老

玄宗朝，有張果老先生〔一〕者，不知歲數，出於邢州〔二〕。帝迎於内，禮敬甚。問，無不知者。一旦，有道士葉靜能〔三〕，亦多知解，玄宗問：「果老何人？」靜能答曰：「臣即知之。然臣言訖即死，臣不敢言。若陛下免冠跣足救臣，臣即能活。」帝許之。靜能曰：「此混沌初分白蝙蝠精。」言訖，七竅血流，偃仆於地。玄宗〔四〕遽往，果老徐曰：「此小兒多口過，不謫之，敗天地間事耳。」帝哀懇久之〔五〕，果老以水噀其面，復生。其後果老辭歸邢州所隱之處，俄然不知所往〔六〕。

〔一〕張果老先生　明鈔本作「果老張先生」。

〔二〕邢州　《明皇雜録》卷下作「恒州」。

〔三〕葉靜能　《明皇雜録》作「葉法善」。

〔四〕宗　明鈔本譌作「帝」。

〔五〕哀愬久之　明鈔本作「哀愬久」。愬，訴説。

〔六〕俄然不知所往　明鈔本末有「也」字。

按：此出《明皇雜録》卷下。原文頗長，全録如下：

張果者，隱於恒州條山，常往來汾晉間。時人傳有長年秘術，耆老云爲兒童時見之，自言數百歲矣。唐太宗、高宗屢徵之不起，則天召之出山，佯死于妬女廟前。時方盛熱，須臾臭爛生蟲。聞於則天，信其死矣。後有人於恒州山中復見之，果乘一白驢，日行數萬里，休則摺疊之，其厚如紙，置於巾箱中。乘則以水噀之，還成驢矣。開元二十三年，玄宗遣通事舍人裴晤馳驛於恒州迎之，果對晤氣絶而死。晤乃焚香啓請，宣天子求道之意，俄頃漸蘇。晤不敢逼，馳還奏之。乃命中書舍人徐嶠齎璽書迎之，果隨嶠到東都，於集賢院安置，肩輿入宮，備加禮敬。玄宗因從容謂曰：「先生得道者，何齒髮之衰耶？」果曰：「衰朽之歲，無道術可憑，故使之然，良足恥也。今若盡除，不猶愈乎？」因於御前拔去鬢髮，擊落牙齒，流血溢口。玄宗甚驚，謂曰：「先生休舍，少選晤語。」俄頃召之，青鬢皓齒，愈於壯年。一日，秘書監王迥質、太常少卿蕭華，嘗同造焉。時玄宗欲令尚主，果未之知也，忽笑謂二人曰：「娶婦得公主，甚可畏也。」迥質與華相顧，未諭其言。俄頃有中使至，謂果曰：「上以玉真公主早歲好道，欲降於先生。」果大笑，竟不承詔，二人方悟向來之言。是時公卿多往候謁，或問以方外之事，皆詭對之。每云「余是堯時丙子年人」，時莫能測也。又云堯時爲侍中，善於胎息，累日不食，食時但進美酒及三黄丸。玄宗留之内殿，賜之酒，辭以山臣飲不過二升，有一弟子飲可一斗。玄宗聞之喜，令召之。俄一小道士自殿簷飛下，年可十六七，美姿容，旨趣雅淡，謁見上，言詞清爽，禮貌臻備。玄宗命坐，果曰：「弟子當侍立於側，未宜賜坐。」玄宗目之愈喜，遂賜之酒，飲及一斗不辭。果辭曰：「不可更賜，過度必有所失，致龍顔一笑耳。」玄宗又逼賜之，酒忽從頂湧出，冠子落地，化爲一榼。玄宗及嬪御皆驚笑，視之，已失道士矣。但見一金榼在地，覆之，榼盛一㪷，驗之，乃集賢院中榼也。累試仙術，不可窮紀。有師夜光者，善視鬼，玄宗嘗召果坐於前，而勑夜光視之。夜光至御前奏曰：「不知張果安在乎，願視察也。」而果在御前久矣，夜光卒不能見。又有邢和璞者，嘗精於算術，每視人則布籌於前，未幾已能詳其名氏、善惡、夭壽，前後所算計千數，未嘗不析其詳細，玄宗奇之久矣。及命算果，則運籌移時，意竭神沮，終不能定其甲子。玄宗謂中貴人高力士曰：「我聞神仙之人，寒燠不能瘵其體，外物不能浼其中。今張果，善算者莫能究其年，視鬼者莫得見其狀，神仙倏忽，豈非真者耶？然嘗聞堇斟飲之者死，若非仙人，必敗其質，可試以飲也。」會天大雪，寒甚，玄宗命進堇斟賜果，果遂舉飲，盡三巵，醺然有醉色，顧謂左右曰：「此酒非佳味也。」即偃而寢，食頃方寤。忽覽鏡視其齒，皆斑然焦黑。遽命侍童取鐵如意，擊其齒盡，隨收于衣帶中。徐解衣出藥一帖，色微紅光瑩，果以傅諸齒穴中。已而又寢，久之忽寤，再引鏡自視，其齒已生矣，其堅然光白，愈於前也。玄宗方信其靈異，謂力士曰：「得非真神仙乎？」遂下詔曰：「恒州張果先生，遊方之外者也。跡先高尚，心入窅冥，久混光塵，應召赴闕，莫知甲子之數，且謂羲皇上人。問以道樞，盡會宗極。今則將行朝禮，爰申寵命，可授銀青光禄大夫，賜號通玄先生。」未幾，玄宗狩於咸陽，獲一大鹿，稍異常者。庖人方饌，果見之曰：「此仙鹿也，已滿千歲。昔漢武元狩五年，臣曾侍從畋於上林，時坐獲此鹿，既而放之。」玄宗曰：「鹿多矣，時遷代變，豈不爲獵者所獲乎？」果曰：「武帝捨鹿之時，以銅牌誌於左角下。」遂命驗之，果獲銅牌二寸許，但文字凋暗耳。玄宗又謂果曰：「元狩是何甲子？至此凡幾年矣？」果曰：「是歲癸亥，武帝始開昆明池。今甲戌歲，八百五十二年矣。」玄宗命太史氏校其長曆，略無差焉。玄宗又奇之也。是時又有道士葉法善，亦多術。玄宗問曰：「果何人耶？」答曰：「臣知之。然臣言訖即死，故不敢言。若陛下免冠跣足救臣，即得活。」玄宗許之。法善曰：「此混沌初分白蝙蝠精。」言訖，七竅流血，僵仆於地。玄宗遽詣果所，免冠跣足，自稱其罪。果徐曰：「此兒多口過，不譴之，恐敗天地間事耳。」玄宗復哀請久之，果以水噀其面，法善即時復生。其後累陳老病，乞歸恒州，詔給驛送到恒州。天寶初，玄宗又遣徵召，果聞之，忽卒，弟子葬之。後發棺視之，空棺而已。

《舊唐書》卷一九一《方伎傳》、《新唐書》卷二〇四《方技傳》有《張果傳》，主要據《明皇雜録》。

326 劉焉求益州

後漢劉焉，字君卿〔一〕。靈帝時爲太常，見王室多故，意求之交阯，欲避難。侍中董扶謂焉曰：「常見益州有天子氣。」焉乃求益州，遂拜之。既而至蜀〔二〕，思扶之言，咸造乘輿旌旗，一如王者之制。忽一旦，天火下燒，所造作物蕩盡。焉疽背而死。

〔一〕君卿　《後漢書》卷七五《劉焉傳》作「君郎」。

〔二〕蜀　明鈔本無此字。

按：此出《三國志》卷三一《蜀書一·劉二牧傳·劉焉傳》：

劉焉字君郎，江夏竟陵人也。……焉少仕州郡，以宗室拜中郎，後以師祝公喪去官，居陽城山，積學教授，舉賢良方正，辟司徒府，歷雒陽令、冀州刺史、南陽太守、宗正、太常。焉覩靈帝政治衰缺，王室多故，乃建議言：「刺史、太守，貨賂爲官，割剥百姓，以致離叛。可選清名重臣以爲牧伯，鎮安方夏。」焉内求交阯牧，欲避世難。議未即行，侍中廣漢董扶私謂焉曰：「京師將亂，益州分野有天子氣。」焉聞扶言，意更在益州。會益州刺史郤儉賦斂煩擾，謡言遠聞，而并州殺刺史張益，梁州殺刺史耿鄙，焉謀得施。出爲監軍使者，領益州牧，封陽城侯，當收儉治罪，扶亦求爲蜀郡西部屬國都尉，及太倉令巴西趙韙去官，俱隨焉。……焉徙治綿竹，撫納離叛，務行寬惠，陰圖異計。……焉意漸盛，造作乘輿車具千餘乘。……時焉子範爲左中郎將，誕治書御史，璋爲奉車都尉，皆從獻帝在長安，惟叔子别部司馬瑁素隨焉。獻帝使璋曉諭焉，焉留璋不遣。時征西將軍馬騰屯郿而反，焉及範與騰通謀，引兵襲長安。範謀泄，奔槐里，騰敗，退還涼州，範應時見殺，於是收誕行刑。……時焉被天火燒城，車具蕩盡，延及民家。焉徙治成都，既痛其子，又感祆災，興平元年，癰疽發背而卒。

《後漢書》卷七五《劉焉傳》及卷八二下《方術列傳·董扶傳》，亦有記。

327 長水縣陷爲湖

始皇時，長水縣〔一〕忽有大水漲而欲没縣。主簿全幹〔二〕入白，明府謂幹曰：「今日卿何作魚面？」幹曰：「明府亦作魚頭。」言訖，遂陷爲湖。

〔一〕長水縣　原誤作「長安縣」，據《搜神記輯校》卷二七《由拳縣》改。

〔二〕全幹　《搜神記輯校》卷二七《由拳縣》作「令幹」。《太平廣記》卷四六八引《神鬼傳》作「何幹」。

按：此出《搜神記》，《搜神記輯校》卷二七《由拳縣》曰：

由拳縣，秦時長水縣。秦始皇東巡，望氣者云：「五百年後，江東有天子氣。」始皇至，令囚徒十萬人掘汙其地，鑿審山爲硤，北迤六十里，至天星河止。表以惡名，故改之曰由拳縣，言囚倦也。由拳即嘉興縣。始皇時童謡曰：「城門有血，城當陷没爲湖。」有嫗聞之，朝朝往窺。門將欲縛之，嫗言其故。後門將以犬血塗門，嫗見血走去。忽有大水欲没縣，主簿令幹入白令，令曰：「何忽作魚？」幹曰：「明府亦作魚。」遂淪爲湖。

《水經注》卷二九《沔水》引《神異傳》亦載：

由卷縣，秦時長水縣也。始皇時，縣有童謡曰：「城門當有血，城陷没爲湖。」有老嫗聞之憂懼，旦往窺城門。門侍欲縛之，嫗言其故。嫗去後，門侍殺犬以血塗門。嫗又往，見血走去，不敢顧。忽有大水長欲没縣，主簿令幹入白令，令見幹曰：「何忽作魚？」幹又曰：「明府亦作魚。」遂乃淪陷爲谷矣。

《太平廣記》卷四六八《長水縣》引作《神鬼傳》：

秦時，長水縣有童謡曰：「城門當有血，則陷没爲湖。」有老嫗聞之憂懼，旦旦往窺焉。門衛欲縛之，嫗言其故。嫗去後，門衛殺犬，以血塗門。嫗又往，見血走去，不敢顧。忽有大水長欲没縣，主簿何幹入白令，令見幹曰：「何忽作魚？」幹曰：「明府亦作魚矣。」遂淪陷爲谷。

328 王涯奢豪

宰相〔一〕王涯，奢豪其〔二〕極。庭穿大井，合木爲欄，嚴其鎖鑰，天下寶玉珍珠瓊璧，投置水中，汲水供涯所飲〔三〕。未幾犯法，爲天兵梟戮而赤族，其肉色並如金〔四〕。

〔一〕宰相　前原有「唐」字，今删。

〔二〕其　明鈔本作「貴」。

〔三〕飲　明鈔本譌作「餘」。

〔四〕爲天兵梟戮而赤族其肉色並如金　明鈔本作「爲天下梟戮而赤其肉色」，有脱譌。

按：《太平廣記》卷二三七《王涯》引《獨異志》，文字有異：

文宗朝，宰相王涯奢豪。庭穿一井，金玉爲欄（明鈔本作合爲玉櫃，孫校本作合玉爲欄），嚴其鎖鑰。天下寶玉真珠，悉投于中，汲其水，供涯所飲。未幾犯法，爲大兵梟戮，赤其族，涯骨肉色並如金。

《勸善書》卷一六採入，别有他事，所據不明。其云：

唐宰相王涯，奢豪僭分，無與比擬。庭穿一井，合玉爲櫃，嚴其鎖鑰。天下寶玉珍珠，投置於中，汲其水，供涯所飲。其他奢侈，大率如此。後被誅死。三年後，有周忠者病死，次日復蘇，云至地獄，適見閻王，問王涯宰相僭侈事。舉家大小皆在，楚毒甚至。悉能言其肖貌。後涯家一乳媪聞之，往問焉，無不同者，始信其不誣。

329 西南大荒詭獸

《神異記》注曰：西南大荒中有獸，形如兔，人面而能言。心常欺人，言東即西，言南即北，其名曰詭〔一〕。

〔一〕詭 《神異經·西南荒經》今本（《説庫》本）作「誕」。

按：引《神異記》注。見《神異經·西南荒經》，非注。曰：西南荒中出訛獸，其狀若菟，人面而能言。常欺人，言東而西，言惡而善。其肉美，食之言不真矣。（張華注：言食前肉則其人言不誠。）一名誕。

330 孫權獵豹

吴孫權獵於武昌，有神女見，曰：「今日當獵異獸。」忽然不見。俄頃，獵得一豹。女復見，曰：「可竪其尾於我處而立祠焉。」或曰豹尾之設，自孫權始焉〔一〕。

〔一〕自孫權始焉 明鈔本作「是孫權取焉」。

按：此出《武昌記》，《太平御覽》卷六八〇引曰：

樊口南百步有樊山，孫權獵于山下。依夕，見一姥問權：「獵何所得？」對云：「正得一豹。」姥曰：「何不豎其尾？」語竟，忽然不見。因爲立廟。以其處樊山，神故名爲樊山大姥。

331　張祚禍兆

《三十國春秋》：僞前梁張重華在梁州，欲誅西河張祚。祚厩馬數十匹，同時皆無尾。未幾祚遇禍。

按：引《三十國春秋》，北魏崔鴻撰。《宋書》卷三四《五行志五》、《晉書》卷二九《五行志下》亦載。《宋志》曰：

張重華在涼州，將誅其西河相張祚。祚厩馬數十匹，同時悉皆無後尾。

《晉志》曰：

成帝咸康八年……是年，張重華在涼州，將誅其西河相張祚（中華書局點校本譌作祥，今改）。厩馬數十匹，同時悉無後尾也。

332　賈直言夫妻

賈直言〔一〕，德宗朝〔二〕父洩漏禁中事，帝怒，賜鴆酒。直言白中使，請自執器以飲其父，中使然之。直言既持杯而自飲之，立死。酒自左足間出，復活。具奏，遂流其父於南海。遇恩歸，還東平。以勁直名聞，拜諫議大夫。直言妻董氏，亦奇節。直言隨父流所，謂董氏曰：「生死莫期，不復〔三〕相見。」令其改適。董入室以繩縛髮，取箒令直言封之，啓曰：「非君不解，畢死不開。」其後二十二年再會，舊題宛然。以油沐之，其髮俱墮。

〔一〕賈直言　前原有「唐」字，今删。

〔二〕朝　明鈔本作「廟」。

〔三〕復　明鈔本譌作「限」。

按：此出唐吕道生《定命録》（《太平御覽》卷四二二引）及温畬《續定命録》（《御覽》卷四一四引），組合而成。《定命録》曰：

賈直言妻，莫知姓氏。貞元中，其舅道得罪，賜酖。直言欲代父死，奪酖飲之，不死，流于嶺徼。直言妻一志事姑，鬒髩絶膏沐，自二二年蟣虱蔽其肉，厥後如枯蓬之植燥土，無復蟣虱。迨十五載，直言遇赦歸，妻始一沐，其髻自斷絶，墮于泔盆，終爲禿婦。直言後歷諫議大夫，出刺兩郡。

《續定命録》曰：

賈直言父道，德宗朝漏洩禁中事，帝怒，賜鴆酒。直言白中使，請自執器以飲父，因自飲之，立死。酒自左足洞出，復生。使具奏，流其父并直言於南海。遇赦還。以勁直聞，爲鄆帥縻以郡職。劉悟茆東平之强，直言之謀也。朝廷以功就徵，拜諫議大夫。悟上表乞留，委以戎事。大和初，授絳郡太守。每話所經之事，自云始飲鴆志在必死，岑然覺毒沿五内至支節，其痛愈於鑽灼，摩頂旋踵，不可名狀，天陰則又甚焉。脉其髀及足脛，色皆如墨，有傍攻出六膿液，紫瘀臭敗，逆搶人鼻，達數十步外。唯食啖無減，始知何遜之好不誣矣。自降除壽春，竟終天年，七十有六。

兩《唐書》皆載有賈直言夫妻事。《舊唐書》卷一八七下《忠義傳下》載：

賈直言者，父道沖，以伎術得罪，貶之，賜酖於路。直言僞令其父拜四方，辭上下神祇，伺使者視稍怠，即取其酖以飲，遂迷仆而死。明日酖洩於足而復蘇。代宗聞之，減父死，直言亦自此病躄。後從事於李師道，師道不恭朝命，直言冒刃説者二，輿櫬説者一，師道訖不從。及劉悟斬師道，節制鄭滑，得直言於禁錮之間，又嘉其所爲，因奏置幕中。後遷於潞，亦與之俱行。悟纖微乖失，直言必盡理箴規，以是美譽日聞於朝。穆宗以諫議大夫徵之，悟拜章乞留，復授檢校右庶子，兼御史大夫，依前充昭義軍行軍司馬。悟用其言，終身不虧臣節。後歷太子賓客。元和九年三月卒，廢朝一日，贈工部尚書。

《新唐書》卷一九三《忠義傳下》載：

賈直言，河朔舊族也，史失其地。父道冲，以藝待詔。代宗時，坐事賜鴆。將死，直言紿其父曰：「當謝四方神祇。」使者少怠，輒取鴆代飲，迷而踣。明日，毒潰足而出，久乃蘇。帝憐之，減父死，俱流嶺南。直言由是躄。

又卷二〇五《列女傳》載：

賈直言妻董。直言坐事，貶嶺南，以妻少，乃訣曰：「生死不可期，吾去，可亟嫁，無須也。」董不答，引繩束髮，封以帛，使直言署，曰：「非君手不解。」直言貶二十年乃還，署帛宛然。及湯沐，髮墮無餘。

333 張九齡請戮安禄山

張守珪[一]爲范陽節度，安禄山爲裨將，失律，珪解送至都。張九齡爲相，奏請戮之，以爲此胡必亂中原。玄宗曰：「卿莫學王夷甫指石勒疑忠賢。」因釋之，厚加金帛，復授官爵遣歸。後玄宗幸蜀，未到，遣中使具祝文馳往曲江而祠，文稱己過。

〔二〕張守珪　前原有「唐」字，今删。

按：此條據明鈔本、《稗海》本無。中華書局點校本漏輯。

此出《大唐新語》卷一《匡贊》：

張九齡，開元中爲中書令。范陽節度使張守珪奏裨將安禄山頻失利，送就戮於京師。九齡批曰：「穰苴出軍，必誅莊賈；孫武行令，亦斬宫嬪。守珪軍令若行，禄山不宜免死。」及到中書，九齡與語久之，因奏曰：「禄山狼子野心，面有逆相，臣請因罪戮之，冀絶後患。」玄宗曰：「卿勿以王夷甫識石勒之意，誤害忠良。」更加官爵，放歸本道。至德初，玄宗在成都，思九齡之先覺，詔曰：「正大厦者，柱石之力；昌帝業者，輔相之臣。生則保其雄名，殁則稱其盛德。飾終未允於人望，加贈實存於國章。故中書令張九齡，維岳降神，濟川作相，開元之際，寅亮成功，讜言定於社稷，先覺合於蓍龜。永懷賢弼，可謂大臣。竹帛猶存，樵蘇必禁。爰從八命之秩，更重三台之位。可贈司徒，仍令遣使，就韶州致祭者。」

《太平廣記》卷一七〇引《感定録》（即《感定命録》，五代闕名撰）亦載，題《張九齡》，曰：

開元二十一年，安禄山自范陽入奏。張九齡謂同列曰：「亂幽州者，是胡也。」其後從張守珪，失利，九齡判曰：「穰苴出軍，必誅莊賈；孫武行令，猶戮宫嬪。守珪軍令若行，禄山不宜免死。

請斬之。」玄宗惜其勇，令白衣效命。九齡執諮請誅之，玄宗曰：「豈以王夷甫識石勒也。」後至蜀，追恨不從九齡言，命使酹于墓。

《舊唐書》卷九九、《新唐書》卷一二六《張九齡傳》採此。《舊傳》曰：

明年（開元二十一年），遷中書令，兼修國史。時范陽節度使張守珪以裨將安禄山討奚、契丹敗衂，執送京師，請行朝典。九齡奏劾曰：「穰苴出軍，必誅莊賈；孫武教戰，亦斬宫嬪。守珪軍令必行，禄山不宜免死。」上特捨之，九齡奏曰：「禄山狼子野心，面有逆相，臣請因罪戮之，冀絶後患。」上曰：「卿勿以王夷甫知石勒故事，誤害忠良。」遂放歸藩。……至德初，上皇在蜀，思九齡之先覺，下詔褒贈，曰：「正大廈者，柱石之力；昌帝業者，輔相之臣。生則保其榮名，殁乃稱其盛德。飾終未允於人望，加贈實存乎國章。故中書令張九齡，維嶽降神，濟川作相，開元之際，寅亮成功。讜言定其社稷，先覺合於蓍策。永懷賢弼，可謂大臣。竹帛猶存，樵蘇必禁。爰崇八命之秩，更進三台之位。可贈司徒，仍遣使就韶州致祭。」

《新傳》曰：

安禄山初以范陽偏校入奏，氣驕蹇，九齡謂裴光庭曰：「亂幽州者，此胡雛也。」及討奚、契丹敗，張守珪執如京師，九齡署其狀曰：「穰苴出師而誅莊賈，孫武習戰猶戮宫嬪，守珪法行于軍，禄山不容免死。」帝不許，赦之。九齡曰：「禄山狼子野心，有逆相。宜即事誅之，以絶後患。」帝曰：

「卿無以王衍知石勒而害忠良。」卒不用。帝後在蜀，思其忠，爲泣下，且遣使祭於韶州，厚幣卹其家。開元後，天下稱曰曲江公而不名云。

334　文德皇后

太宗朝罷歸而含怒曰：「終須殺此田舍奴！」文德〔一〕皇后問曰：「大家嗔怒〔二〕誰也？」帝曰：「只是魏徵老兵，對衆辱我。」后入院，衣褕翟，下殿拜。帝驚問曰：「何也？」后曰：「妾聞主聖臣忠。徵能直言，非大家聖德，不有忠臣。妾敢慶賀。」帝大悦，益重魏徵。

〔一〕德　原譌作「獻」，據《隋唐嘉話》卷上改。按：《舊唐書》卷五一《后妃傳上》：「太宗文德順聖皇后長孫氏，長安人，隋右驍衛將軍晟之女也。」

〔二〕怒　原作「怨」，據明鈔本改。

按：此出《隋唐嘉話》卷上：

太宗曾罷朝，怒曰：「會殺此田舍漢！」文德后問：「誰觸忤陛下？」太宗曰：「豈過魏徵，每廷爭辱我，使我常不自得。」后退而具朝服立於庭，帝驚曰：「皇后何爲若是？」對曰：「妾聞主聖臣忠。今陛下聖明，故魏徵得盡直言。妾幸備數後宫，安敢不賀？」

《大唐新語》卷一《規諫》亦載：

太宗嘗罷朝，自言：「殺却此田舍漢！」文德皇后問：「誰觸忤陛下？」太宗曰：「魏徵每廷辱我，使我常不得自由。」皇后退，朝服立於庭。太宗驚曰：「何爲若是？」對曰：「妾聞主聖臣忠。今陛下聖明，故魏徵得盡直言。妾備後宫，焉敢不賀？」於是太宗意乃釋。

335 曹操惑衆

曹操密語左右一人曰：「汝明日可挾一刃入吾室中，吾令人執汝，汝勿言，吾有重報於汝。」其人不悟，遂緘默至於死。操用此以惑衆，能察[一]人眉睫之用也。

〔一〕察　明鈔本譌作「密」。

按：此出《世説新語·假譎》：

魏武常言：「人欲危己，己輒心動。」因語所親小人曰：「汝懷刃密來我側，我必説心動。執汝使行刑，汝但勿言其使，無他，當厚相報。」執者信焉，不以爲懼，遂斬之。此人至死不知也。左右以爲實，謀逆者挫氣矣。

殷芸《小説》亦載，《太平廣記》卷一九〇《魏太祖》引曰：

魏武又嘗云：「人欲危己，己輒心動。」因語所親小人曰：「汝懷刃密來，我心必動，便戮汝，汝但勿言，當後相報。」侍者信焉，遂斬之。謀逆者挫氣矣。

336 子貢

子貢一出，存魯，亂齊，破吴，强晉而霸楚、越〔一〕。

〔一〕破吴强晉而霸楚越　明鈔本作「破晉而霸楚越」。按：《史記》卷六七《仲尼弟子列傳》無「楚」字。

按：此出《史記》卷六七《仲尼弟子列傳》：

故子貢一出，存魯，亂齊，破吴，彊晉而霸越。（《索隱》：按《左傳》謂魯、齊、晉、吴、越也。故云「子貢出，存魯，亂齊，破吴，彊晉而霸越」。）

337 青錢學士

張文成〔一〕七登科選，員半千云：「張子之文如青錢，萬揀萬中。」時人以文成爲青錢學士。

〔二〕張文成　前原有「唐」字，今删。

按：此出《大唐新語》卷八《文章》，原作「青銅學士」。曰：

張文成以詞學知名，應下筆成章、才高位下、詞標文苑等三入科，俱登上第。轉洛陽尉。故有《詠燕》詩，其末章云：「變石身猶重，銜泥力尚微。從來赴甲第，兩起一雙飛。」時人無不諷詠。累遷司門員外。文成凡七應舉，四參選，其判策皆登甲第科。員半千謂人曰：「張子之文如青銅錢，萬揀萬中，未聞退時。」故人號青銅學士。

《舊唐書》卷一四九、《新唐書》卷一六一《張薦傳》亦載，作「青錢學士」。兹據《舊傳》引録於下：

張薦字孝舉，深州陸澤人。祖鷟字文成，聰警絶倫，書無不覽。……初登進士第，對策尤工，考工員外郎騫味道賞之曰：「如此生，天下無雙矣。」調授岐王府參軍。又應下筆成章及才高位下、詞標文苑等科。鷟凡應八舉，皆登甲科。再授長安尉，遷鴻臚丞。凡四參選，判策爲銓府之最。員外郎員半千謂人曰：「張子之文如青錢，萬簡萬中，未聞退時。」時流重之，目爲青錢學士。

338 狄仁傑考功

狄仁傑〔一〕爲大理寺丞，申中上考，考功駁下，問：「有何勞績？」寺復執申曰：「歲凡斷獄一萬二千。」考功特昇上下考。

〔一〕狄仁傑　前原有「唐」字，今删。

按：《舊唐書》卷八九《狄仁傑傳》云：「仁傑儀鳳中爲大理丞，周歲斷滯獄一萬七千人，無寃訴者。」《新唐書》卷一一五本傳亦云：「稍遷大理丞，歲中斷久獄萬七千人。」

339 高緯殘酷

齊高緯〔一〕殘酷，其弟南陽王綽獻計，令取羣蠍置斛中，倮斷一人爲蠍所螫，哀號宛轉，不勝其苦。緯笑，飛書謂其弟曰：「有此樂事，何不早言之！」

〔一〕高緯　原誤作「高洋」。下文「弟南陽王綽」，原誤作「淖」。今改，下同。見《北齊書》卷八《後主紀》及卷一二《南陽王綽傳》。按：《北齊書》卷四《文宣紀》：「顯祖文宣皇帝諱洋，字子進，高祖第二子，世宗之母弟。」

按：此出《北齊書》卷一二《南陽王綽傳》：

南陽王綽字仁通，武成（高湛）長子也。以五月五日辰時生，至午時，後主乃生。武成以綽母李夫人非正嫡，故貶爲第二，初名融，字君明，出後漢陽王。河清三年，改封南陽。……後爲司徒、冀州刺史。好裸人，使踞爲獸狀，縱犬噬而食之。左轉定州，汲井水爲後池，在樓上彈人。好微行，遊獵無度，恣情彊暴，云學文宣伯爲人。有婦人抱兒在路，走避入草，綽奪其兒飼波斯狗。婦人號哭，綽怒，又縱狗使食，狗不食，塗以兒血，乃食焉。後主聞之，詔鎖綽赴行在所。至而宥之。問在州何者最樂，對曰：「多取蠍將蛆混，看極樂。」後主即夜索蠍一斗，比曉得三二升，置諸浴斛，使人裸卧斛中，號叫宛轉。帝與綽臨觀，喜噱不已，謂綽曰：「如此樂事，何不早馳驛奏聞？」綽由是大爲後主寵，拜大將軍，朝夕同戲。

卷八《後主紀》：「後主諱緯，字仁綱，武成皇帝之長子也。……河清四年，武成禪位於帝。天統元年夏四月丙子，皇帝即位於晉陽宮，大赦，改河清四年爲天統。」

340　安禄山異相

玄宗御勤政樓，下設百戲，坐安禄山於東閲看。肅宗諫曰：「歷古今，無臣下與君王同坐閲戲者。」上曰：「渠有異相，故禳之。」又嘗與之夜讌，禄山醉，化爲猪而龍頭。左右遽告，帝曰：「渠龍首猪身，無能爲也。」終不殺之，卒亂中國。

按：此出《定命録》，《太平廣記》卷二二二引，題《安禄山》。曰：

玄宗御勤政樓，下設百戲，坐安禄山於東間觀看。肅宗諫曰：「歷觀今古，無臣下與君上同坐閲戲者。」玄宗曰：「渠有異相，我欲禳之故耳。」又嘗與之夜宴，禄山醉卧，化爲一猪而龍頭。左右遽告，帝曰：「渠豬龍，無能爲也。」終不殺之。禄山初爲韓公張仁愿帳下走使之吏，仁愿常令禄山洗脚，仁愿脚下有黑子，禄山因洗而竊窺之。仁愿顧笑曰：「黑子吾貴相也，汝獨竊視之，豈汝亦有之乎？」禄山曰：「某賤人也，不幸兩足皆有之，比將軍者色黑而加大，竟不知其何祥也。」仁愿觀而異之，益親厚之，約爲義兒，而加寵薦焉。

《南部新書》癸卷據本書採入：

明皇御勤政樓，下設百戲，坐安禄山於東間觀看。肅宗諫曰：「歷觀今古，無臣下與君上同坐閲戲者。」玄宗曰：「渠有奇相，我有以禳之故耳。」又嘗與之夜讌，禄山醉卧，化爲一猪而龍頭。左右遽告，帝曰：「渠猪龍，不能爲也。」終不殺之，卒亂中原。

唐末鄭綮《開天傳信記》及《唐語林》卷三《識鑒》亦載張韓公常令安禄山洗足，安禄山兩足有黑子事，當本《定命録》。唐姚汝能《安禄山事迹》亦載安禄山醉卧化豬龍事，云：

嘗夜晏禄山，禄山醉卧，化爲一黑豬而龍首。左右遽言之，玄宗曰：「豬龍也，無能爲者。」

341 河上公

河上公嘗居河上，不知姓字，無營欲，不履城郭〔一〕。文帝召之，不至，乃就見之。自云窮《老子》一經，甚侮慢〔二〕於世。與帝語之，帝曰：「吾，君也；公，卿也。豈無敬君之禮乎？」公遂躍起空中，曰：「吾上不在天，下不在地。帝雖尊，於我何加！」帝謝之，乃下。共論《老子》經之義，帝不能屈。

〔一〕郭　明鈔本作「廓」。

〔二〕慢　原作「侵」，據明鈔本改

按：事見《神仙傳》卷八《河上公》（《四庫全書》本）：

河上公者，莫知其姓名也。漢孝文帝時，結草爲庵于河之濱，常讀老子《道德經》。時文帝好老子之道，詔命諸王公大臣、州牧、在朝卿士，皆令誦之，不通《老子》經者，不得陞朝。帝於經中有疑義，人莫能通，侍郎裴楷奏云：「陜州河上，有人誦《老子》。」即遣詔使賫所疑義問之，公曰：「道尊德貴，非可遥問也。」帝即駕幸詣之，公在庵中不出，帝使人謂之曰：「溥天之下莫非王土，率土之濱莫非王民。域中四大，而王居其一，子雖有道，猶朕民也。不能自屈，何乃高乎？朕能使民富貴貧賤。」須臾，公即拊掌坐躍，冉冉在空虛之中，去地百餘尺，而止於虛空。良久，俛而答曰：「余上不至天，中不累人，下不居地，何民之有焉？君宜能令余富貴貧賤乎？」帝大驚悟，知是神人，方下輦稽首禮謝，曰：「朕以不能，忝承先業，才小任大，憂於不堪，而志奉道德，直以暗昧，多所不了，惟願道君垂愍，有以教之。」河上公即授素書《老子道德章句》二卷，謂帝曰：「熟研究之，所疑自解。余著此經以來千七百餘年，凡傳三人，連子四矣，勿示非人。」帝即拜跪受經。言畢，失公所在。遂於西山築臺，望之不復見矣。論者以爲文帝雖耽尚大道，而心未純信，故示神變，以悟帝意，欲成其道。時人因號河上公。

342　陸雲笑癖

陸雲有笑癖，嘗謁司空張華，華多鬚，以袋盛之，雲見華，不及拜而笑倒。又嘗自服縗經上船，見水中影，笑而墮水，幾至於水溺死〔一〕。

〔一〕於水溺死　原作「於死」，據明鈔本補二字。

按：此出《藝文類聚》卷一九引《世説》（今本無）及《晉書》卷五四《陸雲傳》。《世説》曰：

張華問陸機曰：「雲何以不來？」機曰：「雲有笑疾，恐公未悉，故未敢。」俄而雲詣華，華爲人多姿制，又好帛纏鬚，雲見而大笑，不能自已。

陸雲好笑，嘗著縗幘上舡，水中自見其影，便大笑不已，幾落水。

《晉書》曰：

吴平，入洛。機初詣張華，華問雲何在，機曰：「雲有笑疾，未敢自見。」俄而雲至，華爲人多姿制，又好帛繩纏鬚，雲見而大笑，不能自已。先是嘗著縗絰上船，於水中顧見其影，因大笑落水，人救獲免。

343 張良師黄石公

漢張良，字子房。少時行至圯橋，忽於橋上見老父墮履橋下，顧良曰：「可取履。」良欲毆，視爲老，俛爲下履。老人曰：「孺子可教。明日早爲期。」良往，已在橋。謂良：「與我期，何後也？明日復來。」良於是夜半往之，少頃，父至，懷中取書一帙付良，曰：「讀之，王者師。」因使去，戒良曰：「後十年濟北穀城相見，即我也。」良佐漢王，爲帝師。後往濟北穀城問，人曰：「此黄石公祠。」即立廟。

按：此條《稗海》本無，據明鈔本補。

此出《史記》卷五五《留侯世家》：

良嘗閒從容步游下邳圯上，有一老父，衣褐，至良所，直墮其履圯下，顧謂良曰：「孺子，下取履。」良鄂然，欲毆之，爲其老，彊忍，下取履。父曰：「履我。」良業爲取履，因長跪履之。父以足受，笑而去。良殊大驚，隨目之。父去里所，復還，曰：「孺子可教矣。後五日平明，與我會此。」良因怪之，跪曰：「諾。」五日平明，良往，父已先在，怒曰：「與老人期，後，何也？」去，曰：「後五日早會。」五日雞鳴，良往，父又先在，復怒曰：「後，何也？」去，曰：「後五日復早來。」五日，良夜未半往。有頃，父亦來，喜曰：「當如是。」出一編書，曰：「讀此則爲王者師矣。後十年興。十三年，孺子見我濟北，穀城山下黄石即我矣。」遂去，無他言，不復見。旦日視其書，乃《太公兵法》也。良因異之，常習誦讀之。……子房始所見下邳圯上老父與《太公書》者，後十三年從高帝過濟北，果見穀城山下黄石，取而葆祠之。留侯死，并葬黄石。每上冢伏臘，祠黄石。

344 魏徵人鏡

太宗以魏徵爲人鏡，謂左右曰：「以古爲鏡見成敗，以銅爲鏡知美醜，以人爲鏡知善惡。吾用此三鏡以辨興衰。今魏徵死，吾失一鏡。」

按：此出《隋唐嘉話》卷上：

太宗謂梁公曰：「以銅爲鏡，可以正衣冠；以古爲鏡，可以知興替；以人爲鏡，可以明得失。朕嘗寶此三鏡，用防己過。今魏徵殂逝，遂亡一鏡矣。」

《唐語林》卷四《傷逝》亦載：

太宗謂梁公曰：「以銅爲鏡，可以正衣冠；以古爲鏡，可以知興替；以人爲鏡，可以明得失。朕嘗保此三鏡，用防己過。今魏徵殂逝，一鏡亡矣。」

又《舊唐書》卷七一、《新唐書》卷九七《魏徵傳》亦載。《舊傳》曰：

（太宗）嘗臨朝謂侍臣曰：「夫以銅爲鏡，可以正衣冠；以古爲鏡，可以知興替；以人爲鏡，可以明得失。朕常保此三鏡，以防己過。今魏徵殂逝，遂亡一鏡矣。

《新傳》曰：

帝後臨朝歎曰：「以銅爲鑑，可正衣冠；以古爲鑑，可知興替；以人爲鑑，可明得失。朕嘗保此三鑑，内防己過。今魏徵逝，一鑑亡矣。」

345 漢武帝遷淮南厲王

漢武帝遷淮南厲王於蜀巴〔一〕，道病死。人歌曰：「一尺布，尚可縫；一斗米，尚可春。兄弟二人不相容。」

〔二〕蜀巴　「巴」疑爲「郡」字之譌。按：《史記》卷一一八《淮南厲王列傳》，厲王遷於蜀郡。

按：此條《稗海》本無，據明鈔本補。

此出《史記》卷一一八《淮南厲王列傳》，然事實有誤。歌「一尺布」云云，乃指漢孝文帝。而漢武帝所遷淮南王非厲王劉長，乃其子劉安也。今將淮南二王相關事迹節録如下（亦載《漢書》卷四四《淮南王傳》）：

淮南厲王長者，高祖少子也，其母故趙王張敖美人。……高祖十一年七月，淮南王黥布反，立子長爲淮南王，王黥布故地，凡四郡。上自將兵擊滅布，厲王遂即位。……及孝文帝初即位，淮南王自以爲最親，驕蹇，數不奉法，上以親故，常寬赦之。三年，入朝，甚横。從上入苑囿獵，與上同車，常謂上「大兄」。……當是時，薄太后及太子諸大臣皆憚厲王，厲王以此歸國益驕恣，不用漢法，出入稱警蹕，稱制，自爲法令，擬於天子。……臣蒼（張蒼）等昧死言，長有大死罪，陛下不忍致法，幸赦，廢勿王。臣請處蜀郡嚴道邛郵，遣其子母從居。……於是乃遣淮南王，載以輜車，令縣以次傳。……淮南王乃謂侍者曰：「……人生一世間，安能邑邑如此！」乃不食死。……乃以列侯葬淮南王於雍，守冢三十户。……孝文十二年，民有作歌歌淮南厲王曰：「一尺布，尚可縫；一斗粟，尚可舂。兄弟二人不能相容。」

淮南王安……時時怨望厲王死，時欲畔逆，未有因也。……趙王彭祖、列侯臣讓等四十三人議，皆曰：「淮南王安甚大逆無道，謀反明白，當伏誅。」……丞相弘、廷尉湯等以聞，天子使宗正以符節治王。未至，淮南王安自剄殺。

346　李衡種橘

李衡，江陵種橘千樹，歲收其利。謂其子曰：「吾有木奴千頭，可爲汝業，當終身衣食也。」

按：原見《三國志》卷四八《吴書·孫休傳》注引《襄陽記》：

衡字叔平，本襄陽卒家子也。漢末入吴爲武昌庶民。……後常爲諸葛恪司馬，幹恪府事。恪被誅，求爲丹陽太守。……會休（孫休）立……又加威遠將軍，授以棨戟。衡每欲治家，妻輒不聽。後密遣客十人於武陵龍陽汜洲上作宅，種甘橘千株。臨死敕兒曰：「汝母惡我治家，故窮如是。然吾州里有千頭木奴，不責汝衣食，歲上一匹絹，亦可足用耳。」衡亡後二十餘日，兒以白母，母曰：「此當是種甘橘也。汝家失十户客來七八年，必汝父遣爲宅。汝父恒稱太史公言『江陵千樹橘，當封君家』。吾答曰：『且人患無德義，不患不富，若貴而能貧，方好耳，用此何爲！』」吴末，衡甘橘成，歲得絹數千匹，家道殷足。晉咸康中，其宅上枯樹猶在。

《襄陽記》作武陵種甘橘千株，此則作江陵，同《建康實録》卷三《吴景皇帝》所載。略云：

衡字叔平，襄陽兵家子。……衡欲爲子孫儲業，妻輒不聽，曰：「財聚則禍生。」衡遂不言。後密使人於江陵龍陽洲上作宅，種甘橘千樹。臨死勑兒曰：「汝母每惡吾治家，故窮如此。然吾州里有千頭木奴，不責汝衣食，歲上絹壹疋，當足用耳。」衡亡後，兒以白母，母曰：「此當是種甘橘也。汝父每欲積財，吾常以爲患，不許。七八年來，失十户客，不言所之，當是汝父有此故也。恒見汝父稱太史公言『江陵千樹橘，亦可比封侯』。吾答云：『人患無德，不患不富貴。若貴而能貧方好耳，用此何爲！』今無乃是耶！」子訪得之。

347 祭肜爲遼東太守

祭肜〔一〕爲遼東太守三十年，帝嘉其功，賜錢百萬。

〔一〕祭肜　「肜」原作「彤」，當形似而譌，據《後漢書》卷二〇《祭肜傳》改。

按：此出《後漢書》卷二〇《祭肜傳》：

肜字次孫。……帝（光武）以肜爲能，建武十七年，拜遼東太守。……（永平）十二年。徵爲太僕。肜在遼東幾三十年，衣無兼副。顯宗既嘉其功，又美肜清約，拜日，賜錢百萬，馬三匹，衣被刀劒下至居室什物，大小無不悉備。帝每見形，常歎息，以爲可屬以重任。

348 周亞夫餓死

周亞夫平七國歸，不得任用，怏怏不樂。帝覺之，因譏與肉，大胾不設筯，亞夫有怨色。帝付廷尉，饑食藁席九十日，至餓死。先時人相其有縱理入口，當餓死，果然。

按：此出《漢書》卷四〇《周勃傳》，亞夫，勃子也。曰：

亞夫爲河内守時，許負相之：「君後三歲而侯。侯八歲，爲將相，持國秉，貴重矣，於人臣無二。後九年而餓死。」亞夫笑曰：「臣之兄以代父侯矣，有如卒，子當代，我何説侯乎？然既已貴如負言，又何説餓死？指視我。」負指其口曰：「從理入口，（師古曰：從，竪也。）此餓死法也。」居三歲，兄絳侯勝之有罪，文帝擇勃子賢者，皆推亞夫，乃封爲條侯。……孝景帝三年，吴楚反。亞夫以中尉爲太尉，東擊吴楚。……凡相守攻三月，而吴楚破平。……五歲。遷爲丞相，景帝甚重之。上廢栗太子，亞夫固争之，不得，上由此疏之。而梁孝王每朝，常與太后言亞夫之短。……亞夫因謝病免相。頃之，上居禁中，召亞夫賜食。獨置大胾，無切肉，又不置箸。亞夫心不平，顧謂尚席取箸。上視而笑曰：「此非不足君所乎？」亞夫免冠謝上。上曰：「起。」亞夫因趨出。上目送之曰：「此鞅鞅，非少主臣也。」居無何，亞夫子爲父買工官尚方甲楯五百被可以葬者，取庸苦之，不與錢。庸知其盜買縣官器，怨而上變告子，事連汙亞夫。書既聞，上下吏。吏簿責亞夫，亞夫不對。上罵之曰：「吾不用也。」召詣廷尉。廷尉責問曰：「君侯欲反何？」亞夫曰：「臣所買器，乃葬器也，何謂反乎？」吏曰：「君縱不欲反地上，即欲反地下耳。」吏侵之益急。初，吏捕亞夫，亞夫欲自殺，其夫人止之，以故不得死，遂入廷尉，因不食五日，歐血而死。

349　吕蒙擊賊

吕蒙隨姊夫鄧當擊賊，年十六，呵叱而前，當不能禁止。歸言於母曰：「貧賤誰〔一〕可居？設有功，富貴可致。」又曰〔二〕：「不探虎穴，焉得虎子？」遂果〔三〕成大名。

〔一〕誰　《太平廣記》卷一九一《吕蒙》作「難」。

〔二〕又曰　明鈔本無此二字。

〔三〕果　此字原無，據明鈔本及《廣記》補。

按：《廣記》卷一九一引《獨異志》，題《吕蒙》，曰：

吴吕蒙隨姊夫鄧當擊賊，時年十六，呵叱而前，當不能禁。歸言於母曰：「貧賤難可居，設有功，富貴可致。」又曰：「不探虎穴，安得虎子？」果成大名。

此出《三國志》卷五四《吴書·吕蒙傳》：

吕蒙字子明，汝南富陂人也。少南渡，依姊夫鄧當。當爲孫策將，數討山越。蒙年十五六，竊隨當擊賊，當顧見大驚，呵叱不能禁止。歸以告蒙母，母恚欲罰之，蒙曰：「貧賤難可居，脱誤有功，富貴可致。且不探虎穴，安得虎子？」母哀而舍之。

《建康實録》卷一《吴太祖上》亦載：

蒙字子明，汝南富陂人也。少小江南依姊夫鄧當。年十五六，每隨當征討。其母不許，答曰：「貧賤雖可居，脱誤有功，當得富貴。且不探虎窟，安得虎子？」母聽之。

350 隋文帝無道

隋文帝在位時，已無道。天下船長三丈，謂其既大，必能藏匿奸黨，並令没入〔一〕官。

〔一〕入　明鈔本無此字。

351 守株待兔

昔有人出行，逢一兔走，頭擊樹〔一〕而死，其人得之。後日日忘家失業，專坐此樹下守兔。有過者見之，問：「汝何守株也如是？」

〔二〕頭擊樹　明鈔本作「頭繫樹擊」。

按：此出《韓非子·五蠹》：

宋人有耕者，田中有株，兔走觸株，折頸而死。因釋其耒而守株，冀復得兔。兔不可復得，而身爲宋國笑。今欲以先王之政治當世之民，皆守株之類也。

352　濫竽充數

《韓子》：齊王好竽，每欲聽，必三百人齊吹之。南郭先生，不知竽者。濫求百人中，吹竽食禄。宣王薨後，王即位，曰：「寡人好竽，欲一一吹之。」南郭先生慚而退逃。今冒禄者，亦多如此。

按：此條《稗海》本無，據明鈔本補。

引《韓子》，此出《韓非子·内儲説上·七術》：

齊宣王使人吹竽，必三百人。南郭處士請爲王吹竽，宣王説之，廩食以數百人。宣王死，湣王立，好一一聽之，處士逃。一曰：韓昭侯曰：「吹竽者衆，吾無以知其善者。」田嚴對曰：「一一而聽之。」

353 竇武母生蛇

後漢竇武生時，其母并生一蛇，乃送山中。及武母死，有大蛇至母棺柩側〔一〕，蜿蜒磕頭，血流而去。

〔一〕側　明鈔本作「則」，連下讀。

按：此出《搜神記》，見《搜神記輯校》卷五《竇氏蛇祥》：

漢定襄太守竇奉妻，生子武，并産一蛇，奉送蛇于林中。及武長大，有海内俊名。後母卒，及葬未窆，賓客聚集。有大蛇自榛草而出，徑至喪所，委地俯仰，以頭擊柩，涕血皆流，俯仰詰屈，若哀泣之容，有頃而去。時人知爲竇氏之祥。

又《後漢書》卷六九《竇武傳》載：

竇武字游平，扶風平陵人。……初，武母産武而并産一蛇，送之林中。後母卒，及葬未窆，有大蛇自榛草而出，徑至喪所，以頭擊柩，涕血皆流，俯仰蛣屈，若哀泣之容，有頃而去。時人知爲竇氏之祥。

354　郅都誅豪族

郅都爲濟南太守，誅豪族三百餘家，不顧妻子。

按：此出《漢書》卷九〇《酷吏傳》：

郅都，河東大陽人也。以郎事文帝。景帝時爲中郎將，敢直諫，面折大臣於朝。……濟南瞷氏宗人三百餘家，豪猾，二千石莫能制，於是景帝拜都爲濟南守。至則誅瞷氏首惡，餘皆股栗。居歲餘，郡中不拾遺，旁十餘郡守畏都如大府。都爲人，勇有氣，公廉，不發私書，問遺無所受，請寄無所聽。常稱曰：「已背親而出，身固當奉職死節官下，終不顧妻子矣。」

355　宋氏隔窗授業

韋逞母宋氏〔一〕，博究經典，置生徒〔二〕一百二十人，隔紗窻授〔三〕業。

〔一〕韋逞母宋氏　前原有「後漢」二字，時代誤，今删。「宋」原作「宗」，據《晉書》卷九六《列女傳》改。

〔二〕徒　明鈔本無此字。

〔三〕授　明鈔本作「受」，同「授」。

按：此出《晉書》卷九六《列女傳》：

韋逞母宋氏，不知何郡人也，家世以儒學稱。宋氏幼喪母，其父躬自養之。及長，授以《周官音義》，謂之曰：「吾家世學《周官》，傳業相繼，此又周公所制，經紀典誥，百官品物，備於此矣。吾今無男可傳，汝可受之，勿令絶世。」屬天下喪亂，宋氏諷誦不輟。其後爲石季龍徙之於山東，宋氏與夫在徙中，推鹿車，背負父所授書，到冀州，依膠東富人程安壽，壽養護之。逞時年小，宋氏晝則樵採，夜則教逞，然紡績無廢。壽每歎曰：「學家多士大夫，得無是乎？」逞遂學成名立，仕苻堅爲太常。堅嘗幸其太學，問博士經典，乃憫禮樂遺闕。時博士盧壼對曰：「廢學既久，書傳零落，比年綴撰，正經粗集，唯《周官禮注》未有其師。竊見太常韋逞母宋氏世學家女，傳其父業，得《周官音義》。今年八十，視聽無闕，自非此母，無可以傳授後生。」於是就宋氏家立講堂，置生員百二十人，隔絳紗幔而受業，號宋氏爲宣文君，賜侍婢十人。《周官》學復行於世，時稱韋氏宋母焉。

此前南朝劉宋裴景仁《前秦記》已有載，《太平御覽》卷四〇四引曰：

苻堅幸太學，問博士經典，博士盧壼對曰：「《周官禮注》未有其師，韋逞母宋傳其父業，得《周官音義》，自非此母無可授。」後堅於是就宋立講室書堂，生徒百二十人，隔絳紗幔而授業焉。拜宋爵號宣文君，賜侍婢十人。

356 荀灌救父

荀崧〔一〕有女名灌。崧爲襄陽太守，爲杜曾〔二〕所圍，崧欲求救於平南將軍石覽。灌年十三，率勇士十〔三〕餘人，踰城突圍，且戰〔四〕且前，詣覽乞救。覽假兵救崧，賊遂走散。

〔一〕荀崧　「崧」原譌作「菘」，據《晉書》卷九六《列女傳》改。下同。按：《晉書》卷七五有《荀崧傳》。

〔二〕杜曾　「曾」原作「魯」，據《晉書·列女傳》改。

〔三〕十　原作「千」，《晉書·列女傳》作「十」。按：《太平御覽》卷五一九引《華陽國志》亦作「十」。今改。

〔四〕且戰　明鈔本無此二字。

按：此出《晉書》卷九六《列女傳》：

荀崧小女灌，幼有奇節。崧爲襄城太守，爲杜曾所圍，力弱食盡，欲求救於故吏平南將軍石覽，計無從出。灌時年十三，乃率勇士數十人，踰城突圍夜出。賊追甚急，灌督厲將士，且戰且前，得入魯陽山獲免。自詣覽乞師。又爲崧書與南中郎將周訪請援，仍結爲兄弟，訪即遣子撫率三千人會石覽俱救崧。賊聞兵至散走，灌之力也。

《晉書》取自《華陽國志》，文同，曰：

荀崧小女灌，幼有奇節。崧爲襄城太守，爲杜曾所圍，力弱食盡。欲投於故吏平南將軍石覽，計無所出。灌時年十三，乃率勇士數十人，踰城突圍夜出。賊追甚急，灌督厲將士，且戰且前，後得入曾陽山獲免，得向覽乞□師。又爲崧書與南中郎將周訪，仍結弟兄，訪即遣子撫率三千人會石覽俱救崧。賊聞兵至散走，灌之力也。（今本無，此據《太平御覽》卷五一九引佚文。）

357 契苾何力

契苾何力，西番酋種太守，授右驍衛將軍，早立功勳。太守征遼，至白雀城，爲賊所圍，腰中賊矟〔一〕，瘡極重。帝因傳令，及拔賊城，得行矟者高突鶡鸖。太宗捉付何力，令自殺。曰：「犬馬猶爲其主，況於人乎？彼爲其主，用刃而刺臣者，是勇也。本不相識，豈是冤讐？」遂捨之。

〔一〕矟　原譌作「稍」，據明鈔本改，下同。矟，槊也。

按：此出《大唐新語》卷七《容恕》：

契苾何力，鐵勒酋長也。太宗征遼，以爲前軍總管。軍次白雀城，（校記：《四庫》本作白崖城，《通鑑》卷一九七、一九八作白巖城。按，當作白巖城，故址在今遼寧省遼陽縣東北。唐貞觀十九年〔公元六四五年〕置巖州於白巖城，次年廢。）被矟中腰，瘡重疾甚。太宗親爲傅藥。及城破，敕求得傷何力者，付何力令自殺之。何力奏曰：「犬馬猶爲主，況於人乎？彼爲其主致命，冒白刃而刺臣者，是義勇士也。不相識，豈是冤讐？」遂捨之。

《舊唐書》卷一〇九、《新唐書》卷一一〇《契苾何力傳》亦載。《舊傳》曰：

契苾何力，其先鐵勒別部之酋長也。……至貞觀六年，隨其母率衆千餘家詣沙州，奉表内附，太宗置其部落於甘、涼二州。何力至京，授左領軍將軍。……拜右驍衛大將軍。……太宗征遼東，以何力爲前軍總管。軍次白崖城，爲賊所圍，被矟中腰，瘡重疾甚，太宗自爲傅藥。及拔賊城，敕求傷之者高突勃，付何力自殺之。何力奏言：「犬馬猶爲其主，況於人乎？彼爲其主，況致命冒白刃而刺臣，是其義勇士也。本不相識，豈是冤讎？」遂捨之。

《新傳》曰：

（貞觀）十六年……授右驍衛大將軍。……帝征高麗，詔何力爲前軍總管。次白崖城，中賊矟，創甚，帝自爲傅藥。城拔，得刺何力者高突勃，驧使自殺之，辭曰：「彼爲其主，冒白刃以刺臣，此義士也。犬馬猶報其養，況於人乎？」卒捨之。

358 郗超拔寒素

郗超〔一〕有曠世之度，每有寒素後進，力引拔之。死日，爲其作誄者四千餘人。

〔一〕郗超　「郗」原作「郄」，據《晉書》卷六七《郗超傳》改。

按：此出《晉書》卷六七《郗超傳》：

（郗）超字景興，一字嘉賓。少卓犖不羈，有曠世之度，交游士林，每存勝拔，善談論，義理精微。……凡超所交友，皆一時秀美，雖寒門後進，亦拔而友之。及死之日，貴賤操筆而爲誄者四十餘人，其爲衆所宗貴如此。

359 魯肅義氣

魯肅以義氣〔一〕周急爲意。周瑜爲居巢〔二〕長，居母喪，過肅求糧。時肅有米兩囷，各三千斛，指一囷與瑜。瑜奇之，遂定交〔三〕，卒霸吴。

〔一〕義氣　明鈔本作「氣義」。

〔二〕居巢　「居」字原脱，據《三國志》卷五四《吴書·魯肅傳》補。按：《漢書》卷二八上《地理志上》，廬江郡屬縣有居巢。

〔三〕交　明鈔本脱此字

按：此出《三國志》卷五四《吴書·魯肅傳》：

魯肅字子敬，臨淮東城人也。生而失父，與祖母居。家富於財，性好施與。爾時天下已亂，肅不治家事，大散財貨，摽賣田地，以賑窮弊結士爲務，甚得鄉邑歡心。周瑜爲居巢長，將數百人故過候肅，并求資糧。肅家有兩囷米，各三千斛，肅乃指一囷與周瑜。瑜益知其奇也，遂相親結，定僑、札之分。（按：僑、札指春秋鄭國公孫僑（子産）與吴國公子季札，事見《左傳》襄公二十九年。）

360　鍾琰有藻鑒

晉王渾〔一〕妻鍾氏，名琰，有藻鑒。生女子淑，求夫，有兵家之子甚俊，欲妻之。令與羣吏處，琰自帷中竊視之，曰：「此人才足拔萃，然地寒壽促，不足展其器。」遂止。其人數月〔二〕卒。

〔一〕王渾　「渾」原譌作「卓」，明鈔本譌作「車」，據《世説新語·賢媛》及《晉書》卷九六《列女傳》改。

〔二〕月 《世説》及《晉書》作「年」。

按：此出《晉書》卷九六《列女傳》：

王渾妻鍾氏，字琰，潁川人，魏太傅繇曾孫也。父徽，黄門郎。琰數歲能屬文，及長，聰慧弘雅，博覽記籍。美容止，善嘯詠，禮儀法度爲中表所則。既適渾，生濟。渾嘗共琰坐，濟趨庭而過，渾欣然曰：「生子如此，足慰人心。」琰笑曰：「若使新婦得配參軍，生子故不翅如此。」參軍，謂渾中弟淪也。琰女亦有才淑，爲求賢夫。時有兵家子甚俊，濟欲妻之，白琰，琰曰：「要令我見之。」濟令此兵與羣小雜處，琰自幃中察之，既而謂濟曰：「緋衣者非汝所拔乎？」濟曰：「是。」琰曰：「此人才足拔萃，然地寒壽促，不足展其器用，不可與婚。」遂止。其人數年果亡。琰明鑒遠識，皆此類也。

《晉書》乃據《世説新語·賢媛》，曰：

王渾妻鍾氏，生女令淑，武子（按：王渾子濟，字武子）爲妹求簡美對而未得。有兵家子，有儁才，欲以妹妻之，乃白母。曰：「誠是才者，其地可遺，然要令我見。」武子乃令兵兒與羣小雜處，使母帷中察之。既而母謂武子曰：「如此衣形者，是汝所擬者非耶？」武子曰：「是也。」母曰：「此才足以拔萃，然地寒，不有長年，不得申其才用。觀其形骨，必不壽，不可與婚。」武子從之。兵兒數年果亡。

361　伊尹負鼎干湯

伊尹負鼎以干湯，湯令調味，甚甘，得進見。湯問之，答曰：「使臣調國亦如是。」遂以爲相，果成王道。

按：此出《史記》卷三《殷本紀》：

伊尹名阿衡。阿衡欲干湯而無由，乃爲有莘氏媵臣，負鼎俎，以滋味説湯，致于王道。或曰，伊尹處士，湯使人聘迎之，五反然後肯往從湯，言素王及九主之事，湯舉任以國政。

《吕氏春秋・孝行覽・本味》亦載：

（伊尹）長而賢，湯聞伊尹，使人請之有侁氏。有侁氏不可。伊尹亦欲歸湯，湯於是請取婦爲婚，有侁氏喜，以伊尹媵女。……湯得伊尹，祓之於廟，爝以爟火，釁以犧猳。明日設朝而見之，説湯以至味。……

362 商較卿相

玄宗幸蜀，裴士淹從駕。馬上〔一〕以商較當時卿相，士淹曰：「姚元之〔二〕如何？」上曰：「才而健者也。」「宋璟如何？」上〔三〕曰：「賢而泥〔四〕者也。」論及數十〔五〕人，皆當其目。末〔六〕問：「李林甫如何？」上曰：「妬賢嫉能，古今無比。」士淹曰：「若陛下知之，何委用如此之深也〔七〕？」上俛首而無言。

〔一〕上　明鈔本脱此字。

〔二〕姚元之　《類説》卷二四《獨異志·商較卿相》作「姚崇」。按：姚崇字元之，

〔三〕上　明鈔本作「答」。

〔四〕泥　《類説》天啓刊本作「沉」，明嘉靖伯玉翁舊鈔本作「泥」。

〔五〕數十　《類説》作「十數」。

〔六〕末　《類説》舊鈔本作「更」。

〔七〕若陛下知之何委用如此之深也　明鈔本作「若此陛下如之，何委用如是之深也」。

按：此出《大唐新語》卷八《聰敏》：

玄宗幸成都，給事中裴士淹從。士淹聰悟柔順，頗精歷代史。玄宗甚愛之，馬上偕行，得備顧問。時肅宗在鳳翔，每有大除拜，輒啓聞。房琯爲將，玄宗曰：「此不足以破賊也。」歷評諸將，並云非滅賊材。又曰：「若姚崇在，賊不足滅也。」因言崇之宏才遠略。語及宋璟，玄宗不悦曰：「彼賣直以沽名耳。」歷數十餘人，皆當其目。至張九齡，亦甚重之。及言李林甫，曰：「妬賢嫉能，亦無敵也。」士淹因啓曰：「既知，陛下何用之久耶？」玄宗默然不應。

363　杜預連榻待客

晉杜預拜荆州，賀客皆集，羊琇與裴楷後至，客坐連床。琇怒曰：「杜預以連榻待客。」拂衣而出。

按：此出《郭子》（東晉郭澄之撰），《北堂書鈔》卷一三三及《太平御覽》卷七〇六有引，文字大同，《書鈔》曰：

杜預拜鎮南將軍，朝士悉至，皆坐連榻。羊稚舒後至，曰：「杜元凱乃復以連榻坐客。」不坐便去。

《世説新語·方正》亦載，曰：

杜預拜鎮南將軍，朝士悉至，皆在連榻坐。時亦有裴叔則。羊稺舒後至，曰：「杜元凱乃復連榻坐客。」不坐便去。杜請裴追之，羊去數里住馬，既而俱還杜許。

《晉書》卷三四《杜預傳》載：「及祜（羊祜）卒，拜鎮南大將軍、都督荆州諸軍事。」

364　李德裕奢侈

武宗朝，宰相李德裕奢侈極，每食一杯羹〔一〕，費錢約三萬。雜寶貝〔二〕、珠玉、雄黄、朱〔三〕砂煎汁爲之。至三〔四〕煎，即棄其滓〔五〕於溝中。

〔一〕每食一杯羹　明鈔本作「每日」。

〔二〕貝　明鈔本脱此字。

〔三〕朱　明鈔本作「硃」。

〔四〕三　明鈔本脱此字。

〔五〕滓　《太平廣記》卷二三七《李德裕》引《獨異志》作「柤」。柤，渣滓。

按：《廣記》卷二三七引《獨異志》，題《李德裕》，文字略異，曰：

武宗朝，宰相李德裕奢侈，每食一杯羹，其費約三萬。爲（孫校本作謂）雜以珠玉、寶貝、雄黄、朱砂煎汁爲之。過三煎，則棄其柤。

《雲仙雜記》卷九《一杯羹三萬錢》，末注《博異志》，誤。其云：

李德裕奢侈，每食一杯羹，其費約錢三萬。雜珠玉、寶貝、雄黄、朱砂煎汁爲之。過三煎，即棄其滓。

《説郛》卷六《廣知·獨異志》亦載，同《雲仙雜記》。《古今事文類聚》别集卷一八、《古今合璧事類備要》續集卷三六及《羣書通要》丙集卷六《杯羹三萬》，文亦同《雲仙雜記》，末注《括異志》，誤也。

365 漢昭帝納后年六歲

漢昭帝納上官桀孫女，其父名安，策立爲后，方年六歲。

按：此出《漢書》卷九七上《外戚傳上》：

孝昭上官皇后，祖父桀，隴西上邽人也。少時爲羽林期門郎，從武帝上甘泉。……由是親近，爲侍中，稍遷至太僕。武帝疾病，以霍光爲大將軍，太僕桀爲左將軍，皆受遺詔輔少主。以前捕斬反者莽通功，封桀爲安陽侯。初，桀子安取霍光女，結婚相親，光每休沐出，桀常代光入決事。昭帝始立，年八歲，帝長姊鄂邑蓋長公主居禁中，共養帝。……(長主)詔召安女入爲倢伃，安爲騎都尉。月餘，遂立爲皇后，年甫六歲。安以后父封桑樂侯，食邑千五百户，遷車騎將軍。

366 蕭穎士僕

蕭穎士〔一〕，開元中，年十九歲，擢進士第。儒、釋、道三教，無不該博。然性〔二〕褊躁，忿戾無比。常使一傭僕，曰杜亮。每一決責，便至瘡痍〔三〕，養平復，爲其指使如故。人有勸亮曰：「子傭夫也。何不適〔四〕善主，而自苦若是？」答曰：「愚豈不知，但以愛其才，而慕其博奥〔五〕。」以此戀戀不能，而卒至於死也。

〔一〕蕭穎士　前原有「唐」字，今删。

〔二〕性　明鈔本無此字。

〔三〕痍　明鈔本無此字。

〔四〕適　明鈔本作「適其」。

〔五〕但以愛其才而慕其博奥　原作「但愛其才，慕其博奥」，據明鈔本補「以」、「而」二字。

按：此出《朝野僉載》卷六（實據《太平廣記》卷二四四引輯録）：

開元中，蕭穎士方年十九，擢進士。至二十餘，該博三教。其賦性躁忿浮戾，舉無其比。常使一僕杜亮，每一決責，皆由非義。平復，遭其指使如故。或勸亮曰：「子傭夫也，何不擇其善主，而受苦若是乎？」亮曰：「愚豈不知，但愛其才學博奧，以此戀戀不能去。」卒至于死。

《南部新書》庚卷載，略同本書，曰：

蕭穎士，開元中，年十九，擢進士第。儒、釋、道三教，無不該通。然性褊躁，忽忿戾，舉世無比。常使一傭僕杜亮，每一決責，便至力殫。亮養瘡平，復爲其指使如故。人有勸，曰：「豈不知，但以愛其才，而慕其博奧。」以此戀戀不能去，卒至於死耳。

367 諸葛恪被殺

吴諸葛恪妻晨起對粧臺，一婢侍後，忽〔一〕躍身觸棟，張目大叫曰：「室家被害！」有頃，家人歸曰：「恪爲孫峻所殺。」

〔一〕忽　明鈔本此字錯入上句「侍」字下。

按：此出《搜神記》，見《搜神記輯校》卷一五《諸葛恪》：

諸葛恪征淮南歸，將朝會，犬銜引其衣。恪曰：「犬不欲我行乎？」還坐，有頃復起，犬又銜衣。乃令逐犬，遂升車，入而被害。恪已被殺，其妻在室，語使婢曰：「汝何故血臭？」婢曰：「不也。」有頃愈劇。又問婢曰：「汝眼目視瞻，何以不常？」婢蹷然起躍，頭至于棟，攘臂切齒而言曰：「諸葛公乃爲孫峻所殺。」於是大小知恪死矣，而吏兵尋至。

《宋書》卷三四《五行志五》亦載：

吴孫亮建興二年，諸葛恪將征淮南，有孝子著衰衣入其閤。詰問，答曰：「不自覺入也。」時中外守備，亦悉不見，衆皆異之。及還，果見殺。恪已被害，妻在室，使婢沃盥，聞婢血臭。又眼目視瞻非常，妻問其故，婢蹷然躍起，頭至棟，攘臂切齒曰：「諸葛公乃爲峻所殺。」

368 張廣定女

陳仲弓《異聞記》曰：「張廣定者，遭亂避地，有一女子，四歲，不能走，又〔一〕不忍棄之，乃懸籠於古塚中，意謂他日得骸骨。及三年歸，引取之，見其尚活。問之，女答曰：『食盡則餒，見其旁有物，引頸呼吸，則效之，故能活。』廣定入視之，乃一〔二〕龜也。」陳寔之言，固當不妄。

〔一〕不能走又　明鈔本無此四字。

〔二〕一　明鈔本無此字。

按：明鈔本誤接前條後。

《太平廣記》卷四七二引《獨異志》，題《張廣定》，曰：

陳仲弓《異聞記》曰：「張廣定遭亂避地，有一女，四歲，不能步，又不忍棄之，乃縣籠於古冢中，冀他日得收其骨。及三年歸，取之，見其尚活。問之，女答曰：『食盡即餒，見其傍有一物，引頸呼吸，効之，故能活。』廣定入冢視之，乃一龜也。」陳寔之言，固不妄矣。

此引陳仲弓《異聞記》，仲弓名寔，漢末人。《異聞記》原書不存。《抱朴子内篇·對俗》有引此事，文詳。本書當據《抱朴子》。曰：

故太丘長潁川陳仲弓，篤論士也，撰《異聞記》云：其郡人張廣定者，遭亂常避地，有一女年四歲，不能步涉，又不可擔負，計棄之固當餓死，不欲令其骸骨之露。村口有古大冢，上巔先有穿穴，乃以器盛縋之，下此女於冢中，以數月許乾飯及水漿與之而舍去。候世平定，其間三年，廣定乃得還鄉里，欲收冢中所棄女骨，更殯埋之。廣定往視，女故坐冢中，見其父母猶識之，甚喜。而父母猶初恐其鬼也，父下入就之，乃知其不死。問之從何得食，女言糧初盡時甚飢，見冢角有一物，伸頸吞氣，試效之，轉不復飢。日月爲之，以至於今。父母去時所留衣被，自在冢中，不行往來，衣服不敗，故不寒凍。廣定乃索女所言物，乃是一大龜耳。女出食穀，初小腹痛嘔逆，久許乃習。此又足以知龜有不死之法，及爲道者効之，可與龜同年之驗也。史遷與仲弓，皆非妄説者也。

369 瑞龍腦

玄宗偶與寧王博，召太真妃立觀。俄而風冒妃帔，覆樂人賀懷智巾幘，香氣馥郁不滅〔一〕。後幸蜀歸〔二〕，懷智以其巾進於上，上執之潸然而泣〔三〕，曰：「此吾在位時，西國有獻香三丸，賜太真，謂之瑞龍腦〔四〕。」

〔一〕香氣馥郁不滅　明鈔本前有「徐」字。

〔二〕後幸蜀歸　明鈔本脱此四字。

〔三〕潸然而泣　明鈔本前有「上」字。

〔四〕謂之瑞龍腦　明鈔本前有「妃」字。

按：此出《酉陽雜俎》前集卷一《忠志》：

天寶末，交趾貢龍腦，如蟬蠶形，波斯言老龍腦樹節方有。禁中呼爲瑞龍腦，上唯賜貴妃十枚，香氣徹十餘步。上夏日嘗與親王碁，令賀懷智獨彈琵琶，貴妃立於局前觀之。上數枰子將輸，貴妃放康國猧子於坐側，猧子乃上局，局子亂，上大悦。時風吹貴妃領巾於賀懷智巾上，良久，回身方落。賀懷智歸，覺滿身香氣非常，乃卸幞頭貯於錦囊中。及上皇復宫闕，追思貴妃不已，懷智乃進所貯幞頭，具奏他日事。上皇發囊，泣曰：「此瑞龍腦香也。」

北宋樂史《楊太真外傳》卷下亦載：

至乾元元年，賀懷智又上言曰：「昔上夏日與親王棊，令臣獨彈琵琶，其琵琶以石爲槽，鵾鷄筋爲絃，用鐵撥彈之。貴妃立於局前觀之。上數枰子將輸，貴妃放康國猧子上局亂之，上大悦。時風吹貴妃領巾於臣巾上，良久迴身方落。及歸，覺滿身香氣，乃卸頭幘，貯於錦囊中。今輒進所貯幞頭。」上皇發囊，且曰：「此瑞龍腦香也，吾曾施於暖池玉蓮朵，再幸尚有香氣宛然，況乎絲縷潤膩之物哉！」遂淒愴不已。

370 荀爽女殉夫

荀爽女〔一〕適陰瑜，周歲瑜卒。爽以女才高氣逸，愍其少寡，欲奪志再嫁郭奕，爽遣所親人問之〔二〕。女私挾刃至，爽奪之。其後廣集親族，設大宴，方合，令奕突出見之。女令四角備燭，與奕相見，奕但危坐。即令備浴，女遣二侍者出家以取他物，乃刺臂血書扇曰：「以屍還陰氏〔三〕。」自縊而死。

〔一〕荀爽女　前原有「晉」字，今删。按：荀爽女爲後漢人，名采，字女荀，事見《後漢書》卷八四《列女傳》。

〔二〕爽遣所親人問之　「爽」字原無，明鈔本作「爽乃使人問之」，據補「爽」字。
〔三〕氏　明鈔本脱此字。

按：此出《後漢書》卷八四《列女傳》：

南陽陰瑜妻者，潁川荀爽之女也，名采，字女荀。聰敏有才藝。年十七，適陰氏。十九産一女，而瑜卒。采時尚豐少，常慮爲家所逼，自防禦甚固。後同郡郭奕喪妻，爽以采許之，因詐稱病篤，召采。既不得已而歸，懷刃自誓。爽令傅婢執奪其刃，扶抱載之，猶憂致憤激，勑衛甚嚴。女既到郭氏，乃僞爲歡悦之色，謂左右曰：「我本立志與陰氏同穴，而不免逼迫，遂至於此，素情不遂，柰何！」乃命使建四燈，盛裝飾，請奕入相見，共談，言辭不輟。奕敬憚之，遂不敢逼，至曙而出。采因勑令左右辦浴。既入室而掩户，權令侍人避之，以粉書扉上曰「尸還陰」。「陰」字未及成，懼有來者，遂以衣帶自縊。左右翫之不爲意，比視已絶，時人傷焉。

371 愚公移山

昔者愚公居山之陰，而出入有阻，乃朂勵子孫移之。山〔一〕神見曰：「山極崇高，汝何可移？」公曰：「吾生有子，子復有孫，子子孫孫，誓而移之，何爲不可？」於是神命夸娥氏爲〔二〕移之。

〔一〕山　明鈔本譌作「出」。

〔二〕爲　原作「爲之」，據明鈔本删「之」字，

按：此出《列子·湯問》：

太行、王屋二山，方七百里，高萬仞，本在冀州之南，河陽之北。北山愚公者，年且九十，面山而居。懲山北之塞，出入之迂也，聚室而謀曰：「吾與汝畢力平險，指通豫南，達于漢陰，可乎？」雜然相許。其妻獻疑曰：「以君之力，曾不能損魁父之丘，如太行、王屋何？且焉置土石？」雜曰：「投諸渤海之尾，隱土之北。」遂率子孫荷擔者三夫，叩石墾壤，箕畚運於渤海之尾。鄰人京城氏之孀妻有遺男，始齔，跳往助之。寒暑易節，始一反焉。河曲智叟笑而止之，曰：「甚矣汝之不惠！以殘年餘力，曾不能毁山之一毛，其如土石何？」北山愚公長息曰：「汝心之固，固不可徹，曾不若孀妻弱子。雖我之死，有子存焉，子又生孫，孫又生子，子又有子，子又有孫，子子孫孫，無窮匱也。而山不加增，何苦而不平？」河曲智叟亡以應。操蛇之神聞之，懼其不已也，告之於帝。帝感其誠，命夸娥氏二子負二山，一厝朔東，一厝雍南。自此，冀之南，漢之陰，無隴斷焉。

372　焚書坑儒

秦於驪山之下，坑儒士二百四十人〔一〕，焚詩書。皆用李斯之計，欲愚黔首焉。

〔一〕二百四十人　《史記》卷六《秦始皇本紀》作「四百六十餘人」。

按：此出《史記》卷六《秦始皇本紀》：

三十四年……丞相李斯曰：「……今諸生不師今而學古，以非當世，惑亂黔首。丞相臣斯昧死言：古者天下散亂，莫之能一，是以諸侯並作，語皆道古以害今，飾虚言以亂實，人善其所私學，以非上之所建立。今皇帝并有天下，别黑白而定一尊。私學而相與非法教，人聞令下，則各以其學議之，入則心非，出則巷議，夸主以爲名，異取以爲高，率羣下以造謗。如此弗禁，則主勢降乎上，黨與成乎下。禁之便。臣請史官非秦記皆燒之。非博士官所職，天下敢有藏《詩》、《書》、百家語者，悉詣守、尉雜燒之。有敢偶語《詩》、《書》者弃市。以古非今者族。吏見知不舉者與同罪。令下三十日不燒，黥爲城旦。所不去者，醫藥、卜筮、種樹之書。若欲有學法令，以吏爲師。」制曰：「可。」……三十五年……盧生説始皇曰：「臣等求芝奇藥仙者常弗遇，類物有害之者。方中，人主時爲微行以辟惡鬼，惡鬼辟，真人至。人主所居而人臣知之，則害於神。真人者，入水不濡，入火不爇，陵雲氣，與天地久長。今上治天下，未能恬倓，願上所居宫毋令人知，然後不死之藥殆可得也。」於是始皇曰：「吾慕真人，自謂真人，不稱朕。」……侯生、盧生相與謀曰：「始皇爲人，天性剛戾自用。……秦法，不得兼方，不驗，輒死。……未可爲求仙藥。」於是乃亡去。始皇聞亡，乃大怒曰：「吾前收天下書不中用者盡去之。悉召文學方術士甚衆，欲以興太平，方士欲練以求奇藥。

今聞韓衆去不報，徐市等費以巨萬計，終不得藥，徒姦利相告日聞，盧生等吾尊賜之甚厚，今乃誹謗我，以重吾不德也。諸生在咸陽者，吾使人廉問，或爲訞言以亂黔首，」於是使御史悉案問諸生，諸生傳相告引，乃自除犯禁者四百六十餘人，皆阬之咸陽。

373 赫連勃勃殺人

赫連勃勃，本號屈孑〔一〕，自改其姓云赫連勃勃，言輝赫與天連。殺人，積其頭爲京觀，謂之髑髏臺。蒸土築城〔二〕，錐刺〔三〕入，即板築〔四〕者死；刺之不入，即鍛錐者死。其造器，射入甲者，殺鎧匠；不入者，殺弓匠。莫知所措〔五〕。

〔一〕屈孑　「孑」原作「子」。中華書局點校本《晉書》卷一三〇《赫連勃勃載記》校記云：「各本『孑』作『子』。《魏書·劉虎傳》作『孑』。《斠注》：『屈子』爲『屈孑』之譌，以形近也。按：《音義》亦作『孑』。『子』字譌，今據改。」

〔二〕城　明鈔本譌作「成」。

〔三〕刺　明鈔本脱此字。

〔四〕板築　「板」原作「杖」，據明鈔本改。按：「板築」與下文「鍛錐」相對。

〔五〕措　明鈔本譌作「知」。

按：此出《晉書》卷一三〇《赫連勃勃載記》：

赫連勃勃字屈孑，匈奴右賢王去卑之後，劉元海之族也。……義熙三年，僭稱天王、大單于，赦其境内，建元曰龍昇，署置百官。自以匈奴夏后氏之苗裔也，國稱大夏。……勃勃初僭號，求婚于秃髮傉檀，傉檀弗許。勃勃怒，率騎二萬伐之。……大敗之，追奔八十餘里，殺傷萬計，斬其大將十餘人，以爲京觀，號髑髏臺。……乃赦其境内，改元爲鳳翔。以叱干阿利領將作大匠，發嶺北夷夏十萬人，于朔方水北、黑水之南營起都城。……阿利性尤工巧，然殘忍刻薄，乃蒸土築城，錐入一寸，即殺作者而并築之。勃勃以爲忠，故委以營繕之任。又造五兵之器，精鋭尤甚。既成呈之，工匠必有死者。射甲不入即斬弓人；如其入也，便斬鎧匠。

《晉書》所載，當本崔鴻《十六國春秋·夏録》，《太平御覽》卷一七七、卷三三有引，卷一七七引曰：

赫連勃勃大破南凉傉檀於百井，殺衆數萬，以人頭爲京觀，號曰髑髏臺。

又《御覽》卷七六四引王隱《晉書》曰：

赫連勃勃性工巧，然殘忍刻暴。乃蒸土築城，錐入一寸，即殺作者；錐若不入，即殺行錐者，而并築之。

374 周興嗣成千字文

梁周興嗣爲散騎常侍，聰明多才思。武帝出千言，無章句，令嗣次之，因成《千字文》。

歸而兩目俱喪。及死，開視之，心如掬燥泥。

按：唐末李綽《尚書故實》亦載，事與此異，曰：

《千字文》，梁周興嗣編次，而有王右軍書者，人皆不曉其始。乃梁武教諸王書，令殷鐵石於大王書中搨一千字不重者，每字片紙，雜碎無序。武帝召興嗣謂曰：「卿有才思，爲我韻之。」興嗣一夕編綴進上，鬢髮皆白，而賞賜甚厚。右軍孫智永禪師自臨八百本，散與人間，諸寺各留一本。永往住吴興永福寺，積年學書，秃筆頭十瓮，每瓮皆數石。人來覓書并請題頭者如市。所居户限爲之穿穴，乃用鐵葉裹之，人謂爲鐵門限。後取筆頭瘞之，號爲退筆塚，自製銘誌。

《梁書》所記《千字文》甚略，卷三五《蕭子範》曰：

王（南平王蕭偉）愛文學士，子範偏被恩遇，嘗曰：「此宗室奇才也。」使製《千字文》，其辭甚美，王命記室蔡薳注釋之。自是府中文筆，皆使草之。

卷四九《文學上·周興嗣傳》曰：

自是《銅表銘》、《栅塘碣》、《北伐檄》、《次韻王羲之書千字》，並使興嗣爲文，每奏，高祖輒稱善，加賜金帛。

375 劉幽求拜相

劉幽求自朝邑尉爲中書舍人，三日内拜相。

按：唐柳珵撰有《劉幽求傳》，記劉幽求參與誅韋后之事。今存殘卷，見《唐語林》卷三《夙慧》，前闕。今録下備參：

「小子謀餐而已，此人豈享富貴者乎？」幽求聞之，拂衣而出。盧令遽下堦捉幽求衣，伸謝之，幽求竟去。盧回，謂諸郎官曰：「輕笑劉生，禍從此始。」盧令竟爲宗、紀所排，左遷金州司馬。六月，中宗晏駕。十五日餔酒間，裴灌卧於私第，幽求忽來詣灌，直入卧内，戴擑耳帽子，著白襴衫，底著短緋白衫，執灌手曰：「裴三，死生一決。」言訖而去。灌大驚，不測其故，謂其妻曰：「僕竟坐與非笑此子，恐禍在須臾。」明日，中宗小祥，百官率慰少帝。是日，月華門至辰巳後方開，傳聲曰：「斬決使劉相公出。」衣黄金甲，佩櫜鞬，統萬騎，兵士白刃耀日。自宗、紀及前時邪黨輕笑者，咸受戮於朝。又唤兵部員外郎裴灌，灌股慄而前。幽求曰：「相識否？」灌答曰：「不識。」劉曰：「幽求與公，俱以本官一例赴中書上任。」其夜，凡制誥百餘首，皆幽求作也。自爲拜相白麻云：「前朝邑尉劉幽求，忠貞貫日，義勇横秋，首建雄謀，果成大業，可中書舍人，參知機務。賜甲第一區，金銀器皿十牀，細婢十人，馬百匹，錦綵千段。仍給鐵券，特恕十死。」翌日，命金州司馬盧齊卿京兆少尹知府事。

《舊唐書》卷九七、《新唐書》卷一二一有《劉幽求傳》。幽求冀州武强人，武則天聖曆中制科及第，拜閬中尉，因刺史不禮而棄官，久之授朝邑尉。景雲元年（七一〇），因誅韋后有功，擢中書舍人，參知機務，進尚書左丞。二年，以户部尚書罷政事，轉吏部，拜侍中。先天元年（七一二），拜尚書右僕射、同中書門下三品，監修國史。太平公主將謀逆，幽求請誅之，謀泄流封州。明年太平伏誅，詔拜尚書左僕射，知軍國事。開元初授尚書左丞相，兼黄門監，未幾除太子少保，罷知政事。姚崇忌之，貶睦州刺史，歲餘改刺杭州，三年轉郴州，在道憤恚而卒，年六十一。贈禮部尚書，謚文獻。幽求以朝邑尉參預誅韋事，《舊唐》本傳云：

及韋庶人將行篡逆，幽求與玄宗潛謀誅之，乃與苑總監鍾紹京、長上果毅麻嗣宗及太平公主之子薛崇暕等，夜從入禁中討平之。是夜所下制敕數百餘道，皆出於幽求。以功擢拜中書舍人，令參知機務，賜爵中山縣男，食實封二百户。翌日，又授其二子五品官，祖、父俱追贈刺史。

376 虞世南五絶

太宗謂虞世南一人有五絶：一曰博聞，二曰德行，三曰書翰，四曰詞藻，五曰忠直。圖形凌煙，壽年八十一終。

按：此出《隋唐嘉話》卷中：

太宗稱虞監，博聞、德行、書翰、詞藻、忠直，一人而已，兼是五善。

《唐語林》卷三《品藻》文同《隋唐嘉話》。《南部新書》癸卷文同本書。

377 公孫瓚

公孫瓚既殺劉虞，則見有勝己者皆殺之。男子年七歲者，不許入城。傳達皆用婦人，令語〔一〕音雄者宣揚其命。袁紹逼急，乃先縊其妻兒姊妹，然後自赴火而死。

〔一〕令語　明鈔本乙作「語令」。

按：「袁紹逼急」云云原爲一條，明鈔本同，失當，其事亦爲公孫瓚，與前相連，今合之。中華書局校本仍爲二條。

此出《後漢書》卷七三《公孫瓚傳》：

瓚志埽滅烏桓，而劉虞欲以恩信招降，由是與虞相忤。……是歲，瓚破禽劉虞，盡有幽州之地，猛志益盛。……是時旱蝗穀貴，民相食。瓚恃其才力，不恤百姓，記過忘善，睚眦必報，州里善士名在其右者，必以法害之。常言「衣冠皆自以職分富貴，不謝人惠」。故所寵愛，類多商販庸兒。所在侵暴，百姓怨之。於是代郡、廣陽、上谷、右北平各殺瓚所置長吏，復與輔、和兵合。瓚慮有非常，乃居於高京，以鐵爲門，斥去左右，男人七歲以上不得入易門。專侍姬妾，其文簿書記皆汲而上之。令婦人習爲大言聲，使聞數百步，以傳宣教令。疏遠賓客，無所親信，故謀臣猛將稍有乖散。……建安三年，袁紹復大攻瓚。瓚遣子續請救於黑山諸帥，而欲自將突騎直出，傍西山以斷紹後。……紹漸相攻逼，瓚衆日蹙，乃却，築三重營以自固。四年春，黑山賊帥張燕與續率兵十萬，三道來救瓚。……紹設伏，瓚遂大敗，復還保中小城。自計必無全，乃悉縊其姊妹妻子，然後引火自焚。紹兵趣登臺斬之。

378 魏武殺歌兒

魏武殘人性命，重伎藝。有一歌兒性甚慧，而聲響〔一〕入雲。操愛其聲未忍殺，乃於羣妾中求得二人，聲如歌者，密令教授。數月乃成，聽之，立殺其前者。

〔一〕響　原譌作「嚮」，據明鈔本改。

按：此出《世説新語・忿狷》：

魏武有一妓，聲最清高，而情性酷惡。欲殺則愛才，欲置則不堪，於是選百人，一時俱教。少時，還有一人聲及之，便殺惡性者。

379 范粲不仕

晉范粲[一]，字承明[二]。時[三]齊王芳被廢，承明哭甚慟，因不仕。景王輔政，召之不赴，稱疾[四]，佯狂不言，足不履地，人不聞音[五]。家有婚姻，諮訪之，合意者即色不變，否者即卧寢不安。家人以此候其旨於[六]所寢之車。

〔一〕范粲　「粲」原譌作「桀」，明鈔本同，據《晉書》卷九四《范粲傳》改。

〔二〕承明　原作「明友」，明鈔本同，據《晉書》改，下同。

〔三〕時　明鈔本作「仕」。

〔四〕疾　明鈔本脱此字。

〔五〕音　明鈔本譌作「者」。

〔六〕於　明鈔本前衍「如」字。

按：此出《晉書》卷九四《隱逸·范粲傳》：

范粲字承明。陳留外黄人，漢萊蕪長丹之孫也。粲高亮貞正。有丹風，而博涉强記，學皆可師，遠近請益者甚衆，性不矜莊，而見之皆肅如也。魏時州府交辟，皆無所就。久之，乃應命爲治中，轉别駕，辟太尉掾、尚書郎，出爲征西司馬，所歷職皆有聲稱。及宣帝輔政，遷武威太守。……頃之，轉太宰從事中郎。遭母憂，以至孝稱。服闋，復爲太宰中郎。齊王芳被廢，遷于金墉城，粲素服拜送，哀慟左右。時景帝輔政，召羣官會議，粲又不到，朝廷以其時望，優容之。粲又稱疾，闔門不出。於是特詔爲侍中，持節使於雍州。粲因陽狂不言，寢所乘車，足不履地。子孫恒侍左右，至有婚宦大事，輒密諮焉。合者則色無變，不合則眠寢不安，妻子以此知其旨。……以太康六年卒，時年八十四，不言三十六載，終於所寢之車。

380　狄仁傑除淫祠

狄仁傑〔一〕爲安撫使，除去淫祠〔二〕一千二百所。

〔一〕狄仁傑　前原有「唐」字，今删。

〔二〕祠　明鈔本作「祀」。

按：此出唐封演《封氏聞見記》卷九《剛正》：

狄仁傑爲度支員外郎，車駕將幸汾陽宫，仁傑奉使先修官頓。并州長史李元沖以道出妒女祠，俗稱有盛衣服車馬過必致雷風之異，欲別開路。仁傑謂曰：「天子行幸，千乘萬騎，風伯清塵，雨師灑道，何妬女之敢害而欲避之？」元沖遂止，果無他變。上聞之嘆曰：「可謂丈夫也。」後爲冬官侍郎，充江南安撫使。吴楚風俗，時多淫祀，廟凡一千七百餘所，仁傑並令焚之。有項羽神，號爲楚王廟，祈禱至多，爲吴人所憚。仁傑先致檄書，責其喪失八千子弟，而妄受牲牢之薦，然後焚除。

《隋唐嘉話》卷下亦載：

狄内史仁傑，始爲江南安撫使，以周赧王、楚王項羽、吴王夫差、越王勾踐、吴夫槩王、春申君、趙佗、馬援、吴桓王等神廟七百餘所，有害於人，悉除之。惟夏禹、吴太伯、季札、伍胥四廟存焉。

《唐語林》卷三《方正》並採此二條，文字大同。

《舊唐書》卷八九及《新唐書》卷一一五《狄仁傑傳》亦載。《舊傳》曰：

徵爲冬官侍郎，充江南巡撫使。吴楚之俗多淫祠，仁傑奏毁一千七百所，唯留夏禹、吴太伯、季札、伍員四祠。

381 張巡守寧陵

張巡守寧陵，事急心孤，每戰，喊一聲，即鴈數行飛逆。

按：寧陵縣爲睢陽郡（宋州）治所。張巡守睢陽抗擊安禄山叛軍事，《舊唐書》卷一八七下《忠義下·張巡傳》所記頗詳。

382 阮籍居母喪

阮籍居母喪，有吊客至，籍哭，即嘔血，伏雞滑〔一〕澆。

〔一〕滑　明鈔本作「骨」。

按：此條原與上條相連，明鈔本同。二事絶不相干，今析之。

此當出《晉書》卷四九《阮籍傳》：

性至孝，母終，正與人圍碁，對者求止，籍留與決賭。既而飲酒二斗，舉聲一號，吐血數升。及將葬，食一蒸肫，飲二斗酒，然後臨訣，直言窮矣，舉聲一號，因又吐血數升。毁瘠骨立，殆致滅性。裴楷往弔之，籍散髮箕踞，醉而直視，楷弔唁畢便去。

原見《世説新語·任誕》及注引鄧粲《晉紀》：

阮籍當葬母，蒸一肥豚，飲酒二斗，然後臨訣，直言窮矣，都得一號，因吐血，廢頓良久。

鄧粲《晉紀》曰：

籍，母將死，與人圍棋如故，對者求止，籍不肯，留與決賭。既而飲酒三斗，舉聲一號，嘔血數升，廢頓久之。

383 時苗刻木人

時苗爲壽春令〔一〕，謁治中蔣濟，濟醉〔二〕，不見之。歸而刻木爲人，書曰「酒徒蔣濟」，以弓矢射之。牧長聞之，不能制。

〔一〕時苗爲壽春令　《太平廣記》卷二四四《時苗》引《獨異志》前有「漢」字。按：時苗爲漢末建安時人，見附録《魏略》。「春」原作「安」，明鈔本同，據《廣記》改。按：《魏略》亦作「壽春」。

〔二〕濟醉　明鈔本作「辭」。《廣記》作「濟醉」。

按：《廣記》所引文同。

此出《三國志》卷二三《魏書·常林傳》注引《魏略》：

時苗字德胄，鉅鹿人也。少清白，爲人疾惡。建安中，入丞相府。出爲壽春令，令行風靡。揚州治在其縣，時蔣濟爲治中。苗以初至往謁濟，濟素嗜酒，適會其醉，不能見苗。苗恚恨還，刻木爲人，署曰「酒徒蔣濟」，置之牆下，旦夕射之。州郡雖知其所爲不恪，然以其履行過人，無若之何。

384 季文相魯

季文[一]相魯，家無衣帛之妾，櫪無食粟之馬。

〔一〕季文　「文」原譌作「孫」。按：季文即季文子，季孫乃季康子。據《國語》卷四《魯語上》改。

按：此出《國語》卷四《魯語上》：

季文子相宣、成，無衣帛之妾，無食粟之馬。仲孫它諫曰：「子爲魯上卿，相二君矣，妾不衣帛，馬不食粟，人其以子爲愛，且不華國乎？」文子曰：「吾亦願之。然吾觀國人，其父兄之食麤而衣惡者猶多矣，吾是以不敢。人之父兄食麤衣惡，而我美妾與馬，無乃非相人者乎？且吾聞以德榮爲國華，不聞以妾與馬。」文子以告孟獻子，（韋昭注：獻子，它之父仲孫蔑也。）獻子囚之七日。自是，子服之妾衣不過七升之布，（注：子服，即它也。八十縷爲升。）馬餼不過稂莠。（注：餼，秣也。稂，童稂也。莠，草，似稷而無實也。）文子聞之，曰：「過而能改者，民之上也。」使爲上大夫。

385 哀牢夷

哀牢夷，其先有婦人名沙壹[一]，居哀牢山[二]，捕魚水中，觸沈木若有感，因妊孕，十月而生十子。今西南夷其裔也。

〔二〕壹　明鈔本及《太平廣記》卷四八二《哀牢夷》引《獨異志》作「壺」。按：《華陽國志》卷四《南中志》作「壺」。《後漢書》卷八六《西南夷傳》作「壹」。

〔三〕哀牢山　明鈔本「哀」譌作「喪」。《廣記》及《後漢書》作「牢山」。按：《廣記》、《後漢書》首云「哀牢夷」，則當亦作「哀牢山」，蓋省「哀」字也。

按：《廣記》引《獨異志》曰：

哀牢夷，其先有婦人名沙壺，居牢山。捕魚水中，若有所感。妊孕十月而生十子。今西南夷其裔也。

此出《後漢書》卷八六《西南夷傳》：

哀牢夷者，其先有婦人名沙壹，居于牢山。嘗捕魚水中，觸沈木若有感，因懷妊，十月産子男十人。後沈木化爲龍，出水上。沙壹忽聞龍語曰：「若爲我生子，今悉何在？」九子見龍驚走，獨小子不能去，背龍而坐，龍因舐之。其母鳥語，謂背爲九，謂坐爲隆，因名子曰九隆。及後長大，諸兄以九隆能爲父所舐而黠，遂共推以爲王。後牢山下有一夫一婦，復生十女子，九隆兄弟皆娶以爲妻，後漸相滋長。種人皆刻畫其身，象龍文，衣皆著尾。九隆死，世世相繼。乃分置小王，往往邑居，散在谿谷，絶域荒外，山川阻深，生人以來，未嘗交通中國。（按：「衣皆著尾」下注：「自此以上並見《風俗通》也。」東漢應劭《風俗通義》今本無，吴樹平《風俗通義校釋》輯爲佚文，天津人民出版社，一九八〇。）

《華陽國志》卷四《南中志》亦載：

永昌郡，古哀牢國。哀牢，山名也。其先有一婦人，名曰沙壺，依哀牢山下居，以捕魚自給。忽於水中觸有一沈木，遂感而有娠。度十月，産子男十人。後沈木化爲龍，出謂沙壺曰：「若爲我生子，今在乎？」而九子驚走，惟一小子不能去，陪龍坐，龍就而舐之。沙壺與言語，以龍與陪坐，因名曰元隆，猶漢言陪坐也。沙壺將元隆居龍山下，元龍（隆）長大才武。後九兄曰：「元隆能與龍言而黠，有智，天所貴也。」共推以爲王。時哀牢山下復有一夫一婦，産十女，元隆兄弟妻之。由是始有人民，皆象之，衣後著十尾，臂脛刻文。元隆死，世世相繼，分置小王，往往邑居，散在溪谷，絶域荒外，山川阻深，生民以來，未嘗通中國也。

梁任昉《述異記》卷下亦載：

哀牢夷，西蜀國名也。其先有婦人，捕魚水中，觸沈木，育生男子十人。沈木爲龍，出水上，九男驚走。一兒不去，背龍，因舐之。後諸兒推爲哀牢主。

386 娘子軍

高祖〔一〕起義并州，弟〔二〕三女柴紹妻聚兵鄠、杜間，以應高祖。高祖登位後，封平陽公主，號娘子軍，克著勳績。獲封邑不因夫子者，葬〔三〕用鹵簿，自此始。

〔一〕高祖　前原有「唐」字，今删。

〔二〕弟　明鈔本作「第」，義同。

〔三〕葬　明鈔本作「葬主」。

按：此出《隋唐嘉話》。今本卷上載：

平陽公主聞高祖起義太原，乃於鄠司竹園招集亡命以迎軍，時謂之娘子兵。

北宋馬永易《實賓録》(《説郛》卷三)《娘子軍》條，末注劉餗《傳紀》，即《隋唐嘉話》。其云：

唐平陽公主，世祖(當作高祖)之女，下嫁柴紹。主初聞高祖起義兵於太原，乃於鄠縣招集亡命。帝渡河，詔以數百騎迎至，引精兵與秦王會渭北。時號爲娘子軍。

《舊唐書》卷五八《平陽公主傳》、《新唐書》卷八三《諸帝公主傳》亦有詳記。《舊傳》曰：

平陽公主，高祖第三女也，太穆皇后所生。義兵將起，公主與紹並在長安，遣使密召之。紹謂公主曰：「尊公將掃清多難，紹欲迎接義旗，同去則不可，獨行恐罹後患，爲計若何？」公主曰：「君宜速去。我一婦人，臨時易可藏隱，當别自爲計矣。」紹即間行赴太原。公主乃歸鄠縣莊所，遂散家資，招引山中亡命，得數百人，起兵以應高祖。時有胡賊何潘仁聚衆於司竹園，自稱總管，未有所屬。公主遣家僮馬三寶説以利害，潘仁攻鄠縣，陷之。三寶又説羣盜李仲文、向善志、丘師利等，各率衆數千人來會。時京師留守頻遣軍討公主，三寶、潘仁屢挫其鋒。公主掠地至盩厔、武功、始平，皆下之。每申明法令，禁兵士無得侵掠，故遠近奔赴者甚衆，得兵七萬人。公主令間使以聞，高祖大悦。及義軍渡河，遣紹將數百騎趨華陰，傍南山以迎公主。時公主引精兵萬餘與太宗軍會於渭北，與紹各置幕府，俱圍京城，營中號曰娘子軍。京城平，封爲平陽公主，以獨有軍功，每賞賜異於他主。六年，薨。及將葬，詔加前後部羽葆鼓吹、大輅、麾幢、班劍四十人，虎賁甲卒。太常奏議，以禮，婦人無鼓吹。高祖曰：「鼓吹，軍樂也。往者公主於司竹舉兵以應義旗，親執金鼓，有克定之勳。周之文母，列於十亂，公主功參佐命，非常婦人之所匹也，何得無鼓吹！」遂特加之，以旌殊績。仍令所司按謚法「明德有功曰昭」，謚公主爲昭。

387 魏文侯問狐卷子

魏文侯問狐卷子〔一〕曰：「父子兄弟臣賢，足恃乎？」對曰：「父賢不過堯，而丹朱放〔二〕；子賢不過舜，而瞽瞍拘；兄賢不過舜，而象放；弟賢不過旦，而管誅〔三〕；臣賢不過湯武，而桀紂伐。君欲理國，賢可恃乎〔四〕？」

〔一〕狐卷子　「狐」原譌作「孤」，據《韓詩外傳》卷八改。

〔二〕放　原作「傲」，據《韓詩外傳》改。下文「象傲」，亦據《韓詩外傳》改。

〔三〕弟賢不過旦而管誅　明鈔本作「弟賢不過□空誅」，有脱譌。

〔四〕君欲理國賢可恃乎　明鈔本作「君欲理後可傳乎」，有脱譌。

按：此出《韓詩外傳》卷八第二十九章：

魏文侯問狐卷子曰：「父賢足恃乎？」對曰：「不足。」「子賢足恃乎？」對曰：「不足。」「兄賢足恃乎？」對曰：「不足。」「弟賢足恃乎？」對曰：「不足。」「臣賢足恃乎？」對曰：「不足。」文侯勃然作色而怒曰：「寡人問此五者於子，一一以爲不足者何也？」對曰：「父賢不過堯，而丹朱放。子賢不過舜，而瞽瞍拘。兄賢不過舜，而象放。弟賢不過周公，而管叔誅。臣賢不過湯武，而桀紂伐。望人者不至，恃人者不久。君欲治，從身始，人何可恃乎？」《詩》曰：「自求伊祜。」此之謂也。

388　常摐教老子

常摐有疾，老子曰：「先生疾甚，能無遺〔一〕教語弟子乎？」摐乃大其口示老子，曰：

「舌存乎？」曰：「存。豈非柔耶？」「齒亡乎？」曰：「亡。豈非剛耶？」樅曰：「天下事盡矣。」

〔一〕遺　此字原無，明鈔本作「貴」，當爲「遺」字之譌。《説苑》卷一〇《敬慎》作「遺」。據補。

按：此出《説苑》卷一〇《敬慎》：

常摐有疾，老子往問焉，曰：「先生疾甚矣，無遺教可以語諸弟子者乎？」常摐曰：「子雖不問，吾將語子。」常摐曰：「過故鄉而下車，子知之乎？」老子曰：「過故鄉而下車，非謂其不忘故邪？」常摐曰：「嘻！是已。」常摐曰：「過喬木而趨，子知之乎？」老子曰：「過喬木而趨，非謂其敬老耶？」常摐曰：「嘻！是已。」張其口而示老子曰：「吾舌存乎？」老子曰：「然。」「吾齒存乎？」老子曰：「亡。」常摐曰：「子知之乎？」老子曰：「夫舌之存也，豈非以其柔耶？齒之亡也，豈非以其剛耶？」常摐曰：「嘻！是已。天下之事已盡矣，無以復語子哉！」

389　子產知奸

子產聞婦人哭，使人執而拘之，果手刃其夫者。御者問曰：「何以知之？」子產曰：「夫人所親也，有病則憂，臨死則哀。今夫已死，不哀而懼，是以知有奸也。」

按：此出《韓非子·難三》：

鄭子産晨出，過東匠之閭，聞婦人之哭，撫其御之手而聽之。有閒，遣吏執而問之，則手絞其夫者也。異日，其御問曰：「夫子何以知之？」子産曰：「其聲懼。凡人於其親愛也，始病而憂，臨死而懼，已死而哀。今哭已死，不哀而懼，是以知其有姦也。」

390 徐德言妻陳氏

隋朝徐德言妻陳氏，叔寶妹。因懼〔一〕亂不能相保，德言乃破一〔二〕鏡分之，以爲他年不知存亡，但端午日各持其半鏡於市内賣之，以圖相合〔三〕。至期適市〔四〕，果有一破鏡，德言乃題其背曰：「鏡與人俱去〔五〕，鏡歸人不歸。無復嫦娥影，空餘半月輝。」時〔六〕陳氏爲楊素所愛，見之，乃命德言對飲，三人環坐，令陳氏賦詩一章，即還之。陳氏詩曰：「今日何遷次，新官對舊官。笑啼〔七〕俱不敢，方驗作人難。」素感之，乃還德言。

〔一〕懼　明鈔本作「罹」。

〔二〕一　明鈔本無此字。

〔三〕賣之以圖相合　明鈔本作「賣相合」，文字有脱。

〔四〕至期適市　明鈔本作「既平定」。

〔五〕去　原作「至」，據明鈔本改。

〔六〕時　明鈔本無此字。

〔七〕啼　明鈔本譌作「歸」。

按：唐末孟啓《本事詩・情感第一》亦載：

陳太子舍人徐德言之妻，後主叔寶之妹，封樂昌公主，才色冠絶。時陳政方亂，德言知不相保，謂其妻曰：「以君之才容，國亡必入權豪之家，斯永絶矣。儻情緣未斷，猶冀相見，宜有以信之。」乃破一照，人執其半，約曰：「他日必以正月望日賣於都市，我當在，即以是日訪之。」及陳亡，其妻果入越公楊素之家，寵嬖殊厚。德言流離辛苦，僅能至京，遂以正月望日訪於都市。有蒼頭賣半照者，大高其價，人皆笑之。德言直引至其居，設食，具言其故，出半照以合之。仍題詩曰：「照與人俱去，照歸人不歸。無復嫦娥影，空留明月輝。」陳氏得詩，涕泣不食。素知之，愴然改容，即召德言還其妻，仍厚遺之。聞者無不感歎。仍與德言、陳氏偕飲，令陳氏爲詩，曰：「今日何遷次，新官對舊官。笑啼俱不敢，方驗作人難。」遂與德言歸江南，竟以終老。（按：此據《顧氏文房小説》本。文中「照」字即「鏡」。疑宋人避趙匡胤祖趙敬諱改。）

又見北宋阮閱《詩話總龜》前集卷二三引《古今詩話》，本《本事詩》，曰：

陳太子舍人徐德言尚叔寶妹樂昌公主，陳政衰，謂其妻曰：「國破必入權豪家，倘情緣未斷，尚慕相見。」乃破鏡，各分其半，約他日以正月望日賣於都市。及陳亡，其妻果爲楊越公得之，乃爲詩曰：「鏡與人俱去，鏡歸人不歸。無復姮娥影，空留明月輝。」樂昌得詩，悲泣不已，越公知之，愴然召德言至，還其妻。因與德言、樂昌餞别，令樂昌爲詩，曰：「今日甚遷次，新官對舊官。笑啼俱不敢，方信作人難。」

391 女媧兄妹

昔宇宙初開之時，只有女媧兄〔一〕妹二人在崑崙山。而天下未有人民，議以爲夫妻，又自羞耻。兄即與其妹上崑崙山呪曰：「天若遣我兄妹二人爲夫妻而煙悉合；若不使，煙散。」於是〔二〕煙即合，其妹即來就兄，乃結草爲扇，以障其面。今時人取婦執扇，象其事也。

〔一〕兄　明鈔本下衍「弟」字。

〔二〕是　此字原脱，據明鈔本補。

392 羊角哀左伯桃

羊角哀、左伯桃〔一〕二人爲友而賢。俱詣道途，其遇〔二〕風雨，糧盡。計不俱存，角哀乃併糧與伯桃，得濟，角哀入空樹中餓死。

〔一〕左伯桃　明鈔本「伯」作「柏」，下文作「伯」。「桃」原作「陶」，據《列士傳》改，見附録。

〔二〕遇　原作「造」，據明鈔本改。

按：此出劉向《列士傳》，《太平御覽》卷一一、卷四〇九、卷四二二、卷五五八引，卷四二二文詳。《後漢書》卷二九《申屠剛傳》注、《文選》卷五五劉孝標《廣絶交論》注引作《烈士傳》。《後漢書》注文亦詳，然不及《御覽》。兹據《御覽》卷四二二録於下：

羊角哀、左伯桃二人相與爲死友，欲仕於楚，道遥山阻，遇雨雪不得行，飢寒無計，自度不俱生也。伯桃謂角哀曰：「天不我與，深山窮困，併在，一人可得生官，俱死之後，骸骨莫收。內手捫心，知不如子。生恐無益而弃子之器能，我樂在樹中。」角哀聽伯桃入樹中而死，得衣粮，前至楚。楚平王愛角哀之賢，嘉其義，以上卿禮葬之（《後漢書》注作伯桃）。竟，角哀夢見伯桃曰：「蒙子之恩而獲厚葬，然正苦荆將軍冢相近（原作家相此，據《後漢書》注改），欲役使吾，吾不能聽也。與連戰不勝，今月十五日當大戰，以決勝負。得子則勝，否則負矣。」角哀至期日，陳兵馬詣其冢上，作三桐人，自殺，下而從之。君子曰：「執義可爲世規。」

唐初句道興《搜神記》（《敦煌變文集》卷八）亦有記，頗略：

羊角哀得左伯桃神夢曰：「昔日恩義甚大，生死救之。」遂即將兵於墓大戰，以擊鼓動劍，大叫揮之，以助伯桃之戰。角哀情不能自勝，遂拔劍自刎而死，願於黄泉相助，以報併糧之恩。楚王曰：「朋友之重，自刎其身，奇哉！奇哉也！」

獨異志佚文

1 晉文帝哭羊祜

晉武帝哭羊祜，冬月涕泗交下，凝鬚爲冰。（中華書局影印宋刻本《太平御覽》卷二七引）

按：此出《晉書》卷三四《羊祜傳》：

尋卒，時年五十八。帝（武帝司馬炎）素服哭之甚哀。是日大寒，帝涕淚霑鬚鬢，皆爲冰焉。

2 太白星竊梁玉清

《東方朔内傳》云：秦并六國，太白星竊織女侍兒梁玉清、衛承莊，逃入衛〔一〕城少仙洞，四十六日不出。天帝怒，命五岳搜捕焉。太白歸位。衛承莊逃焉。梁玉清有子名休，玉清謫於北斗下，常春；其子乃配於河伯，驂乘行雨。子休每至少仙洞，恥其母淫奔之所，輒迴馭，故此地常少雨焉。（中華書局點校本《太平廣記》卷五九引，題《梁玉清》）

〔一〕衛　明鈔本、孫校本作「衙」。《錦繡萬花谷》前集卷一《太白竊織女侍兒》引作「衙」，前集卷四

《織女失侍兒》則引作「衛」。《古今合璧事類備要》前集卷一《太白竊侍兒》、明楊慎《太史升菴全集》卷七四《梁玉清》、《天中記》卷二《太白竊織女侍兒》引《東方朔内傳》、《獨異志》，《山堂肆考》卷三《侍兒謫春》亦引作「衙」。

3　盧嬰奇蹇

淮南有居客盧嬰者，氣質文學，俱爲郡中絶，人悉以盧三郎呼之。但甚奇蹇，若在群聚中，主人必有横禍，或小兒墮井，幼女入火，既久有驗。人皆捐〔一〕之。時元伯和爲郡守，始至，愛其材氣，特開中堂設宴，衆客咸集。食畢，伯和戲問左右曰：「小兒墮井乎？」曰：「否。」「小女入火乎？」曰：「否。」伯和謂坐客曰：「衆君不勝故也。」頃之合飲，群客相目惴惴然。是日，軍吏圍宅，擒伯和棄市。時節度使陳少遊甚異之，復見其才貌，謂曰：「此人一舉，非摩天不盡其才。」即厚以金帛寵薦之。行至潼關，西望煙塵，有東馳者曰：「朱泚作亂，上幸奉天縣矣。」（中華書局點校本《太平廣記》卷八六引，題《盧嬰》，明鈔本作《獨異記》）

〔一〕捐　明鈔本作「損」。捐，棄也。

4 揚州西靈塔

揚州西靈塔，中國之尤峻峙者。武宗〔一〕末，拆寺之前一年，有淮南詞客劉隱之薄游明州，夢中如泛海，見塔東渡海。時見門僧懷信居塔三層，憑闌與隱之言曰：「暫送塔過〔二〕東海，旬日而還。」數日，隱之歸揚州，即訪懷信。信曰：「記海上相見時否？」隱之了然省記。數夕後，天火焚塔俱盡，白〔三〕雨如瀉。旁有草堂，一無所損。（中華書局點校本《太平廣記》卷九八引，題《懷信》）

〔一〕武宗　前原有「唐」字，今删。

〔二〕過　孫校本作「向」。明陳士元《夢占逸旨》卷四引作「至」。

〔三〕白　孫校本作「而」。

按：北宋贊寧《宋高僧傳》卷一九《唐揚州西靈塔寺懷信傳》亦記有懷信事。原本何書不詳，觀其文字大同於《獨異志》而事詳，則《獨異志》亦採此無名氏書記耳。《宋高僧傳》曰：

釋懷信者，居處廣陵，别無奇迹。會昌三年癸亥歲，武宗爲趙歸真排毁釋門，將欲湮滅教法。有淮南詞客劉隱之薄遊四明，旅泊之宵，夢中如泛海焉。迴顧見塔一所東度，見是淮南西靈寺塔。

其塔峻峙，制度校胡太后永寧塔少分耳。其塔第三層，見信凭闌，與隱之交談，且曰：「暫送塔過東海，旬日而還。」數日，隱之歸揚州，即往謁信。信曰：「記得海上相見時否？」隱之了然省悟。後數日，天火焚塔俱盡，白雨傾澍，旁有草堂，一無所損。由是觀之，東海人見永寧塔不謬矣。

5　史溥夢陳

陳霸先未貴時，有直閤吏史溥，夢有人朱衣執玉簡，自天而降。簡上金字書曰：「陳氏五世，三十四年〔一〕。」及後主降隋〔二〕，史溥尚在。（中華書局點校本《太平廣記》卷一四六引，題《史溥》）

〔一〕三十四年　陳霸先五五七年十月建陳，年號永定，五八九年一月（後主禎明三年）國亡，實三十二年，首尾虚計三十三年。作三十四年不確。《談藪》、《南史》皆作三十二年，見附録。

〔二〕及後主降隋　明董斯張《吴興備志》卷一所引此句上有「遂凌空而上」一句，疑據《太平御覽》卷三九九引《陳書》補，見附録。

按：此出北齊陽松玠《談藪》，《分門古今類事》卷一《陳氏金字》引《南史》、《談藪》曰：

陳高祖受禪之日，其夜，會稽人史溥夢朱衣吏衣吏冠自天而下，導從數十，至太極殿前，北面執玉葉金字曰：「陳氏五主三十二年。」遂淩空而去。嗚呼！天人相交，氣應混并，密然相關爲表裏，其可誣哉！（按：「嗚呼」以下乃《分門古今類事》編者委心子評語。）

《南史》卷一〇《陳本紀下》載，作史普：

初，武帝始即位，其夜奉朝請史普直宿省，夢有人自天而下，導從數十，至太極殿前，北面執玉策金字曰：「陳氏五帝三十二年。」

《建康實録》卷二〇、元張鉉《至正金陵新志》卷一四文大同，唯皆作三十四年。

《太平御覽》卷三九九引《陳書》曰（今本無），作傅史普：

武帝初受禪之日，其夜，有會稽人傅史普直省，夢人自天而下，着朱衣武冠，導從數十，手持板，板上有字，傅視之，其文曰：「陳氏五主三十四年。」遂淩空而上。旦白黄門侍郎孔宗範歎曰：「吾事去矣。」其爲子孫憂乎？自武帝已後，并廢帝五主，自永定初迄禎明末，共三十四年。

6 李源鬼友

李源，洛城北惠林寺住。以其父憕爲禄山所害，誓不履人事，不婚，不役僮僕。暮春之際，蔭樹獨處，有一少年，挾彈而至。源愛其風秀，與之馴狎，問其氏行，但曰武十三。

甚依阿，不甚顯揚。訊其所居，或東、或西、或南、或北不定。源叔父爲福建觀察使，源修覲禮，武生亦云有事東去。同舟共載，行及宋之穀熟橋，攜手登岸，武曰：「與子訣矣。」源驚訊之，即曰：「某非世人也。爲國掌陰兵百有餘年，凝結此形。今夕，託質於張氏爲男子，十五得明經，後終邑令。」又云：「子之禄亦薄，年登八十，朝廷當以諫議大夫徵，後二年當卒矣。我後七年，復與君相見。」言訖，抵村户，執手分袂。既而張氏舉家驚喜，新婦誕一男。源累載放跡閩南，及還，省前事，復詣村户。見一童兒形貌類武者，乃呼曰：「武十三相識耶？」答曰：「李七健乎？」其後憲宗讀國史，感歎李憕、盧奕之事，有薦源名，遂以諫議大夫徵，不起。明年，源卒於惠林寺。張終於宣州廣德縣令。（中華書局點校本《太平廣記》卷一五四引，題《李源》）

按：袁郊《甘澤謡·圓觀》亦載李源事，曰：

圓觀者，大曆末雒陽惠林寺僧，能事田園，富有粟帛，梵學之外，音律大通，時人以富僧爲名，而莫知所自也。李諫議源，公卿之子。當天寶之際，以遊宴飲酒爲務。父憕居守，陷于賊中，乃脱粟布衣，止于惠林寺，悉將家業爲寺公財，寺人日給一器食、一杯飲而已。不置僕使，斷其聞知，唯與圓觀爲忘言交，促膝靜話，自旦及昏，時人以清濁不倫，頗生譏誚。如此三十年。二公一旦約遊蜀川，抵青城、峨眉，同訪道求藥。圓觀欲游長安，出斜谷，李公欲上荆州，出三峽，争此兩途，半年未決。李公曰：「吾已絶世事，豈取途兩京？」圓觀曰：「行固不繇人，請出三峽而去。」遂自荆江上峽。行次南浦，維舟山下。見婦人數人，條達錦襠，負罌而汲。圓觀望見泣下，曰：「某不欲至此，恐見其婦人也。」李公驚問曰：「自上峽來，此徒不少，何獨恐此數人？」圓觀曰：「其中孕婦姓王者，是某託身之所。逾三載尚未娩懷，以某未來之故也。今既見矣，即命有所歸，釋氏所謂循環也。」謂公曰：「請假以符咒，遣其速生。少駐行舟，葬某山下。浴兒三日，公當訪臨，若相顧一笑，即某認公也。更後十二年，中秋月夜，杭州天竺寺外，與公相見之期。」李公遂悔此行，爲之一慟。遂召婦人，告以方書，其婦人喜躍還家。頃之，親族畢至，以枯魚、濁酒獻于水濱。李公往，爲授朱字符。圓觀具湯沐，新其衣裝。是夕，圓觀亡而孕婦産矣。李公三日往觀新兒，繈褓就明，果致一笑。李公泣下，具告于王，王乃多出家財，厚葬圓觀。明日，李公回棹，言歸惠林，詢問觀家，方知已有理命。後十二年秋八月，直指餘杭，赴其所約。時天竺寺山雨初晴，月色滿川，無處尋訪。忽聞葛洪川畔，有牧豎歌《竹枝詞》者，乘牛叩角，雙髻短衣，俄至寺前，乃觀也。李公就謁曰：「觀公健否？」却問李公曰：「真信士。與公殊途，慎勿相近。俗緣未盡，但願勤修不墮，即遂相見。」李公以無由叙話，望之潸然。圓觀又唱《竹枝》，步步前去，山長水遠，尚聞歌聲，詞切韻高，莫知所詣。初到寺前歌曰：「三生石上舊精魂，賞月吟風不要論。慙愧情人遠相訪，此身雖異性常存。」寺前又歌曰：「身前身後事茫茫，欲話因緣恐斷腸。吴越山川遊已遍，却回煙棹上瞿塘。」後三年，李公

拜諫議大夫，一年亡。（據《唐五代傳奇集》校本）

此事與牛僧孺《玄怪録》卷一一《李沈》實是一事二傳，而異辭頗多。今亦據《唐五代傳奇集》校本鈔録如左：

隴西李沈者，其父嘗受朱泚恩，賊平伏法，沈乃逃而得免。既而逢赦，以家産童僕悉施洛北惠林寺而寓生焉。讀書彈琴，聊以度日。今荆南相公清河崔公群，群弟進士于，皆執門人禮，即其所與遊者，不待言矣。嘗以處士李擢爲刎頸交。元和十三年秋，擢因謂沈曰：「吾有故將適宋，回期未卜，兄能泛舟相送乎？」沈聞其去，離思浩然，遂登舟。初約一程，程盡，則曰：「兄之情，豈盡於此？」及又行，言似有感，竟不能别，直抵睢陽。其暮，擢謝舟人而去，與沈乃下汴堤，月中徐曰：「承念誠久，兄識擢何人也？」沈曰：「辯博之士也。」擢曰：「非也。擢乃冥官，頃爲洛州都督，故在洛多時。陰道公事，故不任書，乃得與兄同遊。今去陰遷陽，托孕於親已五載矣。所以步步邀兄者，意有所託。」沈曰：「何事？」曰：「擢之此身，藝難爲匹，唯慮一舍此身，都醉前業，祈兄與醒之耳。然擢孕五載，寓親腹中，其家以爲不祥，祈神祝佛之法，竭貨而爲。擢尚未往，神固何爲。兄可往其家，朱書『産』字，令吞之，擢即生矣。必奉兄絹素。兄得且去，候擢三歲，宜復來視之，且曰：『主人孫久不産者，某以朱字吞之，生兒奇慧，今三載矣，思宿以驗之，故復來也。』可取兒抱卧，夜久伺掌人閉户，即抱於静處，呼曰：『李擢，記我否？』兒當啼，啼即掌之。再三問之，擢必微悟。兄宜與擢言洛中居處及遊宴之地，擢當大悟。悟後，此生之業，無子遺矣。此事必醒素以歸，擢乃後榮盛，兄必可復得從容矣。兄聲名籍甚，不久當有大諫之拜，慎勿赴也，赴當非壽。此郡北三十里有胡村，村前有車門，即擢新身之居也。」言訖，泣拜而去。遲明，沈策杖訪之，果有胡村。叩門求憩，掌人翁年八十餘，倚杖延入。既命坐，似有憂色。沈問之，翁曰：「新婦孕五載矣，計窮術盡，略無少徵。」沈因曰：「沈道門留心，頗善咒術。不産之由，見之即辨。」遽令左右召新婦來，沈診其臂曰：「男也，甚明慧，有非常之才，故不拘常月耳。」於是令速具産所帷帳床榻畢，沈執筆若祝者，朱書「産」字令吞之，入口而男生焉。翁極喜，奉絹三十疋，沈乃受焉。曰：「此兒不常也，三歲當復來，爲君相之。」言訖而去。及期再往，乃曰：「前所生子，今三歲矣，願得之一宿，占相之。」掌人喜而許之。沈伺夜人靜，抱之遠處，呼曰：「李擢，今識我否？」兒驚啼，沈掌之，曰：「李擢，何見我不記耶？」又掌之，兒愈啼。掌而問之者三四，兒忽曰：「十六兄果能來此耶？」沈因語洛中事，遂大笑，言若平生，曰：「擢一一悟矣。」乃抱之歸宿。及明朝，告其掌人曰：「此兒有重禄，乃成家之貴人也，宜保持之。」胡氏喜，又贈絹五十疋，因取别。乃憶醒素之言，蓋以三才五星隱其成數耳。以沈食禄而誅，不食而免，其命乎？足以警貪禄位而不知其命者也。

7 淮南天禍

寶曆二年，崔從鎮淮南。五月三日，瓜步鎮申浙右試競渡船十艘，其三船平没於金山下，一百五十人俱溺死。從見申紙歎憤。時軍司馬皇甫曙入啓事，與從同異之。座有宋生歸儒者語曰：「彼之禍不及怪也，此亦有之，人數相類，但其死不同耳。」浹日，有大讌，陳於廣場，百戲俱呈。俄暴風雨，庭前戲者并馬數百匹，繫在廡下，迅雷一震，馬皆驚奔，大廡數十間平塌，凡居其下者俱壓死。公令較其數，與浙右無一人差焉。（中華書局點校本《太平廣記》卷一五五引，題《崔從》）

按：《舊唐書》卷一七下《文宗紀下》載：大和四年（八三〇）三月，「以前太子賓客崔從檢校右僕射、揚州大都督府長史、淮南節度使」。此言寶曆二年（八二六）崔從鎮淮南。據郁賢皓《唐刺史考全編》（安徽大學出版社，二〇〇〇），長慶二年至大和元年（八二二—八二七）王播爲淮南節度使。寶曆二年紀時有誤。

8　管寧積善之感

管寧死遼東三十七年，歸柩而阻海風，同行數十船俱没。惟寧船望見火光，投之，得島嶼。及上岸，無火亦無人。玄晏先生以爲積善之感。（中華書局點校本《太平廣記》卷一六一引，題《管寧》）

按：此出《三國志》卷一一《魏書·管寧傳》注引《傅子》曰：

寧在遼東，積三十七年乃歸。……寧之歸也，海中遇暴風，船皆没，唯寧乘船自若。時夜風晦冥，船人盡惑，莫知所泊。望見有火光，輒趣之，得島。島無居人，又無火燼，行人咸異焉，以爲神光之祐也。皇甫謐曰：「積善之應也。」（按：皇甫謐自號玄晏先生。見《晉書》卷五一本傳）

9 宋則家奴

宋則家奴執弩絃斷，誤殺其子。則不之罪。（中華書局點校本《太平廣記》卷一七六引，題《宋則》）

按：此出《後漢書》，今本無。《北堂書鈔》卷一二五《弦斷矢激》引范曄《後漢》云：

宋則字元矩，則子年十歲，與蒼頭共弩射，蒼頭弦斷矢激，誤中則之子，即死。奴叩頭就誅，則察而恕之。

又《太平御覽》卷三四八引《後漢書》曰：

宋則子年十歲，與蒼頭共弩射，蒼頭弦斷矢激，誤中之，即死。奴叩頭就誅，則察而恕之。潁川荀爽深以爲美，時人亦服焉。

10 陳子昂棄胡琴

陳子昂，蜀射洪人。十年居京師，不爲人知。時東市有賣胡琴者，其價百萬，日有豪貴傳視，無辨者。子昂突出於衆，謂左右：「可輦千緡市之。」衆咸驚，問曰：「何用之？」答曰：「余善此樂。」或有好事者曰：「可得一聞乎？」答曰：「余居宣陽里。」指其第處。「並具有酒，明日專候。不唯衆君子榮顧，且各宜邀召聞名者齊赴，乃幸遇也。」來晨，集者凡百餘人，皆當時重譽之士。子昂大張讌席，具珍羞。食畢，起捧胡琴，當前語曰：「蜀人陳子昂，有文百軸，馳走京轂，碌碌塵土，不爲人所知。此樂，賤工之役，豈愚留心哉！」遂舉而棄〔一〕之。舁文軸兩案，遍贈會者。會既散，一日之内，聲華溢都。時武攸宜爲建安王，辟爲記室。後拜拾遺。歸覲，爲段簡所害。（中華書局點校本《太平廣記》卷一七九引《獨異記》，題《陳子昂》）

〔一〕棄　《唐詩紀事》卷八引《獨異記》作「碎」。

按：南宋計有功《唐詩紀事》卷八《陳子昂》曰：

《獨異記》載：子昂初入京，不爲人知。有賣胡琴者，價百萬，豪貴傳視，無辨者。子昂突出，謂左右曰：「輦千緡市之。」衆驚問，答曰：「余善此樂。」皆曰：「可得聞乎？」曰：「明日可集宣陽里。」如期偕往，則酒肴畢具，置胡琴於前。食畢，捧琴語曰：「蜀人陳子昂，有文百軸，馳走京轂，碌碌塵土，不爲人知。此樂，賤工之役，豈宜留心？」舉而碎之，以其文軸遍贈會者。一日之内，聲華溢郡。時武攸宜爲建安王，辟爲書記。

11 關羽張飛

蜀將關羽善撫士卒而輕士大夫，張飛敬禮士大夫而輕卒伍〔一〕，二將俱不得其中，亦不得其死。（中華書局點校本《太平廣記》卷一八九引，題《關羽》）

〔一〕伍　明鈔本作「士」。

按：此出《三國志》卷三六《蜀書·張飛傳》：

初，飛雄壯威猛，亞於關羽，魏謀臣程昱等咸稱羽、飛萬人之敵也。羽善待卒伍而驕於士大夫，飛愛敬君子而不恤小人。先主常戒之曰：「卿刑殺既過差，又日鞭撾健兒，而令在左右，此取禍之道也。」飛猶不悛。

12 甾丘訢

周世，東海之上，有勇士甾丘訢，以勇聞於天下。過神淵〔一〕，令飲馬。其僕曰：「飲馬於此者，馬必死。」丘訢曰：「以丘訢之言，飲之。」其馬果沈〔二〕。丘訢乃去衣拔劍而入。

三日三夜，殺二蛟一龍而出〔三〕。雷神隨而擊之，十日十夜，眇其左目。要離聞而往見之。丘訢出送有喪者，要離往見丘訢於墓所，曰：「雷神擊子，十日十夜，眇子左目。夫天怨不旋日，人怨不旋踵。子至今弗報，何也？」叱之而去，墓上振憤者不可勝數。要離歸，謂人曰：「甾丘訢，天下勇士也。今日我辱之於衆人之中，必來殺我。暮無閉門，寢無閉户。」丘訢至夜半果來，拔劍柱頸曰：「子有死罪三：辱我於衆人之中，死罪一也；暮無閉門，死罪二也；寢不閉户，死罪三也。」要離曰：「子待我一言而後殺也。子來不謁，一不肖也；拔劍不刺，二不肖也；刃先詞後，三不肖也。子能殺我者，是毒藥之死耳。」丘訢收劍而去曰：「嘻！天下所不若者，唯此子耳。」（中華書局點校本《太平廣記》卷一九一引）

〔一〕淵　原作「泉」，按：《韓詩外傳》卷一〇作「淵」。此當爲唐人避諱改。今回改。

〔二〕沈　原作「死」，明鈔本作「沈」，孫校本作「沉」，「沈」同「沉」，言沉於水也。《韓詩外傳》作「沈」。今改。

〔三〕出　明鈔本、孫校本作「去」。按：《韓詩外傳》作「出」，言自水中出也。

按：此出《韓詩外傳》卷一〇第七章，作「菑丘訢」，文曰：

東海有勇士，曰菑丘訢，以勇猛聞於天下。過神淵，曰：「飲馬。」其僕曰：「飲馬於此者，馬必死。」曰：「以訢之言飲之。」其馬果沈。菑丘訢去朝服拔劍而入，三日三夜，殺三蛟一龍而出。雷神隨而擊之，十日十夜，眇其左目。要離聞之，往見之，曰：「訢在乎？」曰：「送有喪者。」往見訢於墓，曰：「聞雷神擊子，十日十夜，眇子左目。夫天怨不全日，人怨不旋踵。至今弗報，何也？」叱而去，墓上振憤者不可勝數。要離歸，謂門人曰：「菑丘訢天下之勇士也，今日我辱之人中，是其必來攻我。暮無閉門，寢無閉户。」菑丘訢果夜來，拔劍拄要離頸曰：「子有死罪三：辱我以人中，死罪一也；暮不閉門，死罪二也；寢不閉户，死罪三也。」要離曰：「子待我一言。來謁，不肖一也；拔劍不刺，不肖二也；刃先辭後，不肖三也。能殺我者，是毒藥之死耳。」菑丘訢引劍而去曰：「嘻！所不若者，天下惟此子爾。」傳曰：「公子目夷以辭得國，今要離以辭得身。言不可不文，猶若此乎！《詩》曰：『辭之懌矣，民之莫矣。』」

此後他書記之亦多。《吴越春秋》卷四《闔閭内傳》載，作「椒丘訢」：

椒丘訢者，東海上人也。爲齊王使於吴，過淮津，欲飲馬於津。津吏曰：「水中有神，見馬即出，以害其馬，君勿飲也。」訢曰：「壯士所當，何神敢干？」乃使從者飲馬於津。水神果取其馬，馬没。椒丘訢大怒，袒裼持劍，入水求神決戰，連日乃出，眇其一目。遂之吴，會於友人之喪。訢恃其與水戰之勇也，於友人之喪席而輕傲於士大夫，言辭不遜，有陵人之氣。要離與之對坐，合坐不忍其溢於力也。時要離乃挫訢曰：「吾聞勇士之鬭也，與日戰不移表，與神鬼戰者不旋踵，與人戰者不達聲，生往死還，不受其辱。今子與神鬭於水，亡馬失御，又受眇目之病，形殘名勇，勇士所恥。

不即喪命於敵而戀其生，猶傲色於我哉！』於是椒丘訢卒於詰責，恨怒並發，瞑即往攻要離。於是要離席闌至舍，誡其妻曰：『我辱壯士椒丘訢於大家之喪，餘恨蔚恚，瞑必來也，慎無閉吾門。』至夜，椒丘訢果往，見其門不閉，登其堂，不關，入其室，不守，放髮僵卧，無所懼。訢乃手劍而捽要離曰：「子有當死之過者三，子知之乎？」離曰：「不知。」訢曰：「子辱我於大家之衆，一死也；歸不關閉，二死也；卧不守御，三死也。子有三死之過，欲無得怨。」要離曰：「吾無三死之過，子有三不肖之愧，子知之乎？」訢曰：「不知。」要離曰：「吾辱子於千人之衆，子無敢報，一不肖也；入門不咳，登堂無聲，二不肖也；前拔子劍，手挫捽吾頭，乃敢大言，三不肖也。子有三不肖，而威於我，豈不鄙哉？」於是椒丘訢投劍而嘆曰：「吾之勇也，人莫敢眥占者。離乃加吾之上，此天下壯士也。」

《太平御覽》卷四三七引《越絶書》（今本無）作「菑丘訢」，曰：

菑丘訢，東海上人也。爲齊王使於吴，過淮津，欲飲馬，水神出取。菑丘訢大怒，偏袒操劍，入水與戰，殺兩蛟一龍，連日乃出，眇其左目。遂之吴，會於友人之座，訢恃其與神戰之勇，輕士大夫。要離與之對座，即謂之曰：「吾聞勇士之戰也，與日戰者不穆表，與鬼戰者不旋踵，與人戰者不達聲。生往死還，不受其辱。今子與神戰於泉水之中，亡馬失御，又受眇目之病，形殘名辱，勇士所恥，自驕於友人之旁，何其忍負也！」於是菑丘訢卒於結恨，勢怒未及有言，座衆分解。菑丘訢宿怒遺恨，宣往攻要離。要離戒其妻曰：「曩日吾辱壯士菑丘訢於大衆之座，彼勇士，有受不還報答之怒，餘恨忿恚，暝必來矣，慎毋閉門。」菑丘訢果往，入門不閉，登堂不關，入室不守，放髮僵卧。訢乃手拔劍而捽要離曰：「子有三當死之過，子知之乎？」要離曰：「吾不知也。」菑丘訢曰：「子辱吾於大座之衆，一死也；歸不閉門，二死也；卧不守衛，三死也。子有三死之過，雖欲勿怒，其得乎哉？」要離曰：「吾無三死之過，子有三不肖之媿，子知之乎？」菑丘訢曰：「吾不知。」要離曰：「吾辱子於千人之衆，子不報答，是一不肖也；入門不駭，登堂無聲，是二不肖也；先拔劍，手持頭，乃敢有言，是三不肖也。子有三不肖之媿，而欲滅我，豈不鄙哉！」於是菑丘訢仰天歎曰：「吾之勇也，人莫敢有訾吾者，若斯要離，乃加吾之上，此天下壯士也。」

《論衡·龍虛篇》亦載，文略，作「菑丘訢」，注「菑或作魯」。曰：

東海之上有菑丘訢，勇而有力。出過神淵，使御者飲馬。馬飲因没，訢怒，拔劍入淵追馬，見兩蛟方食其馬，手劍擊殺兩蛟。

又《博物志》卷七《異聞》，作「蕃丘訢」，曰：

東阿王勇士有蕃丘訢，過神淵，使飲馬。馬沉，訢朝服拔劍，二日一夜，殺二蛟一龍而出。雷隨擊之，七日夜，眇其左目。

13 桓石虔拔箭

晉桓石虔有材幹，趫捷絶倫。隨父豁在荆州，於獵圍中見猛獸被數箭而伏。諸督將素知其勇，戲令拔箭。石虔因急往，拔一箭，猛獸〔一〕踞躍，石虔亦跳，高於猛獸。復拔一箭而歸。時人有患疾者，謂曰：「桓石虔來。」以怖之，病者多愈。（中華書局點校本《太平廣記》卷一九一引，題《桓石虔》）

〔一〕獸　原作「虎」，孫校本作「獸」。按：李淵祖名虎，唐人避諱改。作「獸」爲是，據孫校本改。

按：此出《晉書》卷七四《桓石虔傳》：

石虔小字鎮惡，有才幹，趫捷絶倫。從父在荆州，於獵圍中見猛獸被數箭而伏。諸督將素知其勇，戲令拔箭。石虔因急往，拔得一箭，猛獸跳，石虔亦跳，高於獸身。猛獸伏，復拔一箭以歸。

梁沈約《俗説》亦載，《太平御覽》卷八九二引，作「桓石虎」，曰：

桓石虎是桓征西兒，未被舉時，西出獵，石虎亦從。獵圍中射虎，虎被數箭，伏在地。諸將請石虎曰：「惡郎，能拔虎箭不？」石虎小名惡子，荅曰：「可拔耳。」惡子於是逕至虎邊，便拔得箭。虎跳越，惡子亦跳，跳乃高虎，跳虎還伏，惡子持箭便還。

唐陸龜蒙《小名録》卷上亦略載曰：

桓石虔小字鎮惡，豁之子，有才幹，趫捷絶倫。從父在荆州，於獵圍中有猛獸被箭而伏。諸督將素知其勇，戲令拔箭。石虔亦跳，高於獸身。獸伏，復拔一箭以歸。

14 彭樂勇猛無雙

北齊將彭樂，勇猛無雙。時神武率樂等十餘萬人，於沙苑與宇文護戰。時樂飲酒，乘醉深入，被刺，肝肚俱出，内之不盡，截去之，復入戰。護兵遂敗，相枕籍死者三萬餘人。

（中華書局點校本《太平廣記》卷一九一引，題《彭樂》）

按：《北史》卷五三《彭樂傳》所載，情事有異，曰：

彭樂字興，安定人也。驍勇善騎射。……天平四年，從神武西討，與周文相拒。神武欲緩持之，樂氣奮請決戰，曰：「我衆賊少，百人取一，差不可失也。」神武從之。樂因醉入深，被刺腸出，内之不盡，截去復戰，身被數創。軍勢遂挫，不利而還。神武每追論以戒之。

15 李嗣真求樂懸

唐朝〔一〕承周隋離亂，樂懸散失，獨無徵音。國姓所闕，知者不敢言達其事。天后末，御史大夫李嗣真密求之不得，一旦秋爽，聞砧聲者在今弩營，是當時英公宅。又數年，無由得之。其後徐敬業〔二〕反，天后瀦其宫。嗣真乃求得喪車一鐸〔三〕，入振之於東南隅，果有應者。遂掘之，得石一段，裁爲四具，補樂懸之闕。後享宗廟郊天，掛簨簴者〔四〕，乃嗣真所得也。（中華書局點校本《太平廣記》卷二〇三引，題《李嗣真》）

〔一〕唐朝　原文當作「我朝」之類，乃《廣記》編者所改。姑存。

〔二〕徐敬業，「敬」字原脱，據《四庫》本補。

〔三〕鐸　原譌作「鐔」，據《大周正樂》（見附録）改。鐸，鈴也。鐔，刀劍柄末端。

〔四〕掛簨簴者　「掛」明鈔本作「樹」，誤。《大周正樂》作「掛」。按：簨簴，懸掛鐘磬之木架，樂懸即懸掛於簨簴之鐘磬類樂器。

按：五代後周翰林學士竇儼《大周正樂》亦載，《太平御覽》卷五八四引曰：

唐朝承周隋離亂之後，樂懸散失，獨無徵音。國姓所闕，知者不敢聞達其事。天后末，御史大夫李嗣真常密求之不得，一旦秋爽，聞砧聲有應之者，在今弩營，是當時英公宅。又數年，無由得之。其後敬業舉兵敗走，后瀦其宫，嗣真乃求得喪車一鐸，入而振之於東南隅，果有應也。遂掘之，得石一段，裁爲四具，補樂懸之散闕。今享宗廟郊天，掛簨簴者，乃嗣真所得也。

16 淳于智筮卦

鮑瑗家多喪及病，淳于智爲筮之，卦成云：「宜入市門數十步，有一人持荆馬鞭，便就買取，懸東北桑樹上。無病，三年當得財。」如其言。後穿井得錢及銅器二十萬。（中華書局點校本《太平廣記》卷二一六引，題《淳于智》）

按：此出王隱《晉書》，《太平御覽》卷七二七引曰：

上黨鮑瑗，家多喪病，貧苦。或謂之曰：「淳于叔平，神人也，君何不試就卜，知禍所在？」瑗性質直，不信卜筮，曰：「人生有命，豈卜筮所移？」會智適來，應思遠謂之曰：「君有通靈之思，而但爲貴人用。此君寒士，貧苦多屯蹇，可爲一卦。」智乃令詹作卦，卦成，謂瑗曰：「爲君安宅者女子耶？」瑗曰：「是也。」「此人安宅失宜，既害其身，又令君不利。君舍東北有大桑樹，君徑至市，入門數十步，當有一人持新馬鞭者，便就請買，還以懸此桑樹三年，當暴得財也。」瑗承其言詣市，果得馬鞭，懸之正三年，浚井得錢十萬，銅鐵雜器復可二十餘萬。於是家業用展，病者亦愈。

《御覽》末注「《搜神記》」同。《搜神記輯校》卷三《淳于智卜喪病》，據《御覽》卷七二七輯，校以《御覽》卷一八〇、卷三五九及《事類賦注》卷八引王隱《晉書》，《御覽》卷四八四引《晉中興書》，《晉書》卷九五《淳于智傳》。文曰：

上黨鮑瑗，家多喪病，貧苦。或謂之曰：「淳于叔平，神人也。君何不試就卜，知禍所在？」瑗性質直，不信卜筮，曰：「人生有命，豈卜筮所移！」會智適來，應思遠謂之曰：「君有通靈之思，而但爲貴人用。此君寒士，貧苦多屯蹇，可爲一卦。」智乃令詹作卦。卦成，謂瑗曰：「爲君安宅者女子工耶？」瑗曰：「是也。」又曰：「此人已死耶？」曰：「然。」智曰：「此人安宅失宜，既害其身，又令君不利。君舍東北有大桑樹，君徑至市，入市門數十步，當有一人持新馬鞭者，便就請買，還以懸此桑樹，三年當暴得財也。」瑗遂承其言詣市，果得馬鞭，懸之。正三年，浚井，得錢數十萬，銅鐵雜器，復可二十餘萬。於是家業用展，病者亦愈。

17 許敬宗造飛樓

許敬宗〔一〕奢豪，嘗造飛樓七十間，令妓女走馬于其上，以爲戲樂。（中華書局點校本《太平廣記》卷二三六引《獨異記》，題《許敬宗》，明鈔本及《太平廣記詳節》卷一八作《獨異志》）

〔一〕許敬宗　前原有「唐」字，今删。

按：許敬宗，《舊唐書》卷八二、《新唐書》卷二二三上有傳，《新傳》入《姦臣傳》。

18 李佐求父

李佐〔一〕山東名族，少時因安史之亂，失其父。後佐進士擢第，有令名，官爲京兆少尹。陰求其父。有識者告佐〔二〕，往迎之於鬻凶器家，歸而奉養，如是累月。一旦，父召佐謂曰：「汝孝行絶世。然吾三十年在此黨中，昨從汝來，未與流輩謝絶。汝可具大猪五頭，白醪數斛，蒜〔三〕虀數甕，薄飴十柈〔四〕，開設中堂，吾與群黨一酣申欵〔五〕，則無恨矣。」佐恭承其教，數日乃具。父散召兩市善薤歌者百人至，初即列坐〔六〕堂中，久乃雜謳。及暮皆醉，衆扶佐父登榻，而薤歌一聲，凡百齊和。俄然相扶坌〔七〕出，不知所在。行路觀者億萬。明日，佐棄家人〔八〕入山，數日而卒。（中華書局點校本《太平廣記》卷二六〇引，題《李佐》）

〔一〕李佐　前原有「唐」字，今删。

〔二〕佐　原作「後」，明鈔本作「焉」，據《太平廣記詳節》卷二一改。

〔三〕蒜　《廣記詳節》作「鹽」。

〔四〕薄飴十柈　「飴」原作「餅」，據明鈔本、孫校本改。飴，美食。柈，原作「拌」，據明鈔本改。柈，盤也。

〔五〕欵　明鈔本作「謝」，《廣記詳節》作「訣」。

〔六〕坐　孫校本作「其所坐」。

〔七〕坌　原作「父」，據明鈔本及《廣記詳節》改。坌，涌出。按：《南部新書》癸卷亦作「坌」，見附録。

〔八〕人　《廣記詳節》無此字。

按：《南部新書》癸卷採入，曰：

唐李佐，山東名族。年少時，因安史亂，失其父。後擢第，有令名，爲京兆少尹。陰求其父，有識告佐，往迎於殯葬徒中。歸而跪食，如是累月。一旦召佐曰：「女孝行純也。然吾三十年在此黨中，昨從汝歸，未與流輩訣絶。汝可具大猪五頭，白醪數斛，蒜虀數甕，薄餅十盤，開設中堂，吾與羣黨一醉申訣，無恨矣。」佐承教，數日乃具。父出召客，俄而市善薤歌者百人至，初則列堂中，久乃雜謳。及暮皆醉，衆扶佐父登榻，而《薤露》一聲，凡百皆和。俄相扶坌出，不知所在往。行路觀者億萬。明日，佐棄家入山，數日而卒。

19　王初王哲改諱

長慶、太和中〔一〕，王初、王哲，俱中科名。其父仲舒顯於時。二子初宦，不爲秘書省官，以家諱故也。既而私相議曰：「若遵典禮避私諱，而吾昆弟不得爲中書舍人、中書侍郎、列部尚書。乃相與改諱，只言仲字可矣。」又爲宣武軍掌書記。識者曰：「二子逆天忤神，不永。」未幾相次殞謝。（中華書局點校本《太平廣記》卷二六一引，題《王初昆弟》）

〔一〕長慶太和中　前原有「唐」字，今删。

按：《舊唐書》卷一九〇下、《新唐書》卷一六一有《王仲舒傳》。《新傳》云仲舒字弘中，并州祁人。穆宗立，除江西觀察使。卒于官，年六十二。贈左散騎常侍，謚曰成。

20　侯四娘等三人討賊

至德元年，史思明未平，衛州有婦人侯四娘等三人，刺血謁於軍前，願入義營討賊。（中華書局點校本《太平廣記》卷二七〇引，題《侯四娘》）

按：《舊唐書》卷一〇《肅宗紀》：至德三載十月，「許叔冀奏衛州婦人侯四娘、滑州婦人唐四娘、某州婦人王二娘，相與歃血，請赴行營討賊，皆補果毅。」此言至德元年，疑誤。

21　謝道韞爲郎解圍

王凝之妻謝道韞。王獻之與客談義不勝，道韞遣婢白曰：「請與小郎解圍。」乃施青

綾步障自蔽，與客談，客不能屈。（中華書局點校本《太平廣記》卷二七一引，題《謝道韞》）

按：此出劉宋何法盛《晉中興書》，《太平御覽》卷六一七引曰：

謝弈女道韞，王凝之妻也。凝之弟獻之嘗與賓客談議，辭理將屈。道韞遣婢白獻之曰：「欲爲小郎解圍。」乃以青綾步障自蔽，申獻之前義，客不能屈。

《晉書》卷九六《列女傳》亦載：

王凝之妻謝氏，字道韞，安西將軍弈之女也。聰識有才辯。……凝之弟獻之嘗與賓客談議，詞理將屈，道韞遣婢白獻之曰：「欲爲小郎解圍。」乃施青綾步鄣自蔽，申獻之前議，客不能屈。

《蒙求注》卷上《謝女解圍》，無出處，全取《晉書》。

22　李廣夢心神

北齊侍御史李廣，博覽群書，修史。夜夢一人曰：「我心神也。君役我太苦，辭去！辭去〔一〕！」俄而廣疾卒。（中華書局點校本《太平廣記》卷二七七引，題《北齊李廣》）

〔一〕辭去　原未重復，據《太平廣記詳節》卷二四補。

按：此出《北齊書》卷四五及《北史》卷八三《文苑·李廣傳》，文同，《北齊書》曰：

李廣字弘基，范陽人也。……中尉崔暹精選御史，皆是世胄，廣獨以才學兼御史，修國史。南臺文奏，多其辭也。平陽公淹辟爲中尉，轉侍御史。……廣曾欲早朝，未明假寐，忽驚覺，謂其妻云：「吾向似睡，忽見一人出吾身中，語云：『君用心過苦，非精神所堪，今辭君去。』」因而惚怳不樂，數日便遇疾，積年不起，資産屢空，藥石無繼。

《廣古今五行記》亦載，《廣記》卷一四二引曰：

北齊文宣天保年，御史李廣勤學博物，拜侍御史。夜夢見一人出於其身中，謂廣曰：「君用心過苦，非精神所堪，今辭君去。」因而惚怳，數日便遇疾，積年而終。

23 隋文帝異夢

隋文帝未貴時，常〔一〕舟行江中。夜泊蘆〔二〕中，夢無左手。及覺，甚惡之。及登岸，詣一草庵，中有一老僧，道極高，具以夢告之。僧起賀曰：「無左手者，獨拳也。當爲天子。」後帝興，建此庵爲吉祥寺。居武昌下三十里。（中華書局點校本《太平廣記》卷二七七引，題《隋文帝》）

〔一〕常　《永樂大典》卷一三一四〇《夢無左手》引《太平廣記》作「嘗」。常，通「嘗」。

〔二〕蘆　此字原脱，據明鈔本、孫校本、《太平廣記詳節》卷二四及《大典》補。

24 李赤遇廁鬼

貞元中，吴郡進士李赤者，與趙敏之相同遊閩。行及衢之信安，去縣三十里，宿於館廳。宵分，忽有一婦人入庭中。赤於睡中蹶起〔一〕，下階與之揖讓。良久即上廳，開篋取紙筆，作一書與其親，云：「某爲郭氏所選爲壻。」詞旨重疊，訖，乃封於篋中。復下庭，婦人抽其巾縊之。敏之走出大叫，婦人乃收巾而走。及視其書，亦〔二〕如夢中所爲。明日，又偕行，南次建中驛，白晝又失赤。敏之即遽往廁，見赤坐於牀，大怒敏之曰：「方當禮謝，爲爾所驚。」浹日至閩，屬寮有與赤舊遊〔三〕者，設燕飲次，又失赤。敏之疾索於廁，見赤僵仆於地，氣已絶矣。（中華書局點校本《太平廣記》卷三四一引，題《李赤》）

〔一〕赤於睡中蹶起　明鈔本、孫校本前有「而」字。

〔二〕亦　原作「赤」，據明鈔本改。

〔三〕舊遊　原作「遊舊」，據明鈔本、孫校本乙改。

按：柳宗元《柳河東集》卷一七《李赤傳》，與此情事有異，曰：

李赤，江湖浪人也。嘗曰：「吾善爲歌詩，詩類李白，故自號曰李赤。」游宣州，州人館之。其友與俱遊者有姻焉，閒累日，乃從之館。赤方與婦人言，其友戲之，赤曰：「是媒我也，吾將娶乎是。」友大駭曰：「足下妻固無恙，太夫人在堂，安得有是？豈狂易病惑耶？」取絳雪餌之，赤不肯。有間婦人至，又與赤言，即取巾經其脰。赤兩手助之，舌盡出。其友號而救之，婦人解其巾走去。赤怒曰：「汝無道，吾將從吾妻，汝何爲者？」赤乃就牖間爲書，輾而圓封之，又爲書博封之，訖，如廁久。其友從之，見赤軒廁抱甕詭笑而側視，勢且下。入乃倒曳得之，又大怒曰：「吾已升堂面吾妻，吾妻之容，世固無有。堂之飾宏大富麗，椒蘭之氣，油然而起。顧視汝之世，猶溷廁也。而吾妻之居，與帝居鈞天清都無以異，若何苦余至此哉？」然後其友知赤之所遭乃廁鬼也，聚僕謀曰：「亟去是廁。」遂行宿三十里。夜，赤又如廁久，從之，且復入矣。持出，洗其汙。衆環之以至旦。去抵他縣。縣之吏方宴，赤拜揖跪起無異者。酒行，友未及言，已飲，而顧赤，則已去矣。走從之，赤入廁，舉其牀捍門，門堅不可入。其友叫且言之，衆發牆以入，赤之而陷不潔者半矣。又出洗之。縣之吏更召巫師善呪術者守赤，赤自若也。夜半，守者怠皆睡。及覺，呼而求之，見其足於廁外，赤死久矣。獨得尸歸其家。取其所爲書讀之，蓋與其母妻訣，其言辭猶人也。柳先生曰：李赤之傳不誣矣，是其病心而爲是耶，抑固有廁鬼耶？赤之名聞江湖間，其始爲士，無以異於人也。一惑於怪，而所爲若是。乃反以世爲溷，溷爲帝居清都。其屬意明白。今世皆知笑赤之惑也，及至是非取與向背決不爲赤者，幾何人耶？反修而身，無以欲利好惡遷其神而不返，則幸矣，又何暇赤之笑哉！

25　韋隱妻離魂

大曆中，將作少匠韓晉卿女，適尚衣奉御韋隱。隱奉使新羅，行及一程，愴然有思，因就寢，乃覺其妻在帳外〔一〕。驚問之，答曰：「愍君涉海，志願奔而隨之。人無知者。」隱即詐左右曰：「夕〔二〕納一妓，將侍枕席。」人無怪者。及歸，已二年，妻亦隨至。隱乃啓舅姑，首其罪，而室中女〔三〕宛存焉。及相近，翕然合體。其從隱者，乃魂也。（中華書局點校本《太平廣記》卷三五八引，作《獨異記》，題《韋隱》）

〔一〕在帳外　明鈔本「在」作「坐」，陳校本「外」作「然」。

〔二〕夕　原作「欲」，據明鈔本、孫校本改。

〔三〕女　此字原無，明鈔本、陳校本補。

按：此爲離魂事，與陳玄祐《離魂記》（《廣記》卷三五八）、張薦《靈怪集・鄭生》（同上）相類。

26　邵進復生

大曆元年〔一〕，周智光爲華州刺史，劫剥行侶，旋欲謀反。遣吏邵進，潛往京，伺朝廷禦伐之意。進歸，告曰：「朝廷無疑公之心。」光怒，以其叶朝廷而紿於己，遽命斬之。既而甚悔，速遣送其首付妻兒。妻即以針紉頸。俄頃復活，以藥傅之。然猶懼智光，使人告光曰：「進本蒲人，今欲歸葬。」光亦賙賻之。既至蒲，浹旬，其瘡平愈。乃改姓他遊。後三十年，崔顒爲宋州牧，晨衙，有一人投刺，曰：「敕吏。」顒召見，訊其由。進曰：「明公昔爲周智光從事。」因叙其本末。顒乃省悟，與縑帛。揖之而去。（中華書局點校本《太平廣記》卷三七六引，題《邵進》）

〔一〕大曆元年　前原有「唐」字，今删。

按：《舊唐書》卷一一四、《新唐書》卷二二四上《叛臣傳上》有《周智光傳》，《舊傳》略云：

周智光，本以騎射從軍，常有戎捷，自行間登偏裨。……累遷華州刺史、同華二州節度使及潼關防禦使，加檢校工部尚書，兼御史大夫。永泰元年，吐蕃、迴紇、党項羌、渾、奴剌十餘萬衆寇奉天、醴泉等縣，智光邀戰，破於澄城，收駝馬軍資萬計，因逐賊至鄜州。智光與杜冕不協，遂殺鄜州刺史張麟，坑杜冕家屬八十一人，焚坊州廬舍三千餘家。懼罪，召不赴命。朝廷外示優容，俾杜冕使梁州，實避讎也。永泰二年十二月，智光專殺前虢州刺史、兼御史中丞龐充。充方居縗絰，潛行，智光追而斬之，又劫諸節度使進奉貨物及轉運米二萬石，據州反。智光自鄜坊專殺，朝廷患之。遂聚亡命不逞之徒，衆至數萬，縱其剽掠，以結其心。……大曆二年正月，密詔關内河東副元帥、中書令郭子儀率兵討智光，許以便宜從事。……是日，智光爲帳下將斬首，并子元耀、元幹等二人來獻。丁卯，梟智光首于皇城之南街，二子腰斬以示衆。

27 羊祜前身

晉羊祜三歲時，乳母抱行，乃令於東鄰樹孔中探得金環。東鄰之人云：「吾兒七歲墮井死。曾弄金環，失其處所。」乃驗祜前身，東鄰子也。（中華書局點校本《太平廣記》卷三八七引，作《獨異記》，明鈔本作《獨異志》，題《羊祜》）

按：此出南齊王琰《冥祥記》，百卷本《法苑珠林》卷二六引曰：

晉羊太傅祜，字叔子，泰山人也。西晉名臣，聲冠區夏。年五歲時，嘗令乳母取先所弄指環。乳母曰：「汝本無此，於何取耶？」祜曰：「昔於東垣邊弄之，落桑樹中。」乳母曰：「汝可自覓。」祜曰：「此非先宅，兒不知處。」後因出門遊，望逕而東行，乳母隨之。至李氏家乃入，至東垣樹下，探得小環。李氏驚悵曰：「吾子昔有此環，常愛弄之。七歲暴亡，亡後不知環處。此亡兒之物也，云何持去？」祜持環走，李氏遂問之。乳母既説祜言，李氏悲喜，遂欲求祜還爲其兒。里中解喻，然後得止。

《晉書》卷三四《羊祜傳》亦載，曰：

祜年五歲，時令乳母取所弄金鐶。乳母曰：「汝先無此物。」祜即詣鄰人李氏東垣桑樹中探得之。主人驚曰：「此吾亡兒所失物也，云何持去！」乳母具言之，李氏悲惋。時人異之，謂李氏子則祜之前身也。

明刊《搜神記》卷一五亦載，乃據《晉書》濫輯。

28 夏侯嬰墓室

漢夏侯嬰以功封滕公，及死將葬，未及墓，引車馬踣地不前。使人掘之，得一石室，室中有銘曰：「佳城鬱鬱，三千年〔一〕見白日，吁嗟滕公居此室。」遂改卜焉。（中華書局點校本《太平廣記》卷三九一引，題《夏侯嬰》）

〔一〕三千年　明鈔本下有「後」字。

按：《分門古今類事》《十萬卷樓叢書》本卷一七《滕公佳城》，末注「見《獨異志》并《西京雜記》」，《四庫》本乃作「《蜀異志》及《幽明録》」。「蜀」乃「獨」字之譌，作《幽明録》亦誤，《古小説鉤沈》輯録《幽明録》無此條。《古今類事》所引與此有異，非滕公死而葬也，而同《西京雜記》卷四。《西京雜記》曰：

滕公駕至東都門，馬鳴，跼不肯前，以足跑地久之。滕公使士卒掘馬所跑地，入三尺所，得石槨。滕公以燭照之，有銘焉。乃以水寫其文，文字皆古異，左右莫能知。以問叔孫通，通曰：「科斗書也。」以今文寫之，曰：「佳城鬱鬱，三千年見白日，吁嗟滕公居此室。」滕公曰：「嗟乎！天也。吾死其即安此乎？」死遂葬焉。

《古今類事》曰：

滕公，夏侯嬰也。嘗往東都，出門馬鳴，跑地不進。久之，公命掘地，得石棺，銘文極古異，人莫之識。以示叔孫通，通曰：「科斗書也。」文曰：「佳城鬱鬱，三千年見白日，吁嗟滕公居此室。」公嘆曰：「天也！吾死其安此乎？」遂葬其地。

《博物志》卷七《異聞》亦載，所葬者乃滕公，與《獨異志》同。曰：

漢滕公薨，求葬東都門外。公卿送喪，駟馬不行，跼地悲鳴，跑蹄下地得石室，有銘曰：「佳城鬱鬱，三千年見白日，吁嗟滕公居此室。」遂葬焉。

29 李灌葬珠

李灌者，不知何許人。性孤靜。常次洪州建昌縣，倚舟於岸。岸有小蓬室，下有一病波斯。灌憫其將盡〔一〕，以湯粥給之。數日而卒。臨絶，指其〔二〕所卧黑氈曰：「中有一珠，可徑寸。」將醻其惠。及死，氈有微光溢耀，灌取視得珠。買棺葬之，密以珠内胡口中，植木誌墓。其後十年，復過舊邑。時楊憑爲觀察使，有外國符牒，以胡人死於建昌逆旅，其宿〔三〕食之家，皆被梏訊經年。灌因問其罪，囚具言本末。灌告縣寮，偕往郭墦伐樹，樹已合拱矣。發棺視死胡，貌如生，乃於口中探得一珠還之。其夕棹舟而去，不知所往。（中華書局點校本《太平廣記》卷四〇二引，題《李灌》）

〔一〕盡　明鈔本作「死」。

〔二〕其　此字原無，據陳校本補。

〔三〕宿　原作「粥」，據明鈔本改。

按：《廣記》末云：「又《尚書故實》載兵部員外郎李約葬一商胡，得珠以含之，與此二事略同。」

《尚書故實》曰：

兵部李約員外嘗江行，與一商胡舟檝相次。商胡病，固邀相見，以二女託之，皆絶色也。又遺一珠，約悉唯唯。及商胡死，財寶約數萬，悉籍其數送官，而以二女求配。始殮商胡時，約自以夜光含之，人莫知也。後死商胡有親屬來理資財，約請官司發掘驗之，夜光果在。其密行皆此類也。

薛用弱《集異記》李勉事(《廣記》卷四〇二引)亦相似,曰:

司徒李勉,開元初作尉浚儀。秩滿,沿汴將遊廣陵。行及睢陽,忽有波斯胡老疾,杖策詣勉曰:「異鄉子抱恙甚殆,思歸江都。知公長者,願托仁蔭。皆異不勞而獲護焉。」勉哀之,因命登艫,仍給饘粥。胡人極懷慙愧,因曰:「我本王貴種也,商販于此,已逾二十年。家有三子,計必有求吾來者。」不日,舟止泗上。其人疾亟,因屏人告勉曰:「吾國内頃亡傳國寶珠,募能獲者,世家公相。吾衒其鑒而貪其位,因是去鄉而來尋。近已得之,將歸即富貴矣。其珠價當百萬,吾懼懷寶越鄉,因剖肉而藏焉。不幸遇疾,今將死矣。感公恩義,敬以相奉。」即抽刀決股,珠出而絶。勉遂資其衣衾,瘞於淮上。掩坎之際,因密以珠含之而去。即抵維揚,寓目旗亭。忽與羣胡左右依隨,因得言語相接。傍有胡雛,質貌肖逝者,勉即詢訪,果與逝者所叙契會。勉即究問事迹,乃亡胡之子,告瘞其所。胡雛號泣,發墓取而去。

30 特牛湫

隴州吴山縣,有一人乘白馬夜行,凡一〔一〕縣人皆夢之語曰:「我欲移居,暫假〔二〕爾牛。」言訖即過。其夕,數百家牛及明皆被體汗流如水。於縣南山曲出一湫,方圓百餘步。里人以湫龍〔三〕因牛而遷,謂之特牛湫也。(中華書局點校本《太平廣記》卷四二四引,題《吴山人》)

〔一〕一　此字原無，據《永樂大典》卷一三一三九《夢龍徙居》引《太平廣記》補。

〔二〕假　《大典》作「候」。

〔三〕湫龍　原作「此湫」，據《大典》改。

31　齊訟者

齊莊公時，有里徼者〔一〕，訟三年而獄不決。公乃使二人具一羊，詛於社。二子將羊而刺之，灑其血，羊起觸二子，殪於盟所。（中華書局點校本《太平廣記》卷四三九引）

〔一〕有里徼者　按：此有脱誤，《墨子·明鬼下》原文作「有所謂王里國、中里徼者」。

按：此出《墨子·明鬼下》，曰：

昔者齊莊君之臣，有所謂王里國、中里徼者，此二子者，訟三年而獄不斷。齊君由謙殺之，恐不辜；猶謙釋之，恐失有罪。乃使之人共一羊，盟齊之神社。二子許諾。於是泏洫，搰羊而漉其血。讀王里國之辭，既已終矣，讀中里徼之辭，未半也，羊起而觸之，折其脚，祧神之，而槀之，殪之盟所。當是時，齊人從者莫不見，遠者莫不聞，著在齊之《春秋》。

32　鼉妖化李鷸

燉煌〔一〕李鷸，開元中爲邵州刺史，挈家之任，泛洞庭。時晴景，登岸，因鼻衄血沙上，爲江鼉所舐。俄然復生一鷸，其形體衣服言語，與真〔二〕身無異。鷸之本身，爲鼉法所制，縶於水中。其妻子家人迎奉鼉妖就任，州人亦不能覺悟。爲郡幾數年。因天下大旱，西江可涉。道士葉靜能自羅浮山赴玄宗急〔三〕詔，過洞庭，忽沙中見一人面縛，問曰：「君何爲者？」鷸以狀對。靜能書一符帖巨石上，石即飛起空中。鼉妖方擁案晨衙，爲巨石所擊〔四〕，乃復本形。時張説爲岳州刺史，具奏，並以舟檝送鷸赴郡，家人妻子乃信。今舟〔五〕行者，相戒不瀝血於波中，以此故也。（中華書局點校本《太平廣記》卷四七〇引《獨異記》，明鈔本作《獨異志》，題《李鷸》）

〔一〕燉煌　前原有「唐」字，今删。

〔二〕真　原作「其」，據明鈔本改。

〔三〕急　明鈔本作「恩」。

〔四〕擊　明鈔本及《天中記》卷五七《爲妖》引《獨異志》作「壓」。

〔五〕舟　明鈔本、孫校本作「舟車」。

33　夏侯妓衣

梁夏侯亶爲九列，家貧而好置樂。妓無衣裝飾，客至，即令隔簾奏曲，時人以簾爲夏侯妓衣。（中華書局點校本《太平廣記》卷四九三引，陳校本作《獨異記》，題《夏侯亶》）

按：此出《梁書》卷二八《夏侯亶傳》，《南史》卷五五亦載，文同。《梁書》曰：

亶歷爲六郡三州，不修産業，禄賜所得，隨散親故。性儉率，居處服用，充足而已，不事華侈。晚年頗好音樂，有妓妾十數人，並無被服姿容。每有客，常隔簾奏之，時謂簾爲夏侯妓衣也。

34　尉遲敬德奪矟

尉遲敬德善奪矟，齊王元吉亦善用矟。高祖于顯德殿前試之，謂敬德曰：「聞卿善奪矟，令元吉執矟去刃。」敬德曰：「雖加刃，亦不能害。」于是加刃。頃刻之際，敬德三奪之，元吉大慙。（中華書局點校本《太平廣記》卷四九三引，題《尉遲敬德》）

按：此出《隋唐嘉話》卷上，

鄂公尉遲敬德性驍果，而尤善避槊。每單騎入敵，人刺之，終不能中，反奪其槊以刺敵。海陵王元吉聞之不信，乃令去槊刃以試之。敬德云：「饒王著刃，亦不畏傷。」元吉再三來刺，既不少中，而槊皆被奪去。元吉力敵十夫，由是大慚恨。

《大唐傳載》亦載：

尉遲敬德性饒寬，而尤善避槊。每單騎入陣，敵人刺之，終不能中，反奪其槊以刺敵人。海陵王元吉聞之不信，乃令去槊刃以試焉。敬德曰：「饒王著刃，亦不畏傷。」元吉再三來刺，既不少中，而槊皆被奪去。元吉力敵十夫，大慚恨。

《舊唐書》卷六八、《新唐書》卷八九《尉遲敬德傳》亦載，「槊」作「矟」，音義皆同。《舊傳》曰：

敬德善解避矟，每單騎入賊陣，賊矟攢刺，終不能傷，又能奪取賊矟，還以刺之。是日，出入重圍，往返無礙。齊王元吉亦善馬矟，聞而輕之，欲親自試，命去矟刃以竿相刺。敬德曰：「縱使加刃，終不能傷，請勿除之，敬德矟謹當却刃。」元吉竟不能中。太宗問曰：「奪矟、避矟，何者難易？」對曰：「奪矟難。」乃命敬德奪元吉矟。元吉執矟躍馬，志在刺之，敬德俄頃三奪其矟。元吉素驍勇，雖相歎異，甚以爲恥。

《新傳》曰：

其戰善避矟，每單騎入賊，雖羣刺之不能傷，又能奪取賊矟還刺之。齊王元吉使去刃與之校，敬德請王加刃，而獨去之，卒不能中。帝嘗問：「奪矟與避矟孰難？」對曰：「奪矟難。」試使與齊王戲，少選，王三失矟，遂大愧服。

35 李適之入仕

李適之入仕，不歷丞簿，便爲别駕。不歷兩畿官，便爲京兆尹。不歷御史及中丞，便爲大夫。不歷兩省給舍，便爲宰相。不歷刺史，便爲節度使。（中華書局點校本《太平廣記》卷四九四引，題《李適之》）

按：《南部新書》己卷採入，曰：

李適之入仕，不歷丞簿，便爲别駕。不歷兩畿官，便爲京兆尹。不歷御史及中丞，便爲大夫。不歷兩省給舍，便爲宰相。不歷刺史，便爲節度使。然不得其死。

《南部新書》末多一句「然不得其死」。《舊唐書》卷九九本傳載：

天寶元年，代牛仙客爲左相，累封清和縣公。與李林甫争權不叶，適之性疏，爲其陰中。……隴右節度皇甫惟明、刑部尚書韋堅、户部尚書裴寬、京兆尹韓朝宗，悉與適之善，林甫皆中傷之，構成其罪，相繼放逐。適之懼不自安，求爲散職。五載，罷知政事，守太子少保。遽命親故歡會，賦詩曰：「避賢初罷相，樂聖且銜盃。爲問門前客，今朝幾箇來？」竟坐與韋堅等相善，貶宜春太守。後御史羅希奭奉使殺韋堅、盧幼臨、裴敦復、李邕等於貶所，州縣且聞希奭到，無不惶駭。希奭過宜春郡，適之聞其來，仰藥而死。

36　崔圓大貴

崔圓微時，欲舉進士，於魏縣見李含章，云：「君合武舉出身，官更不停，直至宰相。」開元二十三年，應將帥舉，又於河南充鄉貢進士。其日於福唐觀試，遇敕下，便於試場中召拜執戟，參謀河西軍事。後官果不停，不踰二十年拜中書令、趙國公。又圓常作司勳員外，初釋服，往見會昌寺克慎師，師笑云：「人皆自臺入省，公乃自省入臺。從此常合在槍槊中，後當大貴。」無何爲刑部員外兼侍御史，充劍南節度。後入劍門，每行常有兵戈，未逾一年，便致勳業。崔入蜀，常自説其如此。（中華書局版金心點校南宋委心子《新編分門古今類事》卷一二引《獨異志》）

按：《四庫》本作《蜀異記》，誤。

《舊唐書》卷一〇八《崔圓傳》略云：

崔圓，清河東武城人也。……開元中，詔搜訪遺逸，圓以鈐謀射策甲科，授執戟。自負文藝，獲武職，頗不得意。蕭炅爲京兆尹，薦爲會昌丞，累遷司勳員外郎。宰臣楊國忠遥制劍南節度使，引圓佐理，乃奏授尚書郎、兼蜀郡大都督府左司馬，知節度留後。天寶末，玄宗幸蜀郡，特遷蜀郡大都督府長史、劍南節度。……拜中書侍郎、同中書門下平章事、劍南節度，餘如故。肅宗即位……從肅宗還京，以功拜中書令，封趙國公，賜實封五百户。明年，罷知政事，遷太子少師，留守東都。……拜揚州大都督府長史、淮南節度觀察使，加檢校右僕射、兼御史大夫，轉檢校左僕射知省事。大曆三年六月薨，年六十四，輟朝三日，贈太子太師，謚曰昭襄。

37 雲程

龍行雨所及曰雲程。（明天順刊本南宋朱勝非《紺珠集》卷一三《諸集拾遺》）

按：《紺珠集》卷一三末云《獨異志》，《四庫》本末作「見《獨異志》」。

李復言《續玄怪録》卷四《李衛公靖》云：「適奉天符，次當行雨。計兩處雲程，合逾萬里。」本此。《續玄怪録》成於大中中。

38　輔唐山

王旻請於高密牢山合煉，玄宗許之。因號山爲輔唐山，旻居之。（《四庫全書》本南宋孔傳續編《六帖》卷五引《獨異志》）

按：此出牛肅《紀聞》，《太平廣記》卷七二有引，曰：

太和先生王旻，得道者也。常遊名山五岳。貌如三十餘人。其父亦道成，有姑亦得道，道高於父。旻常言，姑年七百歲矣。有人知其姑者，常在衡岳，或往來天台、羅浮，貌如童嬰，其行比陳夏姬，唯以房中術致不死，所在夫壻甚衆。天寶初，有薦旻者，詔徵之，至則于内道場安置。旻學通内外，長於佛教，帝與貴妃楊氏，旦夕禮謁，拜於牀下，訪以道術。旻隨事教之，然大約在于修身儉約，慈心爲本。以帝不好釋典，旻每以釋教引之，廣陳報應，以開其志，帝亦雅信之。旻雖長于服餌，而常飲酒不止。其飲必小爵，移晷乃盡一杯。而與人言談，隨機應對，亦神者也。人退，皆得所未得。其服飾，隨四時變改。或食鯽魚，每飯稻米，然不過多。至葱韭葷辛之物，鹹酢非養生者，未嘗食也。好勸人食蘆菔根葉，云久食功多力甚，養生之物也。人有傳世世見之，面貌皆如故，蓋及千歲矣。在京多年。天寶六年，南岳道者李遐周，恐其戀京不出，乃宣言曰：「吾將爲帝師，授以祕籙。」帝因令所在求之。七年冬而遐周至，與旻相見，請曰：「王生戀世樂，不能出耶？可以行矣。」

于是勸旻令出。旻乃請于高密牢山合煉，玄宗許之。因改牢山爲輔唐山，許旻居之。旻嘗言：「張果天仙也，在人間三千年矣。姜撫地仙也，壽百九十三矣。撫好殺生命，以折己壽，是仙家所忌，此人終不能白日昇天矣。」（據《唐五代傳奇集》校本）

39 好道拜枯樹

昔有一人好道，而不知求道之方，唯朝夕拜跽，向一枯樹，輒云乞長生。如此二十八年，不倦。枯木一旦忽生花，花又有汁，甜如蜜。有人教令食之，遂取此花及汁並食之，食訖即仙。（《四庫全書》本明董斯張《廣博物志》卷四二引《獨異志》）

按：《廣博物志》編於明末，其引《獨異志》不知得於何書。姑存。

此出《真誥》卷一二《稽神樞第二》：

昔有一人好道，而不知求道之方，唯朝夕拜跪，向一枯樹，輒云乞長生。如此二十八年，不倦。枯木一旦忽然生華，華又有汁，甜如蜜。有人教令食之，遂取此華及汁並食之，食訖即仙矣。

南宋李石《續博物志》卷七、魯應龍《閑窗括異志》取入。《續博物志》文同《真誥》，《閑窗括異志》稍略。

引用古籍書目

春秋左傳正義　〔西晉〕杜預注，〔唐〕孔穎達疏，《十三經注疏》本，中華書局影印，一九八三

尚書正義　〔西漢〕孔氏傳，〔唐〕孔穎達疏，《十三經注疏》本，中華書局影印，一九八三

韓詩外傳集釋　〔西漢〕韓嬰撰，許維遹校釋，中華書局，一九八〇

古今註　〔西晉〕崔豹撰，《四部叢刊三編》影印宋刊本

鉅宋重修廣韻　〔北宋〕陳彭年等撰，宋乾道五年刻本，上海古籍出版社影印，一九八三

國語　〔三國吴〕韋昭注，上海古籍出版社，一九七八

戰國策箋注　張清常、王延棟箋注，南開大學出版社，一九九三

史記　〔西漢〕司馬遷撰，〔南朝宋〕裴駰集解，〔唐〕司馬貞索隱，〔唐〕張守節正義，中華書局點校本，一九七五

古列女傳（列女傳）　〔西漢〕劉向撰，《四部叢刊初編》景印明刊本

漢書　〔東漢〕班固撰，〔唐〕顏師古注，中華書局點校本，一九八七

東觀漢記 〔東漢〕劉珍等撰，《四部備要》排印本
越絶書 〔東漢〕袁康、吴平撰，《四部叢刊初編》景印明雙柏堂刊本
吴越春秋 〔東漢〕趙曄撰，周生春輯校匯考，上海古籍出版社，一九九七
後漢書 〔南朝宋〕范曄撰，〔唐〕李賢等注，中華書局點校本，一九八七
三國志 〔西晉〕陳壽撰，〔南朝宋〕裴松之注，中華書局點校本，一九八七
華陽國志 〔東晉〕常璩撰，《四部備要》排印本
晉書 〔唐〕房玄齡等撰，中華書局點校本，一九八七
宋書 〔梁〕沈約撰，中華書局點校本，一九八七
南齊書 〔梁〕蕭子顯撰，中華書局點校本，一九八七
梁書 〔唐〕姚思廉撰，中華書局點校本，一九八七
十六國春秋 〔北魏〕崔鴻撰，〔明〕屠喬孫、項琳之輯，《景印文淵閣四庫全書》本
魏書 〔北齊〕魏收撰，中華書局點校本，一九八七
北齊書 〔唐〕李百藥撰，中華書局點校本，一九八七
周書 〔唐〕令狐德棻等撰，中華書局點校本，一九八七
南史 〔唐〕李延壽撰，中華書局點校本，一九八七

北史　〔唐〕李延壽撰，中華書局點校本，一九八七

隋書　〔唐〕魏徵等撰，中華書局點校本，一九八七

通典　〔唐〕杜佑撰，商務印書館《萬有文庫》本，中華書局影印，一九八四

建康實録　〔唐〕許嵩撰，張忱石點校，中華書局，一九八六

安禄山事迹　〔唐〕姚汝能撰，曾貽芬點校，中華書局，二〇一二

舊唐書　〔後晉〕劉昫等撰，中華書局點校本，一九八六

新唐書　〔北宋〕歐陽修、宋祁撰，中華書局點校本，一九八六

唐會要　〔北宋〕王溥撰，武英殿聚珍版本，中華書局影印，一九九〇

資治通鑑　〔北宋〕司馬光撰，〔元〕胡三省音注，清胡克家刊本，上海古籍出版社影印，一九八七

通志略　〔南宋〕鄭樵撰，上海古籍出版社影印，一九九〇

宋史　〔元〕脱脱等撰，中華書局點校本，一九七七

安南志略　〔越南〕黎崱撰，武尚清點校，中華書局，一九九五

水經注　〔北魏〕酈道元撰，陳橋驛點校，上海古籍出版社，一九九〇

元和郡縣圖志　〔唐〕李吉甫撰，賀次君點校，中華書局，一九八三
兩京新記　〔唐〕韋述撰，《粵雅堂叢書》本
北户録　〔唐〕段公路撰，崔龜圖註，《十萬卷樓叢書》本
太平寰宇記　〔北宋〕樂史撰，王文楚等點校，中華書局，二〇〇七
寶慶四明志　〔南宋〕胡榘、方萬里、羅濬纂修，《宋元方志叢刊》影印《宋元四明六志》本，中華書局，一九九〇
延祐四明志　〔元〕袁桷等撰，《宋元方志叢刊》影印《宋元四明六志》本，中華書局，一九九〇
至正金陵新志　〔元〕張鉉撰，《景印文淵閣四庫全書》本
吴興備志　〔明〕董斯張撰，《吴興叢書》本
湖南通志　〔清〕曾國荃等撰，光緒十一年刊本

管子校正　〔唐〕尹知章注，〔清〕戴望校正，《諸子集成》本，中華書局影印，一九八六
晏子春秋校注　張純一校注，《諸子集成》本，中華書局影印，一九八六
墨子閒詁　〔清〕孫詒讓校注，《諸子集成》本，中華書局影印，一九八六

莊子集釋　〔西晉〕郭象注，〔唐〕成玄英疏，陸德明釋文，〔清〕郭慶藩集釋，《諸子集成》本，中華書局影印，一九八六
列子　〔東晉〕張湛注，《諸子集成》本，中華書局影印，一九八六
孟子正義　〔東漢〕趙岐注，〔清〕焦循正義，《諸子集成》本，中華書局影印，一九八六
荀子集解　〔戰國〕荀卿撰，〔唐〕楊倞注，〔清〕王先謙集解，《諸子集成》本，中華書局影印，一九八六
尸子　〔戰國〕尸佼撰，〔清〕汪繼培輯，《湖海樓叢書》本
吕氏春秋　〔戰國〕吕不韋撰，〔漢〕高誘注，《諸子集成》本，中華書局影印，一九八六
韓非子集解　〔戰國〕韓非撰，〔清〕王先慎集解，《諸子集成》本，中華書局影印，一九八六
新書　〔西漢〕賈誼撰，《四部叢刊初編》景印明正德刊本
淮南子　〔西漢〕劉安撰，高誘注，《諸子集成》本，中華書局影印，一九八六
白虎通德論(白虎通義)　〔東漢〕班固撰，《四部叢刊初編》景印元刊本
論衡　〔東漢〕王充撰，《諸子集成》本，中華書局影印，一九八六
風俗通義校釋　〔東漢〕應劭撰，吴樹平校釋，天津人民出版社，一九八〇
孔子家語　〔三國魏〕王肅注，《四部叢刊初編》景印明翻宋本

琱玉集　闕名撰,《古逸叢書》本

北堂書鈔　〔唐〕虞世南編,光緒十四年南海孔廣陶校刊本

藝文類聚　〔唐〕歐陽詢編,汪紹楹校,上海古籍出版社,一九八二

初學記　〔唐〕徐堅等編,中華書局點校本,一九八〇

古本蒙求　〔唐〕李翰撰註,《佚存叢書》本

蒙求集註　〔唐〕李翰撰註,〔南宋〕徐子光註,《景印文淵閣四庫全書》本

白氏六帖事類集　〔唐〕白居易編,民國景宋本

白孔六帖　〔唐〕白居易編,闕名注,〔南宋〕孔傳續編(名後六帖),《景印文淵閣四庫全書》本

太平廣記　〔北宋〕李昉等編,汪紹楹點校,中華書局,一九八一;民國景印嘉靖談愷刻本;乾隆二十年黄晟校刊袖珍本;《景印文淵閣四庫全書》本

太平廣記詳節　〔朝鮮〕成任編,〔韓國〕金長焕、朴在淵、李來宗編,韓國首爾學古房影印,二〇〇五

太平御覽　〔北宋〕李昉等編,中華書局影印宋刊本,一九八五

事類賦注　〔北宋〕吴淑撰，冀勤等校點，上海古籍出版社，一九八九
册府元龜　〔北宋〕王欽若等編，明崇禎十五年刊本，中華書局影印，一九六〇
海録碎事　〔南宋〕葉廷珪編，李之亮校點，中華書局，二〇〇二
錦繡萬花谷　〔南宋〕闕名編，《北京圖書館古籍珍本叢刊》影印宋刻本，配明刻本，一九八
七；《景印文淵閣四庫全書》本
記纂淵海　〔南宋〕潘自牧編，中華書局影印宋刻本，一九八八
新編古今事文類聚　〔南宋〕祝穆、〔元〕富大用、祝淵編，《景印文淵閣四庫全書》本
古今合璧事類備要　〔南宋〕謝維新編，《景印文淵閣四庫全書》本
六帖補　〔南宋〕楊伯嵒編，《景印文淵閣四庫全書》本
重刊增廣分門類林雜説　〔金〕王朋壽編，《嘉業堂叢書》本
群書通要　〔元〕闕名編，《宛委别藏》本
永樂大典　〔明〕解縉、姚廣孝等編，中華書局影印本，一九八六
天中記　〔明〕陳耀文編，光緒四年聽雨山房重刻本，江蘇廣陵古籍刻印社影印，一九八八
山堂肆考　〔明〕彭大翼編，《景印文淵閣四庫全書》本
戲瑕　〔明〕錢希言撰，《叢書集成初編》排印《借月山房彙鈔》本

廣博物志　〔明〕董斯張編，明萬曆四十五年蔣禮高暉堂刻本，岳麓書社影印，一九九一

小名録　〔唐〕陸龜蒙編，《稗海》本

紺珠集　〔南宋〕朱勝非編，明天順刻本，《景印文淵閣四庫全書》本

類説　〔南宋〕曾慥編，明天啓六年刻本，文學古籍刊行社影印，一九五五；明嘉靖伯玉翁舊鈔本

説郛　〔元〕陶宗儀編，涵芬樓張宗祥校明鈔本，中國書店影印，一九八六

古今説海　〔明〕陸楫等編，清道光元年邵松岩重刊嘉靖二十三年刊本

説郛（重編説郛）　舊題〔明〕陶珽編，清順治四年宛委山堂刊本，《説郛三種》影印，上海古籍出版社，一九八八

稗海　〔明〕商濬編刊，清康熙振鷺堂據萬曆商濬半埜堂刊本重刊本

虎薈　〔明〕陳繼儒輯，《寶顔堂祕笈》本

古小説鉤沈　魯迅輯，《魯迅輯録古籍叢編》，人民文學出版社，一九九九

唐五代傳奇集　李劍國輯校，中華書局，二〇二〇

穆天子傳　〔清〕洪頤煊校，《四部備要》本
山海經廣注　〔清〕吴任臣撰，清康熙刻本
山海經校注　〔東晉〕郭璞注，袁珂校注，上海古籍出版社，一九八〇
新序校釋　〔西漢〕劉向撰，石光瑛校釋，陳新整理，中華書局，二〇〇一
説苑疏證　〔西漢〕劉向撰，趙善詒疏證，華東師範大學出版社，一九八五
西京雜記校註　〔西漢〕劉歆撰，〔東晉〕葛洪集，向新陽、劉克任校註，上海古籍出版社，一九九一
漢武故事　〔西漢〕闕名撰，舊題〔漢〕班固撰，《景印文淵閣四庫全書》本
神異經　〔西漢〕闕名撰，舊題〔漢〕東方朔撰，〔西晉〕張華注，《説庫》本
海内十洲記　〔東漢〕闕名撰，《顧氏文房小説》本
漢武帝别國洞冥記　〔東漢〕郭憲撰，《古今逸史》本
博物志校證　〔西晉〕張華撰，范寧校證，中華書局，一九八〇
拾遺記　〔東晉〕王嘉撰，〔梁〕蕭綺録，齊治平校注，中華書局，一九八一
搜神記　〔東晉〕干寶撰，汪紹楹校注，中華書局，一九七九
搜神記輯校　〔東晉〕干寶撰，李劍國輯校，中華書局，二〇一九

搜神後記輯校　〔南朝宋〕陶潛撰，李劍國輯校，中華書局，二〇一九
異苑　〔南朝宋〕劉敬叔撰，范寧校點，中華書局，一九九六
世説新語箋疏　〔南朝宋〕劉義慶撰，〔梁〕劉孝標注，余嘉錫箋疏，中華書局，一九八三
述異記（新述異記）　〔梁〕任昉撰，《隨盦徐氏叢書》本
談藪　〔北齊〕陽松玠撰，程毅中、程有慶輯校，中華書局，一九九六
冥報記　〔唐〕唐臨撰，方詩銘輯校，中華書局，一九九二
朝野僉載　〔唐〕張鷟撰，趙守儼點校，中華書局，一九七九
隋唐嘉話　〔唐〕劉餗撰，程毅中點校，中華書局，一九七九
廣異記　〔唐〕戴孚撰，方詩銘輯校，中華書局，一九九二
封氏聞見記　〔唐〕封演撰，《學津討原》本
大唐新語　〔唐〕劉肅撰，許德楠、李鼎霞點校，中華書局，一九八四
集異記　〔唐〕薛用弱撰，中華書局點校本，一九八〇
大唐傳載　〔唐〕闕名撰，《守山閣叢書》本
玄怪録　〔唐〕牛僧孺撰，程毅中點校，中華書局，二〇〇六
續玄怪録　〔唐〕李復言撰，程毅中點校，中華書局，二〇〇六

明皇雜録　〔唐〕鄭處誨撰，田廷柱點校，中華書局，一九九四

酉陽雜俎校箋　〔唐〕段成式撰，許逸民校箋，中華書局，二〇一五

羯鼓録　〔唐〕南卓撰，古典文學出版社，一九五七

開天傳信記　〔唐〕鄭綮撰，吴企明點校，中華書局，二〇一二

劉賓客嘉話録　〔唐〕韋絢撰，《顧氏文房小説》本

甘澤謡　〔唐〕袁郊撰，《津逮祕書》本

尚書故實　〔唐〕李綽撰，《寶顔堂祕笈》本

本事詩　〔唐〕孟啓撰，《顧氏文房小説》本

三水小牘　〔唐〕皇甫枚撰，中華書局上海編輯所校點本，一九五八

玉泉子　〔唐〕闕名撰，《稗海》本

雲仙雜記（雲仙散録）　舊題〔唐〕馮贄撰，《四部叢刊續編》影印明刊本；張力偉點校本，中華書局，一九九八

清異録　舊題〔北宋〕陶穀撰，《寶顔堂祕笈》本

楊太真外傳　〔北宋〕樂史撰，《顧氏文房小説》本

廣卓異記　〔北宋〕樂史撰，《筆記小説大觀》本，江蘇廣陵古籍刻印社，一九八三

南部新書　〔北宋〕錢易撰，黄壽成點校，中華書局，二〇〇二
續世説　〔北宋〕孔平仲撰，《宛委别藏》本
唐語林校證　〔北宋〕王讜撰，周勛初校證，中華書局，一九八七
樂善録　〔南宋〕李昌齡編，南宋紹定刻本，《續古逸叢書》影印
新編分門古今類事　〔南宋〕委心子（宋氏）編，金心點校，中華書局，一九八七
續博物志　〔南宋〕李石撰，《古今逸史》本
閑窗括異志　〔南宋〕魯應龍撰，《稗海》本
大明仁孝皇后勸善書　〔明〕仁孝皇后徐妙雲撰，明永樂五年内府刻本，《四庫全書存目叢書》影印
玉芝堂談薈　〔明〕徐應秋撰，《景印文淵閣四庫全書》本
西湖二集　〔明〕周清源撰，浙江人民出版社，一九八一
筠齋漫録　〔明〕黄學海撰，明萬曆三十年刻本
焦氏筆乘　〔明〕焦竑撰，李劍雄點校，中華書局，二〇〇八
黄孀餘話　〔清〕陳錫路撰，清乾隆刻本

崇文總目　〔北宋〕王堯臣等撰，〔清〕錢東垣等輯釋，《粵雅堂叢書》本，《中國歷代書目叢刊》影印，現代出版社，一九八七

紅雨樓書目　〔明〕徐𤊹撰，上海古籍出版社，二〇〇五

稽瑞樓書目　〔清〕陳揆撰，《叢書集成初編》排印《滂喜齋叢書》本

四庫全書總目　〔清〕紀昀等撰，中華書局影印，一九六五

涵芬樓燼餘書録　上海涵芬樓編，商務印書館，一九五一

增修詩話總龜　〔北宋〕阮閲輯，明月窗道人校刊本，《四部叢刊初編》景印

韻語陽秋　〔南宋〕葛立方撰，上海古籍出版社影印宋刊本，一九八四

唐詩紀事　〔南宋〕計有功撰，上海古籍出版社點校本，一九八七

列仙傳校箋　〔西漢〕劉向撰，王叔岷校箋，中華書局，二〇〇七

神仙傳　〔東晉〕葛洪撰，《景印文淵閣四庫全書》本，《增訂漢魏叢書》本

抱朴子内篇校釋（增訂本）　〔東晉〕葛洪撰，王明校釋，中華書局，一九八五

真誥　〔梁〕陶弘景撰，明正統《道藏》本

三洞羣仙録　〔南宋〕陳葆光撰，明正統《道藏》本
夢占逸旨　〔明〕陳士元撰，《藝海珠塵》本
法苑珠林校注（百卷本）　〔唐〕釋道世撰，周叔迦、蘇晉仁校注，中華書局，二〇〇〇
宋高僧傳　〔北宋〕贊寧撰，范祥雍點校，中華書局，一九八七

齊民要術　〔北齊〕賈思勰撰，《四部備要》排印本
醫説　〔南宋〕張杲撰，上海文明書局宣統三年排印本
本草綱目　〔明〕李時珍撰，人民衛生出版社，二〇〇五
名醫類案　〔明〕江瓘編，《知不足齋叢書》本

書斷　〔唐〕張懷瓘撰，《景印文淵閣四庫全書》本
法書要録　〔唐〕張彦遠撰，范祥雍點校《津逮祕書》本，人民美術出版社，一九八四
歷代名畫記　〔唐〕張彦遠撰，《津逮祕書》本
圖畫見聞誌　〔北宋〕郭若虚撰，《津逮祕書》本
墨池編　〔北宋〕朱長文撰，《津逮祕書》本

廣川書跋　〔北宋〕董逌撰，《津逮祕書》本
宣和畫譜　〔北宋〕闕名撰，《津逮祕書》本
寶刻叢編　〔南宋〕陳思撰，《十萬卷樓叢書》本
寶刻類編　〔南宋〕闕名撰，《粤雅堂叢書》本
八瓊室金石補正　〔清〕陸增祥編，一九二五年刻本
香譜　〔北宋〕洪芻撰，《百川學海》本
萬姓統譜　〔明〕凌迪知撰，明萬曆刻本

昭明太子集　〔梁〕梁蕭統撰，《景印文淵閣四庫全書》本
唐柳河東集　〔唐〕柳宗元撰，〔明〕蔣之翹輯注，《四部備要》本
李義山詩集　〔唐〕李商隱撰，《四部叢刊初編》景印明嘉靖刊本
劍南詩稾　〔南宋〕陸游撰，《景印文淵閣四庫全書》本
太史升菴全集　〔明〕楊慎撰，明刻本
面城樓集鈔　〔清〕曾釗撰，《學海堂叢刻》本

文選　〔梁〕蕭統編，〔唐〕李善注，中華書局影印清嘉慶十四年胡克家刊本
文苑英華　〔北宋〕李昉等編，周必大、彭叔夏等校，中華書局影印明刊本配宋刊本，一九八二
樂府詩集　〔北宋〕郭茂倩編，中華書局，一九九一
萬首唐人絶句　〔南宋〕洪邁編，文學古籍刊行社影印明嘉靖刊本，一九五五
全唐詩　〔清〕彭定求等編，中華書局點校本，一九八五
敦煌變文集　王重民等編，人民文學出版社，一九八四
唐前志怪小説輯釋（修訂本）　李劍國輯釋，上海古籍出版社，二〇一一
登科記考　〔清〕徐松撰，趙守儼點校，中華書局，一九八四
唐尚書省郎官石柱題名考　〔清〕勞格、趙鉞撰，徐敏霞、王桂珍點校，中華書局，一九九二